Ralph Alexander · Sirianos Reise nach Avalon

Irgendwo da draussen im Weltall gibt es den lichtvollen Planeten Sirius. Er wird bewohnt von einem Volk, das reine Liebe, Licht und Brüderlichkeit verkörpert. Siriano heisst der junge Lichtmeister, der dieser Gemeinschaft vorsteht. Mit seinen wahrlich überirdischen Kräften sorgt er rückhaltlos für seine leiblichen Brüder, Söhne und den Kreis der Freunde, die er um sich geschart hat. Gemeinsam bestehen die Freunde etliche Abenteuer und lernen dabei die Fremden, die sie bei sich aufnehmen, immer besser kennen.

Die Sirianer sind eine glückliche Gemeinschaft und sie geben dieses Glück in zahllosen Missionen weiter – an die Ebos und Mordonen, andere Völker des Alls, die noch im Schatten leben, an ihre Freunde und Verbündeten, die stolzen Plejadier, und nicht zuletzt immer wieder an die Bewohner des blauen Planeten, genannt Erde …

Ralph Alexander bringt uns in seinem gechannelten Werk, Botschaften von Sirius und dem Universum an die Menschen. Botschaften die Liebe, Licht und Frieden beinhalten. Realität die auch die Menschen erfassen wird. Sein Herz gehört dem Universum, denn er ist mit diesem stark verbunden.

Ralph Alexander wurde am 15. November 1954 in Frauenfeld geboren. Er absolvierte eine Berufslehre, der ein »normales« Berufsleben folgte.

Schon in jungen Jahren wurde ihm seine Spiritualität bewusst und er begann Gedichte und Geschichten zu schreiben. Vor einiger Zeit fand er durch einen Lichtkanal Kontakt zu seinem sirianischen Bruder Aritos. Er fand so seine zweite Heimat wieder. Mit der Unterstützung seines sirianischen Bruders Aritos schrieb er bereits weitere lichtvolle Bände, die uns in die magische Welt des Universums führen.

Ralph Alexander

Sirianos Reise nach Avalon

Satz und Layout: Buch&media GmbH, München
Umschlagbild: Anna Müller, Trimbach
Umschlaggestaltung: Kay Fretwurst, Spreeau
Herstellung und Verlag: Books on Demand GmbH, Norderstedt
Printed in Germany · ISBN 3-8334-0568-6

Inhalt

Die wichtigsten Personen von Sirius

Siriano:	Oberster Kommandant aller Sternenflotten
Aritos:	Ältester Bruder von Siriano
Sarina:	Schwester von Siriano
Sandrino:	Bruder von Siriano, einst Atlanter
Sadmos:	Bruder von Siriano
Sanos:	Freund von Siriano
Dario:	Witziger humorvoller Freund von Siriano
Ariana:	Frau von Aritos, einst Atlanterin
Moriana:	Wunderschöne Fee von Sirius
Segodan:	Kommandant der Sternenflotte
Arco:	Freund von Sandrino, einst Atlanter
Sirano:	Sohn von Siriano, einst Erdenbewohner namens Joey
Martin:	Freund von Siriano, stammt aus England
Tabor:	Mutiger Plejadier, nun Freund von Siriano
Qunata:	Zwergenkönig des Zauberwaldes
Simados:	Sirianos treuer vierbeiniger Freund
Tircano:	Bruder von Tabor, Plejadier
Jose:	Mexikaner, nun Sirianos jüngster Freund
Sheena:	Erdenbewohnerin, Freundin von Siriano
Menos:	Grieche, einst Sklave von Atlantis, nun Freund von allen
Menos' Brüder und Geschwister	
Sirian:	Sirianos Sohn
Dara:	Waldfee
Denas:	Bewohner von Dolphy
Siran:	Aritos Sohn
Sija:	Kommandant von Siriano
Micky:	Erdenjunge, mit sirianischem Namen Siragos
Sirohan:	Engländer

Reise nach Avalon

Ja, wir waren auf der Heimreise zu unserem Planeten Sirius. Wir waren alle sehr froh, endlich unsere Heimat wieder zu sehen. Wir hatten sehr viel erlebt – den Untergang von Atlantis, wir waren auf den Osterinseln, in Peru, Machu Picchu und hatten einen liebenswerten Erdenbewohner mitgenommen, der bei uns auf Sirius nun leben sollte. Jetzt waren wir auf dem Wege nachhause Richtung Sirius und wir alle waren gespannt, wie es uns bei der Rückkehr ergehen würde. Das Sternentor, der Eingang zu unserer Heimat, leuchtete bereits, Dario vollführte wahrhafte Freudentänze.

»Macht euch bitte bereit, meine Freunde, bald landen wir!«

Ja, unsere Heimat lag vor uns. Sanos beschleunigte die Fahrt rasant. Endlich, vor uns war Sirius, sanft landeten wir auf unserem Heimatboden. Doch keine Brüder oder Schwestern, die uns empfingen. Irgendwie seltsam. Wir stiegen aus und sahen uns um. Niemand war zu sehen.

»Aritos, das kommt mir eher seltsam vor, ich hoffe es ist nichts geschehen!«

Doch dann kamen sie von allen Seiten her mit unseren bunten Schleifen. Wir waren völlig überrascht. Es tat uns allen sehr gut, wieder zuhause zu sein, entspannt lagen wir später auf den Betten und schliefen. Ich träumte, träumte nur. Schlief ein und merkte nicht, wie man mich zudeckte. Es war Sarina, die mich zudeckte und lächelte. Moriana kam in meinem Traum zu mir. Ich unterhielt mich mit ihr. Und später erschien sie wahrhaftig.

»Ich bin es nicht gewohnt, Moriana, dass du mich in meinem Gemach aufsuchst, es ist eigentlich sehr neu für mich.«

»Oh Siriano, ich muss mit dir reden und das ist nur für dich bestimmt, was ich dir zu sagen habe, verstehst du?«

»Ja, gewiss, Moriana, um was geht es denn?«

»Siriano, ihr werdet bald wieder auf Reisen gehen.«

»Moriana«, unterbrach ich sie, »du weisst, ich kann selbst bestimmen und für ein Jahr bleiben wir hier, ja?«

»Ganz wie du meinst, mein König«, lächelte sie.

»Ich bin nicht dein König, Herrin von Sirius.«

»Oh, was denn sonst?«

»Ein einfacher Sirianer mit viel Herz und Licht und Liebe, nichts mehr, ja?«

»Oh, also komme ich lieber zur Sache, Siriano, ja?«

»Ganz wie du möchtest«, lächelte ich sie an.

»Du kennst die Geschichten und Legenden und alles von der Erde, oder?«

»Ja, bestimmt.«

»Höre, Siriano, einst gab es in England einen sehr berühmten König namens Artus, du erinnerst dich?«

»Ja, gewiss, er kämpfte für das Gute, genauso wie Richard Löwenherz.«

»Ja, Siriano, Artus befindet sich in Avalon, in einer anderen Dimension wie du weisst. Er will dich sprechen, er sagte mir nicht warum, doch er verspürte etwas, das ihn bewog, dich zu sprechen, mehr kann ich dir nicht sagen.

Siriano, du hast einen ungebetenen Gast?«

»Oh nein, wir sind alleine!«

»Denkst du? Was meinst du, wer befindet sich unter deinem Bett?«

»Simados vielleicht. Komme her, treuer Begleiter.«

Ich wunderte mich, weil er nicht kam.

Moriana lachte.

»Kein Wunder, nenne ihn beim richtigen Namen.«

»Oh, ich glaube es zu wissen. Dario, würdest du bitte vorkommen?«

Ja, Dario versteckte sich unter meinem Bett.

»Sag mal, was ist denn, willst du uns belauschen?«

»Oh nein, ich liege per Zufall unter deinem Bett.«

»Du wirst schweigen über das, was du gehört hast, Dario, ja?«

»Ja, bestimmt, ich folge dir, Siriano, bitte verzeih mir, ja?«

»Ja, gut.«

Moriana verschwand plötzlich.

»Warum ist sie gegangen, wegen mir?«, fragte Dario.

»Kann sein, vielleicht will sie später mit mir alleine reden. Du bleibst am besten hier, wenn man dich hier rausgehen sieht, ist das nicht gerade günstig.«

»Verstehe.«

»Hör mal«, meinte ich zu ihm, »willst du denn gerne wissen, was in dieser Zeit passierte?«

»Oh ja, sehr gerne.« Dario schlüpfte unter die Decke, schaute mich an und meinte nur: »Beginne, ich schlafe nicht ein, ich höre dir zu.«

»Ja«, lachte ich, »na gut.«

»Noch eine Frage, warum ist Sandrino nicht bei dir?«

»Weswegen denn, Dario?«

»Na er war doch sonst in deinem Gemach.«

»Nein, du siehst, er ist nicht hier, also höre zu. Artus war ein gutmütiger König mit Herz, er stammte von den Kelten ab, eigentlich war er ein keltischer Fürst. Da gab es sein Schwert Excalibur, es besass Macht und nur er konnte es führen, in Wahrheit, mein Bester, ist Excalibur eigentlich das Schwert von Erzengel Michael.«

»Wie?«

»Ja, ich erzähle dir nicht alles, aber wichtig ist, dass am Hofe von König Artus ein berühmter Ritter Lancelot war. Er war stets an der Seite seines Königs und gewann etliche Turniere.«

»Turniere?«

»Ja, Ritter prallten aufeinander los, in schweren Rüstungen und mit Lanzen, unverständlich, aber so war es. Lancelot genoss es am Hofe des Königs. Dann war er aber in der Gunst von Königin Ginevra, Artus Frau, und sie liebten sich heimlich, bis Artus dahinter kam. Lancelot wurde vom Hofe verbannt, Ginevra begab sich in ein Kloster. In einer Schlacht wurde Artus verwundet, er kämpfte gegen Modred, dieser fiel. Artus jedoch, der auf dem Krankenlager lag, wurde besucht von Lancelot. Lancelot sollte Excalibur ins Meer werfen, dorthin wo es hingehörte, Michael wartete bereits auf sein Schwert. Ja, und nun ist Artus bei bester Gesundheit, in einer fernen Dimension.«

»Wie nennt sich das dort, Siriano?«

»Oh Dario, darüber muss ich leider schweigen, verstehst du?«

»Ich verstehe sehr gut, Siriano.«

»Du hörst mir dauernd zu, ich finde das sehr toll, einen so aufmerksamen Zuhörer zu haben.«

»Oh danke.«

»Nun, du wirst ebenfalls dabei sein, Dario, aber benimm dich anständig, ja?«

»Müssen wir königliche Kleidung anziehen?«

»Haha, nein, ich bin ein Lichtmeister, ein sehr hoher Titel hier im Universum. Das habe ich meinen guten Taten zu verdanken.«

»Ja, stimmt, du bist ein herzensguter Sirianer, Siriano. Man muss dich einfach im Herzen haben. Du bist der Beste von allen.«

»Danke, sehr nette liebe Worte, Dario, ich gebe mir alle Mühe, gerecht zu allen zu sein. Aber ich bin eigentlich sehr müde, Dario, es war eine lange Zeit.«

Dario schlief sofort ein. Ich sah ihn an, er war ein treuer Kerl, er sah so lieblich aus, wenn er schlief, ruhig atmete er. Ich drehte mich um und versuchte auch einzuschlafen. Zuerst gelang es mir nicht, doch schliesslich kam ich in meine Träume hinein. Es war herrlich, so zu entspannen. Ich dachte in meinen Träumen nach über alles, was uns bisher so beschäftigt hat. Und ich hatte meinen Malteser Falken wieder, durch Martin. Auch er ein herzensguter Mensch, der gut gewählt hat, sich hier auf Sirius zu uns zu begeben.

Es war ein herrlicher sommerlicher Morgen, die ersten Sonnenstrahlen weckten mich, es war so warm. Es tat gut, die Strahlen auf meinem nackten Rücken zu spüren. Neben mir lag Dario immer noch schlafend. Er zog mir dauernd die Decke weg. Ich nahm sie wieder etwas zu mir. Dann krallten seine Finger sich in das Laken.

»Nein«, meinte er, »mir ist kalt.«

»Kalt«, erwiderte ich, »es ist herrlich warm draussen und dir ist kalt?«

»Oh, guten Morgen, Siriano, hast du gut geschlafen?«

»Ja, sehr gut, manchmal ohne Decke, du Schlawiner.«

Dario lächelte. Seine blauen Augen funkelten.

»Siriano, weisst du was?«

»Was denn?«

»Bleiben wir noch im Bettchen, jetzt ist es wirklich angenehm, die Betten im Raumschiff sind nicht gerade ideal.«

»Haha, die habe ich selbst ausgewählt, mein Lieber.«

»Ach deshalb ist das so. Oh, es klopft.«

»Erwartest du Besuch?«

Ich rief leise: »Herein?«

Aritos war wach.

»Hallo Siriano, mein Bruder, gut geschl…«, er unterbrach sich. »He, warum ist Dario bei dir?«

»Ich habe es ihm erlaubt.«

»Oh, neue Sitten? Siriano, du weisst er hat ein eigenes Gemach, ihr führt wirklich neue Gebräuche ein hier. Man sieht dich des Öfteren mit Dario und jetzt sogar gemeinsam in einem Bett?«

»Du denkst zu viel, mein Bruder«, lachte ich.

»Ja, vielleicht, aber sei vorsichtig, man könnte sich einiges erzählen, für dich nicht ideal, oder?«

Aritos hatte Recht, wenn man erfahren würde, dass Dario neben mir lag, was eigentlich nur ein Bruder durfte, dann würde es eine Menge Ärger hier geben. Doch Dario kümmerte das weniger.

Er meinte nur zu Aritos: »Ist doch nichts dabei, wir haben ja keine Sitten wie die Menschen hier eingeführt.«

»Hm, wie meinst du das bitte?«, entgegnete Aritos.

»Oh, so wie ich es sagte.«

»Zieh dich an und gehe in dein Gemach Dario, ich habe mit meinem Bruder zu reden, du kannst nachher weiter machen mit deinem Blödsinn.«

Dario befolgte den Rat meines Bruders und ging hinaus.

»Nun, warum besuchst du mich so früh, Aritos?«

»Siriano, erst einmal guten Morgen, du siehst gut aus.«

»Danke, was ehrt mich so, dass du mich heute bereits am Morgen besuchst?«

»Moriana war bei mir, Siriano.«

»Auch bei dir?«

»Dann wissen wir beide anscheinend, um was es geht.«

»Ja, gewiss, Avalon.«

»Das heisst, wir reisen nach England, um die Zeit von Artus, Siriano?«

»Ja, zuerst in die Moderne Zeit, es gibt in Stonehenge einen Eingang, wenn man hindurch geht, Aritos, befindet man sich in der Zeit von Artus, also können wir uns die Raum-Zeit-Verschiebung ersparen.«

»Auch gut, also was meinst du, Siriano? Wann würdest du denn dort hingehen?«

»Aritos, unsere Freunde und Brüder brauchen uns hier auf Sirius. Ich würde sagen, wir bleiben ein Jahr hier, dann soll es nach Avalon gehen. Und ich kann dir noch etwas anderes berichten, wir werden sogar noch zu den Azteken reisen. Wir haben wieder sehr viel zu tun, meinst du nicht auch?«

»Ja, ich gehe frühstücken, kommst du mit, Bruder?«

»Ich lasse es mir ans Bett bringen, geliebter Bruder.«

»Was meinst du, sollte ich das auch tun?«

»Na los, an meine Seite, Bruder.«

Ich umarmte ihn herzlich. Dann wurde uns das Morgenessen serviert, ein treuer Sirianer tat dies.

»Danke Seres, sehr nett, vielen Dank.«

»Oh, bitte, Siriano.«

Wir genossen es – leichtes Gebäck aus Weizen und Tee aus Kräutern, natürlich Honig von der Erde, gestiftet von Martin. Nachher lagen wir nebeneinander und schliefen abermals ein, bis Sandrino uns unsanft weckte.

»Mann, alles ist draussen und ihr beiden schlaft noch immer.«

Wir gaben uns einen Ruck, wuschen uns, zogen uns an und begaben uns dann auf die blühenden Wiesen von Sirius. Dort sahen wir die ersten Sonnenblumen, wir haben sie von der Erde mitgenommen und hier gepflanzt. Sie gefielen meiner Mutter sehr gut. Wir haben noch mehr seltene Pflanzen und Blumen mitgenommen, obwohl Sirius die schönsten Blumen hatte. Wir züchteten viele in verschiedenen Farben und sie wuchsen natürlich auf.

»Sieh nur«, lächelte Sarina, »Siriano, hier diese ist so herrlich.«

»Ja, das ist eine Rose, Sarina, sie symbolisiert Liebe, Geborgenheit und Wärme. Sie gehört eigentlich zu dir.«

Jeder Sirianer hatte seine Lieblingsblume. Bei Aritos war es die Nelke, Sandrino die Rose, meine war die Sonnenblume. Sarina besass die Tulpe. Dario das Vergissmeinnicht. Sanos ebenfalls die Nelke. Wir sprachen dann mit unserer Blume mehrmals. Sie konnte uns antworten, auf ihre Art und Weise. Als ich so im Grase lag, in die Sonne blinzelte, kitzelte es an meinem Ohr.

»Was für ein Wesen klettert an mir herum«, erfreute ich mich, da ich annahm, irgendein Wieseninsekt würde mich betören. Ich drehte mich um und starrte in Menos Gesicht.

»Du bist aber ein grösseres Insekt, was führt dich hierher, Menos?«

»Ich möchte eine Bewilligung von dir, Siriano.«

»Und die wäre?«

»Noch mehr Blumen anzupflanzen.«

»Noch mehr?«

»Ja, bitte.«

»Meinetwegen, ich habe nichts dagegen, Menos.«

»Es soll ein Meer voller Blumen werden«, lachte er herzlich, »ich liebe Blumen über alles, Siriano.«

»Ja, das habe ich bemerkt, Menos. Welche gefällt dir denn am besten?«

»Oh, es gefallen mir sehr viele. Ich habe eigentlich nicht eine bestimmte, aber die Rose, ja sie ist bezaubernd, wie der Sonnenschein, so warm und herrlich blühend.«

»Weisst du was, Menos?«

»Ja?«

»Es gibt auch weisse Rosen, sogar schwarze.«

»Oh ja, wir hatten solche auf Atlantis, untergegangen mit allem.« Traurig sah er mich an. »Ich hatte gar keine Zeit, einige mitzunehmen, Siriano«, sagte er und aus seinen Augen kamen Tränen hervor.

»Höre Menos, ich habe da etwas, was ich dir schon lange zeigen wollte. Komme doch mal mit.«

Menos folgte mir.

Wir hatten ja ein grosses Gewächshaus, in dem sich alle Arten von Pflanzen befanden und auch sehr seltene Blumen.

»Komm herein und schliesse die Türe hinter dir, Menos.«

»Ja, Siriano.«

Er folgte mir. Dann wurde er blass.

»Nein, Siriano, das glaube ich nicht.«

Hunderte von weissen Rosen blühten vor ihm und auch schwarze.

»Ich wollte es dir schon einmal offenbaren, es gelang mir aber nicht, und nun sollst du es wissen, ich habe sie von Atlantis mitgenommen. Man kann sie auch säen.«

»Siriano!«

Er umarmte mich so fest, dass mir fast die Luft wegblieb.

»Irgendwann werde ich es dir danken, aber auf meine Art und Weise, Siriano. Du hast mich soeben sehr glücklich gemacht.«

»Dann bin ich zufrieden, mein Bester. Ich wusste, ich mache dir damit eine grosse Freude, Menos. Pflege sie gut, Menos, ich mache dich verantwortlich, dass sie gut gepflegt werden, ja?«

»Bestimmt, Siriano, einen Moment.«

Menos pflückte eine weisse Rose und reichte sie mir.

»Für dich, Siriano.«

»Vielen Dank, Menos.«

»Die Rose soll den Namen Siriano erhalten«, strahlte Menos mich an, »die Weisse Rose Siriano.«

»Ah, das klingt sehr schön, ich danke dir, mein Bester. Ich sollte einmal nachsehen, was meine Freunde machen, möchtest du noch hier bleiben?«

»Oh, gerne, ich schliesse dann wieder ab.«

»Ja, geht in Ordnung.«

Ich begab mich zu meinen Brüdern und Freunden. Sie tollten auf der grossen Wiese herum. Ich beriet mich mit ihnen.

»Wisst ihr, irgendetwas schiesst mir im Kopfe herum, eine Idee, ja. Was meint ihr, wenn wir etwas ganz Eigenartiges bauen, aber mit unseren Händen. Eine Blumenlaube, Holz verwenden wir, ich habe es einst mitgenommen aus England und daraus bauen wir dieses Blumenhaus, wo wir uns treffen können, Meditationen machen ... – was meint ihr?«

»Oh, hervorragend«, meinte Ariana.

»Heisst das, wir bauen mit unseren Händen?«

»Ja, Dario.«

»Das heisst arbeiten! Für dich doch kein Problem, oder?«

»Jaja, bin ja Meister darin«, lachte er und schaute uns alle an.

»Also, seid ihr alle einverstanden?«

»Ja, natürlich«, stimmten alle zu.

Ich hatte wertvolle Unterstützung und wir begannen mit dem Aufbau des Häuschens. Ich hatte es einst in England gesehen, überall steckten Blumen im Holz. Und ich wollte so etwas Ähnliches bauen, ein jeder half mit. Meine Eltern sahen uns zu, sie strahlten.

»Sieh nur, Segasus, deine Söhne, sie bauen anscheinend etwas Herrliches.«

»Ja, ich bewundere meine Söhne, stolz bin ich, dass Aritos König von Sirius ist, oder Sandrino, der Fels in der Brandung, sieh nur, wie seine Muskeln arbeiten. Oder natürlich meine Tochter, bildhübsch, Sarina, mein Stolz. Doch Siriano ist der Grösste, er wird eines Tages der strahlendste Stern im Universum sein, ja. Mein Bestes, das ich gab, geliebte Serina. Komm, wollen wir uns aufmachen, unsere Arbeit wartet.«

Wir sahen sie und winkten ihnen zu.

Wir arbeiteten und arbeiteten. Gegen Abend war es so weit, wir staunten über unser Bauwerk. Es sah romantisch aus.

Da kam ein Wächter heran.

»Siriano, ich muss euch berichten, eure Eltern sind wieder verreist, zu den Plejaden für vier Monate.«

»Schon wieder, sie gönnen sich wohl keine Ruhe!«

»Aritos, Sandrino, Sarina, wir werden gut aufpassen müssen auf unseren Planeten, ja?«

»Gewiss, Bruder.«

»Ach ja«, meinte der Wächter, »ich habe noch etwas zu sagen.«

»Dann berichte weiter.«

»Wisst ihr, ihr sollt alle stets an sie denken, denn sie haben eine besondere Aufgabe erhalten. Sie sagten nicht, um was es geht, aber ihr sollt stets in Kontakt sein mit ihnen.«

Sandrino sah komisch aus.

»Aritos«, meinte er, »was soll das bedeuten?«

»Ich ahne auch nichts, mein Bester, doch zerbrechen wir uns nicht den Kopf darüber.«

Ich war sehr nervös, behielt jedoch die Nerven und zeigte meinen lieben Freunden und Brüdern meine Heiterkeit.

»Hört Freunde, wir wollen feines Gebäck herholen und reines Quellwasser, wir feiern.«

Sie machten sich auf, dies zu holen. Währenddessen begab ich mich zu Segodan, um mich mit ihm zu unterhalten. Ich lief auf und ab.

»Segodan, ich will die Wahrheit wissen, warum mussten sie so schnell abreisen?«

Segodan schaute mich merkwürdig an.

»Siriano, du weisst, es ist geheim, wenn deine Eltern abreisen ja? Sie sind auf die Plejaden gereist, es soll dort ein Friedensabkommen mit den Mordonen und den Ebos geschlossen werden.«

»Wie? Du weisst genau, Segodan, es ist gefährlich. Ich lasse das nicht zu.«

»Ruhig, Siriano, sie sind nicht alleine, das Ashtar Kommando begleitet sie.«

»Oh, dann bin ich beruhigt. Aber weswegen denn dies alles?«

»Nun, die Mordonen und die Ebos haben sich entschlossen, friedlich neben uns im Universum zu leben. Sie hätten sonst die ganze Bevölkerung von Sirius, also unsere fünf Planeten gegen sich, das sind 350 Millionen Sirianer. Die Mordonen sind nur 12 Millionen und die Ebos gar nur 150.000 Seelen.«

»Oh, ziemlich geschrumpft die Bevölkerung, findest du nicht auch, Segodan?«

»Ja gewiss, sie sind selbst schuld, viele wurden abgeschossen, das weisst du, als wir es einst so schlimm hatten.«

»Ja, ich erinnere mich, gewiss, mein lieber Segodan. Die Ebos sind nicht gerade kultiviert, ihre Art und Weise brachte so manches Sternenvolk zum Lachen, dann wurden sie zu Ausgestossenen. Ich kenne den Leidensweg der Ebos zu gut. Doch nun, mein lieber Segodan, kehre in dein Haus zurück, mache es dir gemütlich und ruhe dich aus, ja?«

»Ja, Oberster Kommandant aller Sternenflotten.«

Ich ging zurück zu meinen Freunden und wir hatten es ziemlich schön, es war ein tolles Feiern. Alle waren ausgelassen. Dario hatte wohl zu viel Wein getrunken, denn er lachte nur noch, später trug Menos ihn in sein Bett, endlich hatte ich Ruhe vor ihm. Zufrieden wollte auch ich mich schlafen legen, da erreichte mich eine Meldung von Segodan. Er rief mich eiligst zu sich. Ich begab mich mit Aritos und Sandrino zu ihm, er war voller Sorge, der gute Segodan.

»Sprich, Segodan, was hindert dich daran einen gesunden Schlaf zu tun?«

»Siriano, es kam eine Meldung von den Plejaden, man hat Schwierigkeiten, grosse sogar – zu den Ebos und Mordonen sind die Molloken übergelaufen, auch verschiedene andere Rassen. Ich glaube, die Sirianer und Plejadier sind überstimmt, die Lage droht zu eskalieren.«

Ich sah meine Brüder an und meinte zu ihnen: »Ihr wisst, was das zu bedeuten hat, ich muss zu den Plejaden. Ich muss Vater helfen.«

»Ach«, meinte Sanos, der zu uns gestossen war, »und Ashtar?«

»Oh, er ist ein grosser Mann, aber er kann nur auf das Wort der Grossen Meister reagieren.«

»Siriano, wenn du dich zusammen mit deinem Bruder Aritos dort hinbegibst, ist der Frieden gesichert, glaube mir.«

»Ja, es bedeutet sehr viel. Na gut, Segodan, ich werde mit Aritos, Sandrino und Sanos hingehen, ich werde eine Flotte mitnehmen, 20 Raumschiffe werden wohl genügen. Morgen lasse ich alles Nötige veranlassen, schlafe gut, Segodan.«

In dieser Nacht konnte ich kaum ein Auge zu tun, ich dachte immer an meine Eltern, wie es ihnen ginge, denn wie ich bemerkte, hatten sie ihre Kristalle nicht bei sich, sodass wir nicht kommunizieren konnten. Warum nur? Aritos schlief neben mir, er versicherte mir stets, es ginge alles gut, also fühlte ich mich sicher. Der nächste Morgen verlief nicht gerade zu meinen Gunsten, Dario machte eine Szene.

»Und ich gehe mit«, meinte er, »ob du willst oder nicht.«

»Höre zu Dario, das ist nichts für dich, ja?«

»Oh, ich bin kein Kind, mein lieber Siriano, ich bin erwachsen. Ich weiss, was es heisst, wenn es um Grosses geht, ich weigere mich, hier zu bleiben. Ich gehöre an deine Seite und damit basta.«

Ich war völlig erstaunt. Ja, jetzt wirkte Dario zum ersten Mal erwachsen.

»Na gut Dario, es ist alles vorbereitet, wir werden auf die Plejaden fliegen, um meinen Eltern beizustehen. Es sind Sirianer bei uns zum Schutze, also wird nichts passieren.«

Ich liess meine Unterführer kommen und instruierte sie über die Pläne, die Vorbereitungen liefen auf Hochtouren. Sarina und Ariana winkten uns zum Abschied. Unsere Raumschiffe erhoben sich in die Lüfte und es ging also los. Ich sass auf meinem Sessel und sah hinaus ins Universum, dachte nach und studierte dauernd. Sandrino lenkte mich von Zeit zu Zeit ab und erzählte sirianische Witze. Ja, er war ein guter Unterhalter. Er war sehr aufmerksam und umgarnte mich stets. Ich drehte mich auf meinem Sessel herum und lachte. Für eine Weile vergass ich alles.

Dann jedoch meinte ich: »Freunde, wir sind bald bei den Plejaden, bereitet euch bitte vor, denn jetzt wird es spannend.«

Dario zappelte herum und schaute hinaus. Richtig, die Plejaden lagen vor uns, ein Sonnensystem der besonderen Art. Wir meldeten unsere Ankunft an. Dann landeten wir auf dem wichtigen Planeten und sahen uns um. Ja, die Mordonischen Raumschiffe standen da, auch die der Ebos, die Molloken, die Narbonen, die Marsianer – all diese Völker wollten einfach gegen uns sein, warum nur? Ein Kommando begleitete mich und wir wurden herzlich empfangen, ich wurde umjubelt. Man erzählte sich bereits in Windeseile, dass der grosse Siriano auf den Plejaden sei. An meiner Seite waren Aritos und Sandrino. Sie strahlten. Wir betraten dann einen riesigen Komplex aus Kristall. Dort drinnen befand sich die sirianische Regierung und die der Plejaden, sie waren sehr viele. Wir wurden gross angestarrt. Ich sah Mutter und Vater und bemerkte ihre glücklichen Gesichter.

Der Oberste Führer der Plejadier sass da und strahlte, dann sagte er: »Sei gegrüsst, Siriano, wir sind sehr überrascht, dich hier zu sehen.«

»Oh, ich grüsse die Regierung des Sternensystems, des unendlichen Universums, ich bin hier, um meine Hilfe anzubieten.«

Die Führer der Mordonen und der Ebos schauten mich gross an.

»Ich grüsse die Mordonen und die Ebos, was führt euch hierher? Habt ihr mich nicht unterrichtet, dass ihr in Frieden leben wolltet? Ich hatte euer Wort und nun? Hat euch der Mut verlassen?«

Niemand sprach ein Wort, man liess mich in Ruhe ausreden. Ich sah, die Ebos und Mordonen hatten neue Führer.

»Ich sehe neue Führer. Ihr seid sehr ungeschickt, gehet nachhause und ruht euch aus, bringt kein Unheil ins Universum, ich habe eine riesige Sternenflotte bei mir, sie reagiert auf mein Wort. Ich bitte hier, vor der obersten Regierung darum, dass alle Sternenvölker ab sofort in Frieden leben. Wir sollten allen anderen unbekannten Sonnensystemen, von denen wir vielleicht noch nichts ahnen, die uns vielleicht sehen, es jedoch nicht wagen uns anzusprechen, und dem blauen Planeten, genannt Erde, als Beispiel voran gehen. Wir müssen ihnen zeigen, was es heisst, Frieden zu halten zwischen Völkern.

Ihr dort, genannt Ebos, wie auch ihr, die Mordonen, ihr lebt im Dunkeln. Kommt endlich heraus ins Licht und ihr werdet sehen, euer Herz, euer Inneres wird erleuchtet sein und aus Kreaturen werden Lichtwesen, glaubt mir auch ihr, Molloken. Lasst euch ebenfalls treiben, lasst los, lasst alles los. Ich bitte euch darum, gehet mit uns, den Plejadiern, den Sirianern und Arcturianern ins ewige Licht, ihr werdet es bestimmt nicht bereuen.«

Man sass und stand da, unbeweglich, anscheinend zeigten meine Worte Wirkung. Ich sah alle genau an. Ashtar lächelte, er lächelte mich an, ich sah grosse Meister des Lichtes, ich hatte sie natürlich wie immer überzeugt. Dann sah ich einen stämmigen Kerl, sein schwarzes kurzes Haar glänzte, er steckte in einer Rüstung, wie einst auf der Erde die Gladiatoren. Er wirkte herausragend, fiel sofort auf, auch er lächelte.

Dann erhob sich der Oberste der Regierung und wandte sich an die Führer aller Völker: »Ihr habt gehört, was der weise Siriano sagte, entscheidet euch, entweder für das Licht oder für das Dunkle. Diejenigen, die sich für das Licht entscheiden, werden herzlich aufgenommen in den Bund der Licht-Brüder. Die anderen sollen sich entfernen, für immer, sie sollen es niemals mehr wagen, in unsere Sonnensysteme zu gelangen. Ich werde meinen Sohn darum bitten, dass er stets alles kontrolliert, es wird ein Plejaden-Heer zusammengestellt, zur Sicherheit kleiner Völker, ihr wisst, wir Plejadier sind das grösste Volk neben den Sirianern, es hat keinen Sinn sich aufzulehnen gegen uns. Mein Sohn, ich bitte dich, an meine Seite zu treten und dem grossen Siriano unsere Hochachtung auszudrücken.«

Der stämmige Kerl setzte sich in Bewegung, er war also der Sohn des Obersten der Regierung. Er stand nun neben seinem Vater. So ergriff er das Wort.

»Ich, Tabor, der Sohn des Regierungsverantwortlichen Semedanos, versichere Schutz für die kleinen Völker. Ich werde es nicht zulassen, dass man euch angreift. Nein, stets werdet ihr Schutz erhalten von uns, von mir, Tabor.«

Dann setzte ich mich in Bewegung, in Richtung des Obersten.

»Siriano knie nieder und du wirst etwas erhalten, was sonst niemandem zuteil wird.«

Dario, Aritos und meine Freunde hielten den Atem an. Ich erhielt als Dank für meine guten Taten vom Plejaden-Führer die begehrteste Auszeichnung – ein goldenes Schwert mit einem funkelnden Rubin auf dem Knauf. Es war sehr wertvoll, wer es besass, dem verlieh das Schwert unsagbares Glück, Frieden und Licht. Ich wurde beklatscht, man jubelte. Ich glühte vor Stolz und sah den obersten Führer an, dann seinen Sohn, der lächelte. Da schob sich eine hübsche junge Frau zwischen sie.

Leise meinte Tabor zu mir: »Das ist meine Schwester Tara, Siriano.«

Sie lächelte mich an und gab mir einen Kuss auf die Wange.

Dann sagte Tabor: »Meine Sirianer, ihr seid meine Gäste, fühlt euch wohl, ihr werdet es geniessen hier.« Seine blaue Augen leuchteten, ich sah ihm nach.

»Ja«, meinte Tara, »er ist genauso wie du, Siriano. Wir haben von deinen wundervollen Taten vernommen, wir sind sehr angetan und sind stolz darauf, dich als Gast bei uns zu haben. Fühlt euch wohl hier, du und deine Freunde.«

Dario war entzückt von Tara, so auch Sanos. Dario umschwirrte sie unablässig. Sie lächelte.

Abends dann sagte sie zu ihm: »Dario, ich bin leider vergeben, also umgarne mich nicht, ich werde bald einen Mann haben. Aber bleibe trotzdem ein Freund von mir.«

Dario holte tief Luft und meinte: »Dann suche ich eben weiter.«

»Oh, gehst du zu deinem Freund Siriano?«

»Ja, gewiss.«

»Richte ihm die besten Wünsche aus, man sieht sich wieder.«

Ja, wir wurden richtig verwöhnt, ich befand mich in einem Bad, es roch sehr gut nach Lavendel und Rosenblüten. Ich genoss die Wärme des Wassers, atmete die Düfte ein und war glücklich. Meine Schultern schmerzten wie immer. Ich tauchte sie unter ins warme Wasser, es tat unheimlich gut. Da spürte ich plötzlich Hände auf meinen Schultern. Ich zuckte zusammen.

»Wer stört mich bitte?« Ich drehte mich um.

»Dario, es reicht bald! Was fällt dir nur ein?«

»Oh Siriano, verzeih mir, aber ich spüre deine Schmerzen, ich werde dich massieren, ja?«

»Oh ja, das wird mir gut tun.«

Dario war ja ungeschickt, er war grob und beherrschte die Massage nicht so gut wie Menos, doch dieser war ja auf Sirius zurückgeblieben.

»Ich sehe«, bemerkte Dario, »meine Hilfe ist dir nicht so angenehm, also ich beherrsche es nicht. Seit wann hast du denn dies mit deinen Schultern?«

»Schon lange Dario, aber ich könnte mir selbst helfen.«

»Oh, und wie?«

»Na durch unsere Heilkraft, die Strahlen, mein Dummerchen.«

»Bis später, Siriano«, meinte er und zog sich zurück.

Ich blieb noch eine Weile in meinem Bade, genoss es ausgiebig und schlief schliesslich ein. Jemand rüttelte mich wach. Ich blickte auf, Tabor sass vor mir.

»Hallo Tabor, was ist dein Begehr?«

»Fühlst du dich wohl hier bei uns, Siriano?«

»Danke, sehr gut Tabor, es ehrt mich sehr, euer Gast zu sein, und mein Herz ist erfreut, meine Eltern zu sehen. Deine Schwester Tara ist wunderschön, sie sieht umwerfend aus.«

»Ja, ich weiss, Siriano, sie ist bildschön.«

Tabor, der mutige Plejadier

Er sah mich mit lachenden Augen an. Das hiess, entweder raus oder umdrehen. »Haha, ihr Sirianer seid wohl sehr schüchtern, was? Wir kennen keine Hemmungen hier!«

»Ich bin hier nicht auf Sirius, sondern auf den Plejaden, Tabor, aber ich will mich nicht euren Sitten anpassen, ja? Jeder Kommentar ist überflüssig.«

»Oh, du bist sehr witzig, Siriano, man kennt dich nicht nur wegen deiner lichtvollen Art, man kennt auch deinen Humor, er soll überwältigend sein.«

»Ja, am nettesten bin ich, wenn ich schlafe.«

»Haha«, lachte Tabor, »das gefällt mir, bitte sei mein Gast heute Abend, erzähle uns von deinen Reisen, sie sind sehr beliebt bei unseren Kindern, sie haben in dir ihr Ideal, Siriano.«

»Oh, ich fühle mich sehr geehrt, danke Tabor. Du siehst so merkwürdig aus, plejadischer Freund, wie ein richtiger Mensch.«

»Stört dich etwa meine Rüstung? Sieht sie nicht neckisch aus?«

»Über Geschmack lässt sich streiten«, antwortete ich.

»Sie gefällt dir also nicht?«

»Oh nein, sie hat eine besondere Bedeutung für mich, ich will nicht weiterreden.«

»Na dann nicht, ich kann mich meinen Gästen anpassen, Siriano.«

Tabor stand da, sah mich dumm an, zog am Oberteil seiner Rüstung und stand dann mit nacktem Oberkörper da.

»Untersteh dich, weitere Teile abzuziehen, die Folgen wären verheerend.«

»Haha«, lachte er, »keineswegs. Also, ich kenne keine Hemmungen, wie ich bereits sagte. Aber ich könnte mich ein wenig waschen.«

»Macht ihr das immer so, ihr Plejadier, sich vor anderen zu waschen? Und erst noch vor einem besonderen Gast?«

»Oh, verzeih, ich dachte nicht mehr daran, aber es ist hier näher als zu meinen Gemächern.«

»Na dann tue, was du musst, ich tauche kurz unter.«

Ich verschwand kurz unter Wasser. Prustend kam ich abermals hoch. Ich sah Tabor lachend vor mir.

»Was ist denn Tabor?«

»Entschuldige, aber ich sah den grossen Siriano so noch nie.«

»Sehr lustig, hau ab bitte.«

»Nein, keineswegs, dieser Raum gehört zu meinen Gemächern, fällt mir nicht im Traume ein.«

Ja, er erinnerte mich an Dario, genauso frech und vorwitzig. Schien er wirklich so zu sein? Tabor reichte mir feine Kleider. Sie rochen sehr gut.

»Hier«, mit diesen Worten zeigte er sie mir.

»Ziehe sie an, sie stehen dir sicher gut, ja?«

»Danke, lege sie mir doch auf mein Bett.«

»Oh, gerne.«

Irgendwie war ich sauer auf ihn, er liess mir meine Ruhe nicht, nein. Ich sass in der Badewanne und wartete darauf, dass er sich verdrücken würde. Doch das geschah nicht.

»Sag mal, was erwartest du eigentlich, Tabor? Sollte ich etwa um Hilfe rufen?«

»Oh, warum denn? Sage mir, wohin geht deine nächste Reise?«

»Ha, auf keinen Fall hierher zu dir«, entgegnete ich ernsthaft.

Tabor lachte nur. Irgendwie gefiel mir seine Art, er hatte einen Humor, sagenhaft. »Was meinst du, wenn ich mitkommen würde Siriano?«

»Ich heisse Siriano, Taflor.«

Tabor konnte sich nicht beruhigen, er war begeistert von meiner Art.

»Also, ich komme aus der Wanne heraus, egal was passiert.«

Ich nahm meinen Mut zusammen, erhob mich. Sofort gab er mir ein Tuch zum Umwickeln.

»Danke!«

»Oh, bitte.«

Ich sah ihn an, aber er lachte immer noch, irgendwie dachte ich, dass ihm das Lachen bald vergehen würde.

»Siriano, sind alle Sirianer so bezaubernd?«

Ich hatte genug, gab ihm einen Schubs und er landete in der vollen Badewanne. Er war sehr verdutzt, sah mich hilflos an und begann schallend zu lachen, dann lachte auch ich. Ja, und die Türe ging auf und Aritos stand da, mit Sandrino.

»Oh, du hast Besuch, mein Bruder Siriano?«

Irgendwie war mir die Szene unangenehm. Ich war unruhig. Tabor rutschte aus und sah mich an, lachte so.

»Auch wenn du der Sohn des Obersten der Regierung bist«, sagte Aritos da, »eines sage ich dir, lass deine Finger von Siriano, denn du kennst mich, seinen Bruder Aritos noch nicht gut genug! Siriano, wir erwarten dich bereits.«

Ich drehte mich um, lachte Tabor an und ging mit ihnen.

»Halt, ihr könnt mich doch nicht so zurücklassen«, hörten wir Tabor noch.

»Ist er frech geworden, Siriano?«

»Bruder, bestimmt nicht, er ist echt in Ordnung. Wo sind Martin und Arco? Und die anderen?«

»Die meisten sind in den Schlafräumen, übrigens deinen werde ich bewachen lassen«, setzte er hinzu, der gute Aritos.

Ich lächelte. Ja, er war stets in Sorge um mich. Ich sprach dann mit meinen Freunden.

Als mein Vater mit Mutter zu uns kam, sagte er: »Siriano, deine Worte haben genutzt, die Mordonen, die Ebos und die Molloken haben den Friedensvertrag unterschrieben.«

Ich war sehr erfreut, dies zu hören.

»Du erreichst doch alles«, lachte Sanos mich an. »Du hast etwas verdient von uns.«

»Ja, Ruhe, Ruhe von allem, was meint ihr, sollten wir nicht mal Ferien unternehmen auf der Erde?«

»Ja, genau«, jubelte Dario, »Mallorca oder die Malediven.«

»Dario bitte, du bist ein Sirianer.«

»Ja, ich vergass es.«

Wir sprachen lange miteinander. Ich wurde müde und begab mich in das Gemach, das man mir zur Verfügung gestellt hatte. Ich warf mich richtig auf das Bett und sah mir alles genau an. Diesmal war ich sicher, dass Dario sich nicht hinein schleichen würde, nein er zog es vor, in sein eigenes Gemach zu gehen. Es war ruhig, sehr ruhig. Niemand war mehr auf, nur die plejadischen Wachen waren überall. Man hörte sie zum Teil. Ich begab mich auf die Terrasse. Herrlich, doch es war nicht so schön wie auf Sirius.

»Sirius, wir sind bald wieder da«, sagte ich zu mir selbst.

»Und wann bitte?«

Ich schrak zusammen. Tabor stand neben mir, seine Räume waren neben meinem Gemach.

»Entschuldige«, sagte er, »ich habe dich bestimmt erschreckt, kommt nicht wieder vor. Du hast mir noch nichts erzählt von deinen Reisen, komme in meine Gemächer, fühle dich wohl wie auf Sirius, ja?«

Ich konnte nicht Nein sagen und willigte ein.

Wir tranken Wein und ich erzählte ihm, wo ich schon überall war.

»Nun, es ist Zeit für mich, Tabor, nochmals vielen Dank für deine Gastfreundlichkeit.«

»Oh, gerne geschehen. Ich hoffe, du hast eine angenehme Nachtruhe. Schlafe gut, Siriano.«

»Du auch Tabor.«

Ja, am nächsten Morgen wollten wir früh aufbrechen, um nach Sirius zurückzukehren. Ich schlief sofort ein, bemerkte nicht, dass jemand zurückkam und mich zudeckte. Dann träumte ich, ich träumte sehr wundervoll.

Es war ein angenehmer Morgen. Meine Eltern waren bereits abgereist, wie immer Richtung Wega und Leier. Man servierte uns noch feine Sachen zum Morgenessen, dann ging es ab zu unseren Raumschiffen. Die Führer der Ebos und Mordonen bedankten sich noch bei mir, sie wirkten bereits anders, ruhiger, sicherer. Hatten meine Worte sie tatsächlich bewogen, sich auf die Seite des Lichtes zu wenden? Es wäre sehr schön zu wissen.

»Seid ihr bereit, meine Freunde, weiterzugehen?«

»Ja, bestimmt«, nickte Dario.

Aritos meldete: »Da gibt es aber noch etwas, was uns hindert abzufliegen, Siriano.«

»Was denn? Ich kann mir nicht vorstellen, was das sein könnte, so berichtet mir, was euch Sorgen bereitet.«

Aritos sah mich an und meinte dann: »Es möchte jemand mit uns kommen.«

»Oh, ich kann mir vorstellen, um wen es geht, so trete er vor.«

Tabor kam nicht in seiner Rüstung, nein, er hatte Gewänder von Sirius an.

»Wer hat ihm die gegeben?«, fragte ich Aritos leise.

»Na Dario.«

»Wie immer, der lernt nicht, aber er hat es gut gemeint. Hallo Tabor, was gibt es denn?«

»Ach, ich sagte doch bereits, ich komme mit auf die nächste Reise. Und ich möchte gerne Sirius kennen lernen. Ich habe euch als Gäste aufgenommen und jetzt liegt es an euch, mich zu bewirten, oder?«

»Raffinierter Plejadier«, lachte ich, »ich kann es nicht ändern, meine Freunde. Na gut, wenn es sein muss, Tabor, bitte. Ich kann dich nicht daran hindern, hast du das Wichtigste zusammengepackt?«

»Ja, bestimmt, ich freue mich schon.«

Tabor grinste dabei und wir gingen zu unseren Raumschiffen. Segodan empfing uns zufrieden. Er umarmte mich, fühlte sich glücklich. Der Frieden war da!

Wir flogen Richtung Sirius mit Tabor, dem Plejadier.

An Bord unseres Raumschiffes staunte er: »Siriano, ihr seid auf das Modernste eingerichtet, ihr seid sehr fortgeschritten.«

»Ja«, schaltete Sandrino sich ein, »aber mehr sagen wir nicht, brauchst also nicht weiter zu fragen.«

Ich schaute Sandrino an.

»Höret, meine Freunde, Tabor ist unser gemeinsamer Freund von den Plejaden, ich will nicht, dass irgendwie Feindseligkeiten entstehen, versteht ihr, was ich meine?«

»Ja, natürlich«, meinte Dario. »Er kann hier auf dem Schiff bei mir nächtigen.«

»Danke«, sagte Tabor, »aber ich werde bei Siriano nächtigen, ihm vertraue ich.«

»Ich höre wohl nicht recht«, empörte sich Sandrino, »es ist nicht erlaubt, bei dem obersten Kommandanten zu nächtigen, Tabor, das gehört zu unseren Gesetzen, die solltest du dringest beachten, ja?«

Ich bemerkte Sandrinos Reaktion.

»Hört auf«, mischte ich mich ein, »es wird so sein wie ich sage, Dario zeige ihm bitte sein Gemach, ja?«

»Okay«, grinste Dario.

Ein jeder war erstaunt. Dario nahm ihn mit sich. Ich war irgendwie nicht gut aufgelegt, lag es daran, dass ich mit dem falschen Bein aufgestanden war? Ich schwieg eine Weile. Dann begann ich.

»Höret Brüder und Freunde, ich sagte von Anfang an, lasst ihn in Ruhe, er ist ein Plejadier, also ein Verwandter von uns. Er kennt unsere Gesetze nicht. Erstens sieht er völlig anders aus, das macht auch nichts, zweitens hat er das genau gleiche Recht hier zu sein, er ist in seinem Inneren genauso wie wir. Ich wünsche keinen Hass hier und auch nicht, wenn wir nachhause zurückkehren, das gilt für dich ebenfalls, Sandrino, du brauchst keine Angst zu haben, ich habe mich sehr gut unter Kontrolle.«

Seit diesem Gespräch ging mir Sandrino irgendwie aus dem Wege, mag sein, weil er ein schlechtes Gewissen hatte, mag sein, dass es einen anderen Grund hatte. Die erste Nacht war einigermassen ruhig, Sanos flog das Schiff. Ich aber war sehr unruhig.

»Psst, kann ich mit dir reden?«, sprach mich plötzlich jemand an.

Ich schaute auf.

»Oh«, flüsterte ich, »wie um alles in der Welt kommst du hierher, Tabor?«

»Ich muss dich sehen, mit dir reden. Höre, ich will nicht irgendetwas anrichten, man kann ja nicht einmal in die Nähe von dir kommen, ohne dass einige deiner Brüder unruhig werden. Ich habe es bemerkt, da sieht man einmal, wie sehr sie dich lieben. Sicher haben sie Angst davor, dass ihnen jemand etwas zuleide tun möchte, indem er ihnen ihren Bruder nimmt, das Beste.«

»Ja, ich ahnte so etwas«, flüsterte ich. »Weisst du, Tabor, mit Sandrino verbindet mich etwas Starkes. Er war einst in Atlantis, er hat sehr viel Schlechtes durchgemacht, wir wussten beide voneinander nicht, dass wir Brüder sind, verstehst du?«

»Oh, das wusste ich nicht, tut mir Leid. Weisst du, Siriano, ich will nur ein guter Freund sein, ja? Ich verstehe mich so gut mit dir, an deiner Seite Abenteuer zu bestehen, muss toll sein – bitte, ich möchte mit nach Avalon.«

»Na, wenn du meinst?«

In diesem Moment ging die Türe automatisch zu und Tabor war sozusagen bei mir eingesperrt. Ich lachte leise.

»Und nun? Ich kann doch nicht hier drinnen bleiben, wenn deine Brüder das merken, bin ich geliefert, sie bringen mich sicher sofort zurück zu den Plejaden.«

»Nein, ich bin hier der Kommandant und auch meine Brüder haben mir hier auf dem Schiff zu gehorchen, du brauchst keine Angst zu haben.«

Tabor fühlte sich daraufhin sicherer.

»Und wo soll ich nächtigen?«

»Auf dem Boden natürlich.«

»Wenn du meinst?«

Tabor legte sich auf den Boden. Irgendwie tat er mir Leid, er hatte uns sehr gut bewirtet und ich liess ihn einfach auf dem Boden schlafen.

Ich flüsterte leise: »Na komm schon, aber verhalte dich ruhig, ja?

Ich lasse dich in sieben Stunden raus hier, okay? Dann öffnet sich die Türe.«

»Seltsame Sachen hier auf dem Raumschiff.«

»Schlafe und beruhige dich.«

»Und wenn jemand hereinkommt?«

»Oh nein, das passiert nicht, ich habe dafür gesorgt«, lachte ich leise.

Tabor lächelte. Wir schliefen ein, er roch nach Jasmin, was für ein seltsamer Kerl, aber er war ja der Sohn des Mannes, der dafür sorgte, dass es uns gut ging. Auf gewisse Weise war ich stolz.

»Schläfst du schon, Siriano?«

Ich lächelte und drehte mich um, sein Lachen war so herzhaft.

»Sei bloss ruhig.«

»Kennst du einen plejadischen Witz, Siriano?«

»Hör mal, ich will schlafen und mir nicht Witze anhören von dir.«

»Dann eben nicht.«

»Tabor, warst du jemals auf der Erde?«

»Ja, einige Male. Ich war dort unten, aber leben könnte ich dort nicht, nein das ist nichts für mich.«

»Sage Tabor, was hast du dort schon gesehen?«

»Oh, einiges, ich war in Mexiko, Russland, China, Japan zu Friedenszwecken. Aber ich muss sagen, hier ist's besser.«

»Und in ferne vergangene Zeiten?«

»Ha, im Wilden Westen, da gab's Krieger, die sich mit Federn beschmückten.«

»Ja, kenne ich, aber sage mir, wie alt bist du, Tabor?«

»Oh, vielleicht im gleichen Alter wie du? Über das Alter spricht man nicht, Siriano.«

»Gleich wie bei uns«, lachte ich.

»Wir sind noch jung, was?«

»Ja, bestimmt.«

»Sollen wir Freunde bleiben, Siriano?«

»Ich kann gute Freunde gebrauchen Tabor, ich habe einen aus Griechenland von der Erde, genannt Menos, er blieb auf Sirius und noch einen anderen Erdenbewohner, er lebt auch bei uns auf Sirius, genannt Martin, er kommt aus England. Ja, und dann mein Bruder Sandrino, einst in Atlantis, er ist unersetzbar, du kennst ihn ja, meinen Bruder.«

»Ja!«

»Erzähle, wie ist dein Bruder Aritos?«

»Ach, ein wunderbarer Bruder, stets an meiner Seite zu finden, Tabor. Oder Sanos, er ist auch einer meiner besten Freunde, und Arco, der Freund von Sandrino, der einst auch in Atlantis sesshaft gewesen ist, Menos Brüder und Schwestern – aber du wirst sie alle noch kennen lernen. Irgendwie verspüre ich keinen Schlaf mehr, du hast ihn mir geraubt, Tabor.«

»Haha«, lachte er.

»Psst, nicht so laut.«

Wir lachten leise. Schliesslich schliefen wir ein, aber ich verpasste die sieben Stunden. Als ich morgens erwachte, rüttelte ich Tabor wach. Er gähnte.

»Psst, ich lasse dich raus, aber du musst aufpassen, ja?«

»Na gut.«

Wir verhielten uns ruhig. Niemand war in den Gängen, es schien noch alles zu schlafen. Wir robbten herum, kamen uns wie Kinder vor, leider wurden wir beobachtet, aber derjenige, der uns sah, lachte nur, es war mein Bruder Aritos.

Er sprach zu sich selbst: »Ja, ich dachte es mir, mein jüngerer Bruder Siriano.«

Wir näherten uns immer mehr Sirius, dann war es so weit und wir wurden gebührend empfangen, meine Auszeichnung glänzte auf der Brust.

»Seid willkommen«, rief Menos und kam hergerannt.

Sarina und Ariana waren auch zuvorderst. Wir waren glücklich.

Ich hielt dann eine Rede: »Meine Brüder und Freunde, dies hier ist Tabor, der Sohn unseres obersten Sternenführers, er wird eine Weile bei uns bleiben, hier als Gast auf Sirius. Ich hoffe, ihr nehmt ihn auf, als ob er einer von uns ist.«

Sie feierten ihn. Tabor strahlte und Sirius nahm ihn ebenfalls auf. Erschöpft sanken wir in die blühende Wiese, von dort begaben wir uns zuerst zur Quelle und badeten in unserem kleinen See.

»Ist das ein Ritual von euch?«, fragte mich Tabor.

»Ja«, meinte ich zu ihm, »benutze es ebenfalls. Ich rate es dir nur, es tut sehr gut.«

»Oh, ich versuche es.« Er zog sich seine Kleider aus und kannte keine Hemmungen. Sarina und Ariana waren entsetzt.

»Siriano«, meinte Sanos, »gib ihm eine Hose zum Baden, schnell.«

»Ja, ich habe es zu spät gemerkt.«

Tabor lief rot an. Es war ihm eine Lektion. Wir lachten noch am Abend darüber. Aritos verdrückte sich zu seiner geliebten Ariana. Dario spielte mit den Kristallkugeln, gemeinsam mit Martin und Sanos. Ich beobachtete sie zufrieden. Tabor war stets an meiner Seite. Menos und seine Brüder waren längst in ihren Betten. Einer nach dem anderen ging dann zu Bette, obwohl es eigentlich noch nicht Zeit war, aber sie waren sehr müde von der Reise. Einzig Tabor war noch bei mir.

»Siriano, ich finde es ist bei euch sehr toll, ich könnte mich hier an alles gewöhnen, mein Vater wäre glücklich«, sprach unser Freund Tabor.

»Sag mal«, begann ich, »wo ist denn eigentlich deine Mutter?«

Tabors Gesicht veränderte sich.

»Ich will nicht darüber reden, Siriano, bitte.«

»Ja, gut, wenn du nicht möchtest, bist du nicht müde?«

»Oh nein! Hast du noch Wein?«

»Bei euch trinkt man anscheinend viel Wein, nicht wahr, Tabor?«

»Oh, nicht im Übermass, aber manchmal trinke ich aus Sorge, sonst nicht meine Angewohnheit. Ich habe meinem Vater schon viel Sorgen bereitet, Siriano. Manchmal schämt er sich für mich, ja, aber ich habe dann auch ein schlechtes Gewissen. Ihr Sirianer seid ein tolles Volk, von reinem Herzen, lichtvolle Wesen, ja, Menschen eigentlich und ich fühle mich in diesem Moment so schlecht.«

»Das musst du nicht, Tabor, aber dich quälen andere Sachen, das merke ich. Ich werde sehen, was ich machen kann, hier bei uns bist du gut aufgehoben, nur keine Angst. Wir haben uns die Hände gereicht, dass wir Freunde bleiben, also wollen wir uns gegenseitig stets unsere Sorgen anvertrauen, für einander da sein, einverstanden?«

»Ja, einverstanden. Weisst du, in diesem Moment hätte ich dich gerne umarmt, Siriano.«

»Dann tue es doch, wenn dir nach zumute ist.«

»Und wenn …«

»Haha, schon wieder Aritos? Hör mal, diese Geste ist auch auf den Plejaden bekannt, na komm schon.«

Tabor tat es und er spürte mein reines Herz, die Wärme, die Liebe, die ich in mir hatte für jeden Menschen, jedes Wesen. Danach fühlte er sich besser als je zuvor.

Ja, ich gewöhnte mich eigentlich schnell an Tabor, er war ein feiner Kerl, hatte was im Hirn, war intelligent, und er kam mir vor wie ein Beschützer. Keiner von den Licht-Kriegern traute sich an mich heran, manchmal amüsierten sie sich so sehr, wenn ich mit ihm spielte, das heisst, wenn ich ihn sozusagen vereierte – er nahm es gelassen. Die Zeit auf Sirius mit ihm war wunderbar, ich war stolz auf ihn, ich konnte mit ihm Sachen unternehmen, die ich mit Sandrino oder den anderen nicht machen konnte. Martin fand eine hübsche Sirianerin, er war viel bei ihr, Dario und Sanos begaben sich sehr viel in die Natur, sie schworen sich ewige Freundschaft. Aritos war immer noch sehr verliebt in Ariana.

Eines Tages kam Tabor zu mir.

»Siriano, ich habe eine Frage an dich.«

»Ich werde mich bemühen, sie dir zu beantworten.«

»Ich habe gemerkt, dass alle deine Freunde und Brüder nicht mehr viel um dich herum sind. Bin ich schuld daran?«

»Oh nein, Tabor, bestimmt nicht, ich habe einfach keine Zeit für sie, ich muss die Reise nach Avalon vorbereiten und es gibt noch mehr Ziele. Am besten ich bespreche es mit dir, Tabor. Geht das in Ordnung?«

»Ja, ich freue mich.«

»Gehen wir Richtung Zauberwald, vielleicht treffen wir Qunata oder Moriana, na?«

Wir liefen dem Wald entgegen.

»Es ist herrlich auf Sirius, Siriano, ich fühle mich wie zuhause.«

»Weisst du, ich habe im Sinn, einen neuen Palast zu errichten, Tabor. Aritos kommt gelegentlich vorbei, Arco, Menos und dessen Geschwister sind zusammen. Eigentlich sind nur noch Dario, Sanos und Sandrino bei mir und du. Ihr seid meine treuesten Begleiter. Ich bin auch froh, dass Martin sein Glück gefunden hat. Sieh nur das Meer, sieht es nicht wunderbar aus?«

»Ja, und wie! Siriano, ich bin so glücklich.« Er umarmte mich einfach und weinte vor Glück. »Auf den Plejaden ist es bestimmt auch schön, aber ich wollte schon immer weg von dort, selbstständig sein, meinem Vater beweisen, dass ich auch was kann. Er sagte einst, wenn ich ein hübsches Mädchen sehe, solle ich heiraten, eine Familie gründen, aber ich habe kein Interesse.«

»Haha, mir geht es genauso, meine Eltern wollten, dass ich heirate, Tabor, aber ich mag nicht. Ich sehe einfach die Aufgaben, die ich zu erfüllen habe, sie sind viel wichtiger für mich – Frieden und Licht zur Erde zu bringen, oder in andere ferne Galaxien zu reisen, das reizt mich sehr.«

»Siriano, ich bin froh, dich zu haben, mit dir kann man wirklich über alles reden.«

»Setzen wir uns dort an den Bach?«

»Ja, bestimmt ein idealer Ort, wo wir uns auftanken können.«

Wir setzten uns einfach an den Bach und redeten.

»Wie sind deine Pläne, Siriano, wenn es nun nach Avalon geht?«

»Oh, zuerst möchte ich nach England, Sheena besuchen, ich habe ihr versprochen, wieder mal einige Kornkreise zu machen. Dann einen Abstecher nach Irland, Schottland, es wird jedenfalls spannend, Tabor.«

»Ich vermute es, Siriano.«

»Na und dann begeben wir uns nach Stonehenge.«

»Stonehenge?«

»Ja, es gibt dort einen Eingang in die Dimension, in der sich Artus befindet. Mit ihm reisen wir dann gemeinsam in die Zeit zurück, als es noch Ritter und Burgen gab.«

»Mann, ich freue mich. Sag, Siriano, kann ich Rituale von euch auch mitmachen?«

»Wenn du möchtest«, antwortete ich und lächelte dabei.

Wir hörten nicht, wie jemand sich uns näherte, wir waren zutiefst in unsere Gedanken gegangen.

»Hallo, ihr beiden.«

Wir drehten uns erschrocken um.

»Sandrino?«

»Ja, ich habe euch gesucht und sagte mir, ihr könnt nur hier sein.«

»Sandrino, setze dich zu uns, wir unterhalten uns über die Reise!«

»Reise?«

»Ja, nun spiele nicht den Ahnungslosen!«

»Ich werde mir Mühe geben, okay, lass es uns besprechen.«

Wie kam ich mir nun vor, zwischen zwei Bewunderern! Beide mochte ich sehr.

Dann erschien uns Moriana.

»Hallo Freunde«, meinte sie. »Ich sehe, ihr seid so vertraut zusammen, das tut meinem reinen Herzen sehr gut. Ich hörte, Siriano, du begibst dich nach Avalon?«

»Richtig, Moriana.«

»Ich wünsche dir Glück, wann soll es denn so weit sein?«

»Oh, noch drei Monate, denke ich, ich muss was unternehmen, Moriana.«

»Ich sehe an deiner Seite einen Plejadier, Siriano, ist er von reinem Herzen?«

»Ja, bestimmt, Moriana, ich habe ihn auf Herz und Nieren geprüft.«

Moriana lachte.

»Ihr drei, ihr seid eins«, begann sie, »höret auf mich und meine Worte. Ich wünsche euch auf der Reise alles Gute, es ist zwar noch lange bis dahin, aber achtet auf eure Gefühle, lasset euch nicht von dunklen Fremden beeinflussen, Siriano. Du wirst solche Wesen leicht durchschauen, aber wie ist es mit dir, Sandrino?«

»Moriana, wir haben Siriano bei uns, da kann uns nichts passieren, oder? Ich bin von reinem Herzen und begleite Siriano überall hin, weiche nie von seiner Seite, Licht verbindet ja stark.«

»Ich sehe, du hast mich überzeugt, Sandrino, ich wende mich an dich, Plejadier, bist du in reinem Herzen gewillt Siriano zu begleiten, überall hin?«

»Oh ja, Moriana, du bist das bezauberndste Wesen hier auf Sirius, neben Siriano. Ich frage dich, Moriana, bin ich fähig, Siriano zu helfen in all seinen Missionen?«

»Das ist sehr nett, dass du mich das fragst, Tabor. Natürlich, gehe hin, begleite ihn und Sandrino. Ihr werdet eines Tages die Welt in euren Händen halten, ihr werdet sie von den grossen Wunden geheilt haben. Ihr drei seid dazu bestimmt, diesen blauen Planeten ins ewige Licht zu bringen, ja?«

»Ja, gewiss Moriana.«

Wir waren glücklich, solche Weisheiten zu hören von Moriana. Sie verabschiedete sich von uns, wir gingen in den Wald, Qunata und sein Zwergenvolk begleiteten uns. Sie waren so stolz, waren stets um uns herum, sie erzählten lustige Sachen. Sandrino streichelte ein Rehkitz. Ein Fuchs näherte sich, ich sprach mit ihm, gab ihm Weisheiten durch. Kerko, der Wolf mit seinem weissen Fell, begleitete uns ein Stück. Wir gingen einmal weiter als sonst. Wir waren lange nicht auf der anderen Seite des Waldes, also gingen wir weiter und weiter, dann kamen wir schliesslich aus dem Walde heraus und sahen uns an. Ich lächelte, denn vor uns lag eine kleine Stadt. Sandrino staunte.

»He, hier waren wir noch nie, was ist das?«

»Oh, ebenfalls Sirianer. Spezielle, sie leben aussergewöhnlich, sie sind nur in Frieden, Liebe, reinem Herzen. Sie sind etwas Besonderes, sehr intelligent, sie sind eigentlich Wesen, die stets unsichtbar sind«, sagte ich zu meinen beiden Begleitern. »Unsere Kraft, hier liegt sie, ihr wusstet das nicht, ich habe auch noch nie jemanden so weit geführt, sie ertragen nicht sehr viel, sind sehr empfindlich, also werden wir auch nicht weitergehen. Ich wollte es euch nur zeigen, gehet nie alleine hier hin, ja? Versprecht ihr mir das?«

»Ja, bestimmt«, meinte Sandrino sofort. »Siriano, hast du uns noch mehr zu zeigen?«, fragte mich mein Bruder.

»Oh!«

»Nicht einmal du kennst alles, mein lieber Sandrino, alles zu gegebener Zeit, ja? Bestürmt mich nicht, Aritos weiss davon, auch Sarina. Dario und Sanos wissen es nicht, ich möchte, dass ihr es sofort wieder vergesst bitte. Kommt nun weiter, wir werden zum Tempel des Lichtes gehen, er ist nicht weit von hier.«

Sandrino und Tabor folgten mir, sie hatten vollkommenes Vertrauen zu mir. Wir liefen einen schmalen Pfad im Walde, zwischendurch pflückten wir Waldbeeren, assen sie.

»Lecker«, meinte Tabor, »ich freue mich schon auf das Abendessen. Pflücken wir einige?«

»Das machen wir auf dem Rückweg, im Tempel des Lichtes gibt es Körbe, kommt!«

Bald darauf sahen sie einen weissen Marmor-Tempel. Auch hier war Sandrino vorher noch nie gewesen.

»Hierher, meine Freunde, ziehe ich mich sehr oft zurück, meditiere und verständige mich mit den Tieren des Waldes. Ihr werdet bald merken, dass es hier ausgesprochen ruhig ist.«

»Siriano, Siriano, wo bist du«, hörten wir jemanden rufen.

»Es ist uns anscheinend jemand gefolgt und ich spüre Furcht, die von den beiden ausgeht.«

»Beiden?«

»Ja, anscheinend sind sie Barco begegnet.«

»Barco, wer ist Barco?«

»Oh, ein grosser Bär, ein treuer vierbeiniger Begleiter, er tut niemandem etwas. Wisst ihr, viele Tiere verstecken sich sogar vor den Sirianern, die Tiere wissen, wenn ich im Walde bin, müssen sie keine Angst haben. Ich bin in Gedanken bei ihnen, helfe ihnen wo ich kann. Doch lasset uns hinfliegen, gebraucht eure Kristallstäbe bitte, wir suchen sie.«

Wir schwirrten im Walde herum. Dann sahen wir diejenigen, die um Hilfe gerufen hatten. Sanos und Dario umklammerten sich im tiefen Walde. Sie schauten um sich. Dario weinte.

»He, was macht ihr denn hier?«

Dario löste sich von Sanos und sprang mir in die Arme.

»Ich hatte solche Angst, Siriano, sieh nur, dort!«

»Barco«, lächelte ich.

Ein riesiger Bär trottete heran.

»Sei gegrüsst Barco«, lockte ich ihn und begab mich zu ihm.

Der Bär setzte sich hin, hob seine Tatzen zum Grusse und brüllte leicht.

»Es ist nichts, Barco, es sind Freunde und dies hier ist mein Bruder Sandrino, sie tun dir nichts.«

Mein Bär beruhigte sich.

»Ja, du bekommst einen ganzen Eimer voller Honig, mein Bester, aber zuerst begeben wir uns zum Tempel des Lichtes, ja?«

Barco lief neben mir, auf allen Vieren. Meine Freunde bewunderten uns beide.

»Weisst du was, Sandrino«, meinte Tabor, »Siriano ist zu bewundern, er ist ein wahrer Meister des Lichtes, des Glaubens, des Herzens, unwahrscheinlich, ich liebe ihn, wie ihr auch, folgen wir ihnen.«

Sanos und Dario lachten schon wieder.

»Sag mal«, meinte ich zu Dario gewandt »was macht Martin eigentlich?«

»Oh, es geht ihm gut. Sag, Siriano, wann reisen wir wieder zur Erde?«

»Es dauert noch lange, Dario, bis dahin werden wir uns richtig auftanken, ich werde euch allen verschiedene Geheimnisse von Sirius anvertrauen und auch zeigen. Aber ihr müsst dies alles für euch behalten, versprochen?«

Sie nickten. Dann begaben wir uns in den Tempel.

»Siriano, er hat irgendwie Ähnlichkeit mit einem Tempel in Atlantis.«

»Ja, ich weiss Sandrino. Denken wir aber nicht an Atlantis. Er ist aus der Zeit von Lemurien.«

»Lemurien?«

»Ja, sie leben auch in den Dimensionen und in Amerika, im inneren des Berges Mount Shasta, in der Stadt Telos. Einige haben sich gerettet, vor der Gefahr.«

»Gefahr?«

»Ja, aber dies erzähle ich euch später einmal. Verhaltet euch bitte ruhig und plaudert nicht so viel. Kniet nieder.«

Sie knieten sich nieder, zogen auf meinen Befehl ihre Oberteile ab, dann goss ich ihnen ein wenig Jasmin-Öl auf die Schultern.

»Nun haltet Meditation, beruhigt euer Inneres, denkt an den wunderbaren Zauberwald.«

Sie ahnten nicht, was ich mit ihnen tat. Ja, sie vertrauten mir blindlings und ich hatte auch nichts Schlimmes vor. Barko bewachte den Eingang und leckte genüsslich aus einem Topf Honig. Die Meditation dauerte zehn Minuten, dann sah man ein Licht um sie golden glänzen. Sie spürten es, es ging vorüber.

»Was ist mit uns passiert?«, fragte man mich erstaunt. Sandrino, Tabor, Sanos und Dario sahen mich an.

»Nichts ist, bewegt euch normal. Kommt, ich zeige euch verschiedene Dinge.«

Ich führte sie in eine Art Kammer, dort schauten sie gewaltig alles an, Gold, Juwelen, Diamanten, seidene Tücher, Silber in Truhen und wertvolle Gemälde.

»Siriano, was bedeutet das?«

»Oh, ich habe euch in die Schatzkammer von Sirius geführt. Eine von ungefähr zehn! Ihr werdet es niemandem zeigen und kein Wörtchen davon sagen, ich höre und sehe alles.

Einen Moment«, unterbrach ich mich selbst. Ich hörte Barko aufgeregt brummen.

»Was ist draussen los? Gefahr?« Ich sprach telepathisch mit ihm.

»Lasst uns umkehren, wir kommen ein andermal wieder her.«

Wir begaben uns nach draussen, dort lachten wir herzhaft, Barko lief jemandem brummend hinterher.

»Haha, das ist Arco.«

»Ja, sieht ganz so aus«, lachte ich.

»Siriano, befehle doch diesem braunen Monster, es soll mich in Ruhe lassen.«

Es war köstlich, wie Barko ihn jagte.

»Bleib einfach stehen Freund, ja?«

»Wozu? Der reisst mich doch in Stücke.«

»Nein, er will nur spielen und verteidigt den Tempel.«

»Aber ich tue ihm doch nichts, Bärchen mach Platz«, flehte Arco.

Wir lachten nur. Ich ging auf meinen Bären zu.

»Hierher, ja?«

Er legte sich auf den Rücken und rollte sich hin und her.

»Ja, bist ein lieber Kerl! Komm her, Arco.«

»Und dann?«

»Streichele ihn am Bauch, das hat er gerne.«

»Bist du wahnsinnig, Siriano?«

»Na los, keine Angst, er lacht dich sonst aus.«

Sandrinos Freund kam näher und fasste den Bären an. Dieser leckte ihm die Hand. Ja, er war zutraulich. Arco hatte Barcos Herz erobert.

»Prima Kerl! Darf ich jetzt mit euch mitkommen?«

»Ja, komm mit uns, Arco.«

Ich führte meine Freunde wieder in den Tempel.

»Gehen wir nochmals in die Schatzkammer?«

»Ja, aber seid vorsichtig, wem ihr etwas erzählt. Und nun seid bitte nicht ängstlich.«

Eine Wand öffnete sich und ein grosser stattlicher Tiger kam hervor.

»Bei allen Göttern«, meinte Dario, »lasst uns abhauen.«

»Nein«, lachte ich, »das ist Shira, sie bewacht den Schatz. Shira komme her, guter Freund.«

Der gewaltige Tiger kam näher, schnurrte laut und kuschelte sich an mich.

»Siriano, was für Tiere beherbergst du eigentlich noch? Begegnen wir als Nächstes einem Saurier?«

Ich musste lachen.

»Frage ihn etwas, Tabor, los.«

»Hä?«

»Und wie soll er mir antworten?«

»Los, frage ihn etwas!«

»Shira, seit wann hütest du diesen Schatz hier?«, fragte Tabor.

Shira sah ihn an und sprach: »Seit es mich gibt, ich habe Siriano Treue geschworen, ewige Treue.«

Meine Freunde starrten mich an.

»Jey, der spricht ja«, meinte Dario, »was ist nur los mit uns?«

»Ich will euch reinen Wein einschenken. Als ich euch bei der Meditation gereinigt habe, habe ich euch geholfen, dass ihr mit den Tieren sprechen könnt, sie versteht. Das tue ich sonst nicht gerne, aber bei euch bin ich mir sicher, dass ihr gut in euren Herzen seid.«

Sie konnten es einfach nicht glauben.

»Shira, lege dich schlafen, niemand wird heute stören.«

Shira bewegte sich wieder auf die Schiebewand zu und verschwand.

»Du bist einmalig, Siriano, wo hast du das gelernt?«

»Oh, wisst ihr, Siriano ist ein spezieller Sirianer.«

Erschrocken drehten sich meine Freunde um. Dario sah ihn zuerst.

»Aritos?«

Ich lächelte.

»Ich habe deine Anwesenheit schon lange gespürt, Aritos«, begrüsste ich ihn.

»Du hast dir sehr viel zugemutet, mein Bruder Siriano, du hast unseren treuesten Freunden das Geheimnis von Sirius gezeigt, bist du dir dessen bewusst?« Bei diesen Worten sah mich mein Bruder Aritos mit ernsten Augen an.

»Ja, das bin ich, Aritos.«

»Und ein Plejadier befindet sich darunter, bist du denn von Sinnen?«

»Wie sprichst du nur, Aritos? Tabor ist völlig in Ordnung.«

»Ja, ich weiss, Siriano, darum bitte ich dich um Entschuldigung. Tabor ist schwer in Ordnung, manchmal bin ich eben zu aufbrausend. Ich dachte, ich sehe nach, wo ihr euch befindet, Freunde.«

»Sandrino, es ist ein grosses Geheimnis hier, doch es gibt noch mehr, von dem ihr nichts wisst. Siriano und ich werden bald vor euch keine Geheimnisse mehr haben. Sanos, Dario, ihr zwei wusstet von nichts, auch du nicht Arco.«

»Aritos, auch Tabor hatte nicht die leiseste Ahnung, alles wird sich auflösen, bald werden alle Sirianer es wissen, der Tag wird kommen.«

»Siriano, ich muss dich unbedingt sprechen, bitte.«

»Ja, okay, komm mit mir.«

Aritos begleitete mich.

»Ich habe eine Frage, ich nehme an, du hast mit Sandrino und Tabor bereits darüber gesprochen, über die grosse Reise, ist es so?«

»Es ist so Aritos.«
»Kannst du mich auch noch informieren?«
»Oh, ich hatte es vor, geliebter Bruder, und zwar heute Abend. Ich lasse meine Freunde in meinen Palast kommen. Du bist mit Ariana herzlich eingeladen.«
»Danke, es ehrt mich sehr. Siriano, mal ehrlich, ist es nötig, Geheimnisse von Sirius vor Tabor zu offenbaren?«
»Höre Aritos, ich habe volles Vertrauen zu ihm, ich habe in sein Herz gesehen und viel Gutes bemerkt, hab keine Angst. Ich kann dir noch mehr sagen, was ich sah.«
»Nun?«
»Ja, in ihm sieht es veränderlich aus, er wird hier auf Sirius bleiben, wir werden in die Hauptstadt Sirko reisen, ich werde ihm alles zeigen, Aritos, ich habe ihm etwas geschworen, verstehst du?«
»Ich mische mich nicht ein, Siriano, du hast deine Freunde, ich die meinen, es macht Spass mit euch zusammen zu sein.«
»Na gut.«
»Können wir zurück?«
»Ja, wir wollten noch Waldbeeren pflücken.«
»Oh, gute Idee als Dessert, Martin wird bestimmt etwas damit anfangen können.«
»Ja, gewiss, Aritos.«
»Martin leidet, er sprach schon von Rückkehr zur Erde.«
»Wie?«
»Ja, und noch etwas, er meint, du vernachlässigst ihn.«
»Oh, wie töricht, ich werde mit ihm reden.«
Wir begaben uns in den Wald zurück, pflückten sehr viele Beeren, Dario hatte Bauchweh.
»Weisst du was«, lachte Sandrino, »du solltest sie pflücken und nicht essen, du lernst doch nie, liebster Dario.«
»Stütze mich, ich habe solches Bauchweh«, jammerte unser Freund Dario. Er setzte sich auf einen Baumstumpf.
»Hier ein Tee, er wird dir gut tun.« Jemand reichte ihm einen Becher Tee.
»Danke, kann ich gebrauchen.«
»Waa«, schreckte er zusammen – Moriana stand hinter ihm. »Du hast mich erschreckt, Moriana.«
Sie sprach zu ihm: »Wie unvernünftig du dauernd handelst, Dario, ändere dich endlich einmal, irgendwie hatten wir einmal Hoff-

nung, doch seit ihr wieder angekommen seid, hast du dich abermals verändert.«

Dario sah sie überrascht an und meinte: »Gute Moriana, wie soll ich mich nur ändern?«

»Oh, gehe in dich hinein, sprich mit dir selbst: ›Was muss ich unbedingt ändern an mir?‹ Du wirst sehen, es klappt wunderbar.«

»Ja, ich versuche es, Moriana, danke.«

»Gern geschehen.«

Dario trank den Becher leer, es war ihm schon besser.

»Sie hat mir geholfen. Ich versuche, ein anderer zu werden, ich verspreche es ihr auf jeden Fall.«

Mit zwölf Körben voller Waldbeeren kehrten wir zurück. Ich winkte Barco nochmals. Qunata und seine Zwerge winkten ebenfalls.

»Ich bin müde«, meinte Sanos, »meine Füsse tun mir weh.«

»Es tut dir gut zu laufen«, meinte Dario. »Komm stütze dich an mir, ja?«

»Danke.«

Ich bemerkte die Veränderung bei Dario. Ich lächelte zufrieden.

»Sandrino höre, wir werden Plätzchen vorbereiten, ja?«

»Plätzchen?«

»Ja, alle gemeinsam, Hunderte, damit wir Proviant genug haben.«

»Wenn du meinst?«

Bald waren wir zuhause. Wir machten alle gemeinsam das Abendessen, unter Anleitung von Martin, er lehrte uns einiges.

»Siriano, die Plätzchen sind sehr gut, ausgezeichnet.«

»Ja, sehr gut.«

Danach sassen wir alle zusammen, Ariana, Sarina, Arcos, Menos und seine Geschwister, Dario, Sanos, Tabor, Aritos, Martin.

»Nun, mein lieber Bruder, sollten wir uns endlich über die Reise unterhalten.«

»Ja«, begann ich, »ich möchte euch alle informieren. Nun, wie ihr wisst, geht es wieder mal auf die Erde. In England auf der Erde, genauer nach Stonehenge, dort gelangen wir in die Dimension, in der sich König Artus aufhält.«

»Warum so umständlich?«, fragte Dario.

»Bitte lass mich aussprechen, Dario, ja?«

»Ja, ich schweige und höre dir aufmerksam zu.« Er lächelte.

»Nun gut, zuerst besuchen wir Sheena, ja?«

Martin freute sich sehr.

»Wir machen abermals Kornkreise, danach zieht es uns nach Irland und Schottland, um dort unsere Sternentore zu aktivieren. Wenn dies geschehen ist, begeben wir uns nach Stonehenge. Dort ist das Tor zur Dimension, alles klar? Ich werde mit Aritos alleine durchgehen, wir werden von Artus etwas erfahren, dann kommen wir zurück.«

»Ich bin nicht einverstanden«, meinte Tabor.

»Und warum?«

»Siriano, du weisst, ich weiche nie von deiner Seite, lass mich mitgehen. Bitte, bitte.«

»Wenn es sein muss.«

»Ha und wir?«

Jetzt gab es Missverständnisse, schliesslich gab ich nach und erlaubte, dass alle mitkommen dürfen. Menos und seine Brüder wollte ich diesmal auch dabei haben. Zuerst wollten sie nicht, als sie mir aber in die Augen blickten, stimmten sie zu. Einzig ihre Schwestern, Ariana und unsere Sarina würden zuhause bleiben.

»Ist euch allen nun klar, wohin es geht?«

»Ja«, meinte Dario und stopfte noch mehr Plätzchen in sich hinein.

»Irgendwann platzt du«, meinte Menos zu ihm.

»Ich kann nichts dafür, sie sind so wunderbar lecker.«

»Ja, aber beherrsche dich!«

»Siriano«, begann Tabor, der kurz weggewesen war und jetzt zurückkam.

»Ja?«

»Ich muss dich sprechen.«

»Ich komme, Tabor.« Ich merkte, dass er Tränen in den Augen hatte, und ging mit ihm nach draussen.

»Der grosse, mutige Plejadier Tabor weint? Anscheinend ist etwas vorgefallen?«

»Ja, Siriano, ich bekam Nachricht von meinem Vater, ich muss zurück.«

»Zurück? Weswegen?«

»Er hat eine Frau gefunden für mich.«

»Ich verstehe, gehe doch zurück zu unseren Freunden, ja?«

Tabor wirkte sehr traurig.

»Na gut, ich bemühe mich.«

Ich ging in unsere Kommandozentrale und schaltete den Monitor an.

»Ich rufe die Plejaden, den obersten Kommandanten und Befehlshaber, hier ist Siriano von Sirius C!«

Tabors Vater erschien.

»Oh, sei gegrüsst, Siriano, was bewegt dich, dass du mich sehen willst?«

»Ach ich habe etwas Schwierigkeiten, grosser Semedanos, es geht um deinen mutigen Sohn. Er habe Nachricht bekommen, zu euch zurückzukehren, ist es so?«

»Ja, es ist so, Siriano, es wird Zeit, dass er endlich eine Frau bekommt.«

»Höre, mein Lichtfreund Semedanos, ich habe noch etwas gut bei dir, ist es nicht so?«

»Ja, das stimmt, mein lieber Siriano, so spreche deinen Wunsch aus.«

»Nun, grosser Meister, es führt mich abermals bald auf die Reise zur Erde, wie du weisst.«

»Ja, ich weiss es von deinen geliebten Eltern.«

»Semedanos, ich brauche deinen Sohn Tabor auf dieser Reise.«

»Oh, ich verstehe. Er fühlt sich sehr wohl bei euch, nicht wahr?«

»Semedanos, ich vertraue dir etwas an, aber ich möchte nicht, dass Tabor es erfährt.«

»Von mir wird er nichts erfahren, Siriano. Ich verspreche es dir. Doch fahre fort. Du sagtest, du brauchst ihn.«

»Ja, Semedanos, Tabor möchte vorläufig nicht heiraten, er will in meine Dienste eintreten.«

»Oh, ich höre weise Worte, wie vernünftig, das ist für ihn typisch«, grinste Semedanos, »er wechselt die Seiten, ich nehme es mit Humor. Nun, ich muss deinen Wunsch erfüllen grosser Siriano, es soll so geschehen, er soll bei euch bleiben. Ich habe ja noch seine Schwester, sie ist sehr verliebt und bald wird sie heiraten. Ihr werdet die Nachricht bekommen und ich freue mich, euch Sirianer, unsere Verwandten, dann zu sehen. So nimm meinen Sohn mit und achte auf ihn, lass ihn nie aus den Augen, er ist ein tapferer Kerl, er führte stets die Truppen an, zuvorderst stand er.«

»Ja, ich weiss, dein Sohn ist ein würdiger Plejadier, Semedanos. Ich grüsse dich und danke dir für die Gewährung dieser Bitte.«

»Ich habe es gerne getan für dich, Siriano. Grüsse ihn von mir und seiner Schwester.«

»Ja, das werde ich tun.«
Semedanos wirkte entspannt. Ich ging zurück.

»Wo ist Tabor?«
»Er ist draussen«, sagte Arco, »irgendetwas scheint ihn zu bedrücken, Siriano.«
»Ja, ich weiss. Ich bin bei ihm, klar?«
»Ja, okay!«
»Tabor?«
Ich rief nach ihm. Tabor sass auf einem Stein und wischte sich Tränen aus den Augen.
»Weine nicht, mutiger Kerl.«
Tabor sah mich an.
»Siriano, es trifft mich sehr, euch zu verlassen, nur weil mein Vater mich unbedingt vermählen will!«
»Denke nicht mehr daran, du solltest eher Tränen der Freude weinen.«
»Wie denn?«
»Ich habe Kontakt aufgenommen mit deinem Vater und ihm gesagt, ich brauche dich, alles klar?«
»Und was hat er geantwortet?«
»Was meinst du denn?«
»Nichts!«
»Oh, ganz im Gegenteil, er war sehr erfreut zu wissen, dass du vorläufig hier bei uns auf Sirius bleibst, ist das keine tolle Neuigkeit?«
»Siriano, das ist nicht wahr!«
»Rede mit deinem Vater, er wird es dir bestätigen.«
»Siriano, ich kann es nicht glauben, ist es wirklich wahr?«
»Ja doch, ich belüge dich doch nicht, wie sollte ich nur?«
Tabor schnappte mich und wirbelte mich herum.
»Haha, ich wusste es doch, Mann, ich bin ein stolzer Plejadier. Ich bin so erfreut, Siriano, es ist wahr, du bringst alles fertig, ich freue mich so über diese Meldung, ich werde alles tun, was man von mir verlangt.«
»Na gut, alles?«
»Ja!«
»Ich hätte eigentlich eine Massage nötig, ich muss topfit sein, wenn wir auf die Reise gehen.«

»Na sicher, meine Hände bewirken Wunder und sind wie Balsam.«

»Und noch etwas, Tabor, mein Gemach ist so gross. Du wirst bei mir sein, ich mache dich zu meinem persönlichen Sicherheitsfreund, okay?«

»Haha, wie gut das klingt.«

»He, was lacht ihr denn so laut?«, rief Dario und kam heraus.

»Oh, noch kein Bauchweh?«

»Nein! Sagt, was erheitert euch denn so?«

»Ich komme gleich mit ihm zurück, halte den Wein bereit, Dario, es gibt etwas zu feiern.«

»Feiern? Wunderbar, da bin ich stets dabei.«

Dario eilte hinein, stolperte und fiel der Länge nach hin, Simados lag ihm wieder im Wege.

»Ach, es reicht bald, du vierbeiniger Köter, ja?«

Simados schaute ihm nach und knurrte: »Blödmann, jedes Mal treffen mich deine Latschen, aber irgendwann zahle ich es dir heim.«

»He Freunde«, kam Dario herein, »mehr Wein, mehr Wein, es gibt was zu feiern.«

»Was zu feiern?«

»Ja, bestimmt.«

»Na gut, dann werden wir uns bemühen, Freunde. Ariana, Sarina bereitet alles vor«, meinte Aritos.

Sie waren alle nervös. Was gab es wohl nur zu feiern? Bei mir wusste man nie, was ich ausheckte. Alsbald kam ich mit Tabor zurück.

»Wir werden bald zurück sein, nur einen Moment.«

Tabor begleitete mich in meine Gemächer.

»Also zieh dich aus.«

»Bitte? He soll das ...!«

»Bitte Tabor, tue was ich sage.«

»Ja, Siriano.«

Ich holte die feinsten Kleider hervor, alles in Blau und Golden gehalten.

»Hier ziehe dir dies an.«

»Was? Aber Siriano, das sind doch feine Sachen?«

»Meine Freunde zeigen sich stets in den feinsten Kleidern, hast du mich verstanden?«, lachte ich.

»Ja, bestimmt.«

»Übrigens, dort hinten ist ein Umkleideraum.«
»Oh ja, ich vergass.«
Es dauerte nicht lange, bis er zurückkam. Er sah wie ein Grieche aus, elegant, an den Füssen goldene Sandaletten. Sein pechschwarzes kurzes Haar wirkte besonders glänzend. Seine blauen Augen leuchteten.
»Oh, du siehst toll aus«, bemerkte ich und hielt ihm einen Spiegel vor.
»Hui elegant«, meinte er. »Vielen Dank, Siriano.«
»Einen Moment noch!« Ich legte ihm eine goldene Kette und das goldene Stirnband um – das Zeichen von Sirius. Tabor war sich bewusst, dass er damit eine hohe Anerkennung von mir bekam. Stolz schritt er neben mir zurück in den Festsaal, hier befanden sich viele Marmorbüsten von sehr hohen Sirianern. Freunde brachten Köstlichkeiten, ich hatte noch viele Gäste und Vertraute eingeladen.
»Siriano, so viele Gäste?«

Wir betraten gemeinsam den Festsaal. Aritos verschlug es die Sprache. Ariana und Sarina schluckten schwer.
»Oh, was für ein Mann«, seufzte Sarina.
Tabors braune Haut glänzte.
»Seid gegrüsst, meine Freunde, ich habe euch etwas zu berichten, bevor wir uns einem herrlichen Feste hingeben. Hier an meiner Seite, in den traditionellen Kleidern von Sirius gekleidet, steht Tabor, der Sohn unseres grössten Befehlshabers Semedanos. Ich möchte ihn heute herzlich willkommen heissen auf unserem Planeten Sirius, er wird einer von uns sein, mit uns gemeinsam sein, mit reinem Herzen, mit Licht in sich, lasst ihn uns aufnehmen bei uns.«
Wir hoben unsere Becher und man rief nur noch: »Willkommen Tabor, mutiger Mann von den Plejaden.«
Tabor fühlte sich so glücklich. Später war es ziemlich lustig, Aritos kam zu mir.
»Hast du es also geschafft, du musst ihn sehr mögen, ist es nicht so?«
»Ja, Aritos, zum ersten Mal einen wahrhaftigen Freund zu haben, der mich überall begleitet, ist etwas Einmaliges, verstehst du? Gewiss ihr seid meine Brüder, Sandrino und du, die Liebe zu euch wird stets erblühen, auch zu meiner Schwester. Dario, Martin, Sanos, Menos, sie sind meine treuen Begleiter, ja, doch Tabor ist etwas Besonderes, das spüre ich sehr, es ist mir ein grosses Anliegen zu wissen, dass ich

jemanden an meiner Seite habe, dem ich voll vertrauen kann, mit dem ich mich über alles unterhalten kann, begreife mich bitte.«

»Ja, ich begreife dich und wir nehmen ihn hier auf, er soll für uns alle wie ein Bruder sein, so soll es sein, du möchtest es und es wird so sein, für alle Zeiten. Ich freue mich auf unsere Reise nach England, Siriano, du bestimmt auch?«

»Ja, ich fühle es stark in mir, Vertraute auf der Erde wieder zu sehen. Sheena und ihre niedlichen Tiere. Ich bin noch nie so glücklich gewesen, mein Bruder.«

Zum ersten Mal warf ich mich in die Arme meines älteren Bruders. Fühlte mich so wohl.

»Siriano, ich verstehe deine Freude, sieh nur Tabor, er wirkt so ausgelassen. Vielleicht war es besser, ihn hierher mitzunehmen. Ich will ihn genauso lieben wie meine Brüder und meine Freunde.«

Aritos' Worte besänftigten mich sehr. Ich war stolz auf ihn.

»Nun«, begann Aritos, »stossen wir an auf unseren geliebten Siriano, der uns bald auf eine wunderschöne Reise mitnimmt auf die Erde, dort werden wir nur ewige Liebe hinbringen, seid ihr dabei?«

Ein donnerndes »Ja« kam zur Antwort.

»Oh, wie schön ist das nur bei euch zu feiern«, meinte Tabor.

Dario war stets bemüht seinen Hunger zu stillen. Sanos nahm ihm Plätzchen weg und schob sie Simados in den Mund, dieser nahm sie nur zu gerne. Wir feierten lange und beschlossen, am Morgen richtig auszuschlafen.

Ich war unruhig in meinem Bette und drehte mich dauernd herum.

»So kann ich nicht einschlafen, Siriano, deine Drehungen machen mich noch verrückt.« Tabor grinste.

»Für eine Weile ist es vorbei mit Festen«, gähnte ich, »sie liegen mir nicht so, ja? Wenn ich daran denke, bald reisen wir ab, Mann. Ich bin sehr müde.«

»Haha, dann versuch doch einfach einzuschlafen.«

»Ich versuche es, gebe mir Mühe.«

»Oh Siriano, noch eines, bevor du träumst. Wie kann ich dir nur danken für alles? Du hast mit meinem Vater gesprochen, dass ich euch begleiten kann, nein noch mehr, dass ich bei euch sein darf, um mit euch Abenteuer zu bestehen. Es wird vieles auf mich zukommen, das ich mit euch gemeinsam erleben darf, vielen Dank, Siriano, vielen Dank, dafür liebe ich dich ewiglich.«

Ich lächelte und genoss es, bewundert zu werden von diesem herrlichen Plejadier, der es wirklich gut meinte.

»Siriano, schlafe doch gut, es wäre schön zu wissen, dass du schöne Träume geniesst. Von was wirst du träumen?«

»Ach«, knurrte ich, »dass du endlich schläfst, ja?«

Tabor lachte laut heraus.

»Ich bat dich einst, nachts doch leiser zu lachen, das hast du nie gelernt, Tabor, bitte, ja?«

»Ja, ich nehme es zur Kenntnis, Siriano.« Er zerrte mir das Kissen mit einem Ruck weg.

»Nein bitte Tabor, was soll der Unsinn?«

»Unsinn? Es wird noch nicht geschlafen, komm unterhalten wir uns noch, übrigens hat es mir heute besonders gut gefallen im Zauberwald, in eurem Tempel und der Tiger – was ganz Besonderes. So was sieht man nicht alle Tage, du denkst an sehr vieles was? Was du auf der Erde siehst, musst du wohl haben, oder?«

»Nicht alles Tabor, nur das, was mir am Herzen liegt, verstehst du? Der Tiger ist mein ganzer Stolz. Kennst du den Kontinent Afrika? Oder Indien?«

»Ja, gewiss.«

»Aus Indien habe ich den Tiger her, aus der Wildnis, er gehorchte mir sofort. Ich habe eben viel Liebe für Tiere übrig, darum lieben sie mich auch, verstehst du jetzt?«

»Ja, gewiss.«

Ich versuchte einzuschlafen, doch Tabor quasselte unentwegt.

»Tabor, kannst du nicht besser versuchen einzuschlafen?«

»Oh, du brauchst mir ja nicht mehr zuzuhören, Siriano, dann höre ich automatisch auf, wenn du mir keine Antwort mehr gibst.«

»Und das sagst du mir erst jetzt?« Ich knallte ihm mein Kopfkissen voll an den Kopf. Er lachte.

»Haha weisst du, so was hat mir schon lange gefehlt, ein Bruder, mit dem ich Unsinn machen kann! Mit einer Schwester geht das nicht so gut. Oh, ja.«

Ich versuchte nun, Tabors Rat zu befolgen, ich gab einfach keine Antwort mehr. Es war still. Dann spürte ich eine Hand auf meiner Schulter.

»He, schläfst du schon, Siriano?«

»Es reicht jetzt, ja?« Ich lachte nur. Tabor war ein schlauer Kerl. Endlich drehte er sich auf die Seite. Ich wartete etwas und dann drehte ich mich leise um, um mich zu vergewissern, ob er schlief, aber er bewegte sich seltsam. Ich wusste, er lachte.

»Tabor bitte, okay? Es ist genug.«

Er lachte in sein Kissen.

»Weisst du was, morgen wenn wir ausgeschlafen haben, gehen wir zum Meer, dann schwimmen wir, ja?«

»Ja, okay, bin ich dabei, Siriano.«

Mit diesen Worten schlief er endlich ein. Niemand hatte etwas dagegen, dass er bei mir sein durfte.

Wir wachten auf am nächsten Morgen. Als ich mich umdrehte, blickte ich in die offenen Augen von Tabor, der mich anscheinend schon ziemlich lange anschaute.

»Sag mal, hast du überhaupt geschlafen?«

»Oh ja, aber ich habe dich studiert, Siriano, weisst du, es ist bewundernswert, dass es so einen Sirianer wie dich gibt, das sieht man nicht überall.«

»Lass mich noch ein wenig schlafen, bitte Tabor!«

Ich drehte mich um und versuchte nochmals zu schlafen.

»Sage mal Tabor, wie ist das eigentlich bei euch auf den Plejaden, schlaft ihr auch alleine?«

»Nein, mit der Schwester.«

»Was?«

»Nein, ist doch nicht wahr, ich erzähle manchmal Unsinn, glaube mir also nicht alles, ja?«

»Und was treibt ihr so auf den Plejaden, dass du solche Muskeln hast?«

»Oh, Training, weisst du? Ich sah erst so dürr aus, das wollte ich nicht, also trainierte ich eisern, das Ergebnis siehst du ja.«

»Allerdings.«

»He, dafür seid ihr Sirianer die schönsten Wesen im Universum, ja?«

»Kommt das von dir, oder wer sagt das?«

»Es ist allgemein bekannt, Siriano. Doch ich wage es nun, dich zu fragen, wann wir endlich zu dem blauen Planeten reisen?«

»Warte und gedulde dich noch, wir haben genug Zeit, um auszuschlafen. Später nicht mehr, dann sind wir pausenlos unterwegs. Ich hoffe, du bist gut gewappnet?«

»Bestimmt, sieh mich doch an, alles Schwere erledige ich, klar?«

»Ich nehme dich beim Wort, Tabor.«

Tabor warf seine Decke von sich und warf sich herum.

»Na, was gibt denn das, wenn es fertig ist?«

»Oh, das tue ich immer, schon als Baby tat ich das, hat man mir gesagt.«

»Und was soll es bedeuten?«

»Oh, dass ich bald Hunger habe, Siriano.«

»Ist das wieder einer deiner Witze?«

»Ja, schon wieder hereingefallen.«

Ja, ich fühlte mich in seiner Nähe wirklich wohl.

Schliesslich kam Sandrino herein und forderte uns auf, endlich aufzustehen.

»Ihr verpennt noch den ganzen wunderschönen Tag!«, sagte er.

»Sag mal, kannst du nicht anklopfen, Bruder?«

»Entschuldigt, es wunderte mich, warum ihr nicht aufsteht. Wir haben längst Morgenessen gehabt.«

»Und habt ihr uns etwas übrig gelassen?«, fragte Tabor mit grossen Augen.

»Ja, diese komischen Getreideflocken mit Milch und Honig, die uns Martin andrehte.«

»Hä? Was ist denn das?«, fragte Tabor etwas komisch.

»Du musst es versuchen«, lachte ich, »ist anscheinend gesund, wir haben uns daran gewöhnt, komm lass uns gehen und speisen, ja?«

»Na bestimmt.«

Sandrino kam mit uns, gemeinsam setzten wir uns, Martin offerierte uns dieses herrliche Zeug.

»Stinkt aber«, meinte Tabor.

»Ja, nach Getreide«, lachte Martin.

»Eher nach Dinosaurier.«

»Ich bitte dich, Tabor«, meinte Martin, »ich habe es nicht gerne, wenn man mich am Morgen so beleidigt.«

»Oh, das wollte ich nicht, aber es schmeckt köstlich, du hast Recht, Siriano. Gibt's denn noch mehr von dem Zeug?«

»Ja, es ist noch genug da, aber Martin wollte in England noch mehr einkaufen.«

»Ja, gut, ich komme mit ihm«, lachte Dario.

»Nichts da, Martin eignet sich besser für diesen Einsatz, du weisst ja oder?«

»Ja, okay verstehe, dann eben nicht.«
»Oho, was ist das hier?«, wunderte sich Tabor.
»Na Eier.«
»Eier? Diese weissen Dinger?«
Dario im Hintergrunde lachte leise und war gespannt, was jetzt passieren würde.
»Kann man die Dinger essen?«
»Ja klar«, lachte Martin.
»Na gut, ich versuche es.«
Zu unserem Erstaunen fing Tabor an, das Ei zu schälen, Dario kam näher heran und schaute ihm zu. Wie kam er dazu, es zu schälen? Kannte er die Dinger bereits?
»Hör mal«, meinte Dario, »warum weisst du, dass man die schält?«
»Man muss nur logisch denken, Dario« grinste er, »alles was eine Schale hat, schält man, ja? Obwohl ich die Dinger nicht kenne.«
Tabor nahm es ganz in den Mund, kaute herum und verzog sein Gesicht.
»Igitt!« Er spuckte alles aus, direkt in Darios Gesicht.
»Oh nein, du alte Sau«, beschwerte sich Dario.
»Alte Sau? Was ist das?«
»Weisst du«, begann ich, »das ist ein Ausdruck von der Erde, Dario nimmt immer mehr Menschliches an, ja?«
Ein jeder lachte. Sandrino kippte um vor Lachen. Dario beschloss, sich waschen zu gehen.
»Das ist ja grauenhaft«, bemerkte Aritos, »die Dinger sind nicht nur schlecht, sondern stinken gewaltig, weg damit.«
Ich lachte herzhaft. Bald kam Dario zurück.
»Wage es nie mehr mich anzuspucken, Tabor, ja?«
»Tut mir Leid, dass ich dich getroffen habe, tue ich nie mehr, komme auch nicht mehr dazu, kannst diese Dinger selbst essen, ohne mich, ja?«
Tabor hatte genug, er übergab sich. Er erholte sich jedoch rasch. Die Tage vergingen.
Dann nahte er, der grosse Tag. Jeder war damit beschäftigt, seine Sachen zu packen, die er brauchte. Meine Mannschaft waren 300 ausgewählte Männer als Schutz. Ich schaute mir die Liste an. Ja, Aritos, Sandrino, Menos und seine Brüder, Dario, Sanos, Martin, Arco und Tabor, es stimmte. Unser Freund von Sirius B war ja nicht

mehr hier, er hatte sich von uns verabschiedete, es gefiel ihm hier nicht so. Die Männer trugen Proviant in das Raumschiff. Wir verabschiedeten uns von unseren Familien, die zurückblieben.

»Alles klar, Sandrino und Menos?«

»Ja, Boss.«

»Hört auf, ja? Okay startet und Stufe 3.«

Das Raumschiff hob sich, man sah es rotieren im goldenen Licht. Es war riesig. Wenn die Menschen so etwas sehen würden und wie komfortabel wir darin eingerichtet sind, sie würden vor Neid erblassen. Eine kleine friedliche Oase befand sich nämlich darin, eine kleine Insel, Platz für 500 Sirianer, rund herum Quellwasser, ich dachte an alles. Tabor schaute sich alles genau an.

»Sehr fortgeschritten, muss ich sagen, Freunde. Toll, gefällt mir ganz gut.«

»Ja, aber du passt uns nicht, in deiner komischen Rüstung, was soll das?«

»Gefällt es euch nicht?«

»Ja Mann«, ergänzte Dario, »du siehst aus wie eine Blechdose.«

»Blechdose?«

»Etwa wieder ein Ausdruck von der Erde?«

»Ja, bestimmt«, lachte Dario.

»Also okay, ich ziehe sie aus, ich bin keine Blechdose, ich bin Tabor, der Held des Universums.«

»Dass ich nicht lache«, meinte Sandrino.

Also stieg Tabor aus seiner Blechdose und kam in unserer Kleidung wieder zurück, nur fehlte etwas.

»Sag mal Tabor, zeigst du gerne deine mächtige Brust?«

»Warum? Hast du dazu etwa auch was einzuwenden, Dario?«

»Oh nein, Feststellungen, mein Bester, Geschmacksache, ich würde nicht so herumlaufen, das würde Siriano verbieten.«

Ich sah ihn an und meinte nur: »Weisst du Dario, für dich ist es besser, du bleibst ganz bekleidet, ja?«

Dario sah mich seltsam an. Jeder ging jetzt auf seinen Posten, wir passierten das Sternentor, den Eingang und Ausgang zu unseren Sirius-Welten. Dann ging es los – unser Ziel abermals die Erde.

Irland, der grüne Kontinent

Sandrino und Sanos wurden durch zwei erfahrene Freunde von mir ausgewechselt, denn jeder brauchte seinen Schlaf. Aritos war seltsam ruhig.

»Na«, meinte ich zu ihm, »was ist denn mit dir los, Bruder?«

»Oh, ich weiss nicht, langsam fühle ich mich zuhause wohler, dauernd auf Reisen, ehrlich, Mann. Ich bin nicht so wie du, Siriano, aber wenn es sein muss und du musst mich ja dauernd dabei haben, weswegen eigentlich?«

»Weil du ebenfalls ein Wissen hast und du weisst ja, wir beide zusammen versprühen so viel Licht und Energie, dass uns gar nichts passieren kann, mein lieber Bruder.«

»Recht hast du, aber eines Tages bleibe ich auf Sirius, ja?«

»Das wollen wir dann sehen.«

»Sag mal, was steuerst du als Erstes an, Siriano?«

»Den Besuch bei Sheena.«

»Sheena?«

»Ja, ich habe es Martin versprochen.«

»Und dann?«

»Oh, Irland, der grüne Kontinent. Weisst du, Aritos, dort siedelten sich einst die ersten Kelten an, bevor sie sich in ganz Europa niederliessen. Du kennst diese Geschichte, oder?«

»Ja, bestimmt, einiges weiss ich.«

Tabor, Sandrino und Sanos sowie Dario hörten mir zu.

»Soviel ich weiss, sind die Kelten ein gescheites Volk. Sie haben schon grosse Astrologen unter sich gehabt, die sich mit der Zeit, dem Universum und den Sternen befassten. Doch lieferten sie sich auch Schlachten mit den Römern. In Alesia, in Frankreich focht der Keltenfürst Vercingetorics die letzte grosse Schlacht gegen die Römer, natürlich verloren sie diese. Wisst ihr, die Steinreihen, die Dolmen überall in Frankreich, der Bretagne, in Irland und England sind alle miteinander verbunden, sie bilden eine Strasse, eine Sternenstrasse. Sie stellen Verbindungen her, wenn man von hier aus dem Universum aus darauf hinabblickt, erkennt man sie sehr fein, sie bilden Galaxien, richtige Sternenstrassen – England ist voll davon.«

»Ich habe noch einige Fragen an dich«, meinte Tabor zu mir, »ich bin keinesfalls ein Spion, nein, vergesst diesen Gedanken. Doch Siriano, wo willst du eigentlich noch überall hin auf der Erde?«

»Oh, es gibt noch sehr viele geheime mystische Orte auf der Erde, wo wir hinfliegen, verstehst du? Bevor wir nach Sirius zurückkehren, werden wir noch ins Himalaja-Gebiet fliegen.«

»Bitte??«

»Ja, dort hoch oben in den höchsten Bergen lebt einer der Weisen von uns, Senerius, er hütet ein geheimes Volk, das unter der Erde lebt, in dem grossen Gebiet. Sie haben Wissen von uns, sie mussten sich verstecken vor den Menschen, gewiss es sind auch Menschen, aber mit einem vollkommen besseren Wissen und es befindet sich in einem der Berge ein riesiges Raumschiff, das dort verborgen liegt, es bleibt stets dort, falls die Geheimen Völker unter der Erde erkannt werden, wird Senerius dieses Raumschiff starten und diese Völker mit sich nehmen. So einfach ist das, meine Freunde.«

Sie schauten mich gross an.

»Rede weiter, Siriano«, meinte Dario, »ich habe so ein Wissen als Sirianer nicht, was hat es denn auf sich mit Loch Ness in Schottland?«

»Oh, du hast gehört davon?«

»Ja, von dem Ungeheuer.«

»Ach es ist nicht nur eines, nein, es ist eine kleine Gruppe tief im See unten, der See hat Verbindungen, unterirdische, mit den grossen Meeren. Sie haben überlebt. Die Katastrophe, von der ich einst sprach, ihr wisst noch?«

Aritos sah mich an.

»Verbessere mich, mein Bruder, falls ich etwas vergesse.«

»Ja, werde ich«, lachte er.

»Nun ja, es gibt sie, sie sind jedoch friedlich, tun keinem etwas. Aber sie zeigen sich fast nie. Nachts kommen sie nach oben, weil niemand von den Menschen dann dort ist.«

»Ja«, fuhr Dario fort, »und der angebliche Schneemensch, der Yeti?«

»Oh, ich glaube, ich muss mal eine Extrastunde mit dir machen Dario. Ja, der Yeti, es gibt ihn ebenfalls, es ist eine ausserirdische Rasse, sie wurden dort oben ausgesetzt, sie sind primitive Lebewesen, konnten sich nicht dem Universum anpassen, sie waren Trolle, grosse Trolle. Unter einem geheimen Abkommen musste man sie auf den blauen Planeten bringen. Dort irren sie nun herum, wir werden sie niemals mehr holen, nein. Sie sind eine gewisse Gefahr, versteht ihr? Doch nun, lasst uns schlafen, Moriana wird das Raumschiff steuern, sodass wir alle schlafen können. Wenn wir aufwachen, werden wir uns in der Atmosphäre der Erde befinden, also begebt euch in eure Gemächer.«

Und sie taten es.

»Komm mit Tabor«, meinte ich und wir gingen hin um einen gesunden Schlaf zu verrichten. Es war ein langer Schlaf, diesmal konnte auch Tabor schlafen, er war müde. Konnte er sich sonst etwa nicht wohl fühlen hier? Ich fragte ihn nicht danach, nein, er sollte von selbst kommen, wenn etwas war. Stunden vergingen, wir flogen sehr schnell, unsere Raumgleiter waren die schnellsten im Universum, so erreichten wir die Erde in zwei Tagen problemlos. Mann, die Menschen, wenn sie zu uns reisen würden, was ja nie vorkommen wird, sie müssten mehrere Lichtjahre reisen und würden altern, wir aber blieben so wie wir sind. Anders war es, wenn sich Menschen in unseren Raumschiffen befanden – wie Martin, denn Martin hatte Glück, er hat Sirius in sich genommen und so wurde sein Inneres genauso wie bei uns, nur weiss er es noch nicht, er wird nicht altern, er wird also eine Prozedur mitmachen, die es auf der Erde nicht gibt, ein Sirius-Geheimnis. Arco meldete uns, dass wir bald die Erde sichten würden. Und so war es auch, gähnend ging ich zum Mittelkommando. Arco schaute hinaus.

Er erschrak etwas.

»Oh, hallo Siriano.«

»Lass dich nicht stören, Arco, ja? Auch du solltest mal Pause machen.«

»Siriano, sieh nur, die Erde.«

Ja, dieser herrliche blaue Planet lag vor uns. Griffbereit. Aber wir mussten noch warten. Langsam kamen meine Freunde herbei.

»Ai, ai«, meinte Tabor, »seht nur, Tausende von Raumschiffen, im Gürtel um die Erde.«

»Ja, ich weiss, das sind die Lichtarbeiter von Ashtar, Tausende sind es, sie arbeiten an den Gittern, versteht ihr? Aber euch ist das wahrscheinlich zu hoch, oder? Oh, ich meinte damit nicht alle. Ja, meine Freunde, Brüder, bevor wir eindringen in die Erdatmosphäre, noch etwas (350 Sirianer inklusive meiner Freunde hörten mir zu): Erstens, Dario, du wirst pausenlos bewacht, ja? Du wirst diesmal keinen Unfug anrichten, dass das klar ist. Zweitens, wir landen zuerst in England, Cornwall, dort ist unsere kleine Freundin Sheena. Wir werden sie besuchen. Ich habe ihr etwas mitgebracht.«

Martin war nervös.

»Ich kann es nicht erwarten«, meinte er und zappelte herum.

»Martin, ja?«

Aritos beruhigte ihn.

»In zwei Tagen begeben wir uns nach Irland. Dort wisst ihr, was zu tun ist, ich habe euch vorher genau informiert, okay?«

Sie nickten alle.

»Hm, das wär's eigentlich, ich danke euch allen und gebt Acht, niemals so unter die Menschen zu treten, entweder unsichtbar durch eure Stäbe, oder ihr nehmt Menschenformen an.«

»Das haben wir doch jetzt, Siriano!«

»Ja, Dario.«

»Soll ich etwa als Flugsaurier erscheinen, Siriano?«

»Weisst du, du bist sehr intelligent du dumme Nuss«, meinte ich zu ihm, »bald platzt mir der Kragen.«

Dario grinste nur und legte eine Hand auf meine Schulter.

»War doch nur ein Spass, Siriano.«

Ich blickte ihn an, er verstand und rannte los. Ich hinter ihm her. Man lachte nur. Ich erwischte diesen Rotzbengel und hielt ihn fest.

»Siriano«, meinte Pegesus, mein treuer Steuermann, »landen wir mit dem Hauptschiff?«

»Nein, es werden etwa 150 zurückbleiben, die anderen Mannschaften erkunden die Gegend, ob es Neues gibt. Mischt euch unter die Menschen, ja? Ihr wisst ja, oder? Ich werde mit meinen Freunden, Aritos, Sanos, Sandrino, Dario, Menos seinen Brüdern, Martin und Tabor, Sheena besuchen. Argon, du wirst Befehle erhalten, bis ich wieder hier bin, alles hört auf dich, geht das klar?«

»Ja«, strahlte Argon, ein Baum von einem Sirianer, »ich weiss Bescheid, Siriano.«

»Na prächtig. Achtung, wir kommen immer näher. Simanos, was ist es für eine Zeit auf der Erde?«

»Mitternacht, das heisst, so gegen 10 Uhr nachts.«

»Okay, lasst mich bitte einen Moment alleine, ja?«

Sie liessen mich alleine und ich telepathisierte mit Sheena. Sie spürte es und wurde in einen Trance-Zustand gebracht.

»Mutter, Mutter«, hörte ich sie, »Siriano kommt!«

»Oh, ich weiss, es wird toll sein, freust du dich?«

»Ja, und wie, cool Mann.«

Ja, ich spürte deutlich, wie sie sich freute und ich gab ihr durch, wann wir ankommen würden. Es war so weit, Cornwall war bereits im Visier, es war dunkel. Mein Herz freute sich. Sie wartete, ich konnte sie aber nicht erkennen. Ich sah nur eine Frau. Langsam senkte sich unser Mutterschiff. Dann stiegen wir um in ein kleines Raumschiff, landeten sanft auf der Wiese. Langsam öffneten sich die Luken. Dario sprang als Erster hinaus, dann Sanos, Arco, Sandrino, Aritos, Menos und seine Brüder, Martin auch. Er strahlte. Aber nicht lange.

»Wer bist du, hübsches Mädchen?«

»Ich bin es«, meinte sie.

Tabor und ich kamen näher. Ich sah das junge Mädchen an.

»Nein, sie ist älter geworden, eine junge hübsche Frau, oho, nein!« schwärmte ich. »Du bist Sheena?«

»Ja, mein lieber Siriano.«

Sie hatte immer noch ihr langes schwarzes Haar, aber wunderschön, sie war grösser geworden und hübscher.

Sie kam auf mich zu, umarmte mich und sagte: »Siriano, schön dich zu sehen, ich habe dich vermisst.«

»Sheena, sag, wie alt bist du denn jetzt?«

»Oh, süsse 17«, lächelte sie.

»Ja Mann«, meinte Dario, »echt knackig, was?«

Ich starrte Dario an.

»Ich meinte, wunderschön hübsch«, gab Dario an.

»Hallo Freunde«, begrüsste sie den Rest von uns, »kommt mit.«

Wir folgten ihr, Martin an ihrer Seite. Wir gingen ins Haus hinein. Es hatte sich vieles verändert, hübsch eingerichtet.

»Wo ist James?«, fragte ich meine Freundin.

»Arbeiten, er muss nachts arbeiten, aber bald kommt er zurück.«

Ja, wir bekamen zu essen und zu trinken. Dann holte ich mein Geschenk vor. Sheenas Mutter strahlte.

»Hier, es ist für dich, ich hoffe es passt, Sheena.«

Sie bekam ein sirianisches Kleid und fiel fast um vor Freude. Sie küsste mich immer wieder.

»Jetzt ist es genug«, lachte ihre Mutter.

»Oh wie schön, Siriano, aber jetzt kenne ich deine Schwester immer noch nicht und Ariana auch nicht, oder?«

»Doch, erinnerst du dich nicht mehr? Aber sie ahnen nicht, wie schön du geworden bist, gib mir Fotos mit, ja?«

»Bestimmt, Siriano, es hat sich vieles geändert bei mir, Freunde.«

Aritos wurde mehrmals verküsst. Sandrino ebenfalls. Dario flüchtete dauernd. »Siriano, ihn hier kenne ich nicht, wer ist dieser bildhübsche Mann?«

»Entschuldige, ich vergass ihn dir vorzustellen, das ist Tabor, er kommt von den Plejaden.«

»Oh, ein toller Name. Es freut mich Tabor, wirklich.«

»Ganz meinerseits, hübsche Erdentochter«, lächelte Tabor.

»Ich habe meine Tiere nicht mehr alle, Siriano, hast du sie noch in Erinnerung?«

»Gewiss.«

»Ich habe dafür einen anderen Begleiter. Darf ich ihn dir vorstellen? Er weiss Bescheid über alles, ich musste ihn einweihen. Aber er hat Angst, und wie!«

»Und wo ist er?«

»Oh, in meinem Zimmer.«

»Zimmer?« Dario sah sie seltsam an. »Hoho«, meinte er, »ich verstehe, aber ich schweige.«

»Ja, ist auch besser für dich.«

»Hallo Joey, komme doch herunter.«

»Joey!«

»Nein lieber nicht, sind sie noch da?«, hörten wir eine Stimme.

Wir sahen uns an.

»Na los, brauchst keine Angst zu haben.«

Dann hörten wir Schritte und wir blickten einen jungen Kerl an, blaue Augen, dunkles Haar, er starrte uns an und sagte nichts. Sein Blick war feurig.

»Sind sie das, Sheena?«

»Ja, sage Hallo zu ihnen.«

Er zögerte. Er stand mir gegenüber, ich musste mich jetzt so ziemlich zusammen nehmen, sonst bemerkte man etwas an mir, was jetzt noch nicht publik werden sollte.

»Sheena, ich kann es nicht glauben, vor mir stehen Ausserirdische?«

»Ja, Mann.«

»Das hier ist Dario, ein Lümmel.«

Jetzt ging es Joey besser, er lächelte.

»Dies hier Tabor.«

Tabor drückte ihm die Hand.

»Oh Mann, haben Sie einen Händedruck, autsch meine Hand.«

»Dies hier, Sandrino und Aritos, daneben Arco dessen Freund, Menos und seine Brüder. Hab ich niemanden vergessen? Martin kennst du ja.«

»Ja, sicher, freut mich Martin.«

»Ja und dies hier ist Sanos, ein Charmeur aus dem Universum.«

Joey hatte Vertrauen gefunden zu uns.

»Joey, und nun darf ich dir vorstellen: mein Freund, der grosse Siriano.«

Joey stand vor mir und starrte mich unentwegt an.

»Hallo«, flüsterte er. Er sank in die Knie.

»Es ist für mich eine sehr grosse Ehre, dich kennen zu lernen, grosser Siriano. Sheena hat mir sehr viel erzählt von dir.«

»Oho, wie viel?«

Wir lachten. Trotzdem kamen mir vereinzelte Tränen. Der Abend war super für uns alle, ja. Wir hatten es lustig. Später kam James, er hatte solche Freude. Dario war bereits über die Kekse hergefallen. Tja, die Freude war zu gross für alle auf der Erde, für unsere Freunde: Sheena, ihre Mutter, James und Sheenas Freund Joey.

Dieser kam nun zu mir, als ich draussen auf einem grossen flachen Stein sass und hinausschaute auf das ruhige Meer.

»Darf ich mich zu dir setzen, grosser Siriano?«

Ich lächelte.

»Gewiss und nenne mich nicht immer ›grosser Siriano‹, das mag ich nicht so sehr, ja?«

»Oh, aber wie soll ich dich denn ansprechen?«, fragte Joey mich mit grossen Augen.

»Schlicht und einfach: Siriano«, sagte ich zu ihm.

»Na gut«, lächelte er und begann zu erzählen. »Ja, ich wollte schon unbedingt einmal mit einem Raumschiff fliegen, erfüllt sich mein Wunsch, Siriano?«

»Na«, schmunzelte ich, »ich weiss nicht, was Sheena dazu sagt, mein Bester, du solltest hier bleiben, du bist ihr Freund, sie braucht dich doch.«

»Hast du in deiner Heimat auch eine Freundin, Siriano?«

Ich grinste und meinte: »Ich könnte eine Menge haben, aber ich habe dafür einfach keine Zeit, verstehst du? Ich bin unterwegs zu anderen Sternen und Galaxien.«

»Also bist du mit deinen Freunden unterwegs, um spezielle Sachen zu tun, oder?«

»Du bist ein gescheiter Kerl, Joey, du hast schon begriffen, um was es geht.«

»Darf ich dich noch etwas fragen, Siriano?«

»Immer«, lächelte ich.

»Nun, irgendwie kommst du mir so bekannt vor, als ob ich dich schon lange kenne, aber das ist nicht so wichtig. Siriano, sag mir, hört das endlich bald einmal auf, mit den Kriegen auf der Welt?«

»Das liegt an euch Menschen selbst, Joey, wir können uns da nicht einmischen, gewiss es ist eine Schande sich zu bekämpfen, aber wir können hier nicht viel machen. Wir können die Menschen nur positiv belehren oder ihnen erklären, sich der vollkommenen Liebe zuzuwenden und dem ewigen Licht. Positiv denken, ja – die ganze Welt müsste umdenken und dann würdet ihr schon viel weiter sein, aber bis dahin vergeht noch einige Zeit, Joey.«

»Du bist einmalig, du hast so viel Verstand und wahrscheinlich auch ein gutes Herz, Siriano, nicht wahr?«

»Man sagt es zumindest«, kicherte ich.

»Du bist ein guter Sternen-Freund«, meinte er und legte mir eine Hand auf den Rücken.

»Haha«, lachte ich, »du bist gut, du bist noch jung, Joey, du wirst eine Familie gründen, vielleicht mit Sheena. Ich wünsche es mir sehr.

»Kinderkriegen? Ich bin noch zu jung dafür, zuerst brauche ich einen Job, um Geld zu verdienen, damit ich meine Familie ernähren kann, Siriano.«

»Bestimmt Joey, clever gedacht und überlegt. Was möchtest du denn später einmal werden?«

»Oh, ich weiss es noch nicht, am liebsten Arzt, damit ich den Menschen helfen kann, denn mir liegt viel daran den Menschen zu helfen, wie du schon sagtest, Siriano, sie ins richtige Licht bringen!«

»Du machst mich sehr glücklich, Joey, was du hier sagst, kommt von reinem Herzen, solche Menschen haben bei uns eine Menge Platz.«

Joey lehnte sich an mich, ich kannte diese Geste zu gut, wie oft tat dies Dario.

»Ist es nicht herrlich, in den Sternenhimmel zu schauen, Siriano? Von dort kommst du. Manchmal frage ich mich, ob es in diesem

Universum auf anderen Planeten auch solche Probleme gibt, wie hier bei uns auf der Erde. Und wie man diese bewältigt. Wie ist es bei euch, Siriano?«

»Wir kennen auf Sirius nur Liebe, nichts Negatives. Aber ist es nicht Zeit für dich, zu Bett zu gehen, Joey?«

»Oh nein«, wehrte er ab, »ich fühle mich wohl hier bei dir, man kann viel lernen von dir und ausserdem höre ich dir gerne zu, grosser Lichtmeister.«

»Freut mich zu hören, aber es ist wohl trotzdem besser, wir gehen hinein.«

»Sag mal, Siriano, kannst du mir nicht einmal das Innere eines Raumschiffes zeigen?«

»Nein Joey, vielleicht später einmal, doch jetzt ist nicht die Zeit dafür, ja? Komm, gehen wir.«

Wir gingen hinein, Dario schlief friedlich auf der Couch.

»Psst, er schläft«, meinte Sheena.

»Ja, sehe ich, dann wecken wir ihn auch nicht auf.«

Wir legten uns schliesslich alle hin. Ich sagte noch, dass wir sehr früh aufbrechen müssten und wir wünschten unseren Freunden auf der Erde schon jetzt alles Gute. Aritos ging nochmals zum Mutterschiff. Er wusste nicht, dass er beobachtet wurde. Er wollte oben nachschauen, ob alles in Ordnung sei. Dann kehrte er zurück. Im Stall hatten wir abermals Unterschlupf gefunden, einige schliefen bereits, Sandrino und Tabor waren noch auf.

»Es ist alles okay, Siriano, wir können einschlafen.«

»Danke, Bruder.«

Ja, und so schliefen wir ein, denn am nächsten Tag wartete Irland auf uns. Wir hatten alle schöne Träume. Stunden vergingen, ich war als Erster wach und weckte meine Freunde, wir mussten abhauen, bevor es hell wurde. Menos und seine Brüder standen auf. Dario, Arco, Sanos, Sandrino und Tabor begaben sich ins Mutterschiff. Aritos und ich warteten noch und blickten noch einmal zurück zu der Farm.

»Ja, bis bald Sheena«, meinte ich noch.

Wir begaben uns in das kleine Raumschiff und Aritos steuerte es in den Bauch des Mutterschiffes.

»Soll ich es tarnen, Aritos?«

»Nein, wir brauchen es in Irland wieder.«

In der Zentrale waren alle versammelt.

»Sedemaos, starte das Mutterschiff, okay?«

Man tat es und wir waren bereits wieder in gewaltiger Höhe.

Da kam der erste Kommandant zu mir heran.

»Siriano, ich empfange seltsame Geräusche.«

»Seltsame Geräusche?«

»Ja, aus unserem Mutterschiff.«

»Woher kommt es?«

»Oh, ich kann es noch nicht genau orten, aber bald habe ich es, ich glaube schon zu wissen, woher es kommt.«

Unter uns lag Irland, eine blühende Insel mit vielen grünen Flächen.

»Seht nur, die Schafe«, grinste Dario. »Der Whisky ist hier einfach super«, fügte er hinzu.

Ich sah ihn an.

»Oh, entschuldige Siriano, ja?«

»Ich hoffe es«, sagte ich ernsthaft zu ihm. »Seht ihr den gewaltigen Hügel dort unten? Richtet ein kleines Schiff, ich werde hinuntergehen und ...«

Aritos unterbrach mich.

»Siriano, darf ich dir jemanden vorstellen?«

»Hat sich ein Tier verirrt, Bruder?«

»Ja, ein sehr grosses.«

»Oh, ein Bär?«

»Nein, auch kein Wolf. Komme hervor, nur keine Angst.«

Meine Freunde kamen aus dem Staunen nicht heraus. Ich selbst musste schwer schlucken.

»Joey? Was um alles in der Welt tust du hier?«

»Oh, mir ist so schlecht!«

»Ja, ich weiss, die Höhe, du bist es nicht gewöhnt. Aber was hat dich denn veranlasst, so was zu tun? Man wird dich vermissen, Sheena wird dich suchen.«

»Sie weiss es, Sheena weiss es, ich habe mit ihr geredet, Siriano, bitte schicke mich nicht zurück, ich habe ihr erklärt, dass ich mit euch gehen möchte. Sie hat mich gewarnt, sie hat gesagt: ›Siriano wird dich bestrafen, er wird es nicht dulden, denn nur Auserwählte von den Menschen dürfen mitgehen.‹ Ich weiss, ich habe euch alle enttäuscht, ich habe ein Geheimnis von euch gebrochen, aber so war ich schon immer ... neugierig und muss alles sehen, seit Sheena mir von euch erzählte, konnte ich nicht mehr schlafen, ich konnte es nicht abwarten, euch zu sehen, euch kennen zu lernen. Bitte verzeiht mir, dass ich euch enttäuscht habe.«

Aritos und meine Freunde schwiegen.

»Hör mal Joey«, meinte ich, »gewiss, es ist nicht gerade ideal, jetzt bei uns zu sein. Du wirst aber schweigen über alles was, du sehen wirst, ist dir das bewusst? Wenn du dein Schweigen jemals brichst, wird das nicht gerade angenehm werden für dich, weisst du das?«

Joey sank in die Knie.

»Ich leiste einen Treueschwur, Siriano, bestrafe mich nicht.«

»Wir werden vor dir beraten, Joey, was mit dir geschehen soll. Nun, meine Freunde, was meint ihr, sollen wir Joey aufnehmen? Hat er ein reines Herz? Hat er das sirianische Licht in sich? Ich frage dich als Ersten, Menos. Was meinst du: zurück oder bleiben?«

Menos schaute Joey an, dann lächelte er.

»Bleiben!«

»Na gut, dann begebe dich auf meine rechte Seite, Menos.«

»Arco?«

»Auch ich meine, bleiben.« Arco war also der Zweite.

»Dario?«

»Ich meine zurück, er ist noch zu jung.«

»Dann links, ja?«

Dario meinte: »Verzeih mir bitte, Joey.«

Joey war blass geworden.

»Sedemaos, was meinst du?«

»Oh, ich habe die Meinung von Dario.«

»Was meinst du, Sanos?«

»Ach, ich finde das Ganze kindisch, aber ich begebe mich auf die rechte Seite, ja?«

Ja, Joey schöpfte Hoffnung. Ich bemerkte es. Ich wandte mich an Martin.

»Martin?«

»Oh, meine Meinung ist völlig klar.« Er begab sich auf die Linke Seite.

»Kirak und du?« Mein Bordkommandant sah skeptisch aus, noch zögerte er.

»Ja, links, meine ich.«

Joey war unruhig.

»Sandrino, mein treuer Bruder, was meinst du dazu?«

Ohne Kommentar kam er auf meine rechte Seite. Ja, jetzt kam es darauf an, Joey zitterte.

Ich frage meinen treuen Freund von den Plejaden: »Tabor, wie entscheidest du dich?«

Tabor lächelte Joey an.

»Gewiss, so junge Kerle brauchen wir, um sie auszubilden.«

Er begab sich auf die rechte Seite. Es war ein Kopf-an-Kopf-Rennen, vier zu vier, jetzt lag alles in der Hand von Aritos. Er wusste es genau. Alle schauten Aritos an. Irgendwie lachte er, das gab Joey Hoffnung. Aritos stand auf, begab sich Richtung meiner, ja, linken Seite. Joey legte die Hände auf seinen Mund. Dann jedoch wendete Aritos. Und begab sich auf meine rechte Seite. Joeys Freudenschrei war so laut, dass wir uns die Ohren zuhielten. Er vollführte akrobatische Sprünge. Wir staunten. Er rannte auf Aritos zu und umarmte ihn.

»He Mann, was soll das, ich habe eine hübsche Frau auf Sirius.«

»Mann, ich danke dir, Aritos.«

Wir alle lachten innerlich, denn es war nur ein Spiel, das sagten wir ihm aber nicht. Es war uns ja klar, dass wir ihn nicht zurückbringen konnten, weil wir dafür keine Zeit hatten.

»Dario, kümmere dich um unseren neuen Freund von der Erde, ja?«

»Ja, zu gerne.«

»Oh nein, ich habe es mir anders überlegt. Ich übergebe ihn dir, Sanos.«

»Warum?« Dario sah mich gross an.

»Ich habe so meine Bedenken!«

Dario wusste genau, um was es ging. Dann begaben wir uns in zwei kleine Raumschiffe. Zurück blieb Semedao mit seinen Männern. So begaben wir uns nun hinab, es war noch dunkel. In vereinzelten Häusern brannte Licht. Es war ruhig und eine grosse Stille. Irgendwo blökten Schafe.

»Na, wollen wir ein paar mitnehmen?«, meinte Dario.

»Nein, vergiss es. Ich gebe Semi ein Zeichen, er ist der Kommandant hier, damit er weiss, dass wir hier sind.«

So geschah es auch. Dann öffnete sich der grosse Hügel und wir konnten hinein fliegen.

»Ist ja super«, meinte Joey.

»Psst, Joey«, meinte Sanos zu ihm.

»Ja, okay!«

Bald befanden wir uns mitten drinnen, eine Art Lift brachte uns weiter nach unten.

»Semi«, rief ich, »sei gegrüsst.«

»Siriano, lange nicht gesehen.« Wir umarmten uns herzlich.

»Sieht nicht schlecht aus hier«, sagte Joey keck.

Ja, es sah wirklich toll aus.

»Eine kleine künstliche Sonne haben wir geschaffen, einen Freizeitpark, einen winzigen See, kleine Häuser für die Sirianer hier«, erklärte mir mein Kommandant, der hier auf der Erde stationiert war.

»Siriano, ich sehe zwei Menschen unter euch, kannst du mir erklären?«

»Oh, ganz einfach, unter meiner Bewilligung!«

»Keinen Kommentar in diesem Falle, Siriano?«

»Ja, gewiss, Semi, und wie sieht es aus?«

»Wir studieren momentan die Pflanzenwelt, Siriano. Hier in diese Gegend kommt fast kein Mensch, vereinzelte Wanderer haben wir beobachtet, aber sehr wenige. Sonst ist alles ruhig. Vor einigen Wochen haben wir allerdings unbekannte Raumschiffe geortet.«

»Woher stammten sie?«

»Also, das ist das Seltsame, sie scheinen aus einer völlig fremden Galaxie zu kommen, dieses Volk ist uns nicht bekannt.«

»Ist nicht gerade gut. Konntet ihr nichts feststellen, Semi?«

»Sie haben uns sozusagen nicht bemerkt, das heisst einfach wieder, dass wir die Fortgeschrittenen sind«, lachte er.

»Und die Plejaden«, ergänzte Tabor.

»Ja, natürlich«, lachte Semi.

»Steine haben wir auch untersucht, einfach sehr viele Dinge, Proben im Labor analysiert. Dann das Wasser, wir schauen stets, dass die Natur hier erhalten bleibt. Es gibt hier sehr viele Gnome, Feen und Elfen, Siriano.«

»Ja, ich weiss Bescheid.«

»Es gibt hier einen geheimen Wald, wir begeben uns nachts dorthin«, sagte er erklärend zu den anderen.

Aritos meinte: »Seid ihr auch vorsichtig genug?«

»Ja, gewiss Aritos, bestimmt. Vor einigen Tagen hatte ich ein kleineres Raumschiff gestartet, Richtung Schottland, Loch Ness. Es tauchte hinein, wir haben Nessie gefunden, sie hat Zuwachs bekommen, wir hüten sie sehr gut. Nessie ist uns vertraut, es ist gut, dass sie uns treu geblieben ist. Sie schreckt die Menschen ab, sodass wir ungestört im Loch Ness arbeiten können.«

»Ja, das ist gut«, meinte ich zufrieden. »Und sie hat nie angegriffen?«

»Nein, sie ist sehr scheu, aber gewaltig. Wie lange wollt ihr hier bleiben, Siriano?«

»Ich dachte an drei Tage. Danach begeben wir uns nach Schottland und dann geht's ab ins Himalaja-Gebiet, dort oben jemand abholen«, grinste ich abermals.

»Und dein nächstes Ziel, Siriano?«

»Oh, ich muss umdenken, du hast mich irgendwie ernsthaft gestört, das macht mir Sorgen mit den unbekannten Schiffen, Semi.«

»Ich weiss, aber wir haben sie lange nicht mehr geortet. Die Engländer haben sie gesichtet und haben sie gejagt, vielleicht deswegen.«

»Kann sein«, schmunzelte ich. »Nun, ich werde das genau prüfen lassen.«

»Ja«, meinte Semi, »bitte macht es euch bequem hier!«

Ich schaute mir Videos an, vereinzelte Arbeiten, war stolz auf die Männer hier.

»Gegen Abend versuche ich mit einigen Freunden in diesen Wald zu gehen, Semi, ich habe 300 Sirianer oben im Mutterschiff, es kann also nichts passieren.«

Ich ging und legte mich einfach hin, ich war sehr müde. Viele taten es und es wurde ruhig.

Zwischendurch erkundigte ich mich im Mutterschiff nach der Stimmung, man spielte oben gemütlich. Dann überkam mich ein Traum. Ich wurde jedoch gestört.

»Ich habe dich überall gesucht«, meinte Joey.

»Joey, ich bitte dich, meinen Schlaf nicht zu stören.«

»Siriano, wirst du mich hier absetzen, sodass ich wieder nachhause muss?«

»Nein bestimmt nicht, aber störe mich jetzt nicht.«

»Oh, du bist bestimmt noch böse auf mich. Okay, ich verlasse dich, damit ich dich nicht störe, ich werde mich sonst irgendwie beschäftigen, ja?«

»Nein Joey, bleibe hier, ich habe da noch einige Fragen.«

»An mich?«

»Ja, an dich.«

Er setzte sich einfach hin und griff unbefangen nach etwas Obst.

»Bist du denn gewillt, unter uns zu sein, mit uns zu leben? Jetzt kannst du immer noch zurück, wenn du möchtest.«

»Oh nein, bei euch ist es bestimmt besser, wenn du sagst, bei euch gibt es nur Liebe.«

»Verstehe das nicht falsch«, lachte ich.

»Ich bin ein friedlicher Mensch, Siriano, das weisst du bereits!«

»Na gut.«

Die Zeit verging, auf der Erde war es bereits wieder Nacht. Aritos, Dario, Tabor, Sandrino und Sanos begleiteten mich zu dem Wald. Natürlich kam auch Joey mit. Wir liefen gemütlich herum und kamen an ein Schloss, wunderschön, es schien unbewohnt.

»Es sieht herrlich aus, was meinst du, Siriano, sollen wir mal nachschauen?«

»Nein, zu gefährlich, es könnten noch Menschen noch darin wohnen.«

Wir kamen immer tiefer in den Wald. Ich konnte die Gnome, die Wichte, Feen und Elfen spüren. Eine feine Stimme hörte man.

»Seid gegrüsst im Walde des Lichtvollen Siriano.«

Wir wunderten uns zu sehr.

»Warum heisst dieser Wald wie du, Siriano?«, fragte mich Joey.

»Frage mich was Besseres«, lachte ich.

Dann sahen wir auf einem grösseren Stein einige Elfen sitzen, sie spielten auf Harfen. Gnome, Wichte und Zwerge tanzten herum. Überall waren die schönsten Lichter. Joey hatte so was noch nie erlebt, er weinte vor Rührung. Dann erschien eine wunderschöne Fee, ihr langes braunes Haar glänzte im Lichte, ihr Kleid war ganz weiss, auf ihrer Stirn glänzte ein funkelnder Rubin. Sie hob ihre Hände zum Grusse.

»Seid gegrüsst, Sirianer in diesem Walde geheimnisvoller Ereignisse. Ich bin sehr glücklich, euch sehen zu dürfen, ich bin Dara, die Fee dieses Waldes und darf stolz verkünden, eure geliebte Moriana ist meine Tante.«

»Oh«, bemerkte ich, »wie schön.«

»Du bist anscheinend der Lichtvollste im Universum, genannt Siriano. Siriano heisst ja auf sirianisch ›das Licht, die Vollkommenheit‹. Bitte, labt euch an den frischen Waldbeeren, dort drüben befindet sich eine Quelle mit reinem Wasser, benutzt sie, denn sie ist heilig, es ist die heilige Quelle der Feen von Irland.«

Ein kleiner Wicht zupfte an meinem Hosenbein und schaute mich frech an, seine Augen leuchteten.

»Hallo, grosser Siriano, du bist unser grosses Idol.«

Ich lächelte ihn an.

»Sag, und wer bist du?«

»Oh, Titan nennt man mich, ein stolzer Name nicht wahr?«

»Ja, mein kleiner Titan, sei gegrüsst.«

»Wir werden euch begleiten, schaut euch nur um in diesem Walde, kommet mit, wir führen euch zu einem kleinen Wasserfall, es heisst es liegt auf dem Grund des kleinen glitzernden Sees Gold, pures Gold, wenn man darin badet, ist man vollkommen. Dieser Ort wird beschützt von einem weissen Wolf, einem Adler und einem Bären, hütet euch.«

»Haha«, lachte ich. »Ich kenne keine Angst, du kleiner Wicht, willst mir wohl Angst machen was?«

»Oh nein, bestimmt nicht, grosser Siriano.«

Wir gingen mit den Elfen, Wichten, Gnomen. Auch Dara begleitete uns. Es war herrlich, nicht kühl, nein, eher warm. Überall schwirrten Elfen herum. Sie gaben uns so ein wundervolles Licht.

»Siriano«, flüsterte Joey mir zu, »ich glaube, das alles einfach nicht.«

»Du kannst es aber glauben! Weisst du, manche Menschen können sie nicht sehen, aber wenn du fest an sie glaubst, offenbaren sie sich und du siehst sie. Anscheinend bist du so ein Mensch. Immer mehr wenden sich dem Lichte zu, wunderbar.«

Wir kamen zu dem kleinen See und zu unserem Erstaunen gab es eine Hütte dort.

»Titan, was ist das für eine Hütte?«

»Hihi, wir alle haben sie gebaut, denn wir wussten, irgendwann kommt ihr. Dort drinnen nächtigt ihr, ihr habt die weichsten Lager zum Schlafen, die weichsten wärmsten Decken, die euch schützen, und es gibt genug zu essen.«

»Also, ich weiss nicht Titan, eigentlich wollten wir bald wieder von hier weggehen.«

Meine Freunde schauten mich an.

»Wir können hier nicht sein, wenn Menschen kommen, Titan.«

»Hihi«, lachte er, »hierher kommen keine Menschen, denn eine Legende macht den Menschen Angst.«

»Oh, und die ist?«

»Wir haben sie erfunden, so kommt auch hier nicht ein einziger Mensch her, es heisst, nun passt auf meine sirianischen Freunde, Geister holen alle Menschen, die es wagen, diesen Wald zu betreten und sie kommen nie mehr zurück, ist das nicht komisch?«

»Ja, sehr komisch, aber gute Idee. Meine Freunde, was haltet ihr davon?«

Sie nickten nur.

»Na gut, zwei Tage, dann müssen wir nach Schottland, ja?«

Meine Freunde legten ihre Kleider ab und sprangen in den kleinen See. Der kleine Wasserfall war herrlich, wir atmeten ihn sozusagen ein. Dario machte nur Unsinn, irgendwie steckte er Joey an. Ja, die Prozedur, die wir einst mit Martin machten, gab es jetzt für Joey. Er hatte keinerlei Bedenken oder gar Angst, nein, er war sehr stolz, nun einer von uns zu sein. Er bewegte sich in den sirianischen Kleidern elegant. Wir lachten über seine Scherze.

»Sieht wirklich toll aus, die Farben leuchten so, ich bin sehr stolz, ein Sirianer zu sein«, meinte Joey zu uns. »Sagt doch, habt ihr eigentlich auf Sirius auch Frauen?«

Wir lachten herzhaft.

Aritos meinte: »Nein, dort leben nur Männer!«

»Aber das gibt es doch nicht! Und wie pflanzt ihr euch dann fort?«

Dario wälzte sich am Boden vor Lachen.

Dann meinte ich zu ihm: »Höre zu Joey, du darfst nicht alles glauben, was man dir erzählt, ja? Natürlich haben wir auch weibliche Geschöpfe.«

»Okay, ich frage nicht mehr so dämlich, ich bringe euch nur zum Lachen, das tut mir weh.«

»Sei nicht so, ein bisschen Spass muss sein!« Ich legte ihm eine Hand auf die Schulter. »Lasst uns in die Hütte gehen, um nachzusehen wie wir nächtigen!«

Wir taten es und staunten nicht schlecht, jeder hatte ein weiches Bett, unsere Stäbe verliehen uns Licht. Ein wundervolles Licht. In einem Raume lagen wir alle. Auch Joey hatte sich ausgestreckt, irgendwie kam er mir unruhig vor.

»Joey, was ist denn mit dir los?«

»Oh, mich quält ein Gedanke, Siriano.«

»Dann äussere dich dazu, bevor wir in unsere Träume eingehen.«

»Nun, hier in diesem grossem Raume befinden sich nur männliche Geschöpfe, hier wird doch nachts nicht rüber gelangt, oder?«

Ich musste echt lachen. Aritos kamen die Tränen vor Lachen. Joey war sich seiner Sache anscheinend nicht sicher.

»Du hast doch Artus nicht vergessen?«, flüsterte mir Aritos zu.

»Gewiss nicht, darum geht es ja eigentlich.«

»Nimmst du Joey mit?«

»Mal sehen, ich überlege es mir gut genug, Aritos.«

»Joey, du brauchst keine Angst zu haben, du wirst sehr gut einschlafen, niemand wird dich stören. Aber sage, warum hast du diesen Gedanken gehabt?«

»Sanos verriet mir, Dario hätte die Angewohnheit und krieche unter fremde Decken.«

Schon wieder lachten wir laut. Dario verkroch sich ganz unter die Decke.

Er sprach: »So was tue ich nicht, Joey, aber dir, Sanos, kann ich versichern, ich besuche dich heute Nacht und dann setzt es was, ja?«

Sanos wehrte sich und meinte zu Dario: »Komm nur, ich zeige dir dann, was eine sirianische Harke ist.«

»Meine Freunde, lasst uns nun ruhen, morgen werden wir durch den Wald streifen und bald zurückkehren, oder ich melde es Semi«, sprach ich.

Joey sah mich an und sagte: »Siriano, diese Zauberstäbe, die ihr habt, für was sind sie noch?«

»Du fragst zu viel, Joey.«

»Ich weiss, ich bin sehr neugierig, Siriano. Gut, ab sofort frage ich nicht mehr. Ich lasse dich schlafen, sonst bist du morgen nicht guter Laune!«

»Sehr intelligent, mein Junge, sehr intelligent.«

»Siriano«, flüsterte er mir zu, »ich habe dir viel zu erzählen.«

Ich spürte seinen Schmerz und legte ihm eine Hand auf die Schulter.

»Weine nicht, mein junger Freund, nun hast du eine grosse Familie, wir werden uns um dich kümmern. Jetzt verstehe ich, warum du unbedingt mitwolltest, ich verstehe deinen grossen Schmerz in dir.

Ich fühle mit dir, mein Joey. Fühle dich wie zuhause, unter uns du bist sicher und wirst geliebt. Hast du denn noch Geschwister?«

»Nein ich bin ein Einzelkind, wie ich vermute. Ich habe geerbt, doch Geld macht nicht glücklich. Ich habe es ziellos ausgegeben aus Kummer, Sorgen und Schmerz, Siriano. Sheena hat mir Liebe gegeben, doch das hat mich nicht glücklich gemacht, denn sie hat eine heimliche andere Liebe. Lange wusste ich nichts davon, anscheinend hat sie mich aus Mitleid geliebt, aber ihr Herz gehört einem anderen, den sie mehr liebt und verehrt, ich kann das verstehen. Weisst du, Siriano, lange glaubte ich, niemanden zu haben, ich fühlte mich ganz alleine hier auf diesem Planeten, denn mein Schmerz ist sehr gross. Aber nun ist alles anders geworden, ich danke Gott, dass er dich hierher geschickt hat. Oh ja! Ich mag euch alle und schwöre euch, mit euch eins zu sein, glaube mir das, Siriano.«

Zufrieden schliefen wir ein. Im Schlafe sah Joey glücklich aus, irgendwie fühlte er sich befreit. Ich hatte noch eine Überraschung für ihn, aber das, sagte ich mir, sollte er erst erfahren, wenn wir zurück nach Sirius reisen würden.

Irgendwann nachts erwachte ich. Ich spürte eine Stimme in mir, die mir sagte hinauszugehen, jemand sprach zu mir. Ich ging hinaus, unbemerkt, niemand hörte mich, denn ich war zu leise. Ich wanderte an dem kleinen See entlang, sah in den Wasserfall hinein, dann spürte ich einen leichten Händedruck auf meiner rechten Schulter. Langsam drehte ich mich um.

»Sei gegrüsst, mein Engel Samuel.«

»Hallo Siriano, es tut mir Leid, dich stören zu müssen, deinen gesunden Schlaf so zu stören, aber ich bin hier, um dir etwas mitzuteilen. Lass dich in das weiche, warme Moos nieder und höre mir zu.«

Ich tat wie mir mein Engel sagte, liess mich nieder, schaute ihn liebevoll an, dann begann er.

»Mein Siriano, ich weiss, du bist mit einer Mission unterwegs zu dem keltischen Fürsten Artus in der sechsten Dimension, weil er dich unbedingt sprechen wollte. Lieber Siriano, vorerst ist diese Mission unterbrochen.«

»Weshalb?«, fragte ich ihn mit grossen Augen.

»Oh, ich kann es dir erklären. Die sirianische Station hat dir bereits gesagt, dass unbekannte Raumschiffe seit Tagen die Erde besuchen. Sie sind fremd, sie kommen aus einer sehr weit entfernten Galaxie, es sind Neuankömmlinge, wie man so sagt. Nun, dieses Volk ist schlimm dran, Siriano. Sie brauchen dringend Hilfe, sie fürchten sich vor anderen Völkern, sie wissen nicht, was sie erwartet, wenn sie hier landen.«

»Samuel, sage mir, wie sind sie denn?«

»Oh, sie haben Körper, ähneln den Menschen, sie waren einst im Zeichen des Delphins, auf einem kleinen blühenden Planeten, sie hatten gleiche Atmosphären wie auf der Erde hier, denn Dolphy, der Planet, war mit der Erde verwandt. Ich muss es dir erklären.«

»Oh, brauchst du nicht. Ich erzähle weiter Samuel. Die Delphine auf der Erde hier sind verwandt mit ihnen, richtig? Diese Delphine hier auf der Erde sind in Wahrheit Bewohner dieses Planeten Dolphy. Sie nahmen hier jedoch diese Form an. Zuerst siedelten sie sich als normale Bewohner von Dolphy an, doch dann entschieden sich viele für diese Art und sie gingen ins Meer. Interessant, was Samuel?«

»Ja«, lachte er. »Ich sehe, Siriano, ich kann mit dir sehr gut fachsimpeln über alles, dein Wissen ist einfach hervorragend.«

»Samuel sage mir, was ist nun zu tun? Ich muss meine Mission zu Artus abbrechen und stattdessen diese Bewohner retten?«

»Du begreifst einfach sehr schnell. Oh, mein geliebter Siriano, ich spüre jemand kommen.«

Aber es war schon zu spät, Joey hatte anscheinend nicht schlafen können und war aus der Hütte gekommen. Jetzt rieb er sich die Augen und erstarrte, als er die goldene Gestalt von Samuel sah. Wie er schimmerte! Joey sank zu Boden und wurde bleich.

»Träume ich, oder ist das ein Engel?«

Samuel sah ihn an und lächelte, er schwang seine rosa Lichter in Richtung Joey und umhüllte ihn sofort.

»Samuel, was tust du?«

»Oh, ich erschrecke ihn bestimmt nicht, aber sicher ist sicher.«

»Samuel, er ist voller Licht und von reinem Herzen, das sage ich, Siriano.«

»Ich weiss, Siriano, ich werde ihn auch wieder aus meinem Lichte befreien.«

Joey stürzte zu Boden.

»Siriano, hilf mir, wer ist das?«

»Ich muss dich aufklären, Joey, dies ist mein geliebter Schutzengel Samuel.«

»Samuel? Darf ich es wirklich glauben?«

»Ja, du musst.«

Samuel sah ihn an.

»Ich habe dir etwas zu sagen, junger Freund«, begann Samuel, »ich bin der Schutzengel und Freund von Siriano. Jeder Mensch und jedes Lichtwesen im Universum besitzt einen Schutzengel. Weisst du das?«

»Ja, habe ich schon gehört, ich habe Bücher darüber gelesen«, meinte Joey, jetzt etwas ruhiger.

»Sehr gut. Hast du dir auch schon Gedanken darüber gemacht, wie dein Engel denn heisst?«

»Oh, Samuel«, begann Joey zaghaft, »gewiss, ich habe stets, bevor ich einschlief, zu den Engeln gebetet und wenn ich mal in einer sehr schlechten Situation war, dann bat ich sie um Hilfe, denn ich weiss, wenn man einen Engel bittet, so kommt er auch und hilft.«

Samuel war angetan von Joey.

»Ja, mein Freund«, meinte Samuel, »du weisst, es gibt sieben hohe Engelmeister.«

»Ja, weiss ich.«

»Kennst du ihre Namen?«

»Wenige, ich kenne Uriel, Michael, Ariel, oh nein, das ist ein Waschmittel, bitte verzeih mir, mein Engel. Ich wollte euch nicht durch den Kakao ziehen, ja?«

»Jaja«, lachte Samuel, »du bist witzig, weisst du, wir Engel sind auch sehr humorvoll, ich nehme es als echten Witz an, meine Engelsfreunde werden darüber herzhaft lachen, doch fahr fort.«

»Leider weiss ich nicht mehr«, entgegnete Joey.

»Nun, Siriano wird dir weiterhelfen, er kennt uns alle zu gut, nicht wahr, Siriano?« Samuel sah mich lange an und ich musste mich jetzt innerlich sammeln.

»Jaja«, sagte ich, »Joey setze dich zu mir. Sieh nur, Samuel setzt sich ebenfalls.«

Joey zitterte leicht.

»Du verspürst doch keine Angst, Joey?«, meinte ich.

»Nein nein.« Er sah Samuel unentwegt an.

»Okay Joey, dies hier ist Samuel, mein Engel, dann gibt es Michael, Gabriel, Uriel, wie du schon sagtest, Josephiel, Zadkiel und Raphael. Alles klar?«

»Siriano, du kennst sie alle?«

»Ja, gewiss.«

»Und ist Samuel der Liebste von allen?«

Samuel sah mich an und lächelte.

»Sie sind alle gleich lieb, Joey.«

»Ja, mein geliebter Siriano, ich muss euch verlassen, doch warte ich noch auf eine Antwort, was wirst du unternehmen?«

»Oh, ich werde mich damit befassen, doch wie bekomme ich Kontakt zu diesen Wesen, Samuel?«

»Ganz einfach, geht nach England, schafft einen Kornkreis und mitten darin einen Delphin und ein Herz. Sie werden es verstehen, wenn sie das sehen, heisst das für sie, sie haben Freunde, wahre Freunde.«

Ich stand auf, umarmte meinen Engel und er löste sich auf in rosa Wolken und Lichter. Joey starrte gebannt hin.

»Wo ist er hin, Siriano?«

»Fort!«

»Ja, das sehe ich auch, aber wo ist fort?«

»Dort, wo er herkommt. Aus dem Engelreich, Joey.«

»Engelreich?«

»Ja, es ist sehr weit, im Zentrum dieses riesigen Universums, es gibt dort einen Planeten, der Heiligste von allen, niemand war je dort, doch ich kenne ihn zu gut. Auf diesem Planeten wohnen Spirit, Sananda, sein Sohn, die heilige Maria und alle Engel, Grossmeister, Tausende, es ist unsagbar schön dort, Joey.«

Ja, ich bemerkte gar nicht, wie dieser Jüngling seinen Kopf auf meine Brust legte und mir andächtig zuhörte.

»Sprich weiter, Siriano, ich höre dir gerne zu.«

»Oh, du hast es dir anscheinend bequem gemacht, was?«

»Bitte sprich weiter, deine Worte besänftigen so sehr.«

»Na gut, Joey, wie ich schon sagte, dieser Planet hat jedoch keinen bestimmten Namen, man nennt diesen Ort ganz einfach den Engelsplaneten.«

»Sage mir, mein lieber Siriano, wie sieht Gott aus?«

»Oh, mein Bester, eine Frage, die Milliarden von Wesen beschäftigt, nicht einmal wir, die Sirianer wissen es ganz genau, Gott ist in jedem Wesen, verstehst du? Er ist ewige Liebe, Licht, Hoffnung, Gott ist in jedem Wesen vorhanden, er ist eine zentrale Macht über das Gute. Dort hinzugehen wird niemals eine Mission werden für mich, – wenigstens bis jetzt habe ich sie nicht bekommen. Vielleicht einmal, ja. Hast du sonst noch Fragen?«

»Oh ja!«

Wir ahnten nicht, dass meine Freunde nicht weit waren und gebannt zuhörten.

Sandrino meinte zu Aritos: »Unser Bruder ist einfach die Liebe in Person, meinst du nicht auch?«

»Ja«, entgegnete Aritos, »seid bitte alle leise, ich bin gespannt, was Joey weiter fragt. Ich vermute, als Nächstes wird er Siriano fragen, ob es auf anderen wichtigen Planeten Leben gibt.«

»Hä?« Dario sah ihn seltsam an.

»Schau nicht so ungläubig, Dario.«

Sie lauschten still.

»Ja«, meinte Joey und sah in den Sternenhimmel, »wenn ich so in den Himmel schaue – du weisst es wohl am besten, Siriano, als stolzer Kommandant von etlichen Raumschiffen, abstammend einer göttlichen lichtvollen Rasse in Universum ...«

Ich lachte leise.

»Frage schon, mein Freund.«

Joey sah mich an, seine Augen blitzten.

»Sage mir, Siriano, ich als Mensch weiss das ja nicht, wie ist das, gibt es auf wichtigen Planeten, die den Menschen vertraut sind, Lebewesen?«

»Ich wusste, dass du diese Frage stellen würdest.«

Dario staunte und meinte laut: »Toll, Siriano, wie machst du das nur?«

»Mann Dario, Klappe zu.«

Doch schon hatten wir sie gesehen. Ich staunte nicht schlecht.

»Seit wann hört ihr denn zu?«

Sie kamen näher. Tabor lachte herzhaft. Sie waren nun alle um mich herum.

»Na los«, meinte Sanos, »beantworte ihm die Frage, Siriano.«

»Ja, gleich Sanos. Doch sagt mir, habt ihr keine Lust mehr drinnen zu nächtigen?«

Martin grinste.

»Nein, nimmt mich selbst wunder, die Frage.«

»Na gut, zuerst du, Sanos, wo gibt es Leben?«

»Oh, ich sage Mars.«

»Richtig!«

»Sandrino?«

»Na, die Erde!«

Wir lachten herzhaft, Sandrino hatte Köpfchen.
»Aritos?«
»Oh, Jupiter und Wega.«
»Na gut, Wega ist den Menschen eigentlich nicht so bekannt.«
»Der Mond«, meinte da Arco.
Wir sahen ihn an.
»Woher weisst du das, Arco?«
»Sorry, aber Aritos sagte es mir einst.«
»Na gut, weiter??«
Sie schwiegen.
Ich nannte noch: »Aldebaran, Antares, Zetagonien. Aritos, du weisst es in und auswendig, Planeten die dem Menschen bekannt sind, sind ausserdem Merkur, Mars, Venus und die Sonne.«
»Die Sonne???«
»Ja, Joey, da staunst du, was?«
»Hm, aber die verbrennen doch?«
Dario lachte voll heraus.
»Du brauchst gar nicht zu lachen«, meinte ich zu ihm, »erkläre doch Joey bitte, wie man auf der Sonne lebt.«
»Hm, muss ich?«
»Ja, gerne.«
»Na gut, Joey, es ist so: In der Sonne, wie auch auf der Venus, leben die Bewohner im Inneren, sie haben dort ihre eigene Zivilisation, es sind sehr feine Lichtwesen und die Hitze macht ihnen überhaupt nicht zu schaffen, zufrieden, Siriano?«
»Ja, sehr gut, Dario.«
»Hast du dazu noch eine Frage, Joey?«
Er blickte uns alle an.
»Ihr seid echt alle so nett und lieb, ich habe euch alle sehr gerne, ich fühle mich unter euch sehr wohl, das nur so nebenbei.«
Wir nahmen ihn herzlich auf.
»Ja gut, und nun habe ich euch etwas zu berichten, meine Freunde, ich wurde gerufen von meinem Engel Samuel, er bat mich um etwas. Eigentlich sind wir ja als Mission hier, um zu Artus Pendragon zu reisen in die sechste Dimension, wie ihr alle wisst.« Ich sah Aritos an.
»Doch es geht um die Fremden aus einer sehr weit entfernten Galaxie, Samuel hat mir berichtet, woher sie kommen.«
»Ja, ich weiss es«, meinte Aritos, »ich habe es im Traume bekommen.«

»Seltsam, ich auch«, meinte Sandrino.

Sanos und die anderen bestätigten das ebenfalls.

»Nun, wir werden nach England fliegen, nach Cornwall, einen Kornkreis bilden, mit einem Delphin und einem Herzen, alsbald werden wir Kontakt bekommen mit ihnen, es wird eine nicht gerade leichte Aufgabe, doch ich weiss, ich habe von euch allen wertvolle Unterstützung, danke. Vorerst werden wir uns mit ihnen beschäftigen, ihnen helfen, dann begeben wir uns in das Himalaja-Gebiet, dort werden wir die Bewohner von Dolphy unterbringen, da ihr Heimatplanet völlig zerstört ist. Er muss neu aufgebaut werden, wir Sirianer sowie die Plejadier werden ihnen helfen. Im Himalaja werden sie bis auf Weiteres eine notdürftige Unterkunft erhalten. Anschliessend begeben wir uns zu Artus Pendragon, ist das für alle okay?«

»Ja«, meinte Joey sofort.

Die anderen nickten.

»Nun, es wird bald Morgen sein, so nutzen wir die wenigen Stunden noch aus und schlafen etwas.«

Joey schlief ein wie er war. Stille lag über dem Wald. Nebel stiegen auf, die kleinen Gnome und Wichte sahen uns und lächelten zufrieden. Man liess uns unseren gesunden Schlaf. Ja, alle waren wir sehr müde. Die Gnome und Wichte bewachten uns sehr gut.

Semi sah uns durch seine Posten.

»Seht ihr«, sagte er »wenn wir ihn nicht hätten, Siriano mit seinen Freunden – Sirius ist stolz auf ihn, unseren Siriano, er ist und bleibt der Beste.«

Der Morgen brach an, die ersten Sonnenstrahlen kitzelten mich wach, ich rieb meine Augen und streckte mich. Joey war nicht mehr bei mir, wo war er nur? Ich blickte um mich. Er badete im kleinen glitzernden See. Er war ruhig, wollte niemand stören, schwamm ausgezeichnet. So wie er aussah, verriet mir, er musste wohl ein ausgezeichneter Schwimmer sein. Ich schaute ihm zu, lächelte und begab mich dann zu dem kleinen See.

»Hallo Joey, auch schon auf?«

»Oh, hallo Siriano, es tut mir Leid, aber ich verspürte den Drang schwimmen zu gehen, es ist herrlich, kommst du auch?«

»Na, wenn es sein muss, sicher.« Ich schwang mich in den kleinen See und genoss es.

»Das Wasser ist angenehm warm.«
»Ja, wunderbar.«
»Siriano, ich habe etwas gefunden, ich habe getaucht, sieh nur.« Er streckte die Hand aus, Goldtaler hielt er darin.
»Es gibt eine Unmenge davon dort unten, toll was?«
»Willst du dieses Gold etwa stehlen, Joey?«
»Oh, ich habe es gefunden.«
»Ich nehme an, es gehört den Gnomen und Wichten, bringe es zurück.«
»Ich wollte ein Andenken haben.«
»So frage die Wichte, falls du sie siehst, ja?«
»Na gut, mache ich.«
»Komm, schwimmen wir etwas.«
»He warte doch, Siriano, du bist mir zu schnell. Weisst du was, ich möchte gerne dort auf den grossen Hügel und hinabschauen auf das weite Land.«
»So?«
»Ja, Siriano.«
»Na gut, wenn du möchtest, komm mit.«
Wir schwammen zurück, ich nahm meinen Kristallstab zu mir und meinte zu Joey: »Halte dich gut fest an mir, ja?«
»Sollten wir uns nicht zuerst anziehen?«
»Ich möchte mich gerne in der warmen Sonne trocknen lassen, Joey.«
Joey hielt mich ziemlich fest und dann ging's hinauf.
»Oh nein, Siriano, was ist das? Was tust du nur?«
»Ich vergass es dir zu sagen«, lachte ich.
Bald landeten wir auf einer kleinen blühenden Wiese auf dem Hügel.
»Herrlich, sieh nur, Siriano, das Tal, wunderschön, dort die Hütten und die Schafe, einfach bezaubernd. Ich vergesse das nicht so schnell.«
Ich legte mich in die Sonne, es war herrlich. Zu herrlich.
»Siriano, also ihr könnt mit dem Ding fliegen?«
»Ja, genau, ich wollte es dir noch sagen.«
»Bekomme ich einmal auch so ein Ding?«
»Haha, bald, ja.« Mein Stab rotierte in blauem Licht.
»Das ist bestimmt Aritos.«
Joey schaute hinein.

»Unglaublich so etwas.«

»Hallo Siriano, anscheinend hat es euch beide irgendwohin getrieben, nicht wahr?«

»Ja, hier oben ist es herrlich«, lachte ich, »Aritos, macht euch auf, begebt euch kurz in den See und lasst euch dann hier oben trocknen, das müsst ihr geniessen.«

»Ja, tun wir.«

»So Joey, und jetzt geniesse es hier noch. Bald werden wir nach England zurück fliegen.«

»Aber bitte, Siriano, ich will bei euch bleiben.« Er schaute mich traurig an.

»Du bleibst bei uns, ich schwöre es dir.«

»Oh danke, danke.«

Eine Stunde verging, bald kamen unsere Freunde hinzu, wir lagen friedlich da oben, nur Darios Gerede ging uns sehr auf die Nerven. Aritos brachte ihn zum Schweigen, indem er ihm sagte, er müsse sonst hier bleiben, und zwar alleine.

Kurz darauf kehrten wir zurück zur Station, unterrichteten Semi und begaben uns alsbald in unser Mutterschiff. Dort angekommen, ging jeder auf seinen Platz.

»Artus Pendragon, wir kommen schon noch«, meinte ich, »wenn auch mit Verspätung. Ich verspreche es dir.«

Nun ging es los. Joey hatte sich bereits an alles gewöhnt, wir flogen so hoch, dass man uns nicht orten konnte. Joey hatte die grösste Freude.

Doch eines hatten wir nicht beachtet, eine Klappe war noch offen! Wir bemerkten es zuerst nicht, Joey lief darauf zu, ohne es zu sehen, und dann hörten wir seinen Schrei.

»Oh nein!«, schrie man durcheinander, »Joey!«

Sofort reagierte Aritos und flog hinaus, er sah ihn und bekam ihn zu fassen. Joey klammerte sich an ihn, er war leichenblass.

»Ich habe dich ja, keine Angst. Das ist uns noch nie passiert.«

Dann flog er mit ihm zu uns zurück. Joey zitterte. Sachte setzte Aritos ihn auf einen Stuhl.

»Oh nein, ich dachte …!«

Ich stellte den Verantwortlichen und dieser bekam Arrest.

»Siriano, er konnte doch nichts dafür bitte, verzeih ihm.«

»Hm, darüber rede ich nachher. Hier Joey, dieser Kristallstab soll dich beschützen, betätige ihn nur, wenn du in Gefahr bist, oder wenn ich es sage, ja?«

»Danke, Siriano. Mann, ich hatte vielleicht Schiss.«

»Hm, Schiss?«

Dario erklärte es uns: ein anderes Wort für Angst.

»Du hältst dich wohl für sehr intelligent, was?«, meinte Tabor zu ihm.

»Haha, lass mich.«

Tabor kam zu mir.

»Siriano, das hätte schief gehen können.«

»Ja, gewiss mein Freund, Aritos ist zum Glück sehr schnell. Wenn er nicht reagiert hätte ...«

»Wäre ich gegangen«, meinte Sandrino.

»Das ist sehr lieb von dir. Doch nun passet auf, wir sind bereits über England. Aber halt, wir können nicht landen.«

»Weshalb nicht?«

»Seht nur!«

Der Monitor ging an. Viele Menschen befanden sich auf den Kornfeldern.

»Was tun sie nur, Siriano?«, fragte Martin.

»Ich werde näher herangehen.«

Da sahen wir etwas blitzen.

»Hm, Metall.«

»Es ist Metall, aber nicht von der Erde.« Ich sah Aritos an.

»Meinst du, eines der Raumschiffe ist notgelandet?«

»Könnte sein. Das erschwert die ganze Sache, Freunde, also müssen wir uns etwas einfallen lassen, ja?«

Dolphy, Planet der Liebe und des Lichts

Es war ein Risiko, jetzt zu landen, es waren zu viele Menschen dort unten, sie untersuchten anscheinend das Metall.

»Ich empfange ein schwaches Zeichen, Siriano«, meinte Semedan.

»Ich komme, einen Moment, ja.«

»Sieh nur, Siriano, ich empfange ein seltsames Zeichen. Ein Fisch, was soll es bedeuten?«

»Oho, das ist kein Fisch, sondern ein Delphin – erstaunlich, eigentlich ist der Delphin unser Zeichen, Freunde. Ich versteh das nicht. Aber anscheinend sind die Fremden in grosser Not. Was soll ich nur tun?«

»Frage mich nicht«, meinte Aritos.

»Ich habe eine Idee«, meinte dann Joey.

»Und?«

»Lasst mich bitte nach unten, zieht mir Kleider an, wie ich sie auf der Erde trage, ich bin einer von ihnen. Ich werde sie ablenken, ja?«

»Und wie willst du das machen?«

»Oh, lasst mich nur machen. Ich bin euch etwas schuldig.«

Wir warteten nicht lange, unbemerkt glitt ein kleines Raumschiff von uns hinab.

Joey ging hinaus, wurde sichtbar und stand plötzlich vor den Leuten.

»He Leute, ich habe was gesehen!«

»Was denn?« Beamte kamen auf ihn zu.

»Junge, was hast du gesehen?«

»Oh, grosse Wesen, mit leuchtenden Augen, sie sind dort hinter dem Hügel, schreckliche Dinger, los holt sie.«

Die Menschenmenge johlte, Autos fuhren wild durcheinander.

»Seht nur, haha«, rief ich, »Joey ist einfach toll.«

Wir lachten und waren froh. Joey robbte herum und nahm das Metall zu sich.

»Hallo, ist da jemand? Hallo!«, hörte Joey eine Stimme.

Er erinnerte sich an die schützende Kraft seines Kristallstabs. Er machte ihn an und er sandte Strahlen aus. Da bogen sich unweit von ihm die Büsche.

»Hallo?«

Joey schrak zusammen. Ein Wesen stand vor ihm, das menschlich und doch nicht menschlich war. Normale Haare, doch die Augen waren so blau wie die von uns. Sie funkelten, der Fremde schien Angst zu haben.

»Habe keine Angst, ich bin ein Freund«, sprach Joey ruhig auf ihn ein. »Verstehst du, Freund? Ich habe einen guten Freund, Siriano vom Planeten Sirius.«

Der Fremde bewegte sich auf Joey zu und fasste ihn vorsichtig an.

»Du reiner Mensch?«

»Aber ich bin im Dienste der Sirianer, verstehst du? Kennst du Siriano?«

»Ja, gehört, wir kommen von sehr weit, sehr weit, du hilfst?«

»Klar komm, bevor die Menschen zurückkommen, ich helfe dir, na los, worauf wartest du denn noch?«

»Wohin?«

»Du bist gleich in Sicherheit, ich bringe dich zu Siriano.«

Jetzt bekam er Vertrauen. Er trug einen silbernen engen Anzug.

»Los halte dich an mir fest, okay?«

»Fest halten?«

»Ja, halt mich einfach ganz fest, komm so macht man das.«

Er umfasste ihn.

»Oh, schön.«

»Halt die Klappe, los mach schon.«

Er hielt Joey fest und dann ging's los. Joey flog mit ihm in die Höhe.

»Oh Mann«, bemerkte Joey, »wann hast du das letzte Mal geduscht, du stinkst ja grässlich.«

»Duschen?«

»Ach, kann ich dir jetzt nicht erklären.«

Joey beschleunigte und dann nahmen wir ihn auf, ins Mutterschiff. Dort klatschte man für Joey.

»Prima hast du das gemacht, Joey.«

Hui, stellten dann fast alle fest, was war das für ein Gestank?

»Ja, das ist Schafsmist, anscheinend ist er da hineingefallen.«

Der Fremde war sehr zurückhaltend.

»Hab keine Angst«, sagte ich zu ihm. »Wer bist du?«

Er schwieg.

»Ich glaube, bevor er uns antworten möchte, sollte er ein Bad nehmen«, meinte Aritos.

»Das ist eine gute Idee. Komme mit«, sagte ich zu ihm gewandt.

Der Fremde sah mich angstvoll an.

Im Baderaum sagte ich zu ihm: »Zieh dich aus.«

»Warum?«

»Weil du grässlich stinkst, mein Bester, ja?«

»Oh ja, schön.«

»Schön ist das nicht«, bemerkte ich. Er zog seine silberne Kleidung ab, er hatte braune Haut, um seinen Hals eine Kette mit einem silbernen Amulett, einem Delphin.

»So und nun steige hier in dieses Becken, okay?«

Er tat es.

Aritos kam hinzu. Der Fremde plantschte im Wasser herum.

»Es gefällt ihm anscheinend. Ich lasse Wachen bei ihm. Komm, warten wir, bis er fertig ist, Aritos.«

»Ja, okay.«

Wir liefen zurück zur Kommandozentrale.

»Was meinst du, Aritos?«

»Keine Frage, er ist einer der Fremden von Dolphy. Wahrscheinlich ein Kundschafter. Bald werden wir mehr wissen, oder?«

»Ja, ich glaube auch.«

Wir liessen das Mutterschiff anhalten, unbemerkt landeten wir an einem Ort, an den keine Menschen kamen.

»Der braucht aber lange«, stellte Dario fest.

Einer der Wachen kam herbei, nass von oben bis unten.

»Siriano«, rief er ärgerlich.

»He, wie siehst du aus, Sagos?«

Wir lachten alle.

»Nicht witzig, der Kerl hat uns voll gespritzt und findet das lustig, wir haben ihn angezogen, das fand er noch lustiger. Aber ein lieber Kerl.«

»Inwiefern?«

»Er hat uns angehimmelt, etwas erzählt von vollkommener Liebe. Wir sind abgehauen.«

»Haha.«

»Dort kommt er, deine Spezial-Wache bringt ihn. Wir dachten an dies, fanden keine anderen Kleider.«

Er hatte Joeys Jeans an und das Shirt. Es herrschte Hochstimmung. Lacher, Gebrülle.

»Setz dich, fremder Freund.«

»Ich bin Siriano, Oberster der Sternenflotte von Sirius, dies hier sind meine Brüder Sandrino, Aritos, mein Freund Tabor, Sanos, Menos, Dario, Martin und Joey, der dich gerettet hat.«

»Danke«, stammelte er. »Ihr seid Brüder aus dem Universum?«

»Ja, das sind wir, friedliche.«

»Du kommst von Dolphy?«

Er neigte traurig seinen Kopf.

»Ja, ich komme von Dolphy, unser Volk ist unterwegs, um eine neue Heimat zu finden.«

»Wo befindet sich euer Volk jetzt?«

»Nicht weit, in etwa 100 grossen Raumschiffen. Ich bin Denas, der Sohn unseres Führers Calvas, wir sind nur noch wenige Bewohner, unser Planet wurde zerstört, durch einen Fehler.«

»Ich weiss«, meinte ich zu ihm. »Und wie können wir dein Volk erreichen?«

»Ein Zeichen, setzt ein Zeichen, sie werden es sehen. Dann kommen sie. Ich bin mit einem kleinen Raumkreuzer abgestürzt in ein Haus von den Menschen, ich fand mich in widerlichen scheusslichen Tieren wieder. Sie machten grossen Krach, ich hatte Angst.«

»Hätte ich auch gehabt, wenn ich nicht wüsste, dass es Schafe sind«, meinte Sandrino.

Dario setzte hinzu: »Zum Glück ist er nicht in einem Schweinestall gelandet, haha, das wäre wirklich noch weniger angenehm gewesen.«

»Nun gut, Freunde, warten wir die Nacht ab, dann machen wir einen Kornkreis, wie mir befohlen wurde.«

Denas fühlte sich wohl.

»Du wirst uns bestimmt einiges erzählen, Denas, oder nicht?«

»Überlass das meinem Bruder Cados, Siriano, er ist gescheiter. Ich spreche nicht gerne über das, was passiert ist.«

»Das verstehe ich«, sagte ich und sah meine Freunde an.

Joey war der Held des Tages. Denas sah ihn dankbar an und gab ihm dann das Medaillon, das er um den Hals trug.

»Freunde?«

»Ja, wir sind Freunde. Aber es gehört doch dir, ja?«

»Oh, ein Geschenk, ich erkläre dir etwas, du kannst durch das Amulett mit unseren Brüdern, den Delphinen auf der Erde sprechen, sie verstehen dich dann.«

»Einmalig«, meinte Sanos.

Tabor hörte nur aufmerksam zu.

»Ich habe auch eine wunderschöne Schwester, Laria heisst sie, sie ist so lieblich, ihr werdet sie sehen, ja.«

»Kannst du einen Moment kommen?«, bat Aritos mich.

»Ja, natürlich. Bitte, bringt ihm Obst und etwas zu trinken Sanos! Tabor, ich bin gleich zurück.«

»Ja, Siriano«, lächelte er.

»Ich höre, Aritos!«

»Denas ist sehr seltsam, findest du nicht? Er ist nicht so wie wir oder die Plejadier. Er ist irgendwie, wie soll ich es beschreiben? Ja, zierlich, so voller anderer Gefühle, ich glaube, er kennt das Wort ›Krieg‹ gar nicht.«

»Ich weiss, was du meinst. Ich glaube, wir werden ein neues Volk kennen lernen, Aritos. Das müssen wundersame Wesen sein. Er hat genau die gleichen Augen wie wir, hast du das auch festgestellt?«

»Oh doch, Siriano, bestimmt. Lass uns zurückgehen, aber wir werden ihn trotzdem beobachten.«

Ja, wir gingen zurück. Denas ass viel. Dario stopfte ihn geradezu voll.

»Er platzt gleich, höre auf, Dario, ja?«

»Ich habe es nur gut gemeint, Siriano.«

»Ja, das kenne ich. Denas, sage mir doch, wie viele seid ihr denn noch?«

»Wir zählen noch etwa 450.000 Bewohner, alle in den Raumschiffen, einst waren wir ein grosses Volk, doch etwas passierte, mit dem wir nicht gerechnet haben. Wir wurden ausgenutzt, ein gemeines Volk kam eines Tages in Raumschiffen zu unserem Planeten, sie nannten sich Mordonen.«

Ich blickte Aritos an. Uns war der Fall nun klar.

»Sie haben uns etwas gegeben, ein seltsames Ding, wir wussten nicht, wie wir damit umgehen sollten. Jahre vergingen, bis drei Bewohner von uns zu dieser Maschine oder was es war hingingen und sie betätigten. Sie explodierte, meine Freunde waren nicht mehr da. Der Planet drohte zu platzen. Wir nahmen unsere ganzen Sachen, füllten die Raumschiffe voll, flüchteten in sie hinein und starteten. Wenige Stunden später sahen wir zu, wie der ganze Planet explodierte.«

»Also, das war es, was das Universum erschütterte«, erinnerte sich Aritos nun. »Die Schwingungen haben wir bei uns ebenfalls bemerkt, erinnerst du dich, Siriano?«

»Ja, gewiss.«

»Nun, hier bist du in Sicherheit, Denas, es wird dir hier nichts passieren!«

»Ja, das spüre ich, grosser Siriano.«

»Freunde, es wird dunkler auf der Erde, in einer Stunde beginnen wir mit unserem Zeichen. Lasst es uns mit unseren goldenen Strahlen erfassen, so werden seine Brüder und Schwestern es sehen.«

»Ja, wir waren alle aufgeregt. Und zwar unternahmen wir diesmal die Arbeit durch das Mutterschiff, bis Siriano uns das Zeichen gab«, schrieb Dario später in sein Tagebuch. »›Los, Freunde, beginnen wir‹, sagte er. Aber mein Freund Siriano selbst machte es, wir staunten nur, er war sehr gut.«

Denas jubelte laut.

»Wunderschön!«, rief er immer wieder und umarmte Siriano in einem fort.

Nun es war also passiert, unten glänzte das Kornzeichen. Ich hatte gute Arbeit geleistet. Dann warteten wir ab. Nichts geschah, doch dann sahen wir hinaus und viele grosse Raumschiffe bewegten sich auf uns zu.

»Monitor an«, meinte ich zu meinen Freunden, »sofort.«

Dies geschah auch.

»Ich rufe den Kommandanten, den Führer der Raumflotte. Bitte meldet euch, wir sind Freunde. Freunde von Sirius.«

Nichts passierte.

»Wartet Freunde«, meinte ich und zog Denas zu mir heran. »Ich habe neben mir euren Denas, gerettet durch meinen Freund Joey. Bitte meldet euch, habt keine Angst, ich habe den Befehl von Samuel, meinem Engel bekommen, euch zu helfen, ich kenne eure Not und ihr werdet Hilfe erhalten. Meldet euch doch bitte.«

Da ging der Monitor überraschend an.

»Hier ist Cados, der Bruder von Denas, ich grüsse das Volk der Sirianer. Wir sind froh, Freunde zu sehen. Gewiss wir sind in Not. Gebt uns ein Zeichen eures Friedens.«

»Mann, die sind vielleicht stur«, meinte Dario. »Hallo ich bin Dario, bekannt durch meine genialen Streiche auf der Erde, wenn ihr uns nicht traut, kehrt um, ja?«

Ich wurde zum ersten Mal richtig wütend.

»Bist du wahnsinnig, Dario?«

»Warum, ich habe ihnen nur meine Meinung gesagt, das darf ich doch wohl noch?«

»Sperrt ihn ein«, befahl ich.

Sanos und Sandrino nahmen ihn in die Mitte.

»Mann, ich wollte das nicht.«

»Siriano«, begann Denas, »bitte, er wollte das nicht, verzeiht ihm, ich habe Vertrauen zu Dario, er ist ein guter Sirianer, bitte behandle ihn nicht so.«

Cados hörte mit.

»Na gut, noch einmal, aber falls Dario wieder so ausfallend wird, habe ich bald genug.«

Cados erklärte: »Ihr habt uns überzeugt und das Zeichen im Felde ist unser Zeichen, ja du bist der grosse Siriano, jetzt erkennen wir dich, sei gegrüsst.«

»Cados, ein Zeichen meiner tiefen Verbundenheit, bitte nimm deine wichtigsten Freunde mit und kommt zu uns, in unser Mutterschiff.«

Es geschah auch so und wenig später befanden sich etwa sechs Dolphianer an Bord.

»Ja, so war es.« Cados bestätigte, was sein Bruder erzählt hatte. »Und jetzt sind wir auf der Suche nach einer neuen Heimat, Siriano.«

»Hm, ich habe einen Befehl erhalten, euch zu führen. Da ihr ja unter solchen Bedingungen gelebt habt wie auf der Erde, Cados, werde ich euch mit unserem Schiff ins Himalaja-Gebiet führen. Dort werdet ihr leben, bis eure Heimat wieder neu errichtet ist.«

»Siriano, Dolphy wird es nie mehr geben, wie einst auch Atlantis nicht.«

»Oh, du kennst Atlantis?«

»Ja, bestimmt, wir waren oft dort, wir haben ja dort Verwandte gehabt, die Delphine.«

»Ja, ich erinnere mich, nun gut, lasse deine Raumschiffe Richtung Himalaja steuern, Cados.«

»Ja, das werde ich tun, ich habe Vertrauen zu euch, Siriano.«

»Oh, ich danke euch.«

Sein Bruder Denas blieb bei uns auf dem Mutterschiff. Die Reise begann.

Die Dolphianer waren glücklich. Im Himalaja war ein Volk von uns ansässig, das ihnen half. Sie lebten im Inneren, in einer Art riesigem

Hohlraum, auch dort hatten wir an alles gedacht, tief unten, unter der Erde gaben wir dem Ort den Namen »Kontinent des Friedens«. Er bot Hunderttausenden von Wesen genug Platz, mit einem Meer und einer künstlichen Sonne, erdenähnlich. Dorthin begaben wir uns nun. Es war abenteuerlich. Zwischendurch sahen wir immer wieder zur Raumflotte. Nicht gerade so gebaut wie unsere Schiffe, bemerkte man. Aber schliesslich kamen sie gut an. Unsere Brüder und Schwestern empfingen sie herzlich.

»Wie können wir dem grossen Siriano nur danken?«, fragte Cados.

»Ja, wie?«, meinte Denas.

»Oh, wisst ihr, ich habe eine Aufgabe, ich reise zu Artus Pendragon.«

»Eine erlauchte Person, nicht wahr«, meinte Cados.

»Ja, du kennst seine Geschichte?«

»Bestimmt, Siriano, wir haben von ihm gehört, seine Heldentaten waren einzigartig.«

»Siriano, hier ist es wundervoll. Eine Stadt direkt an einem Meer und das tief unter der Erde, einmalig, bestimmt ein Werk der Sirianer, nicht wahr?«

»Ich hülle mich in Schweigen, Cados.«

Laila, seine Schwester starrte mich unentwegt an.

»Die ist in dich verliebt, Siriano«, meinte Dario.

»Und du bist ein Trottel Dario, noch ein Wort und du bist endgültig geliefert, ja?«

»Oh, nicht so, Siriano, du weisst, wir kennen dich so gar nicht, du bist einfach süss, wenn du lieb bist.«

»Genug jetzt«, lachte ich.

Ja, wir konnten die Bitte von Cados und seinem Bruder nicht abschlagen, wenigstens noch zwei Tage zu bleiben, aber dann sollten wir unbedingt nach England zurück, zu Artus. Das hatte jetzt höchste Priorität. Wir hatten eine Art römische Villa und liessen uns einfach verwöhnen. Sehr bewegt sprachen wir mit unseren neuen Freunden über die Kultur von Dolphy.

»Höret Denas, wir besuchen euch noch, bevor wir nach Sirius zurückreisen, das verspreche ich euch.«

»Ja, super«, meinte Denas. Dann wurde er nachdenklich. »Cados, erlaubst du eventuell, dass ich mit ihnen reise?«

»Oh, eigentlich sollten wir unsere neue Heimat hier erbauen, aber ich glaube nicht, dass wir dich dazu unbedingt brauchen. Wenn der grosse Siriano es erlaubt und einverstanden ist – bitte. Aber seine Zustimmung gilt.«

Joey meinte zu mir: »Bitte, Siriano, einen Freund mehr dabei zu haben ist doch schön, oder?«

»Ich trage aber die Verantwortung, vergiss das nicht, Joey. Na okay, ich sage Ja, aber du musst stets auf dich aufpassen, Denas. Und falls es mal schwierig wird, gut auf der Hut sein, ja?«

»Ich verspreche es dir!«

Ja, die Zeit verging viel zu schnell. Als es schliesslich so weit war, nach England zu fliegen um unsere Mission zu erfüllen, war Dario plötzlich nicht mehr da. Er schwirrte dauernd den Dolphianerinnen nach. Aritos schnappte ihn sich, er zappelte nur so in seinem Griff.

»Dario, du wirst nun endlich Ruhe geben, verstanden?«

»Oh Siriano, ich bin bereit, ich hatte nur Spass gemacht, verzeih mir, ja?«

»Männer, Freunde wir begeben uns zu unseren Raumschiffen, denn die Zeit ist gekommen.«

Wir verabschiedeten uns von den Völkern.

»Ich hoffe, dass ihr gut zusammen lebt«, meinte ich zu Cados. Ich werde bald wieder hier sein. Vielleicht gefällt es euch hier ja so gut, dass ihr bleiben möchtet?«

»Ja, man weiss nie«, meinte Cados, nahm seinen Bruder in die Arme und drückte ihn herzlich.

»Bitte pass auf dich auf, Bruder!«

»Ja, werde ich, ich verspreche es!«

»Wunderbar.«

Endlich stiegen wir in unsere Raumschiffe und empor zum Mutterschiff, es wartete auf uns. Denas war unruhig.

»Ist es wohl recht, dass ich mit euch mitgehe, Siriano?«

»Das musst du selbst wissen, mein Bester, du kannst immer noch zurück.«

»Nein, ich begleite den grossen Siriano auf seiner Reise zu Artus, ich werde vielleicht viel lernen dabei, was meint ihr?«

Denas wurde von meinen Freunden liebevoll aufgenommen.

Nun begann also die Reise, die grosse Reise nach Avalon, einem geheimen Ort, der zuerst auf der Erde in England war, jedoch zum Schutze hochgehoben wurde in die sechste Dimension. Wir wussten, eines Tages würde Artus inkarnieren, auf die Erde zurückkehren und als ein anderer sein Werk fortsetzen, wie auch andere Auserwählte. Ich sass in meinem Sessel, sah hinaus ins Universum, die Sterne funkelten, ruhig war es, zu ruhig. Ich war in Gedanken. Man merkte es wohl und liess mich alleine. Ich begab mich medial nach Avalon und unterhielt mich mit Artus. Er sagte Dinge, die sehr bewegend waren.

»Ja, Freunde«, begann ich dann, »ich kann euch auf etwas Wunderbares vorbereiten, das könnt ihr mir glauben, ihr werdet ein Paradies sehen, so wunderbar. Und ich werde entscheiden, wen ich mitnehmen werde, ja? Und dies entscheide ich nun, der Moment ist gekommen.«

Ja, sie waren alle sehr neugierig.

»Zum Ersten darf mein Bruder Aritos nicht fehlen, er ist stets bei mir, wie auch Sandrino, Tabor natürlich, Sanos mein geliebter Freund, den ich schon sehr lange kenne und du Martin, damit du schreiben kannst über Avalon, ja?«

»Ja, sehr gut, Siriano«, lächelte er.

Dario war erstaunt, dass sein Name bis jetzt nicht vorkam. Er drängelte stets.

»Joey natürlich und auch euch, Arco und Menos, will ich mitnehmen, eigentlich alle meine Freunde, Denas du wirst stets bewacht werden, ja?«

»Siriano«, sagte Dario, »du hast mich vergessen!«

»Oh nein.«

»Seltsam, na es tut mir Leid.«

»Du hast so viel Dummes geboten in der letzten Zeit, wer weiss, was du in Avalon anstellen würdest, das kann ich nicht riskieren, Artus würde sich nur aufregen.«

»Oh nein, das kannst du nicht tun, Siriano, ich war stets dabei, wenn es darum ging, eine Mission zu erfüllen. Muss ich jetzt leiden, nur weil ich von Natur aus so ein frecher Sirianer bin?«

Man hielt sich das Lachen fern. Ein jeder war ernst geblieben.

»Ich weiss es nicht Dario, ich weiss nicht, ob ich das riskieren kann. Wenn ich dich mitnehmen würde, ich würde mich nur schämen, man würde über mich lachen, weil ich so etwas Merkwürdiges bei mir führe wie dich.«

»Oh, du wirst aber jetzt echt beleidigend, mir ist egal, ob du

Kommandant bist oder nicht, aber das ist gemein, okay ich bleibe im Raumschiff zurück, wie du möchtest, aber ich komme nie mehr irgendwohin mit, ja?«

»Haha, ich nehme dich bei deinem Worte«, lachte Aritos.

»Ich wusste doch, dass das kommt, Aritos, ich rede jedoch mit deinem Bruder Siriano, ich möchte mit, koste es was es wolle.«

»Nein«, meinte ich, »du bleibst zurück, ist das klar?«

»Nein«, schrie er.

Alle sahen ihn an.

»Oh, sieh nur, der kleine Dario wird langsam aufsässig, du machst dir selbst alles kaputt. Wenn du mich darum bittest, mit nach Avalon zu dürfen, höflichst bittest, dann drücke ich vielleicht ein Auge zu, was meinst du, Dario?«

»Was verlangst du von mir, dass ich vor dir niederknie?«

»Haha, knie nieder.«

Er tat es auch.

»Oh, Gebieter, nimm mich mit nach Avalon, ich bitte dich darum.«

Ja, das Lachen kannte keine Grenzen. Ich entschied, er solle trotz allem mitkommen – ihr glaubt nicht, wie er sich freute.

Bald sollten wir abermals in England sein, in Stonehenge. Es war zum Greifen nahe. Ja, genau. Dieser für den Menschen so geheimnisvolle Ort, der sich Stonehenge nennt, lag nun vor uns. Ich lächelte. Dario war etwas seltsam.

»Muss ich mit?«

»Zuerst beklagst du dich, dass wir dich nicht mitnehmen wollen und jetzt reagierst du so? Verlässt dich der Mut?«

»Oh nein, ich bin ein tapferer Sirianer«, meinte er mit stolz geschwellter Brust.

Der Zeitpunkt war gut, es war noch kein Mensch zu sehen, und also der Moment ideal, um den Eingang zu suchen. Dies wusste jedoch nur ich, selbst Aritos wusste es nicht. Ich gab den Männern im Mutterschiff ihre Aufgaben und verliess mit Aritos, Sanos, Dario, Martin, Joey, Sandrino, Menos, Arco, Denas und Tabor das Mutterschiff, per Laserstrahl liessen wir uns zur Erde beamen. Wir hatten alle unsere Laserwaffen und Kristallstäbe zur Hand.

»Meine Freunde«, begann ich, »dies ist ein wichtiger Moment. Was ihr gleich sehen werdet, hütet als Geheimnis.«

Es war ein Wagnis, es vor Martin und Joey zu tun. Denn sie waren ja Erdenbewohner. Doch ich hatte Vertrauen zu ihnen. Wir befanden uns mitten zwischen den meterhohen Steinen.

»Seid ihr bereit, meine Freunde?«

Sie schauten mich an und nickten.

Aritos erklärte: »Ja, wir sind bereit.«

Ich hielt die Hände hoch und sprach: »Sei gegrüsst, Artus Pendragon, ich bin hier, um mit dir wie vereinbart zu sprechen, wenn es dein Wille ist, mich zu empfangen, so öffne die Pforten zur Dimension nach Avalon, denn ich bin bereit, mit dir zu reden.«

»In diesem Moment wurde es sehr dunkel, Blitze schlugen um uns herum, wir rührten uns nicht und starrten Siriano an«, notierte Dario später in sein Tagebuch.

Dann schoben sich zwei der Steine auseinander, der Boden öffnete sich, eine Treppe wurde sichtbar, die Stufen glühten in einem Licht. Helle Lichtschwaden drangen hinaus.

Dario murmelte zu Aritos: »Mann, ich hau lieber ab.«

»Hier geblieben, Feigling, sei ruhig.«

Dann antwortete eine laute Stimme: »Sei gegrüsst, Siriano, herrlichstes Wesen aus dem Universum, die Pforten sind geöffnet, sie führen dich zu Artus Pendragon, er wartet bereits auf dich. Trete ein gemeinsam mit deinen Freunden.«

Die Stimme war weg, ich schritt voran, hinter mir meine Freunde. Joey war sehr tapfer, doch spürte ich seine suchende Hand. Wir drangen in die Höhle ein, gleissendes Licht empfing uns, wir gingen hindurch, durch dichte Nebelschwaden, aber wir sahen voraus, unsere Blicke richteten sich dem Weg voraus. Links und rechts bildete sich eine Art Leinwand, wir sahen stolze Ritter auf ihren Pferden, Söldner Ritter auf Turnieren. Wahrhaftig, meine Freunde starrten hin, doch man konnte diese Ritter nicht berühren, irgendwie waren sie sehr weit weg. Und trotzdem glaubte man, dabei zu sein. Eine riesige stolze Burg stand auf einer Anhöhe. Wir wussten, es war Camelot. Eine wunderbare stolze Jungfrau sah man, Ginevra?

»Halt, bleibt stehen«, vernahmen wir wieder die Stimme, »schauet auf eure Seiten, ihr seht Camelot, der Stolz von König Artus, Ginevra, seine Frau, den grossen Merlin, Zauberer und Meister, ihr kennt ihn zu gut. Ja, so begebt euch langsam weiter, ihr seht eine Schlacht, siegreich beendet durch Artus, an seiner Seite der stolze

Ritter Lancelot, der mutige Gawain, Galahad, der Sohn von Lancelot, ihr seht die Ritter der Tafelrunde und Parzival, der den heiligen Gral fand, die bekanntesten Figuren, scheuet euch nicht, Sirianer. Gehet weiterhin voran.«

Nun wurde es dunkler und wir versuchten, unsere Kristallstäbe zum Leuchten zu bringen, es gelang nur mühsam.

»Mann, ich sehe kaum was«, bemerkte Dario. »Siriano, das war ja echt spannend, richtige Ritter, bin ich auch so einer?«

»Nein, mein Bester«, gab ich zur Antwort.

»Sind wir in der Zeit von Artus gewesen?«

»Ja, bestimmt, geht weiter, Freunde.«

Tabor ging voran.

»Ich biete euch Schutz, Freunde«, sagte er.

Lange gingen wir durch den dunklen Gang, dann wurde es immer heller.

»Freunde, bereitet euch vor, vor uns liegt Avalon!«

Alle waren sehr gespannt. Und nun kamen wir heraus, das Licht blendete uns ein bisschen, aber es war nicht so schlimm, unsere Augen ertrugen vieles. Und dann waren wir alle sprachlos. Vor uns lag ein Garten Eden. So etwas Herrliches hatten wir noch nie gesehen, überall blühende Bäume mit den schönsten saftigsten Äpfeln daran. Ein kleiner Bach schlängelte sich durch ein grünes Tal. Rehe und Hirsche weideten, sie sahen uns, sprangen jedoch nicht weg, Hasen hoppelten herum.

»Seht nur, die Tiere sind gar nicht scheu.«

»Halt meine Freunde, nicht zu übermütig!«

Dann sahen wir eine Gruppe junger Mädchen mit langen weissblonden Haaren in hellen Kleidern, sie kicherten.

»Oh Mann, Weiber«, meinte Dario, »haha.«

»Aritos, halt ihn auf!«

Aritos hechtete ihm nach.

»Hier geblieben, Freundchen, ja?«

»Mann, Dummerchen lass mich bitte los, sofort, ja?«

»Nein, mein Bester.« Ich musste Dario kurz eine Standpauke halten. Joey grinste. Wir liefen einfach weiter. Die Mädchen folgten uns.

»Siriano, sieh nur, wie hübsch sie sind«, meinte Dario.

»Lass sie in Ruhe, oder du kennst mich nicht wieder, ja?«

»Okay, Siriano.«

Ich lächelte zufrieden. Es war herrlich. Tauben flogen herum, in ihren Schnäbeln Ölzweige. Sandrino glaubte zu träumen.

»Freunde, geht weiter, achtet nicht auf das, was kommt, ich bitte euch.«

Ja, denn nun folgten uns Söldner.

»Ich dachte, das ist ein friedlicher Ort«, meinte Sanos.

»Frage nicht, sieh dich einfach um.« Sie folgten mir. »Es ist die Eskorte von Artus, sie sind zu seinem Schutze hier.«

Wir gingen ruhig weiter und sahen herrliche Burgen, die zum Teil bewohnt schienen. Dann erschraken wir, als Fanfaren ertönten.

»Was soll denn das, sind die behämmert?«, sagte Dario wütend.

»Sei bloss ruhig, ja?«

Ein stolzer Ritter in einer goldenen Rüstung, auf einem weissen Pferd sitzend erschien. Sein Schild war aus echtem Gold, er leuchtete uns an, der Federbusch auf seinem Helm üppig weiss. Er ritt auf uns zu.

»He, der kommt aber gewaltig näher.«

Tabor stellte sich vor mich.

»Halt, Tabor, nicht!«

Der Ritter senkte seine Lanze, nahm seinen Helm ab.

»Seid gegrüsst, Fremde oder Freunde! Ihr werdet bereits erwartet. Darf ich mich vorstellen, ich bin König Artus' bester Freund und Beschützer, man nennt mich Lancelot vom See.«

»Und ich bin Dario von Sirius«, lachte Dario.

Aritos gab ihm einen Klaps auf den Hinterkopf. Dario sah Aritos ärgerlich an.

»Lancelot, sei gegrüsst, edler Ritter, ich habe viel gehört von dir, du gehst in die Geschichte ein. Deine Tapferkeit ist sehr gross, dein Mut ebenfalls. Du wirst auch von deinen Feinden geschätzt, willkommen.«

»Willkommen Freunde!« Er schwang sich vom Sattel. Sein Schwert war in einem Halfter.

»Junge, Junge, schaut mal«, meinte Dario. Unbemerkt nahm er das Schwert aus dem Halfter. »Ha, stelle dich«, meinte er zu Lancelot.

Lancelot sah ihn an.

»Du wagst es, den grossen Kämpfer Lancelot zu beleidigen? Du Kröte?«

»Kröte? Spinnst du eigentlich? Du redest mit Dario von Sirius!«

»Sirius, bist du nicht der Fresssack von Sirius?«

Wir lachten nur.
»Geht das schon bis in die sechste Dimension nach Avalon, mit meinen Essensorgien?«
»Bitte entschuldigt, ich erlaube mir, dieses Gespräch zu beenden«, meinte ich.
Lancelot gab mir die Hand zum Grusse.
»Kommt, ich führe euch zu Artus, meinem König.«
»Oh ja, bin ja sehr gespannt …«, weiter kam Dario nicht.
Ich fühlte mich blamiert, ja, er hatte versprochen, artig zu sein und jetzt?
Ich flüsterte ihm leise zu: »Na warte! Wenn wir hier fertig sind, erlebst du was!«

Dario wurde ruhiger und wir kamen an einen blauen See. Mitten in dem See befand sich ein weisses Gebäude, blühende Rosenbüsche drum herum.
»Kommt, bitte.« Lancelot klatschte in die Hände und eine Art Brücke senkte sich, wir betraten sie und liefen auf die Insel zu.
»Gibt's hier Krokodile oder Haifische?«, fragte Dario.
»Nein«, lachte Lancelot.
»Oh, dann bin ich beruhigt.«
»Weisst du, es gibt nur Seeschlangen.«
»Was??«
Lancelot lachte laut. Unser Kommen veranlasste einige Männer herbeizueilen.
»Seid beruhigt, es sind Freunde, sie tun euch nichts«, meinte Lancelot.
»Ja, hoffentlich.« Joey sah mich an.
Dann erschienen zwei stattliche Kerle auf der Treppe, die ins Haus führte. »Freunde von Sirius, darf ich vorstellen, dies hier sind mein Sohn Galahad und Parzival.«
»Parzival?« Ich sah ihn an. Sie sanken vor uns in die Knie.
»Seid gegrüsst, edler Siriano, durch eure Hilfe dürfen wir hier unendlich leben, folget uns.«
Man klatschte in die Hände, halb bekleidete Männer und Frauen gaben uns Wein zu trinken. Gierig schlürfte Dario es hinunter.
»Wow«, meinte er, »tolles Zeug, ehrlich.«
»Kannst du nicht einmal schweigen, du Dummerchen«, sagte ich zu ihm, schon wieder ärgerlich.

Dann gingen die Menschen weg, vor uns ging ein Vorhang auf und auf einem Thron sass er, Artus Pendragon. Sein langes Haar war blond, der lange Bart ebenfalls blond, die Augen blau, er sah uns an, schwieg. Wir starrten auf ihn. Lange schwiegen wir. Schliesslich erhob er sich von seinem Thron.

»Seid gegrüsst, Sirianer, ich bin Artus Pendragon, einst König von England, der mächtigste König, 17 gewonnene Schlachten gaben mir den Namen des Tapferen Königs von England.«

»Oh, ist der eingebildet«, flüsterte Sanos zu Sandrino.

»Bitte verhaltet euch ruhig, so will es Siriano«, flüsterte Aritos.

»Ist ja gut, Aritos.«

»Ich heisse euch herzlich willkommen, besonders dich, du mächtiger Sirianer namens Siriano, du bist einzigartig. Hier vergleicht man dich mit Parzival, der eine reine Seele und ein reines Herz hat, Licht führt ihn stets mit. Man vergleicht dich mit Lancelot, diesem mutigen tapferen Ritter, der stets allen voran für das Gute kämpft. Man vergleicht dich mit Gawain, diesem edlen Ritter, der sich nicht nur in Turnieren versteht, nein, auch sein Humor ist einzigartig. Oh, sei gegrüsst, Siriano, ich habe lange auf dich gewartet.«

Artus kam auf mich zu und umarmte mich so wie ich ihn.

»Ich grüsse Artus, den grossen König von England, du bist jetzt noch der grösste König von diesem Lande. Man erzählt sich die wundersamsten Geschichten von dir, doch die Menschen sind in dem Glauben wie es in Büchern steht, sie ahnen nicht, dass der grosse Artus noch lebt, hier an diesem traumhaften Ort, Avalon genannt. Ich bin erfreut, dich zu sehen, Artus.«

»Kommt näher, meine Freunde«, sagte er.

Wir setzten uns auf den Boden, der belegt war mit den edelsten Teppichen.

»Bitte greift zu, Wein, köstliche Früchte, reines Wasser.«

Wir langten zu, einige waren ganz schön hungrig.

»Ja, Siriano, ich liess dich rufen, doch ist mein Gespräch mit dir alleine gedacht, ohne deine Freunde, ist das möglich?«

»Ja, gewiss, mein König, so sei es.«

»Ja«, sagte Sandrino ärgerlich zu sich selbst, »so geschehe es.«

»Halt, mein König, ich habe neben mir einen stolzen Krieger aus dem Universum, Tabor genannt, er ist stets an meiner Seite, egal in welcher Situation. Es ist mir ein Bedürfnis zu wissen, dass er an meiner Seite ist.«

»Dauernd dieser Plejadier«, meinte Dario.

»Kommt mit mir«, meinte Aritos beschwichtigend.

Man zeigte ihnen ihre Gemächer. Sie schwangen sich alle auf die weichen Betten und vollführten einen spassigen Krach. Die Krieger von Avalon schauten ihnen lachend zu.

Tabor sass neben mir, Artus lehnte sich in seinen Thron zurück.

»Oh Siriano, es plagen mich so viele Träume. Ich sehe alles von hier aus, was in der Welt passiert. Kriege, Elend, Hungersnot, wird es denn nie enden? Mein Herz ist traurig, wie soll ich wissen, was uns bevorsteht?«

»Oh, ich ahne, warum du mich kommen liessest, Artus, du weisst nicht sehr viel, weil das hier ein heiliger Ort der Liebe und des Friedens ist. Ich möchte dir berichten, dass alles in guten Händen ist, habe keine Angst, es kommt die Zeit, wo wir uns vereinen mit den Menschen auf diesem Planeten namens Erde, auf dem du einst regiert hast.«

»Ist es wahr, Siriano?«

»Ja, gewiss, mein König.«

»Und ich, werde ich je auf die Erde zurückkommen? Werde ich wieder ein König sein?«

»Ein König bestimmt nicht, ich selbst weiss es nicht, mein König, wie du den Menschen neu entgegen gehen wirst, aber ich weiss, dass du es mit reinem Herzen tun wirst. Artus, das weiss ich.«

Artus schwieg.

»Artus, plagt dich sonst etwas?«

»Ja. Ich komme mir hier so alleine vor. Hier bin ich von meinen Wunden genesen, dank euch habe ich weitergelebt, durch die heilenden Händen eurer Jungfrauen von Sirius. Dafür danke ich euch ewiglich, doch ich bin unzufrieden in meinem Herzen. Ich kann keine guten Taten mehr vollbringen, nur faul herumliegen, ich schäme mich deswegen, ich, der einst so mutige Kämpfer und König von England.«

Ich lächelte.

»Darf ich dein Herz wieder erfreuen, Artus? Siehe, Avalon ist ein heiliger Ort, das weisst du, und hier wird nicht gekämpft, es ist ein Ort des Friedens, des Lichtes. Und du bist der König des Friedens und des Lichtes hier, Artus, einen grösseren Titel gibt es gar nicht mehr. Das Universum ist stolz auf Artus Pendragon und seinen treuen Begleiter und Beschützer, Lancelot vom See.«

Meine Worte wirkten Wunder.

»Oh, ich spüre etwas Warmes in mir Siriano. Ja, du hast Recht, es müssen nicht Schlachten gewonnen werden, nein, viel eher müssen Freunde gewonnen werden. Von hier aus senden wir den vielen Völkern auf Erden Licht, ewige Liebe und ewigen Frieden.«

»Es erfreut mein Herz, Artus, zu wissen, dass meine Worte dich bewegt haben. Ich wusste, Artus Pendragon hat sein weises Herz nicht verloren. Ich danke dir und wenn du noch mehr wissen willst, so bin ich jederzeit für dich da. Ich bin müde von der Reise, mein König, und ich verspüre nur Schlaf.«

»Oh, gehe hin in dein Gemach, edler Siriano, ich wünsche dir angenehme Ruhe. Nimm deinen Freund hier mit und begebt euch zur Ruhe, entspannt euch. Morgen lasse ich dich rufen, du sollst mir berichten von deinen Reisen, tust du das?«

»Ja, gewiss, mein König«, lächelte ich und begab mich dann mit Tabor zur Ruhe.

»Es ist herrlich hier, Siriano.«

»Ja, sehr schön, Tabor, hattest du Angst?«

»Nein, hier spüre ich nur Liebe. Es ist, als ob ich aufblühe, aufgehe wie eine Rose!«

»Herrlich, es geht mir genauso, mein Freund. Komm legen wir uns hin, geniessen wir die unendliche Ruhe. Es ist überall ruhig. Unsere Freunde schlafen.«

Ja, zum ersten Mal schliefen alle, sogar Dario. Über Avalon lag eine wunderbare Stille, eine Ruhe, die wir so vermisst hatten. Sonst hatten wir so eine Stille nur auf Sirius. Wir konnten nun richtig ausschlafen. Als wir nach vielen Stunden erwachten, bekamen wir alle eine wohl tuende Massage, hübsche Jungfrauen massierten uns, dann begaben wir uns in warmes Wasser und liessen uns verwöhnen. Ja, und ich sprach mit meinen Freunden.

Joey sagte: »Also, das könnte ich mir jeden Tag wünschen, Freunde.«

»Mein lieber Joey, ich habe eigentlich noch etwas für dich, ich habe es mir aufgespart für jetzt und ich möchte es dir jetzt vor allen meinen Freunden sagen, ja?«

»Ich bin gespannt, Siriano.«

Sie lauschten alle.

»Nun, Joey, du hast mir erzählt, dass du alles verloren hast und niemand mehr dein Eigen nennen kannst, ist das richtig?«

»Ja, sicher, Siriano, doch was willst du damit sagen?«
»Oh, ganz einfach, du zählst hier 19 Erdenjahre oder?«
»Ja, bestimmt.«
»Sieh nur, mein Bester, ich bin etwas älter als du, in Erdenjahren gesehen 32 Jahre alt, und ich möchte dich gerne als meinen Sohn anerkennen.«
Dario fiel in Ohnmacht. Knallte auf den Boden. Aritos sah mich verwirrt an. Alle schwiegen.
»Du als mein Vater?«
»Oh, das ist doch nichts Schlimmes, oder?«
Aritos sah mich merkwürdig an, schwieg jedoch.
»Ich möchte für dich sorgen, dass du stets gesund bist und auch wieder zu jemandem Vater sagen darfst, obwohl es für meine Freunde etwas überraschend kommt. Nun, du musst selbst entscheiden, wie du es möchtest, niemand zwingt dich dazu, es ist eine logische Idee, sonst nichts, ich gebe dir genug Zeit, es dir zu überlegen, ja?« Ich wendete mich um, um zu gehen und mich frisch zu machen.
»Siriano, ich brauche keine Zeit zu überlegen, nein! Ich nehme gerne an!« Joey strahlte. Aus seinen wunderbaren blauen Augen quollen Tränen der Freude hervor. Er umarmte mich glücklich. »Vater«, dieses Wort durfte er nun endlich wieder sagen. Noch ahnte er nicht, was dieses Wort für ihn noch bedeuten würde.
Meine Brüder sahen mich an und meinten nur: »Dann spiele deine Rolle als Vater gut, Siriano.«

Ich war erfreut, dass sie einverstanden waren. Jedoch wollte ich ihn nicht als Joey, nein er sollte einen sirianischen Namen erhalten, ich studierte tagelang herum, fragte meine Freunde und Brüder, doch sie wussten auch nicht, was für ein Name geeignet wäre.
Eines Tages sah ich ihn in einem wunderschönen Garten voller Blumen. Ich sah ihm zu, wie er mit grösster Sorgfalt die Blumen ansah, sie streichelte. Er musste sehr viele Gefühle in sich haben. Ein Rehkitz näherte sich ihm, beschnupperte ihn. Er streichelte es zärtlich, nahm es in seine Arme und schien unendlich glücklich zu sein.
Ich hörte die Worte, die er zu dem Kitz sprach: »Ja, mein Kleines, du kannst zu deinen Eltern rennen, ich konnte es nicht mehr, nein, weisst du, doch jetzt kann ich wieder zu meinem Vater springen. Ich habe einen Vater und ich liebe ihn unendlich. Ich habe das lie-

bevollste, göttlichste Geschöpf im Universum als Vater, ich bin so glücklich, weisst du das?«

Das Rehkitz schien ihn zu verstehen. Mir kamen die Tränen vor Freude. Aritos war dann neben mir.

»Ich glaube, du bist glücklich, was? Niemand auf Sirius hat in deinem Alter einen fast erwachsenen Sohn, du bist der Erste, Siriano«, sprach er.

Ja, es wurde mir immer mehr bewusst, dass ich Verantwortung für ihn zu übernehmen hatte. Ich wollte es auch von Herzen.

»Hast du einen Namen gefunden, Siriano?«

»Oh nein, noch nicht.«

»Artus verlangt nach dir, mein Bruder.«

»Ja, ich komme, bitte lass Joey nicht aus den Augen.«

»Ja, mache ich, gehe nur!«

Ich begab mich in den Palast von Artus und fand ihn auf seinem Thron sitzend wie immer.

»Du hast nach mir rufen lassen, mein König?«

»Oh, Siriano, ich bin glücklich, dich abermals zu sehen, wenn ich dich ansehe, geht ein Licht in mir auf.«

Ich lächelte.

»Gut so. Und wenn ich meinen König sehe, dann bin ich sehr stolz.«

»Du hast Kummer, stolzer Siriano?«

»Nein, gewiss nicht.«

»Hm, ich habe von deiner Entscheidung gehört, du hast diesen netten jungen Mann als Sohn angenommen. Man spürt wie immer, wie viel Herz du in dir hast. Doch welches Problem beschäftigt dich?«

»Es ist alles in Ordnung, Artus, aber ich dachte mir, der Name ›Joey‹ hat zu viel von der Erde, weil er nun mein Sohn ist, sollte er einen sirianischen Namen haben.«

»Oh, nicht mehr?«

»Nein.«

Artus spürte, wie ich innerlich kämpfte, dass ich ihm die Wahrheit nicht sagen wollte.

»Wo siehst du denn das Problem?«

»Nur in seinem Namen«, entgegnete ich.

»Ach so«, lächelte er. »Wie wär's mit Merlin?«

»Haha, nein«, lachte ich, »bestimmt nicht.«
»Leite seinen Namen von deinem ab, Siriano.«
»Wie meinst du das?«
»Überlege doch einmal, mein Siriano. Aber ich kann es dir sagen, wenn du möchtest, nenne ihn ganz einfach ›Sirano‹.«
»Artus, wie wunderbar! Warum bin ich darauf nicht gekommen? Ja, das ist es, ich danke dir, mein König.«
»Siriano, wann wirst du wieder abreisen?«
»An das Abreisen denke ich noch gar nicht, ich dachte, mein König, ein Treffen wäre einmal sehr gut.«
»Ein Treffen?«
»Ja.«
»Mit den wichtigsten Wesen des Universums. Gemeint sind Sananda, Moses, du, mein König, Michael, Samuel und die anderen Engel, unsere heilige Maria, was meinst du? Wir wollen über den Frieden reden im ganzen Kosmos.«
»Siriano, du hast sehr viele Ideen, du hast bis jetzt alle verwirklicht, tue es, ich werde ebenfalls dabei sein. Meine Unterstützung hast du bereits.«
»Das weiss ich, Artus.«
»Eines noch, Siriano, berichte mir doch, wo du schon warst, ja?«
»In geselligem Kreise? Lasse doch Lancelot, Parzival, Gawain kommen. Und Merlin – wo ist er überhaupt?«
»Oh, auf ihn kann man sich zurzeit nicht verlassen, er schwirrt überall herum, soweit ich informiert bin, ist er zurzeit in der Bretagne in seinem Zauberwald. Dort lebt er stets, oder er ist in England unerkannt unter den Menschen. Du weisst, er ist ein grosser Meister.«
»Na gut, ich lasse meine Freunde rufen, Artus, und du die deinen, dann höret mir zu.«

So geschah es auch. Galahad, Lancelots Sohn, bat dann um Ruhe.
»Erzähle, grosser Siriano«, forderte er mich auf.
»Hm, kann ich auch eine Story erzählen?«, fragte Dario.
»Oh, weisst du«, sagte ich zu ihm, »wir möchten für heute bei der Wahrheit bleiben, ja? Dario neigt nämlich dazu, Fantasien zu erweitern.«
Man lachte fröhlich.
»Ja, mein König, ich war einst in Atlantis, erlebte dessen Unter-

gang, noch nie sah ich so etwas, Atlantis hatte seine Strafe erhalten, aber als es noch existierte, war es ein herrlicher Kontinent. Man konnte sich amüsieren. Aber auch andere Dinge, von denen ich nicht gerne spreche, gab es. In Atlantis lernte ich Sandrino kennen, als Hauptmann der Königswache, ich ahnte noch nicht, dass er in Wahrheit mein Bruder ist, er war stets um mich besorgt. Dann Ariana, eine wunderschöne Dienerin des Königs, sie ist heute mit Aritos glücklich verheiratet, sie erwarten Zuwachs, ja.«

Artus schaute ernsthaft und hörte aufmerksam zu.

»Ja, und Menos hier, ein treuer Kerl, er sorgt durch Massagen mit wohlriechenden Ölen stets für mein Wohlbefinden, er versteht seine Arbeit sehr gut. Seine Brüder befreite ich aus der Sklaverei, zusammen mit seinen hübschen Schwestern. Sie alle nahm ich mit nach Sirius. Als Dank dafür, dass sie mich so gut aufgenommen hatten in Atlantis. So viel über Atlantis, mein König.«

»Beeindruckend, Siriano.«

»Dann lernten wir in Cornwall Martin kennen, das ist eher ein Begriff für dich, mein König.«

»Ja, gewiss«, lachte er, »jaja. Diese ungläubigen Menschen von heute betrachten in Glastonbury stets mein Grab, das ist der tollste Witz, ich muss immer lachen, wenn ich daran denke.«

»Mein König«, meinte Dario, »unser Meister Siriano hat es nicht gerne, wenn man ihn unterbricht.«

Wir starrten Dario entsetzt an.

»Oh«, lachte Artus, »du bist wohl der vorwitzigste Sirianer, was? Du gefällst mir, ich könnte dich hier gut gebrauchen, als meinen Hofnarren.«

»Wie bitte? Unverschämt wird man auch noch!«, entsetzte sich der völlig verdutzte Dario.

Ja, Artus war sehr schlagfertig.

»Nun mein König, Martin ist ein Erdenbewohner, er hat es vorgezogen, mit uns nach Sirius zu gehen. Ich lernte auch Sheena kennen, inzwischen eine überaus charmante junge Frau, sie ist sehr clever und gescheit. Ihre Mutter haben wir wieder ins Leben zurück gerufen, sie war ernsthaft krank, Aritos hat sie gesund gepflegt, er hat wundersame Kräfte in sich. Dies sind zwei sehr wichtige Orte für mich gewesen, mein König.«

»Ich bedanke mich, falls du gedenkst, einmal ein Buch zu schreiben, Siriano, das erste Exemplar ist mir doch zu gesichert, oder?«

»Ja, gewiss«, lachte ich.
»Siriano«, meinte Parzival, »stelle uns doch deine Freunde vor.«
»Gewiss. Nun, Martin kennt ihr, er ist ein guter Mensch. Ich habe nur gute Wesen um mich herum, Parzival.«
»Ja, es sieht ganz so aus«, schmunzelte er und sah dabei Dario an.
Dario richtete sich auf, doch Aritos drückte ihn zurück auf die Kissen.
»Ruhe, lass Siriano sprechen.«
»Ja, Aritos«, meinte er nur.
»Nun, mein König, Lancelot, Galahad, Galhad Gawain und Parzival, dies hier ist Aritos, mein Bruder, der grosse Bruder, er hat mich grossgezogen, ich liebe ihn über alles, wenn ich ihn nicht hätte, dann wäre … und dann Sandrino, seine Geschichte kennt ihr ja, man kann sich stets auf ihn verlassen. Tabor hier, ein treuer Begleiter, er kommt von den Plejaden und ist sehr mutig. Und hier Arco, Sandrinos Freund, er stammt auch aus Atlantis, er kennt keine Furcht, er besitzt ebenfalls das sirianische Licht in sich. Mein Freund Sanos hier, ich kenne ihn seit meiner Kindheit, stets haben wir miteinander über viele Sachen geredet. Menos und seine Brüder sind stolze griechische Männer, die alles geben. Denas schliesslich kommt vom Planeten Dolphy. Ihm und seinem Volke gaben wir ein neues Heim, da sie ihren wahren Heimatort verloren. Sie sind gut aufgehoben im Himalajagebiet.
Oh, Dario hier, über ihn könnte ich mehrere Bücher schreiben, seine Witze sind manchmal sehr schlimm, er interessiert sich mehr für die Erde als für Sirius. Er hat bald mehr menschliche Züge angenommen als einer von uns, er ist sozusagen ein kleiner Rebell, trotzdem ein liebenswerter Kerl, ich mag ihn immer noch.«
Dario war sehr stolz, er schwellte seine Brust und schaute um sich.
»Ja, und hier, mein Sohn Sirano.«
»Sirano?«
»Du hast einen Namen gefunden!«, sagte Aritos bewegt.
»Ja, das heisst, unser König Artus hat mich darauf aufmerksam gemacht, auf diesen Namen. Von heute an, Joey, heisst du für uns Sirano, ja?«
»Ein toller Name«, meinte er und rückte zu mir heran.
»Vater«, flüsterte er, »darf ich auch noch etwas sagen?«
»Oh gewiss, wenn du möchtest.«

Sirano richtete sich auf.

»Ich habe euch allen etwas zu sagen, grosser König Artus, einst Herrscher über ganz England und Schottland, hier in Avalon gefällt es mir sehr. Es ist ein wunderschöner Ort, meine dritte Heimat, ja.«

»Ich danke dir«, lächelte Artus, »du bist ein netter junger Mann, der noch sehr viel lernen wird von seinem Vater.«

»Nun meine Freunde«, sprach Sirano weiter, »ich möchte mich bedanken, dass ihr mich aufgenommen habt bei euch, nie war ich in meinem ganzen Leben so glücklich. Ich liebe euch alle und das grösste Geschenk für mich ist, dass ich wieder einen Vater habe und was für einen! Einen liebenswerten, lichtvollen gutmütigen Sirianer namens Siriano, ich bin sehr stolz darauf, ihn als meinen Vater zu haben«, dabei kamen ihm Tränen.

»Nie werde ich ihn verlassen, stets werde ich ihn begleiten und an seiner Seite Orte besuchen, die mit Licht verbunden sind. Habt Dank meine Freunde Aritos, Sandrino, Tabor, Dario, Sanos, Arco, Menos und deine Brüder, Martin, Denas, ihr … ihr seid einfach das Grösste für mich.«

Er weinte sehr und sank in die Knie. Ich nahm ihn in meine Arme und er schluchzte. Er beruhigte sich aber wieder. Parzival sah ihn an. Parzival hatte Gottes Licht in seinen Augen, denn er fand ja einst den heiligen Kelch, den heiligen Gral. Liebevoll legte er Sirano die Hand auf die Schulter.

»Sirano, meine Hände haben den heiligen Gral berührt, noch nie habe ich ein Wesen berührt, das in sich nun den Gral hat, im Herzen, du hast es verdient, diese Kraft in dir zu spüren. Gebe es weiter an Wesen, die du von reinem Herzen liebst, denn du selbst bist von reinem Herzen, mein Freund. Stets werde ich wachen über dich, sei mein Freund. Ich werde dich bald besuchen.«

Sirano kannte keine Hemmungen und lag nun in Parzivals Armen, er spürte diese lichtvolle Wärme, die von Parzival ausging. Ich war in meinem Herzen glücklich.

»Nun mein König«, begann ich, »wir meinen noch etwas spazieren zu gehen hier, in Avalon.«

»Ja, tut das, meine Freunde, ich werde mich etwas zur Ruhe begeben.«

Wir verliessen ihn und spazierten in der Gegend herum. Dario jagte den Jungfrauen hinterher.

»Siriano«, meinte Aritos zu mir, »was ist, wenn er eine erwischt?«

»Oh, er tut ihnen nichts und wir haben keinen Platz, jemanden von hier mitzunehmen, ausserdem ist es verboten.«

»Ach ja, ich vergass ganz, mein Bruder. Siriano, was sind deine nächsten Ziele?«

»Ich wollte noch nach Avebury, mein Guter, dann ins Himalaja-Gebiet, wir müssen ja Denas zurück bringen.«

»So sei es«, stimmte mein Bruder zu. »Denas braucht sein Volk und es braucht ihn.«

»Ja, du hast wie immer Recht, Aritos, nun komm, pflücken wir Äpfel von den Bäumen, sie sehen herrlich aus.«

»Ja, ich habe Hunger.« Wir nahmen jeder einen und bissen voll hinein.

»Sie sind sehr schmackhaft, meinst du wir bekommen einige mit auf die Reise nachhause?«

»Oh bestimmt, Artus wird sicher nichts dagegen haben.«

»Vater, Vater«, hörten wir hinter uns. Sirano kam eiligst auf uns zu.

»Schau her, was ich von Lancelot bekommen habe. Er gab mir dieses herrliche Gewand.«

»Prächtig, mein Sohn, es kleidet dich bestimmt sehr gut. Du wirst direkt verwöhnt hier.«

»Ja, sie mögen mich eben alle. Dario wollte es mir schon abnehmen, doch ich sagte zu ihm, nein, er solle doch ein Gewand von einer Jungfrau nehmen.«

»Haha, gut gemacht«, meinte Aritos.

»Ja, Aritos, eigentlich ist unsere Aufgabe hier gelöst. Wir könnten zurück nach England, Avebury, was meinst du?«

»Ja, obwohl hier die Betten so weich sind. Ich meine wir kehren zurück, es ist heute der vierte Tag, an dem wir hier sind, Artus war sehr gastfreundlich. Und er ist wieder sehr glücklich, Siriano.«

»Ja, ich habe es bemerkt. Nun gut, wir werden uns verabschieden, Sirano, denn ich habe noch Aufgaben vor mir, berichte es unseren Freunden, tust du das?«

»Ja, sehr gerne sogar. Ich bin gespannt auf meine neue Heimat Sirius, Vater.«

»Ich auch, es freut mich dich mitzunehmen.«

Sirano sprang los, er vergass jedoch nicht, sich zu verabschieden von seinem Rehkitz, das er sehr lieb gewonnen hatte. Tränen in seinen Augen zeigten es. Am liebsten hätte er es mitgenommen, doch das ging leider nicht und das wusste er zu gut. Ich sagte ihm dann, dass es auf Sirius ebenfalls Rehkitze gibt und er freute sich schon darauf.

»Weisst du, Siriano«, meinte Aritos weiter, »allen gefällt es hier, wir könnten doch einmal wieder herkommen, oder?«

»Ja, immer dabei«, lachte ich.

»Wir begannen uns zu verabschieden, Galahad gab uns Goldtaler mit, was wir nicht wollten, doch wir sollten auf Sirius damit einen Tempel erbauen, in dem man wohnen konnte und den wir Gott unserem allmächtigen Vater widmeten. Gawain gab uns Wein mit auf die Reise, den wir aber vor Dario verstecken mussten.

Parzival umarmte mich und sagte: »Siriano, ich freue mich auf ein baldiges Wiedersehen, ja?«

»Ja, bestimmt, ich lasse es dich wissen, wenn wir wieder kommen.«

»Kehret heim nach Sirius, Siriano, es soll euch stets gut ergehen, ihr lichtvollen Wesen.«

Ich bedankte mich. Auch ich spürte die Energie, die von ihm ausging, sie war kraftvoll und von so reinem Herzen, ich war begeistert. Vor König Artus sanken wir alle in die Knie.

»Artus Pendragon, wir verabschieden uns von dir, hoffen bald wieder hierher zu kommen, unsere Herzen sind in Avalon, diesem herrlichen Ort der Liebe, wir sind immer für dich da und wenn du Hilfe brauchst, so wende dich an uns!«

Artus hob die Hand und sagte: »Gehet in Frieden. Euer Licht ist in Avalon verankert, es wird jetzt noch heller erblühen unser Avalon, ich bedanke mich bei euch allen.«

»Und die Äpfel?«, meinte Aritos.

Wir lachten alle.

»Oh, ich sehe, Aritos ist begeistert von diesen herrlichen runden Dingern. Ja, so nehmet welche mit, Lancelot wird sie euch mitgeben.«

Dann begleiteten uns die Wachen zurück, wir blickten uns noch einmal um, sahen dieses herrliche Land noch einmal, lächelten. Das Rehkitz rannte auf Sirano zu.

»Seht nur«, weinte er. »Hallo, mein Kleines, ich werde dich vermissen, doch ich komme bald wieder, sei nicht traurig.«

Ja, und auch der grosse Tabor weinte vor Rührung. Sirano umarmte das Kitz, weinte und liess es dann springen.

»Gehe zu deinen Freunden, Siriano, mein Kitz.«

Wir schauten uns alle an.

»Bitte?«

»Ja, Vater, ich habe ihm deinen Namen gegeben, weil es innerlich so von Herzen ist, verstehst du?«

Ich nahm ihn an der Hand und wir schritten wieder in die Höhle hinein. Die Wachen kamen einige Meter mit. Dann drehte ich mich um, gab dem Anführer etwas in die Hand.

»Für eure Dienste, Hauptmann, als Erinnerung, gehet zurück, wir finden den Weg alleine.«

Er verbeugte sich und wir sahen ihnen noch nach. Dann waren wir auf dem Rückweg. Diesmal benutzten wir Fackeln.

»Wenn ich mich nun verbrenne?«, meinte Dario.

»Brauchst ja nicht hineinzufassen, oder?«

»Bin ich so blöde?«, meinte er zu Tabor.

Denas kicherte vor Vergnügen.

»Freunde, wir werden bald wieder zurück sein, es wird Nacht sein auf der Erde, seid leise, für den Fall, dass irgendjemand noch dort sein sollte.«

Wir kamen wieder in das Licht, diesmal sahen wir nichts mehr an unseren Seiten, leer war es. Ja, das Licht, das wir in Avalon verankert hatten, hatte seine Wirkung getan.

Zufrieden kamen wir schliesslich wieder heraus, es war dunkel. Wir sahen die riesigen Steine an.

»Irgendwie unheimlich«, meinte Denas.

»Ist es aber nicht.«

»Psst, dort sind Menschen, seid leise.«

»He«, meinte Sandrino, »das ist die Gruppe, die wir in den Anden trafen, Siriano.«

»Ja, ich erkenne sie. Aber seid trotzdem leise, sie werden uns nicht bemerken, hoffe ich.«

Doch was passierte? Dario knallte in einen Stein und schrie:

»Aua, dummer Stein, musst du gerade hier stehen?«

Wir sahen ihn an.

»Komm schon, du Dummerchen«, meinte ich.

Dario hatte Glück, wir wurden nicht bemerkt. Ja, wir robbten in der Gegend herum, nahmen unsere Kristallstäbe zur Hand und flogen nach Avebury. Auch Denas und Sirano bekamen einen.

»Mann, ist das herrlich, hier herumzukurven«, meinte Sirano. »Vater, das ist ja toll. Darf ich es auf Sirius auch benutzen?«

»Ja, bestimmt mein Sohn, du darfst alles.«

Dario hörte diese Worte.

»Ja, ja, er darf alles.«

Ich flog Dario nach. Wir hatten einen grossen Spass. Dann glitten wir sehr leise hinab.

»Seht euch dies nur an.«

Wir sahen vieles. Leise setzten wir uns und assen jeder einen Apfel.

»Hast du noch einen, Siriano?«, fragte Dario.

»He, du isst noch alle weg«, ärgerte sich Sanos und nahm ihm den einen wieder ab.

»He, teilen! Okay?«

»Nein, gibt's nicht.«

»Der gehört mir.«

»Nein mir«, meinte Dario.

Ich nahm ihnen den Apfel weg.

»Er gehört mir, okay?«

»Ja, Siriano«, lächelte mich Sanos an.

Dann begaben wir uns wieder in die Lüfte, zurück nach Cornwall und gingen dort in das wartende Mutterschiff. Meine Männer an Bord waren glücklich, uns wieder zu sehen. Semados sah mich zufrieden an.

»Ich bin froh, wir haben uns alle Gedanken gemacht, Siriano.«

»Ja, wir haben es gespürt. Semados, lass das Raumschiff starten, wir fliegen Richtung Himalaja, wir müssen Denas abgeben.«

Denas kam zu mir.

»Siriano, ich danke dir von Herzen, dass ich euch begleiten durfte, es war einmalig mit dir zu reisen. Falls du wieder so etwas machst, lasse es mich wissen, ja? Ich wollte es dir nur sagen, bevor ich wieder ankomme, bei meinem Volke. Vielen Dank für alles, du bist einmalig. Nie werde ich dies vergessen.«

Wir gingen alle etwas schlafen. Sirano lag in meinem Raume neben mir, er dachte nach.

»Was meinst du Vater, wie geht es dem kleinen Kitz?«

»Oh, sehr gut, du kannst bald mit ihm Kontakt aufnehmen, ich werde es dir beibringen, ja?«

»Ja, ich freue mich.«

So ruhten wir uns ausgiebig aus. Ruhe brauchten wir nun. Semados steuerte das Schiff so gut. Es gab auch keinerlei Zwischenfälle nein, alles ging reibungslos.

»Hm«, meinte Semados, »ich sehe die mächtigen Berge, Aritos, sollte ich Meldung an Siriano machen?«

»Oh nein, lasse ihn schlafen, er ist sehr müde, aber wenn er auf ist, sprüht er nur so vor Energie«, lachte Aritos. »Steuere auf die rechte Seite, Semados, ja?«

Sie sahen bereits Lichter. Die Felsenwand öffnete sich gewaltig, unser Mutterschiff ging sehr gut hindurch, obwohl es riesig war. Dann befanden wir uns wieder tief unten, man empfing uns wirklich ganz toll. Denas verabschiedete sich von uns, natürlich hatte er Tränen in den Augen.

»Grosser Siriano denke an mich, falls es dich irgendwo hinzieht, ich begleite dich sehr gerne, an einen weiteren Ort. Mein Licht ist bei euch, ich konnte so viel lernen von euch. Vielen Dank, ich wünsche euch eine ganz tolle Reise zurück nach Sirius, seid stets in Gedanken hier, denn ich werde euch nie vergessen. Ihr seid wie Freunde, ja Brüder zu mir, wir sind vereint, unser Volk von Dolphy und Sirianer sowie Plejadier, wir vereinen uns, dass wir ein Volk sind. Gehet hin, verankert überall euer Licht, seid in Frieden, ich liebe euch.«

Er umarmte alle von uns. Dann mussten wir uns endlich damit abfinden, wir hatten abermals eine Aufgabe erledigt. Voller Stolz schritten meine Freunde in das Mutterschiff.

»Ja«, meinte ich zu Semados, »steuere unser Schiff Richtung Heimat, Sirius.«

Meine Freunde jubelten, sie waren sehr glücklich, wieder nachhause zu kommen, vor allem Sirano freute sich sehr. Ich unterhielt mich mit ihm, sagte ihm im Voraus die wichtigsten Sachen, was er wissen müsse, natürlich war er nervös, aufgeregt und konnte es kaum aushalten. Zwischendurch ging er zu Aritos oder Sandrino, fragte sie einiges, sie gaben ihm gerne Antwort. Ja, es zog mich einfach wieder nachhause. Darauf hatten wir lange gewartet. Der Monitor öffnete sich und wir sahen hin.

Siranos neue Heimat

Sarina war auf dem Monitor. Sirano sah gebannt hin.

»Oh wie wunderschön ist diese junge Frau, seht nur.«

Ich lächelte.

»Das ist meine Schwester, Sirano.«

»Deine Schwester? Oh Vater, ich bin so nervös.«

»Hallo Bruder, meinte Sarina, ich heisse dich und deine Brüder und Freunde herzlich willkommen, ihr seid bestimmt bald hier, ja?«

»Ja, gewiss Sarina, es dauert nicht mehr lange und wir passieren das Sternentor zu Sirius.«

»Wir freuen uns schon«, meinte Sarina.

»Auf bald.«

»Ja, auf bald, Sarina.«

Sirano sah mich an und meinte: »Vater, bitte sage mir, wie alt ist sie?«

»Oh, drei Jahre älter als ich, aber bezaubernd. Freust du dich denn auf Sirius?«

»Ja, gewiss.«

Sandrino schaute mich an und lächelte.

»Er ist unsagbar lieb, dein Sohn.«

»Ich weiss. Semados, wie steht es?«

»Siriano, wir sind gleich am Sternentor angelangt.«

»Sirano, komm her, schnell.«

»Ja, bitte?«

»Schau jetzt aus dem Fenster, los.«

Sirano sah hinaus und sah unser Sternentor.

»Das ist ja gewaltig, was ist das?«

»Das Sternentor, es führt uns in unser System, gleich wirst du Sirius sehen.«

Ja, und er sah unseren Planeten.

»Das ist Sirius?«

»Ja!«

»Und die vier anderen etwas weiter hinten?«

»Oh, sie gehören dazu, links siehst du Sirius C, dahinter die zwei Planeten sind Zufluchtsorte, aber dazu später, ja?«

»Oh Vater, ich glaube es nicht.«

Ja, wir waren angetan von ihm. Es dauerte nicht mehr lange. Wir kamen zur Raumschiff-Kuppel.

»Aber Vater, das sieht ja aus wie auf der Erde.« Sirano konnte es nicht erwarten, dass sich unsere Türen öffneten. Dario und Martin waren die Ersten, dann die anderen. Tabor schaute mich an und lächelte.

»Bitte Tabor, verlasse das Raumschiff.«

»Ja, tue ich.«

Sarina und Tausende von Sirianern jubelten uns zu. Ich nahm Sirano bei der Hand und sagte: »Komm, mein Sohn.«

Der Jubel wurde unterbrochen, man starrte uns an. Sarina weinte und fiel mir in die Arme.

»Oh wie schön, euch wieder zu sehen. Herzlich willkommen, Siriano. Ja, es freut uns alle sehr.«

Ariana begrüsste ihren Aritos.

»Meine Brüder und Schwestern«, sagte ich, »dies hier ist mein Sohn Sirano.«

»Dein Sohn?« Sarina sah mich seltsam an.

»Auf der Erde nennt man das ›adoptiert‹, ich werde euch später alles erklären, doch jetzt begrüsst ihn genauso wie uns, ja?«

Der Jubel brach los, noch grösser. Sirano weinte einige Tränen.

»Sirano«, meinte ich, »du wirst hier einiges nicht so vorfinden wie auf der Erde, ist das dir bewusst?«

»Ja, natürlich, Vater, ich brauche nicht viel. Hier kann ich zum Beispiel bestimmt keine CDs kaufen, nehme ich an.«

»Das sind doch diese Musikdinger nicht wahr?«

»Ja, Vater.«

»Oh nein, doch andere Klänge verzaubern uns, aber frage Dario, der hat bestimmt so etwas mitgenommen.«

»Okay. Dario, komm doch mal her.«

»Nicht jetzt, Sirano.«

»Oh sag, warum?«

Dario nahm ihn mit.

»Vater sagte, ihr habt hier vieles nicht, was wir auf der Erde haben.«

»Eigentlich hat er Recht, aber ich bin da eine Ausnahme, mein Bester, was ich bei mir in meiner Behausung habe, wissen nicht alle, du verstehst?«

»Ja«, lachte Sirano.

Ich sah den beiden nach. Wenn das nur gut geht, meinte ich zu mir selbst.

»Sirano«, rief ich ihm hinterher.

Er drehte sich um und strahlte mich an.

»Ja?«

»Glaube ihm nicht alles, bitte!«

»Okay, tue ich.« Er lachte.

Sarina kam zu mir.

»Siriano, du einen Sohn? Aber ...! Wie wunderbar, ich freue mich für dich, er ist erstens sehr hübsch, und zweitens bestimmt sehr gescheit, ist es so?«

»Ja, es ist so, geliebte Schwester. Er wird bei mir wohnen, Schwester. Komm, ich habe Hunger und Durst.«

»Ja, es ist einiges vorbereitet.«

Dario führte Sirano in seinen kleinen Palast.

»Oh wie schön! He, eine Stereoanlage, Mann, diese Lautsprecher! He, woher hast du das?«

»Oh, verpfeife mich bloss nicht, ja? Ich habe auch eine Menge CDs, ich kenne das eben, ich habe die Erde sehr genau studiert«, lachte er.

»Hm, und das weiss nicht einmal mein Vater?«

»Er ahnt es vielleicht. Sieh nur die Möbel, ich habe sie mitgehen lassen, weisst du, wir können Dinge schnell unsichtbar machen und dadurch entfernen – auch ein Geheimnis. Verrate mich nicht, ja?«

»Bestimmt nicht, ich schwöre es.«

»Sirano«, meinte Dario, »wir beide werden bestimmt gute Freunde, was meinst du?«

»Oh ja, aber ich werde sehr viel mit meinem Vater unternehmen, Dario.«

»Ja, verstehe ich. Nun, dies hier ist also meine Wohnung, doch beeile dich, Siriano wartet bestimmt auf dich.«

»Und wohin muss ich gehen?«

»Oh, natürlich! Betätige deinen Stab und fliege, ich komme mit.«

Sie flogen in Richtung meines Palastes auf der Insel.

»Ist das ein Traum, Dario.«

Sie waren wieder auf dem Boden.

»Na komm schon«, grinste Dario.

Sirano staunte nur.
»Hm, sieht irgendwie griechisch aus.«
»Ja, er hat sich von den sirianischen Baumeistern alles speziell anfertigen lassen.«
»Gewaltig, echt. Vater? Hallo Vater!«
»Na, gehe hinauf in den ersten Stock, dann links, da ist das griechische Bad, er ist bestimmt dort, wie ich ihn kenne. Ich muss gehen, will mich auch frisch machen, ja?«
»Ja, okay.«
Sirano ging langsam die Treppe hinauf, da kam Tabor ihm entgegen, nur mit einem Tuch um die Lenden bekleidet.
»Tabor!«
»Hallo Sirano, du suchst bestimmt deinen Vater, gehe hier entlang, dann siehst du ihn, ja?«
»Danke, Tabor.«

Er betrat mein griechisches Bad. Ich sass darin und machte es mir bequem.
»Vater, hier bist du!«
»Sirano, schon wieder hier?«
»Ja, ich wollte nachhause, in mein neues Zuhause. Es ist wunderbar hier.«
»Komm hier herein Sirano, es entspannt herrlich.«
»Ja, okay.«
Sirano kannte keine Hemmungen, legte seine Kleider ab und kam hinein.
»Etwas zu heiss, aber sonst angenehm.«
»Ja, es ist wunderbar.«
»Vater, sind wir beide hier alleine?«
»Oh nein, Sandrino und Tabor wohnen ebenfalls hier, mein Bester, ohne sie wäre es hier langweilig.«
»Sie halten dich also in Form sozusagen?«
»Ja, genau«, lachte ich. »Wir treiben viel Sport, machen Gesellschaftsspiele, oder meditieren gemeinsam.«
Erst jetzt entdeckte ich an der linken Hüfte von Sirano eine Narbe.
»Woher hast du diese Narbe, Sirano?«
»Oh, von einer Operation, einer kleinen, nicht schlimm, aber sieht blöde aus.«
»Lass sehen.« Ich legte meine Hand darauf. Es wurde an dieser

Stelle sehr warm, ein helles Licht kam aus meiner Hand, dann nahm ich sie wieder weg. Sirano schaute mich an.

»Die Narbe … wo ist sie?«

»Weg natürlich.«

»Du musst eine Menge Kraft in dir besitzen, Vater.«

»Ach, das sind Kleinigkeiten.«

»Von was weiss ich sonst noch alles nichts?«

»Mit der Zeit wirst du sehr viel kennen lernen, mein Sohn, ja?«

»Sicher, ich freue mich jetzt schon.«

»Meditationen machst du gerne?«

»Warum nicht, mal etwas Neues, oder?«

»Ja, sehr gut, heute Abend, bevor wir einschlafen, werden wir es verrichten.«

»Bestimmt, Vater.«

Plötzlich gab es einen mächtigen Krach, Sandrino landete in dem grossen runden Becken.

»Hallo ihr beiden!«

»Bist du verrückt?«, meinte ich zu ihm.

»Oh, entschuldigt.«

Sirano war sehr erschrocken.

»Das wollte ich nicht, Sirano, ja? Bitte, ich mache das wieder gut.«

»Ja, ist gut, ist schon gut, auf so etwas war ich nicht vorbereitet.«

»Geniesst nun den Dampf des Bades, atmet ihn ein, denn es sind Rosenblüten und Lavendel.«

»Oh, sehr anregend«, bemerkte Sirano.

Wir sassen etwas zu lange darin und waren wohl eingenickt.

»Gehen wir hinaus in die kalte Quelle«, sagte ich, als wir wieder wach wurden.

»Ins Kalte?«

»Ja, warm – kalt, das ist gut für die Durchblutung, mein Sohn.«

Als wir so in der Quelle sassen, kam Aritos eiligst heran.

»Siriano, gehe in dein Gemach und schalte deinen Monitor an, das musst du sehen.«

»Was denn?«

»Bitte frage nicht lange, auch ihr beiden, bitte.«

Wir zogen uns an und gingen in die Wohnhalle. Ich schaltete den Monitor an. Ja, wir sahen die Erde.

»Bitte, ich lasse jetzt diese Zeitung vergrössern, Siriano.«

»Ja, gut, mach das.« Als ich die Schrift erkennen konnte, las ich vor: »›Cornwall, Juli, heute wurde ein Mensch entführt von Ausserirdischen, wohin brachte man ihn wohl? Wenn jemand ihn kennt, melde er sich, sein Name: Joey Miller, 19 Jahre alt, schwarzes, kurzes Haar, blaue Augen, etwa 177 cm gross.‹ Das gibt es nicht«, lachte ich. »Aber ich schliesse daraus, da hat jemand uns übel mitgespielt – denke ich jedenfalls.«

»Lies doch weiter, Vater.«

»Ja, gut: ›Sehr besorgt ist der Bruder des Entführten.‹ Bruder? Ich dachte, du hast niemanden mehr, Sirano«, dabei sah ich Aritos kurz an. »Hast du mir etwa nicht die Wahrheit gesagt?«

»Oh Vater, ich weiss gar nichts von einem Bruder, ich schwöre es dir. Ich nehme an, da hat man mir etwas verschwiegen.«

»Na gut«, meinte ich, »ich glaube, dieses Problem müssen wir unbedingt lösen, was meint ihr?«

»Das soll wohl ein Witz sein«, ärgerte sich Sirano. »Ein sehr schlechter Witz.«

»Bitte beruhige dich, ja? Ich werde mit Aritos, Tabor und Sandrino mit einem superschnellen Raumkreuzer zur Erde fliegen. Diesen so genannten Bruder finden wir bestimmt, ja?«

»Kann ich mitkommen?«

»Oh nein, jedoch in den nächsten drei Tagen sind wir hier, ich muss unbedingt meine Ruhe haben. Ich könnte allerdings auch unsere Geheimbasis kontaktieren und sie bitten, dem Ganzen nachzugehen oder Aritos? Ja, das ist die bessere Idee, sie sollen Informationen besorgen über diesen vermeintlichen Bruder, du wirst sehen, es wird alles gut, Sirano, sorge dich nicht, ja?«

»Ja, Vater, wenn du meinst.«

»Nun zeige ich dir am besten unseren Schlafraum!«

»Unseren?«

»Ja, du bist bei mir, du wirst sehen. Aber du hast einen Raum für dich, wo du machen kannst, was du willst, klar?«

»Da bin ich sehr neugierig, Siriano.«

»Nun komm mit.«

Ich zeigte ihm den Schlafraum.

»Also, ich dachte, so etwas kennt ihr nicht?«

»Wir haben uns von Dario inspirieren lassen, Sirano.«

»Ja, das habe ich bemerkt.«

Sirano hielt dicht, er verriet Dario nicht, nein, anscheinend konnte er wirklich Sachen für sich behalten. Ich dachte, er würde mir erzählen, was er bei Dario alles gesehen hatte, denn ich war schon lange nicht mehr in Darios Palast.

»Ja, hier schlafe ich bestimmt gut, Vater.«

»Denke ich auch. Na komm schon!«

Ich zeigte ihm den Raum, in dem er tun konnte, was er wollte.

»Hier auf dieser Monitor-Anlage kannst du sehen, was auf der Erde vor sich geht, oder auf anderen Planeten, aber frage mich vorher, damit das gut geht.«

»Ja, Vater«, strahlte er mich liebevoll an.

»Und hier, das ist Tabors Raum.«

»Oh, ebenfalls schön, er hat Geschmack.«

»Und hier, Sirano, Sandrinos Raum.«

Sirano staunte nur. »Mann, ich glaube es nicht, was ist denn das hier? Echte Schätze, Gold, Juwelen – er ist ja superreich, Vater.«

»Ich weiss, hier kann er zwar nicht viel anfangen damit, er wusste das auch, aber es ist eine Erinnerung an seine Heimat Atlantis.«

»Schwerter, muss das sein?«

»Ich kann es ihm nicht verbieten, er ist mein Bruder, Sirano.«

»Ich verstehe, aber es ist nicht nötig.«

Sandrino kam zu uns.

»Ihr seht euch mein Reich an?«

»Ja, allerdings«, meinte Sirano, »allerdings.«

»Ich weiss, das hier stört dich, nicht wahr, Sirano?«

»Ja«, meinte er.

»Sirano, dieses Schwert besass ich, als ich Hauptmann der Königsgarde in Atlantis war, ich hänge sehr daran, aber ich habe es nie benutzt, glaube mir. Aber ich nehme es gerne weg, wenn du möchtest.«

»Nein Sandrino, wenn es ein Erinnerungsstück ist, dann lasse es dort.«

»Warte, ich habe etwas für dich, Sirano.«

Ich sah Sandrino an. Was gab er ihm wohl? Er nahm einen sehr grossen goldenen Adler zu sich. Er war schwer.

»Hier, es war mein Zeichen, es symbolisiert Stärke, Klugheit, Weisheit, ich schenke es dir. Es soll dir gehören.«

Mein Sohn sah Sandrino verwundert an.

»Das ist eine Menge Sandrino, du weisst gar nicht, was das in der heutigen Zeit auf der Erde für einen Wert hat!«

»Oh, möchte ich gar nicht wissen, mein Bester, aber es soll dir helfen, ja?«

»Ich liebe dich, Sandrino, vielen Dank, ich habe leider nichts für dich, ausser meinem Herzen und meinem Licht.«

»Wie schön du dies sagst, ich danke dir. Auch ich mag dich sehr, dein Vater weiss das.«

Ich sah beide an.

»Es freut mich, dass du hier so gut aufgenommen wirst, mein Sohn.«

Aus lauter Freude umarmte er mich und flüsterte: »Hilf mir, ich möchte Sandrino etwas schenken.«

»Na sicher, an was denkst du denn?«

»Ich werde es dir berichten Vater, doch ich möchte gerne ans Meer.«

»Bitte, wir gehen, kommst du mit Sandrino?«

»Ja, bestimmt.«

»Ich freue mich sehr«, meinte Sirano.

Und wir gingen gemeinsam ans Meer. Meine anderen Freunde waren zu müde, ich zeigte Sirano alles, ich hatte viel Zeit für ihn übrig. Er schaute sich alles genau an.

»Und morgen, mein Lieber, sehen wir uns den Zauberwald an, ich hatte dir doch etwas versprochen, ja?«

»Oh ja, ich ahne es, ich freue mich schon.«

»Doch nun wollen wir nachhause, ich bin sehr müde.«

Zufrieden gingen wir nachhause, Sandrino ging in sein Gemach, Tabor schlief bereits tief und fest. Leise gingen wir zu Bette. Sirano kuschelte sich in die Decken hinein.

»Es ist seltsam, Vater.«

»Was ist denn seltsam?«

»Ich schlafe im Universum, also auf einem fremden Planeten, nie hätte ich das für möglich gehalten, nein, und es trifft ausgerechnet mich, herrlich. Ich bin so froh, dass es dich gibt, Siriano.«

»Danke, mein lieber Sohn.«

»Eigentlich bin ich gar nicht müde, Vater. Kannst du mir irgendetwas erzählen, worauf ich mich vorbereiten kann?«

»Gewiss Sirano, ich hatte dir ja von einem Zauberwald erzählt. Er ist gross, ja, er birgt viele Geheimnisse. Dieser Wald wird beschützt von Moriana, sie ist eine Königin der Nacht, eine Fee. Manchmal erscheint sie hier, bis jetzt ist sie nicht gekommen. Sie weiss, wenn ich nicht alleine bin, kommt sie nicht. Wenn ich alleine bin und möchte, dass sie kommt, so tut sie es.«

»Oh, sie ist bestimmt wunderschön oder?«

»Ja, sehr sogar.«

»Sarina ist auch wunderschön, Ariana auch, überhaupt hier habe ich so viele zur Auswahl, aber Vater ich habe ein grosses Geheimnis, das ich nicht erwähnen werde, was mich sehr belastet. Mit der Zeit werde ich mich dir anvertrauen, doch jetzt noch nicht.«

»Oh?«, fragte ich verwundert, »ein Geheimnis, du weisst, ein Sohn kennt keine Geheimnisse vor seinem Vater oder?«

»Ja, ich weiss, dass man darüber reden kann, doch erstens möchte ich dich nicht damit belasten, Vater, und zweitens ist es eigentlich meine Sache, darüber hinweg zu kommen.«

»Richtig Sirano, doch falls du reden möchtest, dann tue es, ja? Ich bin immer für dich da, vergiss das bitte nicht.«

»Ja, okay«, lenkte er ab, »und was gibt es in diesem Zauberwald alles?«

Ich sah ihn an, ich wusste, was ihn quälte, ich konnte ja in ihn hineinsehen. Ich fühlte es sehr stark, doch ich sagte nichts, ich wusste es bereits, dass es in seinem Leben etwas gab, das für ihn eigentlich nicht normal war, doch ich liess ihn in Ruhe, lächelte und erzählte: »Na eben, Rehkitze, Bären, Wölfe, Füchse, Zwerge, Gnomen, Wichte, Elfen – dies alles wirst du noch sehen, ehrlich.«

»Ich freue mich, Siriano, ich meine, Vater.«

»Sag mal, Sirano, was meinst du denn dazu, dass ich dich zu meinem Sohne erwählt habe? Sage es mir bitte ehrlich.«

»Vater, ich hatte sehr grosse Freude, es hätte mir jedoch auch grosse Freude bereitet, wenn ich dein Freund geblieben wäre.«

»Oh, du bist sehr schlau und klug, mein Sohn.«

»Ha, das habe ich von dir Daddy.«

»Daddy?«

»Ja, das ist so ein Ausdruck, eine andere Koseform von Vater.«

»Na, also klingt irgendwie besser, dann nenne mich Daddy, ja?«

»Prima.«

Wir konnten einfach nicht einschlafen. Ich liess sanfte Klänge von Kristallen ertönen. Sirano sah mich immer wieder an.

»Hast du sonst noch ein Problem, mein Sohn?«

»Nein, Daddy.«

»Vergiss nicht, ich sehe alles in dir, ja?« Jetzt hatte ich mich irgendwie verraten.

»Dann weisst du mein Geheimnis?«

»Ich sage nur Ja und will dich nicht mehr quälen, Sirano.«

»Ja, okay, dann werde ich jetzt gar nicht einschlafen, weil du es weisst«, sagte er und weinte.

»Nicht weinen, das ist doch nicht schlimm, du kommst von der Erde und dort bekämpft man dieses Problem bald nicht mehr, es wird anerkannt werden, glaube mir. Mach dir keine Sorgen und schlafe ruhig ein. Ich möchte nur das. Lausche den Klängen und du wirst eine geruhsame Nacht haben.«

»Das kann ich nicht, Daddy, nein, ich werde in den nächsten Tagen viel an die Erde denken, ich muss umdenken, ja, sehr sogar. Ich muss mich an vieles hier gewöhnen, es wird mir von Tag zu Tag besser gefallen, das weiss ich. Ich habe dich an meiner Seite und deine so liebenswerten Brüder und Freunde, deine liebliche Schwester, was will ich denn mehr?«

»Ja, du hast vollkommen Recht, Sirano, doch ich bin müde, versuche einzuschlafen, morgen ist auch ein Tag, du wirst sehen, es wird für dich sehr lustig und heiter, denke nur daran.«

»Ja, gut. Daddy?«

»Ja?«

»Halte meine Hand.«

»Wenn du möchtest.«

Ich hielt sie und so konnte ich ihm von meinem Licht geben, ich gab ihm Energie, Liebe, reines Herz. Und er spürte es, wie es in ihm Veränderungen gab. Er schlief friedlich ein. Morgen, ja, er freute sich sehr. Ich riskierte noch einmal einen Blick zu ihm, dann schlief auch ich ein. Es waren viele Stunden, die wir schliefen.

Schliesslich war der nächste Morgen da. Ich war wach und hörte Darios Geschrei.

»Na, der Kerl wird bald eine Lektion erhalten«, meinte ich.

Da knallte ein Arm auf meine Brust.

»Autsch!«, entglitt es meinen Lippen.

Sirano streckte sich.

»Oh, entschuldige Daddy, das wollte ich nicht«

»Ja, gewiss.«

Sirano hopste auf dem Bett herum, bis die Türe aufging. Ja, es war Sandrino, er staunte nicht schlecht, wie Sirano herumturnte.

»He, was gibt denn das?«

»Oh sorry«, grinste Sirano, ging unter die Decke und schaute Sandrino an.

»Hier, Morgenessen!«

»Hä? Bringst du das immer zu uns ans Bett, Sandrino?«

»Oho nicht immer, nein, aber heute schon. Greift zu, alles ist frisch.«

»Sieht gut aus«, meinte Sirano. »Honig, kennt ihr auch?«

»Ja, gewiss, wir haben Bienen hier«, erklärte Sandrino ihm.

»Bienen?«

»Ja, gewiss.«

Gemütlich assen wir unser Morgenessen.

»Sag mal, ihr kennt Milch und Cornflakes, seit wann denn?«

»Oh, seit Martin bei uns ist.«

Jetzt stürmte Dario herein.

»Hallo, guten Morgen, ihr beiden, wünscht jemand Eier?«

»Oh Mann, hau ab« meinte ich, »diese stinkigen Dinger, bitte!«

»Eier? Vater, denkst du nicht, hier auf Sirius ist vieles etwas zu irdisch?«

»Natürlich«, grinste ich. »Gib her.«

»Freunde, was meint ihr, Aritos hat sich entschlossen, mit Ariana, Arco und Sanos in den Zauberwald zu gehen.«

»Na prächtig. Dort wollten wir auch hin«, meinte ich zu Dario.

Nach dem Morgenessen begaben wir uns zu den Quellen, langsam stiegen wir hinein, setzten uns, liessen kaltes reines Wasser über unsere Körper rieseln und genossen es. Wir trockneten uns an der Sonne, zogen uns frische duftende Kleider an und begaben uns zu unserem Treffpunkt. Aritos, Ariana, Sarina, Sanos, Arco, sie warteten bereits. Menos wollte mit seinen Geschwistern etwas unternehmen, Martin schlief noch, Sandrino und Sirano begleiteten mich zu den anderen. Wir umarmten uns und wünschten uns einen guten Tag.

»Wo ist Tabor?«

»Oh, ich weiss es nicht, ich habe keine Ahnung. Seltsam, er ist doch sonst einer der Ersten.«

»Richtig. Ich werde nach ihm schauen, bevor wir uns in den Zauberwald begeben.«

Unterwegs traf ich Dario.

»Ach sieh an, bist du auch unterwegs?«

»Ja, Siriano, ich glaube Tabor ist nicht gut aufgelegt.«

»Warum denn?«

»Na er knallte die Eier, die ich ihm brachte, an die Wände.«

»Bitte???«

»Ja, aber pass auf, Siriano.«

Ich lachte und begab mich in den Raum von Tabor. Dieser lag auf seinem Bett.

»He, aufstehen, du Faulpelz, ja?«

»Ach, lass mich in Ruhe bitte, Siriano.«

»Oho, was höre ich denn für Worte? Habe ich dir irgendetwas zu Leide getan?«

»Nein, aber lasse mich trotzdem alleine.«

»Ich merke doch, du hast ein Problem, Tabor.«

»Nein, hab ich nicht«, log er.

»Na gut, wenn du nicht reden willst, werden wir dein Problem auch nicht lösen können. Höre, unsere Freunde warten auf uns, bitte begleite uns.«

Ich wendete ihn. Erst jetzt sah ich sein verweintes Gesicht.

»Du weinst? Warum denn?«

»Ach, es ist nichts.«

»Hast du Heimweh nach den Plejaden?«

»Nein, ich darf doch wohl noch weinen, oder?«

»Ich spüre deinen Kummer in dir. Höre, jeder ist mein Freund hier, okay? Ich bin für jeden hier, merke dir das, Tabor, du hast dich für Sirius entschieden. Verstehst du?«

»Ja, bestimmt.«

»Also, ziehe dich an und komm mit, Sirano freut sich sehr Rehkitze zu sehen, tue ihm diesen Gefallen bitte.«

Tabor lächelte schon wieder. Er zog die Decke weg.

»Angezogen bin ich schon.«

Ja, und wie, er kam mir vor wie ein griechischer Athlet. Wir rannten über die Wiesen und lachten, bis wir unsere Freunde erreicht hatten.

»Guten Morgen, Tabor«, meinte Sirano.

»Hallo, junger Freund.«

Wir begaben uns in den Zauberwald. Ja, und er sah sein Rehkitz, es erblickte ihn, er ging auf es zu und schon hatten sie sich irgendwie angefreundet. Wir sahen ihnen zu.

Sarina meinte: »Er muss Tiere sehr lieb haben.«

»Ja, ich bin stolz auf ihn, Sarina.«
»Das glaube ich dir, mein Bruder.«
Das Rehkitz folgte ihm, Sirano hatte schon wieder einen Freund mehr. Wir begaben uns zur Waldlichtung, Sirano sah sich um, er hatte überhaupt keine Angst, nein im Gegenteil, er schaute neugierig um sich. Qunata kam hervor mit einigen seiner Wichte.
»Hallo Siriano«, meinte er.
Erschrocken wendete sich Sirano um. Sandrino, Aritos und die anderen lachten.
»Vater, wer spricht hier denn?«
»Oh, sieh dich nur genau um, mein Lieber.«
Da erblickte Sirano den kleinen Wichtenkönig Qunata.
»Wer bist du denn, kleiner Mann?«
Qunata sah ihn grinsend an.
»Ich bin eine Persönlichkeit. Wie ich sehe, ein neues Gesicht auf Sirius, auch diesen hier kenne ich nicht, Siriano, wer sind die beiden Neuen?«
Ich lächelte. Wir setzten uns auf Baumstämme.
»Na der eine hier, Qunata«, meinte ich, »ist Tabor, ein Freund. Er kommt von den Plejaden.«
»Ja«, meinte Tabor, »ich bin ein mächtiger Mann.«
Qunata fing zu lachen an.
»He, was lachst du denn so?«
»Oh nichts, Tabor, dein Name ist imposant, ja. ›Tabor‹ – toll. Ich bin Qunata, der Wichtenkönig, Herr über alle Zwerge und Gnome. Und bitte, junger Herr zur Rechten meines Prinzen von Sirius, wer bist du?«
Sirano kniete nieder zu ihm. Er gab ihm seine Hand.
»Ich bin Sirano, der Sohn des grossen Siriano, es freut mich, dich kennen zu lernen.«
Qunata war zappelig, er war mächtig stolz.
»Ja, du erinnerst mich an deinen Vater, er ist ja auch hier, ihr beiden habt einiges gemeinsam.«
Dann wurde sich Qunata bewusst, dass er mehr sagte als er sollte, sah mich an und wurde verlegen.
»Man spürt, Sirano, dein ehrliches Licht, dein reines Herz. Wunderbar, dies zu spüren.«
Irgendwie wurden die beiden enge Freunde, Sirano und der Zwerg. Überhaupt eroberte Sirano im Sturm die Herzen der Waldbewoh-

ner. Als dann schliesslich Barko erschien, bekam Arco schon wieder Angst. Doch zu unserem Erstaunen streichelte Sirano den zotteligen Begleiter überall.

»Guter Freund des Waldes, du bist so mächtig, ich kann mir gut vorstellen, dass du ein Freund von mir bist. Du bist so gut, du magst bestimmt Honig, was?«

Tabor lächelte. Er lehnte sich an mich.

»Du kannst auf so einen Sohn mächtig stolz sein, Siriano, er kennt keine Angst.«

»Gewiss, Tabor.«

»Sirano«, sagte ich zu ihm«, lass uns weiter gehen.«

Und wie wir so liefen, begleiteten uns die Elfen mit ihren himmlischen Klängen. Zwei davon sassen auf Siranos Schultern rechts und links. Sirano war überglücklich, man sah es ihm deutlich an.

»Oh Daddy, ich liebe alles hier, es ist wunderbar, schicke mich nie weg von hier, das gibt mächtig Zoff sonst.«

»Zoff?«

»Ja, das ist eine andere Redensart von Streit«, mischte sich Dario ein.

Aritos genoss es, uns zuzuhören.

»Sagt mal, wie weit wollt ihr eigentlich noch gehen?«

»Oh«, meinte ich zu Aritos, »ich dachte, wir nächtigen eine Nacht im Tempel. Was meinst du?«

»Nichts dagegen.«

»Einverstanden.«

»Na, prima.«

Wir rannten einfach los. Das Rehkitz, Barko und die Elfen umschwirrten Sirano.

»Siriano«, meinte Sandrino zu mir, »er wird so wie du, dein Sohn!«

Ja, die Zeit verging auf Sirius, jeden Tag waren wir am Meer oder im Zauberwald. Bis eines Tages Moriana erschien. Sie erschien jedoch vor Sirano. Er schrak nicht einmal zusammen, nein er grüsste sie freundlich. Sie war sehr angetan von ihm.

»Ich sehe, du hast von Siriano sehr viel gelernt, Sirano. Du hast einen sehr gutmütigen Vater, er wird dir sehr viel geben und schenken, ja. Mein Herz ist erfreut dies zu wissen, weisst du, nicht immer war Siriano glücklich, so etwas wie dich braucht er. Und er ist mächtig stolz auf dich.«

Ein seltsames Flackern in ihren Augen verriet sehr viel, doch sie schwieg, als sie ihn jetzt forschend ansah.

»Oh, ich weiss, Moriana, ich liebe meinen Vater sehr, er gibt mir so viel. Doch Moriana sage mir eines, ist es wahr, dass ich auf der Erde einen Bruder habe, oder ist es ein Betrüger?«

Moriana sah ihn nachdenklich an.

»Gewiss, es ist dein Bruder, Sirano.«

Später ging Sirano mächtig stolz nachhause, er war wie weggetreten. Ich rüttelte ihn.

Er sah mich mit seinen blauen Augen an und meinte: »Vater, ehrlich, ich bin stolz, so stolz, dich zu haben, so viel Glück zu haben, bedeutet mir sehr viel. Und Moriana ist wunderschön.«

»Ich dachte mir, dass sie dir erschienen ist, Sirano. Ich liebe dich Sirano, doch bitte, du weisst, vor dem Abendessen wird sich gereinigt, ja?«

»Oh ja«, meinte er und noch im Gehen schlüpfte er aus seinen Kleidern. Ich sah ihm nach und lachte.

»Oh ja, ich kann stolz sein auf ihn, sehr sogar.«

Dann sassen Sandrino, Tabor, Sirano und ich am Tisch und assen gemütlich, Kerzen brannten überall.

»Einfach wunderschön, Daddy, mir gefällt es so, was will ich noch mehr, sag erzählst du mir heute Nacht etwas?«

»Wenn du möchtest, mein Sohn, sehr gerne.«

»Ja, du erzählst so wunderbare Geschichten«, meinte Sandrino.

Tabor horchte auf.

»Na okay, ich bin dabei.«

»Hört mal, ich wusste nicht, dass ich irgendetwas davon gesagt habe, dass ihr ebenfalls zuhören dürft.«

»Dann lasse es sein, geliebter Siriano«, lachte mich Tabor an.

»Wir begeben uns heute etwas früher in unsere Betten, denn ich bin sehr müde und sonst schlafe ich noch ein, ohne euch etwas zu erzählen, meine Freunde, ich bin einverstanden, ja?«

Man freute sich über meine Geste und erwartete mich bald, jeder jedoch reinigte sich noch, sie waren schon alle in meinem Schlafraum und warteten.

»Hier bin ich, habt ihr lange warten müssen?«

»Oh nein, Siriano«, meinte Tabor.

»Ja, Freunde, was möchtet ihr denn gerne wissen?«

»Sag, Daddy, warst du schon jemals in Afrika?«

»Afrika, natürlich.«

»Aber du magst doch Tiere, warum beschützt du nicht die Tiere in Afrika? Und woher hast du den Tiger im Tempel?«

»Du bist schlau, Sirano.«

Sandrino und Tabor legten sich auf den Bauch und lauschten aufmerksam.

»Das ist so, wir waren einst in Indien, weil die Hungersnot dort so gross war. Wir haben dieses Problem eigentlich bewältigt, doch als wir in einem Dschungel waren – Aritos war dabei –, sah ich in einer Grube einen Tiger. Anscheinend war er hineingefallen, er konnte sich nicht befreien, also half ich ihm.«

»Hm, hat er dir nichts getan?«

»Nein«, lachte ich, »der Tiger spürte meine Energie, mein Licht, er folgte mir, als wir dann abheben wollten, stand er da, er tat mir Leid, ich nahm ihn schliesslich mit. Aber damit er nicht alleine sein sollte, gab ich ihm ein Weibchen zur Seite, sie ist nun bei ihm, nur habt ihr sie nicht gesehen, er beschützt sie eben.«

»Toll!«

»Ja, so viel zu dem Tiger, was möchtest du noch wissen, Sirano?«

»Wie ist das, wenn du Aufträge bekommst, Vater, von wem sind sie? Und wie berät man darüber?«

»Ich sehe, du hast ein sehr grosses Interesse, mein Sohn. Ja, einst bekam ich die Aufträge von unserer Regierung hier auf Sirius, den Weisen, doch nun bin ich alt genug, um selbst zu entscheiden, was wichtig ist und was nicht.«

»Ja«, meinte Sirano, »ich verstehe nicht, wenn wir angenommen nach Russland fliegen, woher weisst du denn, dass du da gebraucht wirst?«

»Oh Sirano, das wird mir meistens im Schlafe eingegeben oder in meinen Träumen.«

»Ach so ist das. Und hast du schon das nächste Ziel bekommen in deinen Träumen?«

»Gewiss, aber das hat seine Zeit, Sandrino und Tabor wären nicht begeistert, schon wieder zu fliegen, weisst du mein Sohn, wir brauchen unsere Zeit um auszuruhen, verstehst du?«

»Ja, Daddy, natürlich.«

»Nun, du fragtest mich nach neuen Zielen. Eines davon ist Mexiko, zu den Tempeln der Azteken, das Sternentor dort müssen wir ebenfalls aktivieren. Verstehst du, es kommt bald eine Zeit, da müssen sämtliche Sternentore geöffnet werden auf der Erde, mein Sirano.«

»Ich weiss ich frage zu viel, aber warum müssen die Sternentore geöffnet werden?«

»Weisst du, unsere Völker sind bald bereit, mit den Menschen zu verhandeln. Bald haben wir es geschafft und alle Menschen befinden sich im Lichte und damit die Menschen zu uns gelangen, können sie die Sternentore benutzen, verstehst du jetzt?«

»Ja, bestimmt Daddy, jetzt geht mir ein Licht auf.«

»Haha, wunderbar Sirano.«

»Ja, und du Sandrino, hast du keine Fragen?«

»Ach ich höre dir zu, Siriano, es gibt nichts Schöneres als dir zu zuhören, du bist wie ein Buch.«

»Na, ich verstehe was du meinst. Und Tabor, hast du Fragen?«

»Eigentlich nicht, nein, aber sage, Siriano, wie steht es denn mit der dritten Welt auf der Erde, die Menschen, die Kinder, die Hunger leiden? Was ist hier zu tun?«

»Tabor, auch dieses Problem wird gelöst. Im Augenblick des vollkommenen Lichtes müssen diese Kinder nicht mehr leiden.

Es gibt sehr wenige Menschen, die sich einsetzen. Besonders für die Kinder auf der Erde, sind sie sehr wichtig. Ja, es gibt einige wenige Staatsoberhäupter, die sich schon lange einsetzen, um gegen die Armut auf der Welt zu kämpfen, und ein paar gibt es auch unter den so genannten Künstlern auf der Erde. Zufrieden, Tabor?«

»Ja!«

»Vater, was geschieht mit dem Volke Dolphy im Himalaja?«

»Oh, es wird eine Zeit geben, da können sie wieder zurückkehren, denn einige Völker hier haben mit uns gemeinsam beschlossen, ihnen zu helfen. Wir werden einen unbewohnten Planeten erkunden, wo sie sich niederlassen können. Es gibt einige Planeten, die der Erde ähnlich sind. Sauerstoff, das Wichtigste, das sie brauchen, ist dort vorhanden, aber dieser Planet muss zuerst ausgekundschaftet werden. Es müssen Häuser gebaut werden und wir müssen prüfen, ob Wasser vorhanden ist, das heisst Seen, Flüsse, Bäche, Meere, sonst können sie nicht existieren. Im Himalaja ist das Gebiet sehr speziell, es ist gut geeignet für dieses Volk, darum können sie dort leben und sie sind da auch in vollkommener Sicherheit. Noch Fragen dazu?«

»Nein«, meinte Sirano, »aber sage mir wohin reisen wir denn bald?«

»Sirano, du bist sehr neugierig, stelle ich fest, ich werde euch drei unterrichten, wo es uns demnächst – ich sage ›demnächst‹ – hinführt, zuerst möchte ich noch einmal zu den Osterinseln, dann zu den kanarischen Inseln, dann nach Mexiko und Australien.«

»Oh Mann, schenkst du mir ein Känguru?«

»Haha, bestimmt nicht, oh Sirano, du bist lustig. Nein, es geht eher um Ayers Rock.«

»Ayers Rock, das ist doch dieser gigantische Felsen, nicht wahr?«

»Ja, genau, doch dazu kann ich euch nichts sagen, bitte fragt nicht weiter, es hat etwas Besonderes auf sich mit Ayers Rock und ich will nicht darüber reden, meine Freunde, ich bitte euch, ja?«

»Ja, wenn das so ist, Daddy, okay.«

»Na prima, also wir schlafen am besten nun ein, meine Freunde, ich bin wieder mal ganz schön müde. Morgen ist auch noch ein Tag, Sirano schlafe sehr gut, auch ihr meine Freunde, träumet etwas sehr Schönes, ja?«

Nun wir schliefen, das heisst Sandrino schlief bereits, Tabor versuchte es, es gelang ihm schliesslich auch. Sirano konnte nicht schlafen, ihn plagten Gedanken. Zu viele vielleicht.

»Du kannst nicht einschlafen, Sirano?«

»Oh ja, Vater, ich muss über so vieles nachdenken.«

»Tue das nicht, denke an etwas wirklich Wunderbares, an etwas, was dich glücklich macht, ja?«

»Ja, da habe ich sehr viel, ich bin glücklich, wenn ich an dich denke, Vater, oder an das Rehkitz, ja. An beide – das hier und das in Avalon.«

»Wunderbar, dann träume von ihnen, rede mit ihnen, sie hören dich, sie verstehen dich, versuche es doch bitte.«

»Wenn du meinst und wenn ich trotzdem nicht einschlafen kann?«

»Dann gehen wir zum Meer hinunter, das heisst wir brauchen ja nur einige Schritte zu tun, mir fällt bestimmt was ein, damit du ruhen kannst, aber du bist sehr nervös. Ich kann das verstehen, du bist noch nicht lange hier, du musst dich zuerst an vieles gewöhnen, Joey. Verzeih mir, ich meinte, Sirano.«

Sirano grinste.

»Sag, welcher Name gefällt dir denn jetzt eigentlich besser?«

»Oh, sie sind beide wunderbar, zwei Namen, zwei Welten, ja? Aber Siriano, mein Vater, manchmal ist alles für mich wie ein Traum, als ob es nur ein Traum wäre, hier zu sein.«

»Ist es aber nicht, mein Bester. Ich bitte dich, Sirius ist Realität, keine Illusion, ja? Auch kein Traum!«

»Ja, gut ich weiss, Vater, ich rede so gerne mit dir, vor lauter Reden vergesse ich wirklich zu schlafen.«

Sandrino rührte sich.

»Warum schlaft ihr nicht, Siriano, ich höre jedes Wort.«

»Ach ich kann nichts dafür«, sagte Sirano. »Sandrino verzeih mir bitte, ich bin eben so wissbegierig.«

»Ja, ich weiss, aber zur falschen Zeit, würdest du dich bitte umdrehen und einschlafen? Ich gebe dir einen kleinen Tipp, mein Bester, wenn du dauernd deinen Vater ansiehst, musst du ja fragen, wenn du ihn nicht ansiehst, dann musst du auch nicht fragen.«

»Du bist sehr raffiniert«, lachte ich.

»Oh«, meinte Sirano, »und wenn ich mich umdrehe und dich ansehe, Sandrino, kann ich gar nicht schlafen.«

Ja, das war schlagfertig, Sandrino musste lachen und siehe da, Tabor wachte ebenfalls auf.

»Mann, Freunde, nicht auszuhalten, kommen wir noch zum Einschlafen?«

»Ja, bestimmt.«

Sandrino musste noch lange lachen wegen Sirano, doch es geschah ein Wunder, Sirano schlief tief und fest. Und auch Sandrino und Tabor fanden ihren Schlaf. Für mich war es kein Problem. Ja, und nun konnten wir richtig entspannen.

Der nächste Tag brach an, Dario stürmte in mein Haus und rannte einfach in unser Schlafgemach.

»Hört doch mal, Überraschung.«

Wir schraken zusammen, doch Dario war verdutzt, wir schauten ihn gemeinsam an und er begriff. Er ging, wie er gekommen war, wieder hinaus. Aber wie!

Sandrino schwor sich, sich das nicht gefallen zu lassen. Wir konnten ihn davon nicht abbringen, nein, er war zu ärgerlich. Wir wuschen uns, zogen uns an und gingen gemeinsam zum Morgenessen. Martin machte diesmal ein englisches Frühstück, widerwillig ass ich einiges, um ihn nicht zu verletzen.

»Es war herrlich«, log ich zum ersten Mal. Dario verschlang einfach alles.

»Man, wie kann man nur so einen Appetit haben«, meinte Tabor.

»Und wie eklig, Martin, Fleisch! Bitte nicht mehr.«

Martin sah ihn an.

»Höre, Tabor, ein wenig Fleisch schadet nie.«

»Ja, das sagst du, ich kenne das Zeug, jemand von uns brachte es einst mit auf die Plejaden. Nicht mit mir, mir ist schlecht, ich muss mich übergeben.«

»Aber nicht hier«, meinte Sirano.

»Ja, ich komme nicht dazu, euch zuliebe.«

Wir gingen nach dem Morgenessen zuerst zum Schwimmen ins Meer, es war herrlich. Man tummelte sich gemütlich, ich unterhielt mich mit Aritos.

»He«, meinte er, »wer spritzt hier so herum?«

Er hatte Wasser erwischt, natürlich wieder von Dario.

»Höre Dario, noch einmal und ich vergesse mich.«

»Ja«, meinte Sandrino, »ich kann's auch bald nicht mehr ertragen, Schluss jetzt.«

Ja, Dario musste sich nun von mir und Aritos eine Standpauke halten lassen.

»Also, geht das endlich in dein hübsches Köpfchen, Dario? Hast du endlich kapiert?«

»Ja, ich glaube schon.«

»Dario, ich sage dir nun was, wenn du eine Woche hier auf Sirius normal bist, ohne einen Zwischenfall, dann darfst du mit mir zum Orion.«

»Und was tun wir da?«

»Na, was bloss, wir besuchen die Bewohner dort, wir beide fahren dort quasi in die Ferien hin, abgemacht?«

»Nein.«

Aritos war geladen.

»Siriano, da rennst du gegen eine Mauer, diesen Flegel sollte man hart bestrafen.«

»Aritos ich bitte dich, wir sind hier auf Sirius, ja?«

»Ach so, ja.«

»Oh, da kommt mir eine andere Idee«, meinte nun Aritos.

»Und die wäre?«

»Oho Siriano, er besitzt doch wie ich weiss, CDS's und eine Stereo-Anlage!«

»Hat Sirano geplaudert? Ich kann es mir denken!«

»Nein, lass meinen Sohn aus dem Spiel, Dario, wir wussten es schon lange.«

»Na, Aritos, wie ist deine Idee?«

»Oh, wir nehmen ihm das Zeug für zwei Wochen weg.«

»Nein, das könnt ihr nicht tun, nein.«

»Eigentlich eine gute Idee, Aritos.«

»Nein, nein!« Dario lief uns davon.

»He, stehen bleiben, Moment, mein Lieber.«

»Aritos bitte, anscheinend haben wir ihn ziemlich getroffen, sieh Sirano kommt.«

»Ja.«

»Was ist mit Dario los?«

»Oh, nichts Besonderes.«

»Daddy, bitte, er meint es doch nicht so, er ist so süss. Ich finde ihn echt klasse und in Ordnung.«

»Du vielleicht«, meinte Aritos.

»Oh, nur weil er dich angespritzt hat, du bist zu sensibel Aritos, auch du solltest einmal lernen, nicht nur er. Manchmal hast auch du ihn gefoppt, ja.«

»Ge- was?«

»Genarrt, besser so?«

»Hört mal, gebt Frieden, ich will keinen Streit bitte, Aritos, Sirano. Hört endlich auf. Ich suche Dario.«

Ich erhob mich und machte mich auf die Suche, doch ich fand Dario zuerst nicht. Dann sah ich ihn an seinem Lieblingsplatz, am Meer auf einem Plateau.

»Dario bitte, sei nicht so traurig.«

»Oh Siriano, es tut mir Leid, ich tue so was sonst nicht.«

Unter Tränen meinte er: »Alles könnt ihr mir nehmen, nur meine Musik nicht, ich bin so glücklich, wenn ich das Lied ›Heal the World‹ höre oder den ›Earth Song‹.«

»Dario«, meinte ich, »komm her.«

Dario kam etwas näher. Ich legte einen Arm um ihn.

»Sieh doch, gewiss, du bist ein witziger Kerl und wir mögen dich auch so, aber manchmal übertreibst du, verstehst du das?«

»Ja, Siriano, aber wie weiss ich das, dass ich übertreibe?«
»Sieh mal, zuerst Hirn einschalten, kommt dir doch bekannt vor, oder?«
»Ja, gewiss. Ach so meinst du das, eigentlich hast du Recht, Siriano.«
Ich nahm ein seidenes Tuch und wischte ihm die Tränen aus den Augen.
»Weine nicht, ich verstehe dich manchmal. Du verstehst dich so gut mit Sirano, Dario, ändere dich doch mal, versuche es nicht so masslos zu übertreiben. Es gibt Sachen bestimmt, da können wir dich nicht ändern«, ich lachte dabei, »aber es gibt Sachen, da neigst du dazu zu übertreiben, ja? Ich liebe deine Witze, deine Handlungen. Komm, machen wir ab, sobald du wieder übertreibst, dann zwicke ich dich, bis du es merkst, ja?«
Dario sah mich an und umarmte mich.
»Wenn ich dich nicht hätte, Siriano, ehrlich. So einen Sirianer wie dich muss man einfach lieben, ja.«
»Oh danke, das ist auch etwas, du bist so ehrlich, hast so viel Licht in dir, das beweist doch, du kannst es, wenn du nur willst, ja?«
»Ja, ich kann es, ich werde es dir beweisen. Ich werde dir gegenüber sehr lichtvoll sein, auch bei Sandrino, Sanos, Tabor, ausser Aritos.«
Ich musste abermals lachen.
»Was hast du gegen Aritos?«
Zuerst antwortete er nicht, dann meinte er entschlossen: »Ach er ist so streng.«
»Haha«, lachte ich, »das muss doch ab und zu sein, mein Bester! Manchmal ist er streng, ja, aber du musst es einfach hinnehmen.« Ich tröstete ihn, wie ich nur konnte. Langsam begriff er, was ich meinte. Ich nahm ihn an der Hand und wir gingen zurück. Er hatte noch ein verweintes Gesicht. Meine Freunde und Brüder sowie Ariana und Sarina strahlten.
»Endlich, Dario, wo warst du nur?«
»Hm, er ist mit sich eben nicht zufrieden«, meinte Aritos.
»Halt deine Klappe, Aritos, ja?«
Wir sahen uns nur an, so was hatte Dario noch nie gesagt.
»Hui«, meinte Sandrino, »noch ein Satz von der Erde.«
»Hör mal, du Lausebengel«, meinte Aritos, »ich habe einen süssen Mund und keine Klappe, ja?«
Dann geschah es, Dario warf sich auf den völlig überraschten Ari-

tos und sie tollten sich in der Wiese herum, Aritos kitzelte ihn aus, schon lachte Dario wieder.

»Seht nur«, meinte ich, »so kann man ihn wieder herausholen.«

»Bitte, Aritos«, japste er, »genug! Ich gebe auf.«

»Na gut«, lachte Aritos, »Frieden?«

»Ja, Frieden.«

Aritos richtete sich und setzte sich zurück zu uns. Dario kam nach, setzte sich hinter ihn und schnappte ihn sich mit einer Umklammerung. Er warf ihn in die Wiese und blieb so mit ihm liegen.

»Sag doch, was soll dies nun bedeuten?«, fragte Aritos.

»Oh, als wir einst auf der Erde waren, sah ich ein Liebespärchen, sie lagen genauso in der Wiese, das hat mir imponiert.«

»Na, aber wir sind kein Liebespärchen, Dario, also lass mich los, ich bitte dich.«

Wir lachten herzhaft.

»Nein Aritos, wir haben Frieden beschlossen, ich lasse dich nicht mehr los.«

»Siriano, bitte rette mich vor dem Kerl, bitte.«

Ich lachte nur.

»Höret meine Freunde, ich möchte gerne mit euch meine nächste Reise besprechen.«

»Oh Siriano«, unterbrach mich Ariana, »aber bitte nimm uns diesmal mit.«

»Ja, bitte«, sagte auch Sarina.

»Also, darüber reden wir noch, meine Lieben, da muss Aritos ebenfalls einverstanden sein.«

»Ach, er sagt bestimmt Nein, Siriano, aber du bist der Kommandant, ja?«

»Ariana, aber er ist älter als ich.«

»Ach wegen den fünf Jahren.«

Wir setzten uns in einen Kreis, dann begann ich.

»Ja, ich dachte mir, wir verbringen auf unserer nächsten Reise einige Tage auf den Osterinseln, dann begeben wir uns nach Mexiko.«

»Acapulco«, meinte Dario.

»Was ist denn dort?«, fragte Sanos ihn.

»Oh«, schwärmte er, »ein toller Strand und Frauen, Mann oh Mann.«

Ich sah Dario an, zwickte ihn. Er verstand. Er war nun ruhig. Sirano verkniff sich ein Lachen. Ich sah auch ihn an.

»Entschuldige, Daddy, ja?«

Ariana und Sarina hielten sich an Sirano fest. Er war für die beiden einfach einmalig. »Okay, in Mexiko öffnen wir das Sternentor. Doch bevor wir dort hingehen, müssten wir noch nach Machu Picchu, ich muss etwas abholen dort. Aritos, was meinst du, wo sollten wir noch hin, um Friedensbotschaften bringen?«

»Oho, es gibt noch sehr viele andere Orte, zum Beispiel Österreich, das Südtirol.«

»Du kennst aber auch alles«, sagte Tabor bewundernd.

»Ja, dort ist es wunderschön, riesige imposante Berge, es ist wunderschön dort, frage nur Siriano.«

»Ihn brauche ich nicht zu fragen, wenn er mir etwas erzählt, weiss ich, dort ist es schön.«

»Jaja«, meinte ich, »ich bin einverstanden, Aritos.«

»Oh«, meinten Sanos und Martin, »wer kommt denn alles mit?«

»Ich meine, wir fahren alle zusammen und was euch beide betrifft, Sarina und Ariana und ihr Geschwister von Menos, ihr seid doch auch dabei, oder nicht, Aritos?«

»Na meinetwegen, sie sollen es auch einmal geniessen.«

Sarina und Ariana lachten froh.

»Aber erst werden wir eine Weile hier bleiben, die Reise nach Avalon war anstrengend für mich. Und ich brauche eine gewisse Zeit, um zu entspannen. Wollen wir zu dem Wasserfall gehen?«

»Sicher«, meinte Sirano, »ich freue mich so sehr.« Er lief schon vor.

»He, einen Moment«, lachte ich, »langsam, Sirano, wir alle zusammen gehen dorthin, ja?«

Singend gingen wir los. Sahen uns einfach alles an. Einige pflückten Blumen, um sie mit nachhause zu nehmen und dort in eine Vase zu stellen. Dann ging jedoch mein Kristallstab.

»Ich komme gleich nach, ja?«

Ich sah Simatri, meinen treuen Raumschiff-Kommandanten.

»Was ist, Simatri?«

»Siriano, ich dachte, ich melde es dir, etwas stimmt mit dem Mutterschiff nicht, wir müssen es genau untersuchen, anscheinend geht etwas nicht.«

»Und wie lange dauert es?«

»Oh, sehr lange.«
»Ich danke dir für die frohe Botschaft, ich danke.«
Simatri wusste nicht, warum ich das sagte, aber fragte nicht.
»Simatri, gib den Männern frei – so lange wie möglich, sie haben es verdient, ja?«
»Ja, danke, Siriano.«
Dann ging ich meinen Freunden nach.
»Hier bin ich wieder.«
»Na endlich«, meinte Sandrino, »was ist?«
»Oh, eine Reparatur am Mutterschiff, Simatri bewältigt das Problem. Ja, auf ihn ist Verlass.«
Dann kamen wir zum Wasserfall. Dario und Sirano sprangen hinein.
»Ich glaube, die beiden sind stets gerne im Wasser«, bemerkte ich.
»Sie verstehen sich so gut, ist dir das nicht aufgefallen, Siriano?«
»Doch natürlich.«
»Na gut, setzen wir uns. Sarina, gibt es noch Verpflegung?«
»Ja, sicher.«
Martin deckte auf.
»Was ist denn das?«, fragte Aritos.
»Käse!«
»Was Neues?«
»Du bringst echt ganz Sirius durcheinander mit deiner Nahrung, wo hast du das her?«
»Oh, vom letzten Englandbesuch.«
»Bald reicht es Martin, ja?«
Tabor versuchte eine Scheibe davon.
»Oh, köstlich, nicht schlecht.«
Wir versuchten ebenfalls.
»Ja, das ist sehr gut«, meinte ich, »es mundet sehr, kräftig im Geschmack, doch sehen wir zu, dass wir nicht zu viel von diesem Käse kosten oder wie du es nennst, Martin. Oder wir schweigen einfach.«
Aritos sah mich an.
»Ich weiss, Aritos, ich versuche das normale Essen auf Sirius einzuhalten, okay?«
Aritos lachte, schwang sich in den kleinen See.
»Na und ihr, wie ist es? Haltet ihr nicht viel vom Schwimmen?«

»Oh, ich lege mich hin, ich bin müde«, meinte Sanos.
Sandrino und Tabor tauchten ebenfalls in den See. Sie hatten es sehr lustig.
Sirano rief mir zu: »Daddy komm doch rein, ihr auch, Menos los.«
»Oh nein, ich habe genug, meine Muskeln schmerzen«, meinte Menos.
»Hast du nicht eine andere Ausrede, mein Bester?«
»Siriano, darf ich dich etwas fragen?«
»Ja, bestimmt.«
»Ich hätte meine Heimat gerne einmal wieder gesehen, aber nicht zu meiner Zeit, sondern jetzt in der neuen Zeit, zu sehen wie sich alles verändert hat.«
»Keine schlechte Idee.«
»Weisst du was, Siriano, ich liebe es, so viele Jahre sind vergangen und ich bin immer noch so jung.«
»Ja, das machen eben unsere Jungquellen. Wer darin badet, bleibt jung, Menos.«
»Mir ist einfach noch nicht alles klar hier, Siriano, aber ich frage nicht, ich bin froh, hier zu sein. Sieh nur, meine Brüder und Schwestern, sie fühlen sich so wohl hier.«
»Oh, da kommt mir etwas in den Sinn. Freunde, kommt doch mal alle her.«
Sie hielten inne, sie wussten, wenn ich etwas zu berichten habe, ist es etwas Tolles. Also kamen sie her. Sirano schüttelte sich wie ein Hund.
»Haha, du nasses Ding«, rief ich unter dem Tropfenregen.
Sie sassen da.
»Mir kam etwas in den Sinn, Freunde, ich will es euch erzählen. Als ich einst mit Aritos und Sanos unterwegs war zu dem blauen Planeten, genannt Erde, schwirrten wir mit unserem Raumschiff herum, wir hatten das Mutterschiff nicht dabei, nein, wir schwebten so herum und als wir über dem Ozean waren, sah ich eine Insel.«
Aritos sah mich an.
»Wir landeten dort kurz, ich kann euch sagen, dort haben Saurier überlebt, es sieht herrlich aus, man muss jedoch aufpassen, wegen den Sauriern. Die Viecher sind riesig.«
»Oh Mann«, meinte Sirano, »erzähl weiter bitte!«
»Na gut, also ich meine nur, wie wäre es, wenn wir einen Abstecher dorthin machen?«

»Genial, genial«, rief Sirano übermütig. »Ja, genau, hoffentlich vergisst du es nicht Daddy.«

»Nein, bestimmt nicht. Ich werde euch fragen, immer wieder fragen, ja?«

»Ja, okay.«

»Was meint ihr, die Sonne geht schon unter, begeben wir uns nachhause, oder?«

»Oh, schon? Daddy, bitte noch nicht, ich liebe diese Abendstimmung.«

»Na gut, wenn ihr meint.«

Wir beschlossen also zu bleiben, es war warm und man konnte ja draussen schlafen. Wir redeten und redeten. Ja, und irgendwann, schoss es mir durch den Kopf, werden wir wieder auf Reisen gehen, neue Abenteuer bestehen. Friedlich blickte ich auf meinen schlafenden Sohn und strich ihm durch das Haar. Er war richtig glücklich, man sah es ihm an.

Sadmos, mein Bruder

Ich schlief ebenfalls ein, wir bemerkten nicht einmal, wie Qunata mit seinem Zwergenvolk uns zudeckte. Sie lächelten, waren leise und schlichen sich davon.

»Qunata«, meinte ich leise.

»Ich dachte es mir«, kicherte Qunata, »du bist noch wach, Siriano, kannst du etwa nicht schlafen?«

»Oh doch, ich danke dir. Höre, Qunata, bitte, falls es meinen Sohn Sirano mal alleine hierhin verschlägt, passet auf ihn auf, ja?«

»Oh, nichts lieber als das, Siriano, Meister des Lichtes, ich werde auf ihn aufpassen, als wäre er mein eigener Sohn, das verspreche ich dir.«

»Danke, mein kleiner Freund«, lächelte ich.

Ich begab mich in Trance, sah viele Dinge, fühlte mich so glücklich, erwischte mich sogar, dass ich weinte.

Die ersten Sonnenstrahlen weckten einige von uns, sie reckten und streckten sich. Ich wurde wach, neben mir lag Sirano, er schlief noch. Ich gab ihm einen Kuss auf die Wange. Dann rührte er sich, er umarmte mich.

»Guten Morgen, Vater. Ich habe einen wunderschönen Traum gehabt.«

»Oh, bestimmt?«

»Ja, ich erzähle ihn dir, okay?«

»Ich freue mich schon, na los, erzähl.«

»Ja, ich habe auch geträumt«, meinte Dario.

»Ha«, meinte Aritos, »bestimmt von Mc Donald's und Bratwürsten, oder?«

»Aritos, meine Träume gehen dich nichts an, ich betätige mich halt in meinen Träumen und liege nicht faul auf der Wiese herum.«

Ha, das sass aber.

»Übrigens«, meinte Dario, »was laberst du da von Mc Donald's, wer ist das?«

Ich staunte nicht schlecht. War das Dario?

»Nun gut, Daddy, ich träumte, ich hätte eine kleine Farm gehabt mit vielen Tieren – Hunden, Katzen, Kühe, Schafe, Ziegen, Hühner, ja es war schön. Ich habe natürlich für alles gesorgt.«

»Und wo war deine Farmerfrau?«, kam es von Dario.

Da war er wieder, der alte Dario. Sirano sah mich an, am liebsten hätte er jetzt losgeweint, aber er nahm sich zusammen.

»Weisst du Dario«, meinte er, »sie war beim Einkaufen.«

Ich lächelte zufrieden.

»Freunde, wir sollten uns auf den Weg machen, ja?«

Wir richteten uns und brachen nachhause auf. Es war ein herrlicher Morgen, die Sonne schien, das Meer war ruhig. Ich blickte hinaus und suchte förmlich den Horizont ab.

»Daddy, sag mir, was befindet sich eigentlich am Ende dieses Meeres?«

»Oh, da kommt mir eine Idee, mein Junge«, lachte ich, »eine Bootsfahrt, genau das ist es, was meint ihr?«

»Oh ja, in die unterirdischen Grotten, hurra!«, jubelte Dario. »Wir waren schon lange nicht mehr dort.«

»Ja, gut, aber nicht jetzt, vielleicht morgen.«

Sie waren einverstanden.

Auf dem Heimweg unterhielt ich mich lange mit Tabor.

»Was meinst du, Siriano, sollte ich meine Familie mal wieder besuchen?«

»Das musst du selbst entscheiden. Aber am Ende kommst du dann nicht mehr zurück, oder?«

»Ich bin nicht so, Siriano, aber es war nur so eine Idee.«

Sirano unterbrach uns.

»Sag Vater, was ist hinter dem Meer?«

Ich schwieg einfach.

»Warum antwortete er mir nicht darauf?«, hämmerte es in Siranos Kopf. Aritos sah ihn an und hielt ihn leicht zurück.

»Höre, Sirano, dort liegt ein Land, das zu Sirius gehört, doch sind wir nicht gewillt, dort hinzugehen.«

»Und warum nicht?«

»Dieses Land regiert Sadmos, unser Bruder, aber wir kommen einfach mit ihm nicht aus. Sadmos wurde verstossen, mit ihm Tausende von Sirianern, sie sind manchmal nicht von reinem Herzen. Das tut Siriano sehr weh. Mit 15 Jahren schickte man Sadmos dorthin und nun ist es 12 Sirius-Jahre her und wir haben gar keinen Kontakt zu ihm, wir wollen nicht.«

»Aber«, meinte Sirano, »ich begreife eines nicht, man sagt doch, Sirius ist der lichtvollste Planet des ganzen Universums, und nun dies?«

»Oh, es ist nicht immer alles perfekt, mein Bester, aber ich möchte dir einschärfen, erwähne diesen Namen nie in Gegenwart deines Vaters, tust du mir diesen Gefallen?«

»Ja, wenn es sein muss, aber sage mir, Siriano leidet doch bestimmt sehr darunter, oder?«

»Ja, gewiss.«

»Wie sieht es denn in diesem Land aus?«

»Sadmos lebt mit seinem Volke auf einfache Weise – ähnlich wie auf der Erde die Nomadenstämme. Sie besitzen Pferde.«

»Pferde?«

»Ja.«

»Wie kommen denn die dorthin?«

»Oh, das müsstest du Sadmos selbst fragen.«

»Eines Tages werde ich das machen, mein lieber Aritos«, dachte mein Sohn für sich.

»Doch gehen wir jetzt weiter, Sirano!«

In diesem Moment flog Dario vor ihnen auf die Nase, er hatte nicht auf einen Baumstamm geachtet. Wir lachten. Ich spürte, wie Sirano mich stets ansah.

»Daddy?«

»Ja, Sirano?«

»Sag mir jetzt, was ist am Horizont?«

»Na Wasser, Wasser, mein Bester.«

»Du sagst mir gegenüber nicht die volle Wahrheit, Daddy. Sagtest du mir nicht einmal, man muss immer bei der Wahrheit bleiben?«

Aritos sah Sirano fragend an. Wir kamen an. Aritos ging mit Sanos, Martin, den Mädchen, Menos und dessen Brüdern sowie Arco in den Palast. Dario blieb bei mir, Sirano, Tabor und Sandrino ebenfalls.

»Sirano, was ist mit dir?«

»Oh nichts.«

»Hast du Probleme?«

»Nein, wenn ich welche habe, sage ich es dir.«

Ich ging in das Pyramidenhaus, um zu meditieren.

Sirano fing Sandrino ab.

»Was möchtest du denn?«

»Oh, nur reden. Sandrino, ist dir der Name Sadmos ein Begriff?«

»Ja, mein Bester, aber höre auf darüber zu reden, ja?«

»Nein. Wie weit ist es denn dorthin?«

»He, mach bloss keinen Unsinn.«

»Nein, aber Sandrino, höre, ich habe das Gefühl, es schmerzt Daddy sehr, seinen weiteren Bruder nicht an seiner Seite zu haben, ich wette, dem geht es gar nicht gut.«

»Ich weiss es nicht.«

»Sandrino, tue mir den Gefallen bitte, bitte.«

»Hm. Wir müssen mit einem kleinen Raumschiff hin, am besten würden wir einige Sirianer mitnehmen.« Er zögerte.

Doch Sirano umarmte ihn schon stürmisch.

»Danke dir, vielen Dank, Sandrino!«

»Oh je, Sirano, du hast mich überzeugt, ich hoffe nur, Siriano merkt nichts.«

»Ach, mir wird schon was einfallen, klar? Wann wollen wir fahren?«

»Am besten, wir bringen es hinter uns, Sirano.«

»Haha, ich wusste es, du bist echt ein toller Mann, Sandrino. Weisst du denn, wo wir hin müssen?«

»Ungefähr schon, ich nehme Segodan mit, er weiss es am besten. Ich sage ihm Bescheid.«

»Ja, und ich muss Daddy etwas vorspielen, drücke mir die Daumen.«

»Ja, okay.«

Sirano ging nach oben.

»Daddy?«

»Ja, hier bin ich Sirano, hier«, rief ich.

»Daddy höre, Sandrino hat mir versprochen, eine Fahrt mit einem Raumkreuzer zu machen, darf ich mit?«

»Und wann seid ihr wieder hier?«

»Oh, mal sehen, du brauchst dir keine Gedanken zu machen, ja?«

»Prima.«

Ich gab ihm einen Kuss auf die Wange. Ja, er schien fröhlich zu sein.

Kurz darauf trafen sie sich. Segodan sah grimmig aus.

»Na, Segodan, keine gute Laune heute?«

»Oh, erlaube mal, Sirano.«

Sandrino lachte.

Ja, so erzählt nun Sirano:

Sie nahmen einen kleinen Raumkreuzer, an Bord etwa 30 Sirianer, natürlich hatten sie keine Uniform an, nein, aber trotzdem unterschieden sie sich von den anderen. Ja, und dann ging es los.

Unterdessen machte ich mir auf Sirius Gedanken, irgendwie kam mir etwas seltsam vor. Aritos kam mir entgegen.

»Hast du Sandrino gesehen, er wollte mit mir noch ein Spiel machen.«

»Nein Aritos, er ist mit Sirano weggeflogen.«

»Weggeflogen?«

»Ja, sie wollten eine Fahrt unternehmen, was ist denn?«

»Ach nichts, machst du mit mir ein Spiel?«

»Na, meinetwegen Bruder, komm, setz dich.«

Ich holte die Kugeln. Dario sah uns zu.

»Hey, Sandrino«, meinte Sirano, der vom Raumkreuzer aus aufs Wasser blickte, »gibt es hier in diesem Meer Leben?«

»Ja, Delphine und Wale, auch kleinere Fische. Die Fische sind sehr zahlreich, wir leben auch von ihnen.«

»Hm, leben?«

»Ja, wir essen sie, verstehst du? Sie haben jede Menge Mineralstoffe und Vitamine.«

»Toll, ihr denkt an alles, ich dachte nie, dass Sirius fast gleich ist wie die Erde. Was unterscheidet denn die beiden Planeten?«

»Oh, die Sonne, sie ist nicht so wie die Sonne, die auf die Erde scheint.«

»Und was noch? Sag, mein lieber Sandrino, hast du auch eine Liebe?«

»Oh, wie meinst du das?«

»Na, eine hübsche Sirianerin.«

»Ach so«, lachte er, »nein, aber in Atlantis hatte ich eine hübsche Frau, doch sie betrog mich, ich wandte mich von ihr ab, verstehst du?«

»Und dann, hast du deine Konsequenzen gezogen?«

»Ja«, lachte Sandrino, »allerdings.«

»Keine Frau mehr?«

»Richtig.«

»Hm, aber was …!«

»He, sieh nur, das Land, da ist es.«

»Oh, ja.«

»Sieht aus wie eine Wüste.«

»Ja, sie ist früher unbewohnt gewesen. Aber seit sich Sadmos ansiedelte, hat er sie stellenweise wieder zum Blühen gebracht. Es ist nun alles wieder im Lot. Sadmos ist intelligent, er ist eben doch mein Bruder.«

»Sieh nur, dort unten, Reiter!«

»Ja. Sie haben uns bemerkt.«

»Segodan, senke das Schiff.«

»Ja, Sandrino.«

Dann bald landeten sie in weichem Sand. Die Reiter umkreisten sie.

»Ich grüsse dich, Sandrino, was führt dich hierher?«

»Oh, nicht ich hatte diesen Wunsch, sondern dieser junge Mann hier«, meinte er und zeigte auf Sirano. Der Anführer lächelte.

»Wer ist es?«

»Sirianos Sohn, Sirano.«

»Hoher Besuch! Kommt mit wir reiten zu Sadmos.«

»Mann, zum ersten Mal wieder auf einem Pferd!« Sirano fühlte sich echt wohl dabei. Er jauchzte. Dann bemerkte er: »Ich sehe eigenartige Bauten.«

Sandrino sprang vom Pferd. Viele Bewohner kamen herbei. Sie tasteten Sirano ab. »He, Finger weg«, sagte Sandrino zu ihnen.

Dann teilte sich die Menge. Ein Kerl stand da, er trug rote Kleider, enge, und oben fast nichts an, Sirano erstarrte bei seinem Anblick.

»Wen darf ich begrüssen?«, fragte er.

Sirano sah ihm ins Gesicht, stolz war es und unbeweglich.

»Ich nehme an«, begann Sirano, »ich stehe dem stolzen Herrscher dieses Landes, genannt Sadmos, gegenüber, dem Bruder meines Vaters Siriano?«

»So ist es«, meinte er, die Hände in die Hüften gestemmt. »Also, du scheinst mir nicht wie ein richtiger Sirianer.«

Mein Bruder lachte.

»Sei gegrüsst, Sandrino.«

»Ja, sei gegrüsst, Sadmos.«

»Ich bin begeistert von ihm, Sohn von meinem Bruder, sagst du?«

»Ja, er hat ihn adoptiert, er stammt von der Erde.«

»Von der Erde? Wie interessant, kommt doch bitte, seid herzlich gegrüsst im Lande des Sadmos«, lächelte er.

Irgendwie gefiel er Sirano.

»Kaum vorstellbar, dass du ein Bruder meines Vaters bist«, lächelte Sirano ihn an.

»Oh, es ist hier alles ein bisschen normal und einfach, bitte fühlt euch wohl. Was führt euch hierher?«

Sirano holte tief Luft.

»Eigentlich darf ich nicht hier sein, Vater hat es mir verboten.«

»Oh ja?«

»Ja.«

»Ich denke es mir, Siriano hat mich verstossen, Sirano, weil ich stets anderer Ansicht war als er, ich hatte in meinem Herzen manchmal Hass, ja, ich war ein Krieger.«

»Und ist es jetzt immer noch so?«

»Es hat nachgelassen, Sirano. Doch sage mir, warum bist du hergekommen?«

»Um dich wieder zurückzuholen, Sadmos.«

»Haha, mich zurückzuholen?«

»Ja, es ist mein Ernst, totaler Ernst, hast du in deinem Inneren nicht einmal den Wunsch, deine Brüder wieder zu sehen, Aritos und Siriano und deine Schwester Sarina? Liebst du sie nicht?«

»Na, so viele Fragen, mein Bester, nun, ich hege keinen Groll gegen meine Geschwister. Sandrino liebe ich, er ist völlig okay, Aritos und Siriano sind anscheinend von meiner Art nicht begeistert, ich war schon immer ein Rebell, Sirano. Meine Schwester, ja, sie liebt mich abgöttisch.«

»Ja, wenn man so aussieht wie du, mein Freund ... Wo sind deine Frauen?«, erkundigte sich Sirano weiter.

»Haha, Frauen? Man kann ja über alles reden. Und du hast also den Wunsch, mich zurückzuführen?«

»Ja, bestimmt, und wenn ich dich fesseln muss!«

»Hör nur, Sandrino, er ist genauso mutig wie sein Vater! Das ist nicht so einfach, Sirano. Möchtet ihr gerne bleiben?«

»Das geht nicht, Freund, sonst merkt Vater alles. Aber sage mir, warum kommst du nicht mit uns?«

Sadmos sah Sandrino an.

»Weisst du, was es heisst, Sirano, wenn man den eigenen Bruder abweist?«

»Ich kann es mir nicht vorstellen, Sadmos. Mein Vater ist so lichtvoll und friedlich.«

»Ja, ich weiss, das bestreite ich auch nicht, aber ich habe Angst, ihm zu begegnen.«

»Weshalb denn? Du brauchst keine Angst zu haben, Sadmos, ich bin bei dir.«

Er traute ihm irgendwie. Sirano hatte sein Herz erobert.

»Was meinst du, Sandrino?«

»Na, ich weiss nicht, wie er reagiert, Sadmos.«

»Nun, ich erfülle dir diesen Wunsch, mein lieber Sirano, auf dein Risiko. Männer, ich begebe mich zu meinem Bruder. Ihr wisst, es passiert mir nichts, ich werde mich melden.«

Ja, und nun zog Sadmos sich an, er sah hervorragend aus, einfach toll. Er zog sich nämlich weisse Kleider an nach der Tradition von Sirius.

»Seid ihr bereit?«

»Ja, es ist bald Zeit fürs Abendessen, Vater wird sich Sorgen machen.«

»Na gut.«

Sie stiegen in das Raumschiff und düsten schnell zurück.

»Segodan, nett dich wieder einmal zu sehen.«

»Oh, ganz meinerseits, Sadmos.«

Sandrino war jetzt wohler zumute.

»Es hat sich nichts geändert, Sandrino, oder doch? Was ist das für ein Palast da, auf der Insel?«

»Da wohne ich«, grinste Sirano fröhlich.

»Ja?«

»Sadmos, weisst du was, ich mag dich irgendwie.«

»Oho, ich fühle mich sehr geschmeichelt.«

Das Raumschiff senkte sich. Siranos Herz pochte vor Aufregung. Dario und die anderen sahen hinauf. Segodan parkte das Raumschiff elegant. Dann stieg Sandrino aus.

»Was um alles …«, meinte ich nur. »Sandrino, das Abendessen ist schon bereit.«

Sirano stieg aus.

»Na komm schon, Sadmos«, meinte er.

»Oh, ihr habt Besuch mitgenommen? Wer ist es diesmal? Doch nicht etwa Barko?«

»Nein«, lachte Sirano.

Sadmos trat hinaus. Aritos Augen weiteten sich. Sarina lächelte.

»Bruder!«

Ich war wie gelähmt.

»Sadmos?! Sirano, was soll das?«

»Vater, bitte verzeih mir, ich mache das wieder gut, verzeih mir bitte.«

Mein Bruder trat hinaus, noch weiter.

»Hallo Aritos, sei gegrüsst. Siriano?« Er beugte sich vor. »Meine Brüder, ich grüsse euch.«

»Wie um alles ...!«

»Na«, unterbrach mich mein Sohn, »hege keinen Groll, Vater, er ist auch nur ein Sirianer – und wie ich bemerkt habe, einer mit viel Licht und reinem Herzen.«

Ich stand da und wagte kaum, etwas zu sagen.

»Sei willkommen Bruder.« Ich ging auf ihn zu, umarmte ihn. »Es ist lange her, Sadmos.«

»Ja, Siriano, ich dachte nicht, dass du mich so empfängst. Anscheinend hat Sirano etwas geschafft, was sehr toll ist.«

»Komm herein, das Abendessen ist fertig.«

»Oh, heisst das, ich bin eingeladen?«

»Ich kann doch meinen Bruder nicht draussen stehen lassen. Höre Brüderchen, ich glaube, wir sollten etwas Dringendes beenden, was meinst du?«

Sirano stand zwischen uns.

»He, küsst euch.«

»Wie bitte?«

»Ja, das macht man auf der Erde, wenn man sich verträgt.«

»Nein Sirano, ich küsse nicht gerne«, grinste Sadmos.

»Oh ja?«

»Los, umarmt euch herzlichst, ihr seid Brüder und Brüder müssen zusammenhalten.«

Sandrino kam an mir vorbei.

»Tut mir Leid, Siriano, war die Idee deines Sohnes, ja?«

»Ich weiss, ich bin niemandem böse, vielleicht ist das der Anfang, ein neuer Anfang. Danke Sandrino, ich bin nicht böse, gar nicht. Es ist wunderschön, Sadmos wieder zu haben.«

Ja, der Abend verlief super.

»Gehst du zurück, Sadmos?«

»Oh, unser Volk braucht mich, Bruder.«

»Wenigstens eine Nacht?«

»Na gut, eine Ausnahme kann ich einmal machen.«

»Na super, Sirano wird darüber sich sehr freuen. Mir scheint, er mag dich sehr, Sadmos.«

»Ja, das spüre ich, Siriano, er ist voller Reinheit.«

»Das ist er, ja.« Ich machte ihn mit meinen Freunden bekannt.

Später sagte ich ernst zu Sirano: »Höre, mein Sohn, das nächste Mal fragst du mich bitte, ja?«

»Ja, geht in Ordnung, mein lieber lichtvoller Vater.«

Ich war sehr stolz auf Sirano, er hatte nicht nur ein Wissen in sich, nein, auf so einen Sohn konnte man einfach stolz sein und nun brachte er mir meinen Bruder Sadmos hierher. Sirano hat uns beide wieder zusammengeführt.

»Bruder sage mir, warum hast du dich eigentlich so lange nicht mehr gemeldet?«

»Siriano, ich war mir meiner Sache nicht sicher, ich habe immer wieder nach einer Antwort gesucht auf meine Fragen und nun bin ich hier, ich freue mich, meine Brüder wieder zu haben, sag wie geht es Vater und Mutter?«

»Oh, sie sind dauernd auf Reisen, mein Bester.«

»Oho, sie sollten sich endlich zur Ruhe setzen, aber sie sind eben so eingestellt. Sage mir, Siriano, hegen sie noch Groll gegen mich?«

»Nein bestimmt nicht, sie haben dich vermisst. Weisst du, wir lieben dich alle noch, Sadmos, doch wir haben uns einfach verloren. Du warst stets bei mir im Herzen, ja, aufgegeben haben wir dich nie. Doch Sadmos, warum willst du dein Leben nicht bei uns hier verbringen? Einst wurdest du zu einem Ausgestossenen, weil ich einfach zu schnell reagiert habe. Also, alle hätten die grösste Freude, wenn du wieder bei uns wärst.«

»Na eine ausgezeichnete Idee, mein Bruder, doch mein Volk?«

»Höre, ich weiss, es gefällt ihnen nicht wie sie leben, denn ich spüre das ganz genau, und du ahnst es auch, oder?«

»Ja, gewiss, Siriano.«

»Na gut, dann bitte ich dich von ganzem Herzen, Sadmos, kehre zurück zu uns, komme mit uns, gemeinsam Abenteuer zu bestehen, Aufgaben zu bewältigen, ich bitte dich.«

»Siriano, ich weiss nicht, wie ich dir antworten soll, es ist für mich nicht leicht, ja. Doch wenn ich daran denke, dass ich meine Freunde um mich habe, Aritos meinen Bruder, Sandrino, Sanos. Deinen

Freund und Begleiter Tabor, deinen Sohn, den ich sehr mag – ich werde dich informieren, wie ich mich entscheide, schlafen wir darüber, was meinst du?«

»Ja, bestimmt, du brauchst Zeit.«

»Daddy, Daddy«, rief Sirano da.

»Ja bitte, mein Sohn?«

»Wo ist dein Bruder, Sadmos?«

»Hier!«

»Du hast dich gefragt, ob ich noch hier bin?«

»Ja, bestimmt, es freut mein Herz sehr, wenn ich euch so sehe, Brüder sollten doch zusammenhalten, es ist wunderbar.«

»Komm setze dich zu uns, Sirano«, meinte Sadmos.

»Bitte, Siriano, erzähle mir von ihm, ich weiss gar nicht viel.«

»Oh«, unterbrach ihn Sadmos, »erzähle von dir, Sirano, wie nennst du dich denn sonst?«

»Joey!«

»Und nun kommst du dran, Sadmos. Wie alt bist du?«

»Raffiniert, mein Bester, etwas jünger als Siriano.«

»Ich will nicht wissen, wie viel. Du bist wieder dran, Sadmos.«

»Na gut, hast du auf der Erde eine Freundin, eine Liebe?«

Sirano sah mich an.

»Nicht mehr«, meinte er, »ich bin jetzt hier auf Sirius und geniesse gute Freunde.«

»Sag, wen magst du am liebsten, Sirano?«

»Oh, ich weiss nicht, ob du mich prüfen willst, Sadmos, doch ich liebe alle gleich hier, natürlich mit einer Ausnahme, die kennst du bestimmt.«

»Oh ja, mich«, lachte er.

»Nicht ganz, mein Platz ist neben meinem Vater. Sadmos, ich liebe ihn sehr, wenn ich ihn nicht hätte, ich wäre sehr unglücklich, ich habe mich entschieden für ihn und Sirius, meine Entscheidung war richtig. Ich bin unendlich happy, das heisst glücklich. Doch sage mir, wie sieht es in dir aus?«

Ja, diese Frage kam zu schnell für Sadmos. Er blickte mich an, Aritos und Sandrino.

»Sirano, momentan bin ich zufrieden, weil wir wieder vereint sind. Wir vier Brüder, ja, und unsere Schwester. Ich bin unendlich glücklich, wie du schon sagtest. Aber die Frage taucht nun immer auf, sollte ich mich wieder meinen Geschwistern zuwenden?«

»Nun«, meinte Sirano, »höre, ihr seid Sternen-Geschwister und ihr solltet zusammenhalten, egal was kommt. Liebet euch aufrichtig, es hat keinen Sinn, wenn man negativ eingestellt ist, mein Bester, ich würde mich sehr freuen, wenn du hier bist, an unserer Seite. Mein Herz wäre erfreut, lieber Sadmos.«

Ja, wir waren alle sehr ruhig, Sirano verstand es, Liebe in einen Raum zu bringen, ihn mit Licht zu füllen durch seine bewegenden Worte. Mein Bruder war sehr ruhig. Dann erhob er sich.

»Höret mir zu, bestimmt habe ich meine Geschwister sehr vermisst. Ich liebe sie wirklich sehr und ich möchte meine Geschwister fragen, möchtet ihr mich an eurer Seite?«

»Nein«, meinte da Dario.

»Siriano, ich kann mich nicht erinnern, dass er einer meiner Brüder ist, so etwas Vorlautes als Bruder zu haben, wäre echt der Hammer, tut mir Leid, aber dich fragte man nicht, Dario«, so beendete er seinen Satz, mein Bruder Sadmos.

Dario war perplex. Aritos erhob sich.

»Du bist herzlich willkommen, ich als ältester Bruder entscheide dies, du bist unser Bruder und wirst nie im Stich gelassen, niemals nein, kehre nicht mehr zurück in dein Land, bleibe bei uns, gemeinsam sind wir stark, das Band ist nie gerissen, Sadmos.«

Er weinte und entschied sich in diesem Moment für uns. Es war eine schöne Geste von ihm. Sirano freute sich so sehr.

»Sagt, wo nächtigt er?«

»Oh, vorübergehend hier, und ich wette mit euch, dass wir heute alle – also Aritos, Sandrino, Tabor und ihr Freunde – dass wir in einem Raume schlafen und vielleicht noch gemütlich reden, bevor wir einschlafen, das ist etwas, das ich gerne tue. Ja, ich freue mich.«

»Habt ihr vielleicht etwas zu trinken?«

»Gewiss, was möchtest du gerne? Dario, holst du ihm etwas?«

»Ja, bestimmt, ich eile.«

Dario verschwand und kam dann bald zurück.

»Hier bitte, Sadmos«

Ich sah hin, merkwürdig wie das Zeug aussah. Das in meinem Hause? Sadmos setzte das Glas an seine Lippen.

»Pfui, was ist denn das?«

Dario lachte herzhaft.

»Was soll das, Siriano?«

»Ich weiss nicht, was ist denn?«

»Na versuche doch mal.«

Ich nahm einen Schluck.

»Nicht übel, aber trotzdem merkwürdig. Dario, hierher.«

Tabor packte ihn.

»Setz dich mir gegenüber.«

»Warum?«

»Na, was ist das hier?«

»Oh, ich … etwas zu trinken, Siriano.«

»Ja, das sehe ich auch, aber wie nennt man das auf der Erde?«

»Oho, bist du dir sicher, dass es von der Erde kommt?«

»Ja, ganz bestimmt, so was kann nur von der Erde kommen. Also, bald traue ich dir nicht mehr. Was ist denn das nun?«

»Es nennt sich Cola.«

»Cola?«

»Wie merkwürdig und scheusslich, entferne es bitte, ja? So etwas bitte nicht mehr, auch wenn du es gut gemeint hast.«

Martin brachte ihm ein Glas Milch.

»Das kenne ich irgendwo her, Siriano. Ja, das schmeckt mir.«

»Ist auch lecker«, meinte Martin.

»Und jetzt, mein Bruder Siriano, wie möchten wir den Abend noch gestalten?«

»Na reden, reden.«

»Siriano«, meinte Sadmos zu mir, »ich hörte du gehst bald wieder auf Reise?«

»Ja, doch werden wir eine gewisse Zeit hier bleiben. Auf der Erde nennt man das Weihnachten, man ist fröhlich zusammen, singt Lieder, die von Herzen kommen.«

»Da habe ich eine Idee, mein Bruder«, meinte Sandrino zu mir, »fahren wir doch einmal in dieser Zeit zur Erde und schauen uns an, wie sie feiern, oder?«

Ich blickte meine Freunde an.

»Na, was meint ihr, dazu?«

»Ja, bitte, einen Abstecher auf die Erde.«

»Na gut, euer Wunsch soll erfüllt werden. Ich freue mich ebenfalls. Sollten wir arme Leute beschenken?«

»Ja, eine gute lichtvolle Idee«, meinte Sirano.

»Prima, ja«, jauchzte Dario.

»Du bleibst hier, Dario, es ist ein Risiko dich mitzunehmen, bald platzt Sirius, wenn du noch mehr von der Erde hierher bringst«, meinte ich.

»Ja, okay, ich bleibe gerne hier.«

»Bitte??«

»Ja, hab nichts dagegen«, grinste Dario.

Ich überlegte. Was hatte er nun wieder vor? Irgendetwas hatte er vor, sonst gab er andere Antworten.

»Na gut, dann bleibst du hier, wir begeben uns heute noch zur Erde.«

»Bitte? Aber nein, ich sollte ...!«

Wir hatten Dario voll erwischt. Er wurde nun ausgelacht. Nicht noch einmal. Ja, dann begaben wir uns müde zu Bett, redeten noch lange und schliefen dann friedlich ein – bei uns unser Bruder Sadmos, noch im Schlafe huschten ihm Tränen über das Gesicht.

Frohe Weihnachten auf der Erde

Ja, ich wusste, es war Weihnachtszeit auf der Erde, das Fest des Friedens, der Liebe. Ich beschloss, mit meinen Freunden zur Erde zu gehen, um zu sehen, wie die Menschen Weihnachten feierten. Es war im Jahre 2001, Aritos war beschäftigt damit, Geschenke zu machen. Wir wollten arme Menschen, die nichts hatten, einfach überraschen. Das Raumschiff war startklar, diesmal benutzten wir das Raumschiff Sirius 8, es war eines der schnellsten. Meine Freunde waren bereits im Raumschiff. Ich hatte meinen Kristallstab vergessen, eilte zurück in mein Haus und fand ihn. Doch dann sah ich zu meinem Erstaunen, dass das Raumschiff schon startete.

»Mann, was soll denn das, spielen die mir einen Streich?« Ich wurde echt wütend, das konnte doch nicht möglich sein! Aritos würde so etwas nie tun. Ich lief auf die Wiese, das Raumschiff fuhr tatsächlich los. Ich nahm meinen Stab (wir können auch ohne Stab fliegen, weil wir so geboren werden) betätigte ihn und hob mich hoch in die Luft. Ich flog dem Raumschiff nach und beschleunigte. Ich sprach mit meinem Bruder.

»Aritos, Sandrino was soll das? Antwortet!«

Da öffnete sich eine Luke, ich flog hinein und befand mich im Inneren des Raumschiffes.

»Die können was erleben«, meinte ich.

Ich ging geradewegs in die Kommandozentrale. Sie sassen alle dort.

»Was sollte das denn geben?«

Sadmos sass da, er rührte sich nicht, die anderen auch nicht.

»Antwortet mir, was fällt euch ein?«

Dann begannen sie zu lachen.

»Das ist echt nicht zum Lachen«, meinte ich ärgerlich. »Was ging in euch vor, so etwas zu machen? Spricht niemand?«

Sirano kam hervor.

»Daddy, sorry, wir wollten uns einen Scherz erlauben.«

»Ja, und was für einen! So was werdet ihr nicht mehr tun«

Dario kicherte immer noch.

»Und du«, meinte ich zu ihm, »du bist ruhig, okay Dario? Ich dachte eigentlich, du kommst nicht mit, warum bist du hier?«

»Oh, verzeih, du glaubst doch nicht, ich lasse euch alleine ohne mich gehen? Bestimmt nicht, nein.«

Ich war stinksauer. Sprach fast kein Wort mit meinen Freunden. Sarina und Ariana waren irgendwie fassungslos.

»Na, von wem kam die Idee?«, meinte ich dann ruhig.

Sie schwiegen.

»Na, von uns allen«, meinte Aritos.

»Ich fragte ›von wem‹, Aritos, einer war die treibende Kraft, okay?«

»Also nein, wirklich nicht, es war nur ein Scherz.«

»Scherz? Ich hatte Angst, Angst etwas sei passiert, Freunde«, meinte ich.

Sie blieben ruhig. Sirano kam zu mir.

»Daddy bitte, es war meine Idee.«

»Oh nein, das glaube ich nicht. Nein, das kann ich nicht glauben, ich irre mich doch oder?«

»Ich habe nichts von Dario gelernt, bitte lache wieder, so gefällst du uns besser, Daddy!«

Ich schwieg und lachte dann voll heraus.

»Ja, jetzt habe ich euch rein gelegt.«

»Oh nein«, meinte Tabor, »das hast du elegant gemacht, ich dachte schon, du bist richtig wütend auf uns.«

»Nein keineswegs, Segodan«, schalte auf superschnell.

»Ja, Siriano.«

Diesmal mussten wir uns anschnallen, denn wir flogen mit Überlichtgeschwindigkeit. Tja und es ging auch nicht so lange wie sonst, nein, bereits befanden wir uns im Gürtel um die Erde. Ashtar kam auf dem Monitor.

»Ich sehe, ihr seid wieder auf der Reise«, lachte er.

»Ach, nur kurz«, meinte ich zu ihm und wir flogen sehr schnell weiter.

»Was haben wir für ein Datum auf der Erde?«, fragte ich Sanos.

»Hm, 24. Dezember, genau 19 Uhr und 20 Minuten, Siriano, dunkel wie immer.«

»Sehr gut, was meint ihr, in welches Land begeben wir uns?«

»Amerika!«

»Nein, England«, meinte Sirano.

»Na gut, wir entscheiden uns für England, dann Amerika.«

Ja, langsam kamen wir immer näher und näher.

»Hört mal, ich weiss nicht, aber dort unten seht ihr ein kleines

Städtchen, wir begeben uns nun nach draussen, seid vorsichtig bitte.«

Wir stiegen aus, es war menschenleer, alles schien Weihnachten zu feiern.

»Sieh nur, Siriano«, meinte Dario, »die vielen bunten Lichter, das ist wunderschön.«

»Ja, kommt und seid leise, wir schauen dort in das Haus hinein.«

Wir taten es. Man sang Weihnachtslieder und wir sahen, wie man sich Geschenke gab.

»Was für eine blödsinnige Geste«, meinte Sandrino, »also so was würde ich nie tun.«

»Sei leise, Sandrino.«

Da hörten wir etwas. Schneespuren, wir brachten uns schnell in Sicherheit. Hinter Tannenbäumen versteckten wir uns und vernahmen Stimmen. Ein Mann, eine Frau und drei kleine Kinder. Gebannt starrten wir hin.

»Papa«, meinte die Kleinste, »warum kommt der Weihnachtsmann nicht zu uns?«

Ich sah in die Gesichter der Eltern, sie waren versteinert, ja, irgendwie traurig. Wir waren alle traurig.

»Oh«, meinte der Vater der Kinder, »nächstes Jahr vielleicht, der Nikolaus hat sich diesmal nicht angemeldet. Sarah«, sagte er zu seiner Frau gewandt, »wie viel Geld haben wir noch?«

»Oh nicht mehr viel, es reicht vielleicht für eine warme Mahlzeit.«

Ich stand da und war innerlich traurig.

»Sie leiden«, meinte Sandrino.

»Ja, ich sehe es, wir müssen etwas unternehmen, sie sind alleine, haben nichts. Warten wir noch einen Moment, mal sehen, ob sich ein Kind äussert, wegen einem Wunsch.«

Und richtig, die Kleinste meinte: »Papa, warum kriege ich mein Schaukelpferd nicht?«

»Ja, und ich meinen Baukasten«, meinte der ältere Junge.

»Und ich meine Puppe?«

»Kinder, bitte«, meinte der Vater irgendwie verzweifelt, »ich kann es mir nicht leisten, man hat uns aus der Wohnung rausgeworfen, wir müssen ein neues Heim suchen, gehen wir weiter.«

Der Vater zog den Schlitten, auf dem die drei Kleinen sassen. Es rührte mir mein Herz sehr. Aritos wischte sich Tränen aus den Augen. Sandrino berührte meine Schulter.

»Siriano, wir können sie nicht so ziehen lassen.«

Ich trat hervor.

»Er ist verrückt«, meinte Aritos.

Ich stand der Familie gegenüber, in meinen weissen Kleidern.

»Grosser Gott, was ist das!«, meinte der Mann.

»Das ist ein Engel«, sagte die Kleinste ganz selbstverständlich.

»Hm, aber wo sind seine Flügel«, wandte der kleine Junge ein.

Die Familie stand still da.

»Habt keine Angst«, meinte ich. »Ihr feiert keine Weihnachten?«

»Oh nein, Fremder.«

Dann kamen meine Freunde hervor. Jetzt bekam die Familie es mit der Angst zu tun, ich spürte es richtig.

»Bitte habt keine Angst, wir kommen von einem anderen Planeten.«

»Von einem anderen Planeten, seid ihr Ausserirdische?«

»Oh ja«, lächelte ich.

Die beiden Mädchen klammerten sich an ihre Eltern.

»Ihr seid bestimmt sehr arm, oder?«, fragte ich vorsichtig.

Sirano kam vor. Er beugte sich zu einem der Mädchen herunter.

»Na, Kleines, wie heisst du denn?«

»Lizzy ist mein Name«, meinte sie und schaute Sirano mit grossen Augen an.

»Ja, ich möchte euch einen Gefallen tun«, sagte ich zu ihnen, »heute ist bei euch Weihnachten und ihr dürft vier Wünsche äussern.«

Der Vater glaubte zu träumen.

»Fremder, ein Dach über den Kopf, zu essen, etwas Geld und Geschenke, mehr brauchen wir nicht, ich kann meine Kinder nicht enttäuschen.«

Aritos sah mich an. Er wusste, ich als besonderer Sirianer konnte Wünsche erfüllen.

»So sei es! Kommt mit«, meinte ich.

Wir stapften durch den Schnee. Dario und Sirano fielen dauernd hin und balgten herum. Dann standen wir plötzlich vor einem hübschen Einfamilienhaus.

Der Vater sah mich an und fragte mich: »Wer wohnt hier, der Nikolaus?«

»Nein«, lachte ich, »lest nur auf dem Briefkasten, ja?«

Sie gingen hin.

»Richard Thorpe«, stellte der Vater fest, »merkwürdig!«

»Warum merkwürdig?«, fragte ich und sah die Familie freundlich an.

»Na, ich heisse so.«

»Na, dann begebt euch in euer Heim, ich glaube, drinnen wartet das Christkind.«

Die Kinder stürzten in das Haus, es war hübsch eingerichtet und jedes Kind hatte sein Zimmer. Es gab eine Stube und eine Küche, wie es sich gehört. Ein geschmückter Tannenbaum stand da, darunter Leckereien und Geschenke.

»Mama, schau nur!«

Richard meinte: »Womit haben wir das nur verdient?«

»Ihr habt Wünsche geäussert, ihr habt sie nun, seid glücklich, ich wünsche euch schöne Weihnachten.«

Die Familie war sehr gerührt. Dann kam der Vater, er war noch relativ jung, auf mich zu und nahm ein goldenes Kettchen mit einem Kreuz, das er um den Hals trug.

»Fremder, schöne Weihnachten, ich weiss nicht, wie ihr Weihnachten feiert, aber ihr bleibt in unseren Herzen, bitte!« Er streifte mir das Kettchen über, ich war echt sprachlos.

»Ihr seid gut, habt gute Herzen, vielen Dank, wir lieben euch. Bitte, kommt bald wieder. Ich bin Richard, meine Frau Rachel, meine Kinder Lizzy, Beth und Harry. Gehet in Frieden.«

Wir gingen glücklich in unseren Herzen weiter. Doch die Kleinste, Lizzy, kam noch einmal, sie rannte durch den Schnee, blieb vor mir stehen, ich ging in die Knie.

»Lieber Engel, ich liebe dich«, meinte sie und umarmte mich.

Meine Freunde waren sehr gerührt. Sarina und Ariana gaben ihr einen Kuss. Ja, wir hatten einer armen Familie geholfen, dass sie weiterleben konnten.

Unterwegs sahen wir viele bunte Lichter, es war wunderschön. Aritos ging mal hinter einen Baum. Da vernahm er ein Gestöhne.

»Wer ist dort?«

Er sah einen alten Mann an einen Baum gelehnt. Der alte Mann sah Aritos an.

»Sag, kommst du vom Himmel, Fremder?«

»Ja, sicher, aber was ist mit dir?«

»Oh, ich bin krank, sehr krank, ich habe Fieber und kann mich nicht halten und das an Weihnachten, der Hunger quält mich.«

Aritos sprach ruhig mit ihm.

»Höre, alter Mann, äussere zwei Wünsche, sie werden dir erfüllt, ja?«

»Oh, ich bin wunschlos glücklich, Fremder vom Himmel.«

»Wie ich aber sehe geht er dir nicht gut, sei bitte gesund, ja?«

Der alte Mann spürte plötzlich eine Willensstärke in sich, er stand auf.

»Was ist mit mir? Es ist so anders, ich fühle mich so gesund. Herrje«, meinte er, »bist du im Namen Gottes hergekommen?«

»Oh ja, mein Freund, sieh nur dort.« Aritos zeigte auf eine Hütte. »Gehe hin, du wirst Essen vorfinden, um dich zu stärken, gehe hin und morgen wird sich für dich alles neu ergeben.«

Der alte Mann bedankte sich herzlich bei Aritos, schenkte ihm eine wertvolle Uhr, die noch ging. Aritos freute sich sehr.

Alsbald kamen wir in das kleine Städtchen, eine Art Restaurant hatte noch auf. Ariana und Sarina begaben sich hinein. Kein Gast war hier, aber dennoch sassen ein Mann und eine Frau dort. Sie waren ruhig und sagten nichts.

»Wir haben Gäste, Frau«, meinte er zu ihr.

Sie kam zu Ariana und Sarina.

»Bitte, was wünschen Sie? Warum seid ihr so engelhaft?«

Ariana sprach leise zu ihnen. Sie glaubten es einfach nicht und waren sprachlos.

»Und was ist euer Wunsch?«

»Wunsch?«

»Unser Restaurant müssen wir schliessen, niemand kommt mehr, nein!«

»Ist es euer Wunsch, dass ihr euer Restaurant weiterführen und davon leben könnt?«, fragte Ariana weiter.

»Oh ja, unbedingt«, meinte der Mann.

»So sei es.«

Als Ariana und Sarina den Raum verlassen hatten, dauerte es nicht lange und Gäste kamen hinein.

»Oh, sieh nur, Daniel, die Engel, sie haben uns gerettet.«

»Wie wunderbar.«

Die Frau eilte Ariana und Sarina nach.

»Bitte wartet«, rief sie.

»Ja?«

»Hier für euch, frohe Weihnachten.« Sie gab ihnen ein handgemaltes Bild. Es war wunderschön.

Ich war sehr betroffen, dass wir Menschen um diese Zeit ein Geschenk machen durften.

Sanos und Dario begaben sich durch den Schnee und waren richtig happy, sie sangen Lieder.

»Psst, Dario, hörst du nicht?«

Ja, ein leises Weinen. Sie sahen zwischen Bäumen hindurch.

»Sieh nur, ein kleiner Junge.«

»Was er wohl hat? Komm gehen wir zu ihm, die Menschenkinder fürchten sich nicht vor uns.«

Sie setzten sich einfach links und rechts neben den kleinen Jungen, der etwa sechs oder sieben Jahre alt war.

»Na, was hast du denn?«

»Oh, hallo, seid ihr Engel?«

»Nicht unbedingt, aber sag, warum weinst du?«

»Mein kleiner Hund ist gestern überfahren worden, ich habe ihn so lieb gehabt. Und nun bin ich alleine.«

»Alleine?«

»Magst du denn Hunde so?«

»Ja, und wie, wer gibt ihn mir wieder?«

»Natürlich wir, du hast einen Wunsch gut, weil Weihnachten ist, ja?«

»Seid ihr zwei Nikoläuse?«

»Nein«, lachte Dario, »sag uns, wie muss dein Hundchen aussehen?«

»Oh, klein, wuschelig und lieb.«

»Na, mal sehen, was wir da haben.«

Sanos klickte mit den Fingern und vor ihnen sass ein kleiner süsser Hund, ein kleiner Schäfer, noch sehr jung.

»Sieh nur, ist er nicht süss?«

»Ja, und wie! Gehört er mir?«

»Ja!«

Sanos und Dario ahnten nicht, dass ein junges Ehepaar alles beobachtete, sie weinten glücklich.

»Mama, Papa schaut nur, ich habe wieder ein Hundchen!«

»Oh ja, höre Sami, geh zu ihnen, gib ihnen dies.«

Der kleine Sami, so nannte er sich, brachte Dario und Sanos eine grosse Büchse. Sie war gefüllt mit Lebkuchen und Gebäck.

»Frohe gesegnete Weihnachten, meine Engel«, lachte er, er hatte den Glanz von Weihnachten in seinen Augen.

Dario und Sanos freuten sich sehr.

Alsbald gingen wir weiter, diesmal kamen wir in ein kleines Dorf. Sandrino begab sich in einen Stall, er wollte unbedingt Schafe sehen. Er sah sie auch. Aber ein leises Schluchzen liess ihn aufhorchen. Er robbte vor. Ein hübsches Mädchen, knapp 16 Jahre alt, mit langem blondem Haar sass dort. Sandrino näherte sich ihr.

Das Mädchen erschrak zuerst, dann meinte sie: »Ich weiss, du bist nicht von hier, Fremder.«

»Oh nein«, meinte er, »ich bin Sandrino, ich komme von dem Planeten Sirius. Sage, warum bist du traurig an diesem Tage?«

»Oh Sandrino, ich hinke sehr, ich werde ausgelacht, ich habe keine Freunde, niemand will etwas von mir wissen.«

»Was hast du denn gemacht?«

»Ein Unfall vor vielen Jahren, er hat mein Leben zerstört, ja, ich hinke nur noch herum, ich kann auch meiner Familie nicht mehr richtig helfen.«

Sandrino sah sie an und sagte:

»Sag, hast du nicht einen Wunsch zu Weihnachten?«

»Niemand kann mir diesen Wunsch erfüllen, Sandrino, nein.«

»Ja, ich ahne es«, dämmerte es in Sandrino.

»Was für ein süsses Lämmchen, kannst du es mir bringen?«

»Ich habe noch mehr, ich liebe sie alle. Ich bringe es dir, doch muss ich zaghaft gehen, du weisst ja.«

»Ja, ich weiss, meine Freundin.«

Sie erhob sich und lief und bemerkte dann, sie ging völlig normal!

»Sandrino, wie ist das nur möglich, hast du mich etwa geheilt?«

Er lächelte geheimnisvoll.

»Ich bin so froh, wie kann ich dir nur danken, Sandrino?«

»Glaube an mich, das ist das schönste Geschenk.«

»Bestimmt, du bist mehr als ein Engel, ja!«

Sie schenkte ihm das kleine Lämmchen. Dann sprang sie übermütig ins Haus, wo man nur noch Freudenschreie hörte. Sie war geheilt, durch Sandrino.

»Meint ihr nicht, wir sollten langsam zurückgehen?«, schlug ich vor.

Tabor und Sadmos jedoch gingen an einem Heim für arme Kinder vorbei, sie legten etwas in den Briefkasten, klingelten und gingen schnell weg.

Sie hörten nur noch die Worte: »Oh mein Gott, er hat uns erhört, ein Check, nun können wir den Kindern Weihnachten zeigen.«

Sie gaben sich die Hand, die beiden und kamen bald wieder zu uns. Auf Martins Wunsch hin flogen wir zu Sheena, er legte vor die Türe einen Sack mit Geschenken und einige liebe Zeilen. Sirano musste weinen, ich tröstete ihn. Arco tat auch eine gute Tat, er befreite einen Fuchs aus einer Falle. Immer wieder wendete sich der Fuchs, er liess ihm mitteilen, er danke sehr. Menos und seine Geschwister suchten sich eine arme Bauernfamilie aus, erschienen ihnen und gaben ihnen das Nötige, damit auch sie Weihnachten feiern konnten.

So hatten wir alle etwas beigetragen für arme Erdenbewohner. Wir waren zufrieden, ja. Jeder hatte ein Geschenk bekommen von den Menschen, denen wir geholfen hatten. Meine Freunde waren sehr stolz darauf.

»Na, und jetzt, Siriano?«

»Ich möchte den Menschen noch etwas geben«, überlegte ich. »Seht nur, meine Freunde, ich werde die Erde reich beschenken.«

Ich öffnete auf einer Anhöhe meine Arme, streckte sie aus und meine Freunde sahen, wie Licht aus mir strömte, über die ganze Erde. Sie waren überwältigt. Sirano weinte, als er es sah.

»Dieses Licht«, sprach ich, »schenke ich euch, Erdenbewohner, es soll euch immerzu schützen und diejenigen berühren, die es möchten, mein Licht.«

Meine Freunde halfen mir dann dabei. Ein helles Licht senkte sich über die ganze Welt.

Alsbald setzten wir uns in Bewegung, doch Sirano war noch nicht ganz zufrieden.

Er sprach zu uns: »Höret, bevor wir in unser Raumschiff zurückkehren, meine Freunde, ich als Einziger habe nichts gegeben. Ich gebe dieser Erde nichts, denn ich komme von ihr. Ich möchte Sirius etwas schenken, mein ganzes Herz, mein Vertrauen zu euch, meine ganze Liebe zu euch, mein Licht und ich denke da an meinen geliebten Vater Siriano. Ohne ihn wäre ich nichts, durch ihn habe ich gelernt, stets in Liebe zu sein, stets an meine Mitmenschen zu denken, ihnen weiterzugeben, was ich fühle. Ich liebe dich von ganzem Herzen, mein Vater und schenke dir meine ganze Liebe, frohe Weihnachten, Daddy.«

Tränen der Freude flossen. Ja, und dann tat Sirano etwas, was uns alle sehr bewegte.

Er stand da und breitete nun auch seine Arme aus und sagte: »Erde, geliebte Erde, blute nicht mehr, nein, öffne dich dem ewigen Licht, empfange es. Dieses Licht wird dich heilen von all deinen Wunden, die du trägst. Es soll nur Frieden herrschen auf Erden, dies Licht soll uns verbinden mit Sirius, ja, das ganze Universum wird stets bei euch sein, geliebte Erdenbrüder und Schwestern.«

Lange stand er da. Es waren sehr bewegende Worte. Ja, Sirano, er war einer von uns, er hat uns alle überzeugt, kein Wunder, er war ja mein Sohn. Seitdem wich ich nie mehr von seiner Seite.

Als wir wieder auf Sirius eintrafen, feierten wir – was wohl? Weihnachten! Und mein grösstes Geschenk, das ich bekam, die Liebe, das ewige Licht von meinen geliebten Freunden auf der Erde und auf Sirius, das reichte mir vollkommen.

Tircano, der Bruder von Tabor

Wir befanden uns schon Tage auf Sirius, wir feierten ebenfalls Weihnachten. Aber wir schenkten uns nichts im materiellen Sinne, nein, wir tauschten Gedanken aus, waren wirklich glücklich, zündeten Kerzen an. Unsere Weihnachtslieder waren himmlisch.

Später war ich ganz alleine draussen. Ich betete.

»Lieber Michael, Samuel und Spirit, Schöpfer dieses Universums, ich liebe meine Freunde sehr, zu sehr. Bitte antworte mir, was kommt noch auf uns zu?«

Ja, und eine Stimme antwortete mir: »Mein lieber göttlicher Siriano, du bist einer von denen, die ich sehr liebe, du bist ein Teil von mir, sei stets froh und heiter, du bist einmalig, deine Reisen werden eines Tages noch bekannter werden. Du bist vollkommen, dein Licht leuchtet wie das ganze Universum. Stets bin ich bei dir, sorge dich nicht. Erhebe dich, deine Freunde brauchen dich, du wirst bald nach Australien gehen. Ich weiss, was du für einen Auftrag hast, löse ihn wie immer, denn auf dich hoffe ich. Gehe in Frieden dorthin, und, Siriano, noch eines, auch in Australien befindet sich ein Sternentor. Du wirst es erkennen, gehe in meinem Namen dorthin, löse alles Negative und ich werde es dir danken. So gehe in Frieden, Siriano, denn ich liebe dich von ganzem reinem Herzen.«

Ja, ich war innerlich sehr ruhig, denn ich hörte den Allmächtigen, wie er zu mir sprach, dies ist nicht allen möglich, nein, ich erinnere mich. Einst sprach Moses zu Gott und Gott antwortete ihm. Denn Moses war eng verbunden mit Gott, dem Allmächtigen Vater, dem Vater aller Völker im Universum. Ich stand auf, zupfte meine Kleider zurecht. Sirano stand hinter mir, unbeweglich.

»Oh Sirano, ich bin sehr überrascht.«

»Vater, mit wem hast du geredet?«

»Sag bloss, du warst schon lange hinter mir?«

»Oh ja, verzeih mir, denn ich sah dich nicht mehr, ich dachte, du wärst irgendwo eingeschlafen.«

»Nein«, lächelte ich ihn an. »Sirano, es ist kühl, ziehe dir oben etwas an und tue nicht das gleiche wie Tabor, er ist manchmal unvernünftig.«

»Ja«, lachte Sirano, legte eine Hand auf meinen Rücken und wir gingen ins Haus zurück.

»Siehe einer an, Siriano gibt es auch noch.«

»Tabor ich sehe, dir mundet der Wein zu sehr, ich hoffe du kennst deine Grenzen oder?«

»Ja, gewiss, aber es ist Weihnachten auf Sirius und da mache ich eben eine Ausnahme.«

»Ich akzeptiere es, Tabor«

Die gläserne Türe ging auf und Segodan stand im Raume.

»Segodan, möchtest du gerne einen Becher Wein?«

»Was feiert ihr denn?«

»Oh, Weihnachten.«

»Weihnachten?«

»Ja«, meinte Sandrino, »das Fest der Liebe und des Friedens, denn an diesem Tage ist Sananda geboren, einer von uns.«

»Oh, dann muss ich mitfeiern.«

Sadmos goss sich zu viel Wein ein, ich hinderte ihn dann daran.

»Nicht zu viel, mein Bruder, ich bitte dich.«

»Oh ja, Siriano, ich höre nun auf damit und trotzdem möchte ich meinen Becher erheben. Meine Freunde, ich möchte auf das Wohl meines Bruders trinken, ihm gebührt Dank und ich meine, euch zu sagen, ich liebe ihn.«

»Danke, Sadmos, auch ich liebe dich von Herzen.« Dann fragte ich neugierig: »Sandrino, wo ist eigentlich Dario?«

»Ich weiss es nicht.«

»Höret meine Freunde, also wir begeben uns in sieben Tagen wieder auf die Erde, ihr wisst, um was es geht. Segodan übrigens, warum bist du hier?«

»Ach ja«, meinte er, stand auf und richtete sich. »Verzeih, Siriano, ich sollte Ankunft melden.«

»Ankunft?«

»Ich vergass es, Besuch von den Plejaden.«

»Von den Plejaden? Wer besucht uns zu später Stunde? Und warum hat man ihn ohne mein Wissen hereingelassen?«

»Weil wir euch nicht stören wollten.«

»Das ist nett. Trotzdem, Segodan, für das nächste Mal bitte ich dich, möchte ich es frühzeitig wissen.«

»Tut mir Leid, Siriano.«

»Ist schon gut, dann melde den Besuch jetzt an.«

»Es ist ein gewisser Tircano.«

Tabor richtete sich auf.

»Oh nein, das darf nicht wahr sein.«

»Na, ich sehe, du bist unruhig, mein bester Tabor, was macht dich so ängstlich?«

»Ich sollte euch besser informieren, es ist besser so. Ich habe euch belogen. Ich sagte einst, ich hätte nur eine Schwester, doch das ist nicht wahr, denn Tircano ist mein Bruder, er war für zwei Jahre auf Uranus. Dort musste er Arbeiten verrichten. Tircano ist ein Draufgänger. Ich weiss nicht, warum er nun hier auf Sirius ist, ich bin ahnungslos.«

»Das sieht man dir an, Tabor. Nun, wie dem auch sei, begrüssen wir ihn.«

Segodan rief: »So tretet vor, Besucher.«

Wir alle sahen hin. Ein grosser, stattlicher Plejadier in einer leuchtenden blauen Rüstung kam auf uns zu, seine Augen funkelten.

»Sieh an«, meinte er, »hier sonnt sich mein Bruder Tabor, schön dich zu sehen.«

»Ja, gewiss«, meinte dieser lächelnd. »Doch hast du den plejadischen Anstand völlig vergessen?«

Er verneigte sich vor mir.

»Sei gegrüsst, edler Siriano, Herrscher des Universums.«

»Mann, der übertreibt vielleicht«, lachte Dario.

Aritos hielt ihm den Mund zu.

»Ich grüsse dich, Fremder mit Namen Tircano, so wie ich vermute, seid Ihr ein Bruder meines Freundes Tabor?«

»Ja, so ist es. Seid gegrüsst, Freunde des lichtvollen Siriano.«

»Genug geplappert«, meinte nun auch Sirano, »setzt euch und geniesst mit uns Weihnachten.«

Er bekam einen Becher Wein und trank ihn in einem Zuge.

»Bitte verzeih«, flüsterte mir Tabor zu, »aber er ist noch daran, Anstand zu lernen, ja?«

Ich grinste.

»Geht klar.«

»Setzt Euch bitte, Tircano, ich habe meinen Freunden noch etwas zu berichten.«

»Ja, bestimmt.«

»Nun, bevor ich mich unserem Gast widme, noch eines meine Freunde, wir begeben uns also in sieben Tagen nach Australien.«

»Ihr wisst, ihr werdet alle dabei sein, doch die Frauen werden hier bleiben. Ich brauche jeden Mann, denn ich hatte gesagt, diesmal wird es nicht so leicht, aber ich werde euch später berichten, warum.«

»Na«, meinte Tircano kühn, »ich weiss, um was es geht.«

Wir sahen ihn erstaunt an.

»Kann nicht sein«, bemerkte ich.

»Oh, sehr geschätzter Siriano, ich war zwei Jahre auf Uranus und ich weiss, worum es geht.«

»Oh, ich vergass, ja.«

»Ja, sagt mal«, meinte Sandrino, »gewiss weiss Aritos Bescheid und ihr beiden, aber glaubt ihr etwa wir schlafen besser, wenn wir es nicht wissen? Wir werden uns Sorgen machen, vergesst das nicht.«

»Na gut«, meinte ich, »dann ist es wohl besser, ich erzähle, was ich weiss, oder möchtet Ihr erzählen, Tircano?«

»Ja, gerne.«

»Es beläuft sich so, euch ist bestimmt Ayers Rock ein Begriff, oder nicht?«

»Gewiss«, meinte Sanos. »Dieser gewaltige Felsen, oder Berg.«

»Richtig. In ihm ist ein Geheimnis verborgen, das die Bewohner von Australien nicht erahnen. Schon sehr viele Menschen verschwanden darin, man fand keine Spur von ihnen. Es befindet sich in Ayers Rock an einer gewissen Stelle ein Tor in eine andere Dimension. Aber dies ist nicht alles, eine uns fremde Zivilisation lebt im Inneren von Ayers Rock, sie entführen Menschen, sie sind gegen die Gesetze des Universums, wir konnten sie nie ausfindig machen, weil sie sehr raffiniert vorgehen. Sogar Sirius, wie ich weiss, hat es nie geschafft.«

»Hm« überlegte Sandrino, »und wie nennen sich diese Kreaturen?«

»Oh, ich wage es nicht auszusprechen. Es sind Ebos, ihre Raumschiffe sind zuoberst auf Ayers Rock, noch kein Mensch traute sich bis jetzt dorthin, Flugzeuge der Menschen sehen die Basis nicht, denn sie sind getarnt. Nur wir können diese Kreaturen ausfindig machen, mit einem genialen Sirianer, mit Siriano. Er hat eine Kraft in sich, die uns hilft. Diese Kreaturen kommen von Pluto, der dunklen Seite von Pluto. Gewiss, es befinden sich dort auch friedliche Völker, doch sie wissen nicht, wie sie mit den Kreaturen der anderen Seite ihres Planeten zurechtkommen sollen. Wir müssen einschreiten, bevor sie noch mehr Menschen entführen. Dies ist mein Wissen, meine Freunde von Sirius, ja.«

»Ist es so wie er sagt, Siriano?«, fragte Ariana.
»Ja, Tircano hat die Wahrheit berichtet.«
»Darum muss ich mehr Leute mitnehmen, es werden drei Mutterschiffe auslaufen, ein Grossaufgebot, aber ich bitte euch, sorgt euch nicht, es wird alles gut gehen, denn wir sind beschützt, ja?«
Zufrieden nickten sie alle.

»Doch nun zu Euch, Tircano, aus irgendeinem Grunde besucht Ihr doch Euren Bruder oder nicht?«
»Siriano, aus diesem Grunde kam ich hierher. Ich bekam den Auftrag, Ayers Rock zu besuchen. Und ich wollte meinen geliebten Bruder Tabor darum bitten, mir dabei zu helfen.«
»Oh, dann geht das alles in einem«, meinte Dario.
»Das heisst also, Ihr werdet mit uns kommen?«
»Gewiss, ich weiss, wie man mit diesen Kreaturen umgehen muss.«
Ich wurde unruhig. Ich wusste, was in Tircano vorging, ja. Deshalb schwieg ich.
Kurz darauf gingen wir zu Bette. Tircano bekam ein Zimmer und war nun bis zu unserem Abflug bei uns, er wollte mit und kam auch mit. Die Zeit ging schnell vorbei. Der Tag nahte.

Die drei Mutterschiffe wurden beladen, kontrolliert und die Mannschaften gingen an Bord. Ich verabschiedete mich von Sarina, Ariana und Menos Schwestern, sie hatten Tränen in den Augen.
»Sorgt euch nicht«, sprach ich zu ihnen. »Denn wir kehren zurück mit Geschenken.«
Wir umarmten uns und begaben uns dann in unser Raumschiff. Meine Freunde waren da, sie warteten nur darauf, dass ich mich hinsetzte.
»Segodan, bitte starte.«
»Sanos, mittlere Stufe.«
»Senaja, Lichtgeschwindigkeit Nummer 4.«
»Meine Freunde setzt euch.«
Dann hob sich das Raumschiff hoch, hinter uns zwei weitere. Sie folgten uns. So ging es von neuem los, in ein neues Abenteuer.

Wir gelangten bald zu unserem Sternentor. Tircano stand neben seinem Bruder Tabor, sie sahen uns zu.

»Siriano«, meinte Tabor, »ist es denn ein Risiko?«

»Oh, bestimmt nicht, aber eine harte Aufgabe, es wird nicht leicht werden. Man hat uns darum gebeten, Ayers Rock nicht zu zerstören. Es ist ein Wahrzeichen dieses Landes und wir werden dementsprechend auch nichts unternehmen. Nur, die Ebos müssen vertrieben werden.«

»Ich nehme an, sie werden uns orten, oder?« bemerkte Sanos.

»Ja, gewiss, sie sind schlau. Aber wenn wir sie erwischen, ist alles okay. Also ruht euch aus, ich werde ebenfalls ein bisschen schlafen, aber hier.«

Meine Freunde waren hier, niemand ging in ein Gemach, nein. Wir waren hundemüde. Uns stand noch sehr viel bevor. Wir schliefen alle zusammen einige Stunden, bis man mir meldete, wir seien in zwei Stunden auf der Erde. Ich zog mich an und ging geradewegs zu Sanos, der das Mutterschiff steuerte, hinter uns waren die beiden anderen Mutterschiffe, sie folgten uns langsam.

»Sanos, schalte das Magnetfeld ein, ja?«

»Ja, Sir, gerne, Sir.«

»Was soll das, Sanos?«

»Oh, hab ich mal in einem Film gesehen.«

»In einem Film! Willst du damit sagen, dass unser gemeinsamer Freund Dario Videos von der Erde besitzt?«

»Oh, ich dachte, du weisst es, Siriano.«

»Ich weiss sehr viel, aber das ist der absolute Hammer. Ich werde, wenn wir wieder auf Sirius sind, mal sein Gemach genau untersuchen, bald reicht es mir! Und du, mein lieber Sanos, wirst dich hüten, bei Dario jemals noch Videos anzuschauen, okay?«

»Bestimmt, Siriano, ich merke es mir, sei beruhigt, es kommt nicht wieder vor.«

»Na prima!«

»Wir nähern uns der Erde auf 150. 000 Kilometer, Siriano.«

»Okay danke, wo sind meine Freunde?«

»Oh, pennen bestimmt noch weiter, ähem, ich meinte, sie schlafen wohl noch. Siriano, soll ich sie wecken?«

»Ja, bitte, gebe es durch.«

»Das tue ich sofort. Hallo, Achtung an alle, bitte in die Kommandozentrale kommen, aber los! War das so richtig?«

»Danke«, lachte ich.

Es dauerte nicht lange und man kam aus den Räumen. Dario war halb nackt.

»Ich sagte, alles fertig, Dario, was soll das? Willst du unser Schiff so verlassen?«

»Siriano, ich finde es toll so.«

»Dario«, sagte ich laut und sah ihn ernst an, »bitte ändere erstens deine Redensweise und zweitens, hattest du mir nicht was versprochen?«

»Oh Mann, stimmt ja.«

»Na gut, ich möchte vorläufig nichts hören, aber falls ich dich sprechen will, sage ich es dir früh genug. Bitte Freunde, macht euch bereit, wir nehmen Kurs auf Australien, es dauert nicht mehr lange. Segodan, welche Zeit haben wir in Australien?«

»Gegen Abend, so 20 Uhr.«

»Tolle Zeit zum Nacktbaden«, hörte ich Dario sagen.

»So und nun reicht es!«

Ich selbst schnappte mir Dario und sperrte ihn in seine Kammer ein.

»Mann, lass mich raus, ich sag doch nichts mehr, Siriano.«

Ich rief nur zu ihm: »So und nun hast du genug Zeit, um zu darüber nachzudenken, was für einen Unsinn du zusammenredest, klar?«

»Bitte, Siriano, lasse mich raus.« Er polterte an seine Türe.

»Du kannst so viel Krach machen wie du willst, ich habe jetzt genug, okay? Mach's gut.«

»Ihr beiden«, wies ich zwei Sirianer an, »bewacht die Eingangstüre, okay?«

»Ja, Siriano, geht klar.«

Ja, so war ich sicher, dass er nicht verduftete.

»Freunde, seht nur, der Ayers Rock.«

»Oh ja, gewaltig«, meinte Sadmos.

Aritos und Sandrino schauten hin.

»Gewaltig, was?«

»Aber wir können vorläufig nicht operieren. Bitte gib den beiden Raumschiffen durch, Sanos, sie sollen nichts unternehmen, sondern darauf warten, wie ich entscheide.«

»Ja, alles klar, Siriano.«

Wir sahen den gewaltigen Felsen genauer an.

»Rotes Licht bitte, Segodan, ich möchte die obere Fläche genauer sehen, ja?«

»Oh, sieh nur, Aritos, Spuren von Raumgleitern.«

»Ja, ich sehe sie sehr deutlich.«
»Was meinst du?«
»Seltsam, es sind keine Raumgleiter der Uraner, eher würde ich sagen von Bewohnern von Pluto. Wir verstehen ihre Sprache nicht. Ich sehe drei kleine Raumschiffe von ihnen. Siriano, es tut mir Leid, aber es gibt keinen unter uns, der diese Sprache versteht, ausser einem.«
»Und der ist?«
»Siriano, du weisst es, du hast ihn vorhin eingesperrt.«
»Oh Mann, ich bitte dich, Aritos.«
Meine Freunde lachten.
»Du musst ihn holen lassen, Siriano.«
»Na, wer hat das gesagt?«
»Entschuldige, ich dachte, du möchtest gerne wissen, was diese Pluto-Bewohner vorhaben. Ich meine, sie sind zu nah an Ayers Rock herangekommen. Ich mache jede Wette, die werden gleich verschluckt.«
»Aritos, wir sollten sie warnen!«
»Ja, unbedingt, wir können nicht zusehen, wie sie quasi entführt werden von den Uranern, ich bitte dich, Bruder.«
»Na gut Tabor, hole bitte Dario her.«
»Haha, mit dem grössten Vergnügen, Siriano.«
Tircano meinte zu seinem Bruder: »Soll ich dich begleiten, oder kannst du diese Kratzbürste selbst holen?«
»Mach ich mit links«, grinste Tabor.
Ja, wir sahen genau hin, nichts geschah. Nur die kleinen Raumschiffe umkreisten dauernd den Felsen.
»Haha, ich dachte es mir, ihr braucht mich«, hörte ich hinter mir Dario.
»Dario, die Lage ist ernst, komme her.«
»Ja, Siriano, na, wie geht's?«
Ich gab ihm einen leichten Tritt.
»Los, verständige dich mit ihnen, warne sie vor der Gefahr.«
»Was für eine Gefahr?«
»Ja, muss ich dir alles drei Mal erklären?«
»Nein bestimmt nicht, bin doch nicht blöde, Mann, na gut, ich tue es.«
Dario begann nun mit der Kommunikation mit den Insassen der Raumschiffe der Pluto-Bewohner. Und nun sprach er eine seltsame

Sprache, teils war es ein Quietschen, teils ein Brunften. Sadmos, Sanos, fast alle lachten sich kaputt.

»Hört auf«, meinte ich ernst, musste mir jedoch selbst das Lachen verbeissen. Das klang, als ob Donald Duck sprach. Sirano weinte vor Lachen.

»Siriano, sie melden sich«, jubilierte Dario, »ich kann sie jedoch nicht auf den Monitor kriegen.«

»Warum nicht?«

»Oh, keine Ahnung, vielleicht haben sie ihren nicht eingestellt.«

»Na, dann melde es ihnen, Dario, ja?«

»Jaja, ruhig Blut, Siriano, ja?«

Er sprach abermals. Ich vermute, die gesamte Mannschaft unseres Raumschiffs bog sich vor Lachen. Dann ging der Monitor an. Es waren kleinwüchsige Leute, sie sahen irgendwie lustig aus.

»Was soll ich jetzt sagen?«

»Warne sie, dass sich auf dem Ayers Rock eine Station der Uraner befindet, und sage ihnen, dass sie sich schnellstens entfernen sollen.«

»Ja, okay.«

Dario schnatterte los. Sirano wälzte sich am Boden vor Lachen, so was hatte er selten gehört. Aritos wandte sich Sadmos zu und sie konnten sich bald nicht mehr halten.

»Danke«, lachte ich, »was meinen sie?«

»Oh, sie sagten, sie wüssten, was hier los ist, die Uraner hätten ein Raumschiff von ihnen gekapert.«

»Darum also!«

»Sieh nur, sie entfernen sich, Daddy«, meinte Sirano zu mir.

»Siriano«, sagte Segodan, mein Bordkommandant, »sieh nur, man hat uns gesichtet, was passiert denn da?«

Der Boden öffnete sich, wir sahen eine Laserkanone.

»Weg hier, los«, meinte ich.

Der Schutzmantel wurde aktiviert und alles prallte ab.

»Also, die sind vielleicht unterentwickelt«, bemerkte Dario.

»Ich wüsste nicht, dass ich dich etwas gefragt hätte, Dario, ja?«

»Ja, Sir, immer, Sir«, grinste Dario mich an.

Ich blickte ihn an.

»Wenn das hier vorbei ist, Dario, dann unterhalten wir uns mal in einer anderen Sprache.«

Er sah mich entsetzt an.

»Segodan, lasse zwei kleine Raumschiffe hinunter, aber langsam, wir werden es uns genauer ansehen.«

»Wie bitte?«

»Tue, was ich anordne. Macht euch bereit, wir steigen um, okay?«

»Meinst du das ernst, Siriano?«

»Ja, sicher.«

»Oho, unser lichtvoller Siriano ist lebensmüde«, meinte Dario.

»Noch was, wir werden zwei Raumschiffe nehmen, ich nehme mit Dario eines und ihr hinter uns.«

»Bitte was, ich mit dir alleine?«

»Ja, Dario, du wirst deine Tapferkeit unter Beweis stellen, du wirst in den Eingang fliegen.«

»Ich soll was bitte?«

»Ja, du hast richtig gehört!«

»Kommt gar nicht in Frage, Siriano.«

»Oh, du weigerst dich?«

»Ja, irgendwie schon, so kann man das nennen.«

»Tabor, sperre ihn bitte wieder ein.«

»Ja, sehr gerne, Siriano!«

»He halt«, meinte Dario, »na gut, ich werde es tun. Oh Mann, helft mir, meine Götter, denn Siriano weiss nicht, was er tut, ich bin nur sein Handlanger, also betet für mich.«

Man lachte nur.

»Angsthase«, meinte Arco.

»Bin ich nicht Atlanter, lass mich bloss in Ruhe.«

Wir stiegen also um, dann ging's hinunter. Vorsichtig näherten wir uns dem gewaltigen Felsen.

»Ich spüre nichts, Siriano, ich glaube niemand ist hier.«

»Witzbold, ist der Felsen wohl von ganz alleine aufgegangen an der Stelle?«

»Oh, kann sein, ich vermute es«, meinte Dario. »Ich glaube, hier wohnt Ali Baba.« Er zitterte.

Bei uns befanden sich ausserdem noch Aritos, Sandrino und Sanos. Arco, Menos, Tabor, Sadmos, Martin sowie Tircano befanden sich in dem anderen Raumschiff. Sirano war noch bei uns, so gingen wir vorsichtig um den Felsen.

»Seht euch die Felswände sehr genau an, wir müssen einen anderen Eingang finden.«

»Siriano, es ist zu gefährlich, wir wissen nicht, wie viele da sind, meinst du nicht auch?« Aritos sah mich an.

»Gewiss, doch wissen wir es bald, Laserstrahl auf diese Stelle richten, Sanos.«

»Ja, gut.«

Wir schossen einen Eingang frei und tauchten dann in den Felsen hinein.

»Mann, das ist dunkel hier drinnen«, meinte Aritos.

Dario zitterte immer noch und sang: »Kleines Taschenlämpchen, brenn doch bitte!«

»Hör auf«, meinte ich zu ihm, »es kann gar nichts passieren, ja?«

»Kommen wir je wieder hier heraus, Siriano?«

»Wenn du nicht aufhörst, bestimmt nicht, stelle dich nicht so an.«

Dario sah mich entsetzt an. So hatte er mich noch nie erlebt.

»Aritos, dein Bruder Siriano ist verrückt.«

»Nein, ist er nicht.«

Dann sahen wir sehr viel Licht. Es kam von einer riesigen unsichtbaren Kuppel, darin befand sich eine kleine Stadt.

»Was ist denn das?«, fragte Sandrino.

»Eine Stadt, was denn sonst?«

Ich sprach mit Tabor.

»Tabor, seid nun langsam, ja?«

»Ja, ich sehe es, Siriano.«

»Na gut, verhaltet euch ruhig bitte!«

Wir näherten uns sehr langsam der Kuppel.

»Es scheint, es ist niemand hier«, meinte Dario, »die halten bestimmt Siesta«, flüsterte er.

Ich lächelte geheimnisvoll.

»Wir steigen aus!«

»Wir steigen aus?! Oh nein«, jammerte Dario. »wäre ich doch bloss auf Sirius geblieben, hier stimmt was nicht!«

»Halt bloss deine Klappe, der Gegner hört bereits deine Zähne klappern.«

»Ja, ich höre auf«, versprach er und war nun sehr leise. Er hatte Angst. Sehr sogar.

»Na wie geht's, Dario?«, meinte Tabor aus dem anderen Raumschiff.

»Halt bloss die Klappe!« Dario war ärgerlich und sah sich nur um.

Da erschien plötzlich eine grosse Gestalt.

»Halt«, sagte sie, »wer seid ihr?«

Ich nahm mich zusammen.

»Ich bin Siriano, oberster Kommandant der sirianischen Sternen-Flotte, ich nehme an, wir haben es mit Uranos, dem Führer der Uraner zu tun?«

»Gewiss, Siriano, sei gegrüsst, wie kommst du in unser Reich? Du weisst, es ist verboten, zu uns vorzudringen.«

Aritos, Sandrino und ich sahen uns nur schweigend an.

»Psst, Siriano, ich habe das Gefühl, die haben etwas vor«, schlotterte Dario vor uns.

»Ja, merke ich auch.«

»Ich sehe aber keine gekaperten Schiffe von Pluto«, meinte Dario.

»Oh, die wirst du gleich sehen«, meinte ich.

»Höre, Siriano«, sprach jemand, »begebe dich bitte wieder hier heraus, doch haben wir einen Wunsch, wenn wir es so ausdrücken wollen: Wir behalten einen von euch hier und schwören, dass wir dafür die Menschen in Ruhe lassen.«

Meine Freunde stiegen alle aus. Dario zitterte gewaltig. Tabor kam zu mir.

»Siriano bitte, siehst du nicht ...!«

»Nein«, meinte ich, »ich höre dem obersten Führer der Uraner aufmerksam zu, dein Wunsch wird mir Befehl sein. Es soll so geschehen. An wen denkst du denn, Uranos?«

»Oh, ich sehe stattliche Sirianer, ich sehe mir deine Männer genauer an.«

»Warum kommt er nicht vor?«, meinte Dario.

»Ich weiss es nicht.«

»Ich hab mich entschieden, grosser Siriano, ich sehe einen, den wir gut gebrauchen können.«

Wir sahen alle hin. Tabor sah mich seltsam an.

»Siriano, was soll das Ganze eigentlich? Es kommt mir irgendwie seltsam vor.«

»Na, sei leise, Tabor«, lächelte ich.

Aritos und Sandrino standen schweigend da.

»Und für wen hast du dich entschieden, Uranos?«

»Diesen Mann neben dir, links.«

Dario wurde kreidebleich.

»Ich? Nein, Siriano, nein, das kannst du nicht tun, ich bitte dich, nein, ich flehe dich an, bitte! Bitte nicht, ich habe Angst, ich habe euch doch alle so lieb, ich bessere mich, wo ich kann!«

Sirano sah mich gross an.

»Vater, nein! Ich gehe an seiner Stelle.«

»Oh nein, Sirano, ich brauche dich noch. Das geht nicht, ich brauche fähige Männer, die keinen Unsinn machen und voll dabei sind, verstehst du?«

Dario sah mich entsetzt an.

»Siriano, ich habe dich immer geliebt, aber jetzt muss ich wohl umdenken und zwar sofort, das verzeihe ich dir nie, oh nein!«

»Nun, Siriano, wir kommen hervor und nehmen uns das, was du uns anbietest, ich danke dir, so sind wir zufrieden.«

»Ja, ist in Ordnung.«

Dario versteckte sich hinter mir. Es kamen vermummte Gestalten auf uns zu.

»So ein Mist«, schrie Dario.

»Höre«, flüsterte ich ihm zu, »bist du gewillt, endlich ein Sirianer zu sein? So wie es sich gehört, Dario?«

»Oh ja, Siriano, ich erfülle dir jeden Wunsch, aber liefere mich nicht aus, ich bin sonst ein Nichts, ein Nichts, Siriano.« Der Schweiss stand ihm auf der Stirn. Der Kapuzenmann kam näher.

»Dann begebe dich zu uns, Fremder namens Dario.«

»Nein, nein, Siriano, bitte.«

Ich sprach ruhig auf den Vermummten ein.

»Höre Uranos, mein Freund, sagte mir, er möchte ein richtiger Sirianer sein, kannst du das verstehen?«

»Oh ja, würdest du ihn denn wieder bei dir aufnehmen, Siriano?«

»Ja, gewiss, aber unter einer Bedingung, er sollte sich dringend ändern und lichtvoll werden.«

Dario ging auf den Kapuzenmann zu.

»Hm, irgendwie kenne ich diese Stimme, Mann.« Er riss ihm die Kapuze herunter.

»Nein, nein, was soll das nur?«

Vor ihm stand Martin.

»Wollt ihr mich alle vereiern?«

»Siriano soll das ein schlechter Scherz sein?«

Jetzt fing ein Lachen an, das nicht mehr aufhörte. Dario stampfte herum, er war wild.

»Warum habt ihr mir das angetan?«

»Oh, es war alles geplant, mein Bester, ich wollte dich einschüchtern für alles, was du bis jetzt getan hast. Du hattest mir etwas geschworen, meine Freunde wussten es, sie waren alle eingeweiht, es tut mir Leid, Dario, dass ich dies alles inszenieren musste, nur so kann man dich ändern.«

Dario steckte der Schrecken noch in den Gliedern, er stand da wie ein Häufchen Elend.

»Nein, ich kann mir das nicht bieten lassen«, meinte er dann und kam drohend auf mich zu.

»Oh nein, Dario untersteh dich.«

Unmittelbar hinter mir befand sich ein kleiner See.

»Siriano, es tut mir sehr weh, es zu tun, ich liebe dich ja so sehr, du bist so lichtvoll und von reinem Herzen, du hast mich so in die Irre geführt und ich glaube, das hätte jetzt jeder deiner Freunde getan, wage es nicht mehr, mich so zu erschrecken – ich will nur eines wissen, wie hast du das alles geschafft?«

»Oh, ein leichtes Spiel, mein Bester.«

»Ja, und dies nun ist auch ein leichtes Spiel!« Er schubste mich und ich flog in den See.

Meine Freunde sahen entsetzt zu, mit so was hätten sie nie gerechnet, nein, doch dann fingen alle an zu lachen. Prustend kam ich hoch. Ich war baff, ja, lachte dann aber selbst herzhaft. Wir lachten lange.

»Nun«, meinte ich, »das war das Geheimnis von Ayers Rock, für unseren geliebten Dario. Was er wirklich für ein Geheimnis hütet, behalte ich für mich, aber es soll dir eine Lektion sein, Dario, ja?«

»Ja, dir auch, Siriano.«

An Bord des Mutterschiffes lachte man immer noch, Dario jagte allen hinterher. Ich war umgezogen. Dario hatte gelernt, aber dennoch hatten wir eine Aufgabe, die es zu lösen gab, nämlich Mexiko, dies war das eigentliche Ziel. Dort sollten wir ebenfalls ein Sternentor öffnen und armen Menschen helfen, Unterkünfte zu bauen. Das Elend dort war verheerend.

So begaben wir uns also auf die Reise nach Mexiko. Dario sah mich oft an, er durfte nicht mehr daran denken, ich lachte nur. Manchmal kam er und balgte herum. Es war ihm eine Lehre, aber wie lange würde er so ruhig bleiben? Was erwartete uns noch von ihm? Wir schlossen Wetten ab.

Jose und die geheimnisvolle Insel

Dario verhielt sich erstaunlicherweise ruhig. Er sass auf seinem drehbaren Stuhl, schaute die ganze Zeit hinaus und sah sich alles an. Er wirkte sehr ruhig und lächelte manchmal zu uns hinüber. Ich wollte dennoch wissen, was in ihm vorging, brütete er wieder irgendetwas aus? Ja, man konnte ihm echt nicht trauen, diesem Schlawiner. Doch nichts passierte.

»Aritos, mein Bruder, bald sind wir in Mexiko, freust du dich?«

Er schaute mich an, sah Dario an und dann wieder mich.

»Oh ja, bestimmt.«

Nach vielen Stunden meinte Dario plötzlich: »Siriano, ich habe eine Frage.«

»Wunderbar, du redest mal wieder, bist du mir immer noch böse?«

»Oh nein«, gab er zur Antwort, »aber du wolltest eigentlich ein Versprechen halten, mein liebster Siriano.«

»Was ist denn jetzt wieder in dich gefahren?«

Dario sah mich an, als ob er sagen wollte ›du weisst genau, um was es geht‹, doch ich musste ihn nun fragen.

»Na gut, Siriano, ich erinnere mich, dass du einmal zuhause sagtest, du wärst einmal mit Aritos auf einer Insel gewesen, wo es anscheinend Saurier gibt und so manches Zeug. Und so wie ich mich noch besser erinnern kann, sagtest du auch, wir würden dorthin fliegen. Aber nein, es muss Mexiko sein. Was habe ich davon?«

Ich sah ihn fragend an. Meine Freunde blickten mich neugierig an.

»Gewiss es tut mir Leid«, gab ich zur Antwort. »Aber Dario, jeder kann mal etwas vergessen.«

»Jaja«, meinte er, »auch der grosse Siriano.«

Ich behielt die Nerven, nein, ich regte mich nicht mehr unnütz auf.

Aber ich sagte schliesslich zu ihm: »Dario, hör zu, ich verspreche es dir, wir werden dort hinfahren, doch Aritos, Sadmos, Sandrino und ich haben in Mexiko noch etwas zu tun, du musst dich halt etwas gedulden, ja?«

»Und wie lange, bitte?«

»Na weisst du was, wir fliegen zur Insel, setzen dich dort ab und holen dich wieder ab, okay?«

Entsetzt sah mich Dario an.

»Was? Du willst, dass ich ganz alleine mit diesen Monstern bin? Die fressen mich auf und ihr findet nur noch Knochen von mir! Das hast du dir fein ausgedacht, Siriano, bestimmt nicht, ich bin doch nicht blöde.«

»Ja, das wissen wir, viel eher etwas dumm«, kam es überraschend von Tabor.

»Bitte?«

Dario sprach nicht mehr, schon wieder.

»Ich bin froh, dass wir Ruhe haben«, meinte Tabor. »Endlich mal Ruhe vor diesem Gequassel.«

Dario schwieg immer noch.

Dann meinte er cool: »He Tabor, ich weiss, ich rede und rede, aber du, mein Bester, gehst uns auch auf den Wecker, dauernd neben Siriano, hältst dich wohl für den Besten was? Du bist so intelligent, dass du Siriano dauernd brauchst.«

Tabor musste sich zusammennehmen.

»Diese kleine Kröte«, schimpfte er.

»Tabor bitte, du musst ihn auch nicht herausfordern«, meinte Sanos zu ihm.

»Gewiss, aber er ist bekannt für seine Sprüche.«

»Bitte gebt Ruhe, ihr wisst, ich liebe das nicht«, mischte ich mich ein.

Sie schwiegen.

»Schaut nur, dort unten, Acapulco.«

Ja, sie sahen es.

»Herrlich, bitte Siriano, kann ich nicht an den herrlichen Strand?« Dario sah mich bittend an.

»Haha«, lachte Sandrino, »willst du irgendjemand anmachen mit deiner Figur?«

»Mann«, empörte sich Dario, »jetzt reicht es mir echt, halt bloss deine Klappe, Sandrino. Du und Tabor, ihr habt es irgendwie auf mich abgesehen.«

»Ruhe bitte«, sagte ich ruhig.

Sie hörten auf.

»Ist doch wahr«, meinte Dario noch.

»Auch du, Dario, ja?«

»Okay, ich schweige, aber glaube ja nicht, ich lasse mir das gefallen, Siriano.«

»Segodan, bitte tiefer.«

»Tiefer?«
»Ja, Dario hat einen Wunsch, er soll ihm erfüllt werden.«
»Oh Mann, ich glaube es nicht.«
»Ich weiss einen Ort, da ist kein Mensch, da kommt auch kein Mensch hin, dort werden wir halt dir zuliebe etwas baden. Doch Freunde, zur Sicherheit tragen wir solche Badehosen wie die Menschen, dann merkt niemand etwas.«
Dario hatte grosse Freude. Er schlüpfte in eine blaue Badehose und stand vor uns bereit. Das Raumschiff senkte sich und wir stiegen in ein kleineres um.

Wir alle gingen später von Bord. Vor uns das kristallblaue Meer, man konnte bis zum Grunde sehen.
»Herrlich, seht nur«, meinte Dario und hechtete als Erster ins Wasser.
»Er ist richtig wild und ungestüm, manchmal kann man ihn nicht halten«, grinste ich.
Wir wirkten wie Menschen, ja, wie Menschen, die baden.
»Ich komme mir so seltsam vor«, meinte Tabor.
Er sah stattlich aus und schritt langsam ins Meer, das sah nun Dario.
»Hm, ist der wasserscheu?«
Er schwamm etwas näher an Tabor heran. Dann spritzte er ihn voll an.
»Oh nein, du Dummer!«
Ich schüttelte den Kopf, woher hatte Tabor nur diese Worte gelernt? Sollte etwa Dario ihm …! Oh, bestimmt nicht, überlegte ich rasch. Wir begaben uns alle ins Meer. Es war wirklich herrlich, Dario hatte Recht. Wir hatten es sehr lustig. Sirano und Dario tollten wild herum. Sie waren übermütig.
»Mann, das tut gut«, lachte Sirano.
Ich sah ihnen zu. Die Sonne war herrlich, hier vertragen wir die Sonne ebenfalls. Wir mussten dennoch aufpassen, weil wir ja schon so braun waren, dass wir nicht noch brauner wurden. Sonst würden wir aussehen wie ein Toastbrot, meinte Martin. Nun kam Dario aus dem Wasser, in seinen Händen zappelte ein grosser Fisch.
»Schaut her, ich hab einen gefangen, Hurra!«
»Lass ihn schwimmen«, meinte Sandrino, »bitte, er hat dir doch nichts getan.«

Dario sah den Fisch an.

»Du hast Recht, Sandrino, er tut mir Leid, ich will ihm nichts Böses tun nein, er soll weiterleben. Schwimm!«, damit liess er ihn ins Wasser zurück.

Ich betrachtete Dario genau, jetzt wusste ich, wo sein schwacher Punkt war. Er war ein guter Sirianer, ja. Er kam ruhig zu uns und legte sich in den Sand.

»Siriano, hast du gesehen? Ich habe dem Fisch sein Zuhause wiedergegeben.«

»Ja, ich sah es«, lächelte ich zufrieden. »Wunderschön, mein Lieber, du hast viel Herz.«

»Ja, das habe ich«, meinte er.

Tabor kitzelte ihn.

»Hör auf, reize mich nicht noch mehr, du Plejadier, ja, sonst landen meine Fäuste auf deiner Brust.«

»Oho, ich habe schreckliche Angst, Dario, bitte nicht, Gnade, bitte!«

»Lustig machst du dich auch noch über mich?«

Dann setzte er sich auf den liegenden Tabor und bearbeitete ihn so richtig. Tabor lachte nur.

»Mann, hör auf, echt, ich gebe auf, ich lass dich in Ruhe, ehrlich.«

Dario war zufrieden. Er war nun hungrig und biss in einen Apfel. Im Nu hatte er ihn gegessen, nichts blieb übrig.

»Sag mal Dario, bist du so ein hungriger Kerl?«

»Ja, ich esse alles, was mir in die Quere kommt, Sadmos, du glaubst es nicht?«

»Oh doch, aber du bist immer noch so schlank?«

»Ja, natürlich, ich halte mich schliesslich fit, von Siriano gelernt, mein Dummerchen.«

»Hört, ich gebe euch noch zwei Stunden, dann sollten wir weiterfliegen, ja?«

»Na gut«, rief man mir zu.

Noch einmal liefen wir in das herrliche Meer und schwammen um die Wette. Dann begaben wir uns wieder in das Raumschiff Richtung Mutterschiff.

»Schade, es war toll!«, meinte Dario.

»Ja«, sagte auch Sirano, »es war herrlich! Daddy, wenn wir mal wieder hierher kommen, möchte ich wieder genau hier hin.«

Unter uns sahen wir eine Ruinenstadt und viele Pyramiden.

»Gewaltig«, staunte Martin.

»Ja, einst bauten die Azteken diese Tempelanlagen. Es war eine blühende Kultur, sie gaben ihr Wissen in viele Länder weiter.«

»Und wo sind sie jetzt?«

»Dario, du weisst es, also frage nicht. Sie sind da, durch die Menschen, die jetzt dort unten leben. Sie sind nicht so wie die Inkas oder andere zivilisierte Urvölker, dieser Erde, ja? Gewiss, wir haben die Azteken gelehrt, doch sie wurden eigentlich inspiriert von den alten Ägyptern.«

»Seltsam«, meinte Sandrino, »es kommt mir vor als sähe ich Atlantis.«

»Sandrino, du irrst dich nicht, nein, die Azteken haben viel von Atlantis, denn es gab unter ihnen wahrhaftige Atlanter, sie halfen ihnen bei den Bauten. Es ist immer wieder ein Zurückgeben, verstehst du?«

»Irgendwie schon, ja, aber wenn ich das sehe, Siriano, habe ich Sehnsucht.«

»Ja, ich ahne es, doch Sandrino, du bist Sirianer und nun auf Sirius, ja?«

»Na gut«, meinte er und legte einen Arm auf meine Schulter. »Herrliche Bauten, seht nur, die Menschen, die klettern überall herum.«

»Ja, ich sehe es«, meinte Dario, »diese trotteligen Wesen verstehen es nicht, richtig damit umzugehen, sie sind begeistert, weil es etwas ist, was sie noch nie sahen und bilden sich so ihre Geschichten ein, sehr schade.«

»Nur Eingeweihte der Erde erkennen das Wahre an diesen Bauten, sie spüren es, genau wie wir.«

»Und was spürt ihr?«, fragte Sirano.

»Oh, du wirst es bald wissen, mein Sohn. Sandrino, Aritos und du, ihr begleitet mich, ja?«

»Wunderbar.«

»Und wir?«

»Dario, das ist nichts für dich, wenn wir dich mitnehmen, treibst du wieder Unfug, ja?«

»Bestimmt nicht.«

»Nein, ich habe es mir anders überlegt, warten wir die Dunkelheit ab, es ist besser so«, meinte ich.

»Na, meine ich auch«, grinste Sirano.

Erstaunlicherweise kam kein Satz aus Dario heraus, er schaute sich die gewaltigen Bauwerke an.

»Beeindruckend«, meinte er.

»Ja, das ist es, es freut mich, dass du Interesse zeigst, Dario.«

»Ja, sehr.«

»Ich hoffe, du hast auch etwas übrig für diese Bauten und führst mich nicht hinters Licht, ja?«

Dario sah einfach zu schelmisch aus. Gewiss, ich traute ihm langsam, doch man musste sich wirklich hüten vor ihm. Wenn er mal ausflippt, flippt er und wie. Er hat verrückte Abenteuer gehabt, die ihn irgendwie negativ beeinflussten, aber dennoch lernte er, nicht zurückzufallen. Und wenn dies doch einmal passierte, holten wir ihn zurück. Ja, er war einfach dennoch ein liebenswerter Kerl, auf den man sich unbedingt verlassen konnte.

Als es immer mehr dunkelte, sagte ich: »Freunde, macht euch langsam bereit, zu gehen.«

»Dachtet ihr wirklich, ich nehme nur Sandrino, Sirano und Aritos mit? Los, gehen wir.«

Dario tanzte wild herum, vollführte Akrobatik vom Feinsten. Wie immer liessen wir uns nun per Lichtstrahl auf die Erde nieder. Jeder einzeln, bis wir alle da unten waren, auf dem Gelände der Azteken, die ihre Bauten so imposant zeigten. Keine Menschenseele war zu sehen – gut für uns alle.

Dario und Sirano spielten Verstecken. Ich musste beide rügen. Dario schaffte es, Sirano auf seine Seite zu ziehen, die beiden klebten förmlich aneinander. Sie unternahmen vieles. Irgendwie war ich ja erfreut, zu wissen, dass Sirano jemanden hatte, aber ausgerechnet Dario? Ich liess es jedoch zu, ich sah keine Beeinflussungen negativer Art, nein. Wir befanden uns nun in einem Azteken-Tempel, riefen die Seelen der Bauherren und gaben ihnen neuen Mut, nicht zu verzagen, da bald der Tag kommen würde auf Erden, wo man sich wieder erinnerte. Diese Meditation war sehr stark. Dario und Sirano hatten sich wieder einmal davor gedrückt.

»Dario, wo sind wir eigentlich?«

»Oh, ich weiss nicht, es ist doch auch nicht wichtig, oder?«

»Doch, wenn wir unsere Freunde nicht wiederfinden?«

»Ach, jederzeit, mit Hilfe unserer Kristallstäbe!«

»Oh Mann, wo habe ich meinen?«
»Ich habe meinen auch nicht hier.«
»Haben wir sie liegen gelassen?«
»Mann, wie wird bloss Daddy reagieren?«

Sie bekamen Angst und suchten nun überall. Dann sahen sie eine dunkle Gestalt umherhuschen.

»He, sieh nur, der hat bestimmt unsere Stäbe! Oh nein, ein Mensch, Dario was sollen wir nur tun? Ach man, nur wegen dir ist das passiert, Dario, so ein Mist.«

»Wegen mir, ach jetzt trage ich die Schuld, was? Wir müssen unbedingt unsere Freunde finden, das heisst, Sirano, du gehst sie suchen, ich folge dem Kerl dort, sonst finden wir unsere Stäbe nie mehr. Das gäbe eine Katastrophe, wenn die Menschen so was von uns hätten! Geh, suche die anderen, los.«

Sirano begab sich also auf die Suche nach uns. Er war sehr traurig. Nirgends fand er uns, irgendwie hatte er sich verirrt.

»Bitte, Engel, helfe mir, es steht so viel auf dem Spiel, ich bitte dich, Engel meines Vaters, führe mich zu ihm.«

Sirano weinte ein bisschen. Da leuchtete es vor ihm auf. Er schrak zuerst zusammen.

»Du hast mich gerufen, Sirano?«

»Oh Samuel, Engel Samuel! Gott sei Dank, ich dachte schon, ich wäre alleine.«

»Das bist du nicht, Sirano, du hast mich gerufen, was ist denn passiert?«

Sirano erklärte Samuel alles genau.

»Ja, eine Unvorsichtigkeit, mein Lieber, ich führe dich zu deinen Freunden und deinem Vater, vertraue mir, ich werde das schon richtig hinbiegen. Falls Siriano dich rügt, werde ich ihm alles erklären, du hast deinem Vater bis jetzt nie Sorgen bereitet, nein, dieses eine Mal wird er dir verzeihen. So komm nun, laufe zu, ich führe dich.«

Samuel führte ihn zu uns.

»Hier bist du, mein Sohn, wir dachten schon, ihr wärt irgendwo hineingefallen.«

»Vater«, sagte er aufgeregt und sah mich furchtvoll an.

»Na, ist was passiert?«

Aritos kam vor. Auch Sandrino.

»Sirano, wo ist Dario?«

»Vater, unsere Kristallstäbe, wir haben sie verloren, Dario jagt den Kerl, der sie gefunden und mitgenommen hat.«

»Das ist doch wieder einmal das Werk von Dario«, meinte Arco.

»Arco bitte, das ist meine Aufgabe, ja?«

Arco verstand.

»Führe uns zu ihm.«

Samuel lächelte mich an und drückte ein Auge zu. Ich winkte ihm und er löste sich auf.

»Wir verteilen uns.«

Da sahen wir Dario, er folgte dem Schatten. Dario spürte dann eine Hand auf seiner Schulter, er wollte schreien, doch die Hand verhinderte dies.

»Aritos?«

»Ja, sei leise, die kriegen wir wieder.«

Er sah mich an.

»Siriano, ich …!«

»Wir reden später, doch dies ist nun sehr wichtig, also, ich versuche etwas.«

Ich schloss meine Augen, streckte meine Hände aus und aus meinen Händen floss eine goldene Lichtquelle, direkt dem Schatten entgegen. Der Unbekannte erstarrte, die beiden Stäbe bewegten sich automatisch aus seinen Händen. Alle waren wie gebannt. Sie wussten nicht, wie viel Energie ich wirklich besass, darum schwieg ich auch. Ein einziger wusste es, er behielt es für sich, für immer. Aritos, ja. Ich hatte dann die Stäbe in der Hand und gab sie den beiden wieder.

»Das nächste Mal passt besser auf.«

Für einen Moment sah mich der Unbekannte. Er starrte mich an, ich sah ihn an, er wirkte noch jung, es war ein Mexikaner, kaum 18 Jahre alt. Er sah mich mit weiten grossen Augen an und kippte um.

»Oh Mann, los, holt ihn«, meinte ich zu Tabor und Sadmos.

Tircano jedoch ging hin, nahm ihn auf und trug ihn zu uns. Er legte ihn sanft auf einen Stein.

»Er ist nur ohnmächtig, Freunde.«

Es dauerte nicht lange und er kam wieder zu sich.

»Wo bin ich?«

Schon wieder sah er mich an.
»Neiin, Geister? Hilfe, Hilfe.«
»Hehe«, meinte ich leise, »nur keine Panik, du brauchst keine Angst zu haben, Junge.«
»Wer seid ihr, woher kommt ihr? Seid ihr Geister von den Azteken?«
»Nein«, lachte Sandrino.
Überall sah er in Gesichter.
»Wollt ihr mich entführen?«
»Oh nein, beruhige dich, höre, du bist irgendwie von Herzen«, meinte ich.
Sie waren für ihn fremd, die Worte, die ich sprach. Als ich ihm sagte, wer wir sind, kippte er beinahe wieder um.
»Oh nein, das ist Realität, mein Junge.«
»Und das soll ich euch glauben?«
»Ja«, grinste Dario, »wenn nicht, wirst du …!«
Sandrino hinderte Dario daran, weiter zu sprechen.
»Hab keine Angst, wie heisst du denn?«
»Jose heisse ich, ich wohne in einem kleinen Dorf, treibe Ziegen und solche Viecher herum, ich bin ein armer Bauernsohn.«
»Sag mal, was machst du denn zu so später Stunde hier?«
»Oh, ich suche den Schatz der Azteken.«
»Einen Schatz?«
»Ja, man sagt, hier ist irgendwo ein sagenhafter Goldschatz verborgen, Siriano, wenn ich dich so nennen darf. Als ich die beiden Stäbe leuchten sah, dachte ich, sie gehören dazu.«
»Ach so«, meinte ich, »nein das nicht gerade. Nun mein junger Freund, glaube nicht so einen Unsinn, hier ist kein Goldschatz.«
»Ja, nur ich«, grinste Dario. Ich sah Dario an, der begriff sofort und schwieg.
»Kann man dich alleine zurücklassen, Jose?«
»Oh ja, kann man, ich habe noch eine Schwester und drei Brüder, sie werden mich vermissen. Ich werde ohne Schatz zurückgehen.«
»Hör mal«, meinte ich zu ihm und holte aus meinem Gewand einen Beutel. »Sieh hier, zeige es ihnen, du hast den Schatz gefunden.«
Jose nahm den Beutel, er war gefüllt mit Edelsteinen.
»Oh nein, das ist ja … Woher hast du das? Bist du ein Zauberer, Bewohner von Sirius?«

»Man sagt es, mein Bester«, lächelte ich und schaute meine Freunde dabei an.

»Siriano, das kann ich nicht annehmen, sie glauben mir nicht, wenn ich ihnen das erzähle, sie lachen sowieso, wenn ich was von Ausserirdischen erzähle. Einmal haben sie schon so gelacht, als ich ein Raumschiff sah.«

»Hm, ein Raumschiff?«

»Ja, es war vor einigen Monaten.«

»Kannst du dich erinnern, wie es aussah?« Ich wurde neugierig.

»Ja, deutlich, sie landeten hier.«

»Und an was kannst du dich erinnern?«

»Oh, ich sah an dem Raumschiff etwas leuchten, es sah aus wie ein Fisch.«

»Ein Fisch?«

»Ja, genau!«

Aritos meinte: »Etwa wie ein Delphin?«

»Ja, richtig.«

»Dolphy«, sagte ich glücklich zu Aritos. »Sie unternehmen also schon die ersten Reisen, schön zu wissen. Nun, Jose du brauchst dir keine Sorgen zu machen.«

»Sehe ich euch mal wieder?«, fragte er.

Seine Kleidung war zerrissen.

»Sag mal, läufst du so herum?«

»Ja, gewiss.«

»Nützt es dir etwas, wenn wir uns deinen Geschwistern zeigen?«

»Sie fallen um, wie ich«, grinste Jose.

»Wir können es ja versuchen, ich habe da eine Idee.«

Meine Freunde verstanden mich sofort. Wir nahmen ihn mit, schwebten nun. Jose hatte zuerst Panik, doch dann machte es ihm grossen Spass. Wir kamen in ein Gebirge und sahen eine kleine Farm.

»Ja, dort unten«, meinte Jose und zeigte darauf, »da wohne ich.«

»Seht, Licht brennt.«

»Freunde, ist alles okay?«

»Ja!«

»Rufe deine Geschwister, Jose.«

Er tat es. Daraufhin stürzten seine Geschwister nach draussen.

»Wo bist du, Jose, wo bist du?«

»He Manuel, hier oben.«

Wir standen sozusagen, hielten uns still in der Luft.

»Oh nein, seht nur.« Die Geschwister sanken in die Knie. »Jose, er ist von uns gegangen, er zeigt sich uns mit den Engeln, oh Vater im Himmel, vergib uns.«

»He, hört mit dem Unsinn auf, ich lebe. Siriano, sie denken ich …!«

»Ja, ich sehe es.«

»Freunde, begeben wir uns auf den Erdboden.«

So geschah es. Die Geschwister von Jose zitterten. Jose erklärte es ihnen, sie wollten es einfach nicht glauben.

»Nein, das ist ein Witz, Bruder, du verwirrst uns.«

»Nein, bestimmt nicht, Manuel, Diego, Lucia, Pedro, bestimmt nicht, glaubt ihnen, sie sprechen die Wahrheit.«

»Also, wir müssen es ja fast«, meinte der Ältere, genannt Diego.

»Mögt ihr einen Kaffee?«, fragte seine Schwester spontan.

»Nein, aber falls ihr reines Wasser habt?«

»Oh ja, ein Bach ist dort hinten, ich werde mich beeilen.«

Ja, bald waren alle Zweifel von ihnen gewichen. Sie mussten uns glauben.

»Ich dachte immer unser Bruder ist ein Spinner …«, meinte Manuel. »Aber Jose, du kannst nicht einfach etwas klauen, was dir nicht gehört.«

Sie fragten uns dann, wie unsere Welt aussieht und wie wir lebten, sie hatten sehr viele Fragen.

»Seid ihr müde?«, fragte Diego schliesslich.

»Müde? Eigentlich schon.«

»Sicher habt ihr in eurem Raumschiff gute Betten, was?«

»Es wäre eine Freude, euch hier zu bewirten«, meinte Lucia.

»Aritos, bitte verständige Segodan, sie sollen hierher kommen, und das Mutterschiff dort oben zwischen den Hügeln stationieren, ja?«

»Natürlich«, lachte Aritos.

Und wieder waren wir unter Menschen, denen wir uns zeigen konnten, weil sie an uns glaubten, nur deshalb. Wir kamen fast nicht zum Schlafen, weil sie so viel fragten.

»Hört, Freunde von Sirius, macht es euch bequem, wir haben eine Art Lager mit Betten, es ist Platz für alle, nicht gerade komfortabel, aber man schläft süss ein«, lachte Miguel.

»Danke Miguel«, sagte ich und reichte ihm meine Hand.

»Oh bitte, es freut mich so sehr, euch zu sehen.«

Bald schliefen wir friedlich nebeneinander ein. Niemand sprach einen Ton, alle schliefen. Ich prüfte es nochmals nach. Ja, einer blinzelte und lächelte, seine Augen strahlten zufrieden. Mein Bruder Aritos. Wir tauschten Gedanken aus und niemand wusste etwas davon. Geheimnisse, die zwischen ihm und mir blieben, niemand sollte etwas merken oder wissen, nein.

Frühmorgens begaben wir uns dann zum Mutterschiff. Jose und seine Geschwister begleiteten uns, sie bekamen von uns die Juwelen und ein bisschen Geld natürlich, damit sie gut leben konnten. Sie waren wirklich arm dran. Bevor ich einstieg, hielt Jose mich fest.

»Siriano, nach allem was du erzählt hast – wenn du einen guten Begleiter oder Freund suchst, so komme wieder hierher, ich freue mich sehr. Bevor ich einschlafe, werde ich jedes Mal an euch denken, mich erinnern und mir wünschen, bei euch zu sein. Nur einmal in so einem Ding zu fliegen ...«

»Na bestimmt, Jose, mach es gut, denke an uns, vielleicht sind wir eher wieder hier, als du denkst, ja?«

Sie gaben uns Kartoffeln und ein paar Orangen von ihrem Anbau mit, es war so gut gemeint. Später sass ich in meinem Stuhl im Raumschiff, schloss die Augen und studierte.

»Was überlegst du, mein Bruder?«

»Aritos, ich sah die Verzweiflung in seinen Augen.«

»Ich weiss, aber Bruder, wir können nicht dauernd Menschen mitnehmen nach Sirius, bald ist Sirius überbevölkert, weil mein geliebter Bruder all die Menschen mitnehmen will, die er so in sein Herz geschlossen hat, ja?«

Er sah mich an, lächelte.

»Ja, so ist es, Aritos.«

»Na, siehst du?«

»Also, eventuell würde ich ein Auge zudrücken, ja?«

Ich umarmte ihn, irgendwann würden wir Jose holen, ja, das schwor ich mir.

Nun, wir beschlossen, endlich auf die Insel zu gehen, von der ich meinen Freunden erzählt hatte. Dario war sehr aufgeregt. Er stolzierte auf und ab und konnte es nicht erwarten, nein, es war Nerven betäubend mit Dario, ja. Schliesslich ging es los, unser Mutterschiff donnerte los.

»Ha«, lachte Dario, »Siriano, du bist heute sehr schnell.«

»Lass mich einen Moment, ich brauche dringend Ruhe, ja?«

»Ja, bestimmt, Siriano.«

Er sah mich etwas seltsam an, ging jedoch zu Aritos und meinte zu ihm: »Was ist nur mit Siriano los? Seit wir abgeflogen sind, ist er so seltsam, Aritos.«

»Ja, ich habe es auch bemerkt, aber mach dir keine Gedanken, mein Freund.«

»Sag mal, liege ich etwa richtig, wenn ich behaupte, dass er diesen Jose am liebsten mitnehmen wollte?«

»Höre, mein Dario, ich habe mit ihm geredet, ja, er wollte ihn mitnehmen, aber es geht leider nicht. Gewiss, Siriano ist der Kommandant, aber er muss einsehen, dass wir nicht zu viele Erdenbewohner nach Sirius mitnehmen, es könnte einmal schief gehen, das siehst du doch ein, oder?«

»Ja, bestimmt Aritos, aber Siriano ist sich so sicher mit seinen Gefühlen, ich glaube nicht, dass es jemanden gibt, der ihn enttäuscht, nein, ich kann es mir nicht vorstellen. Aber, Aritos«, lachte Dario, »ich muss mit dir reden, unbedingt.«

Ich sah die beiden weggehen, doch achtete ich nicht darauf. Dario sass Aritos gegenüber.

»Das hast du getan, Dario?«

»Ja, bitte bestrafe mich nicht, Aritos, aber du weisst, ich habe sehr viel Herz, versteh mich doch.«

»Na gut, komm mit, ich schau mir deine geklaute Ware an, ja?«

Ich war eigentlich sehr unruhig, weil Aritos mit Dario nicht gleich zurückkam. Sirano unterhielt sich mit Sanos und Tabor. Sandrino sass neben mir, schaute mich stets an.

»Willst du uns nicht sagen, was du hast, Freund und Bruder?«

»Oh«, meinte ich irgendwie gelöst, »es ist nichts, Sandrino, bestimmt.«

»Und das soll ich dir glauben?«

»Bitte lass mich einen Moment alleine, ich taue bestimmt wieder auf, ja?«

»Ich hoffe es, wir alle müssen fit sein, um Darios Saurier zu fangen.«

»Haha«, lachte ich, »kommt gar nicht in Frage, wir sind übrigens bald da, ich weiss noch genau, wo es war.«

Aritos und Dario kamen. Dario wirkte unruhig.

»Siriano, wir müssen dich sprechen.«

»Nicht jetzt, bitte Bruder, ja?«
»Aber es ist wichtig, Siriano, okay?«
»Na gut, aber nicht lange bitte.«
»Ja, gut.«
»Bruder, unser lieber gemeinsamer Freund Dario hat wieder mal was geklaut, als wir in Mexiko waren und hat es mitgehen lassen, mit anderen Worten.«
»Nein Dario, fängt das schon wieder an?«
»Tut mir Leid, Siriano, aber ich wollte es nicht und zurückgeben kann ich es nicht mehr.«
»Um was handelt es sich denn?«
»Oh, es lebt.«
»Es lebt?«
»Dario, wir können keine Schafe, Ziegen und so mitnehmen, du weisst das ganz genau, sobald wir landen, setzen wir es aus.«
»Du willst das also verantworten?«
»Ja, sicher. Dario, wie willst du es denn zurück bringen?«
»Oh, nicht ich! Aber ich lasse dich nun wissen, um was es sich handelt.«
Meine Freunde und ich wurden nervös, was hatte Dario wieder mitgehen lassen? »Bitte«, meinte Aritos nur.
Ich traute meinen Augen nicht.
»Nein Jose«, lächelte ich »wie um alles …!«
Dario meinte nur: »Na, willst du ihn den Sauriern zum Frasse vorwerfen?«
»Nein, das ist was anderes. Aber Dario«, schimpfte ich, »wie hast du das wieder mal geschafft?«
»Hm, ganz einfach zu erklären.«
»Ja, ich ahne es.«
Jose stand da, getraute sich nicht, etwas zu sagen.
»Jose, willst du das denn?«
»Oh, ich wollte einmal mitfliegen, das war schon immer mein Traum. Nachts in der Stadt ging ich heimlich an den Fenstern der Reichen vorbei und sah, wie sie TV guckten. Am besten gefiel es mir, wenn sie Science Fiction guckten, dann sah ich immer Ufos, sie blieben mir immer in Erinnerung. Ich wusste genau, irgendwann wollte ich mal in so einem Ding fliegen, obwohl ich ja wusste, dass es nur ein Film war. Ich dachte nie daran, was mir in der Zukunft passieren würde, nein, nie.«

»Na Jose nimm Platz bitte, ich freue mich, dass du hier bist, aber du musst selbst wissen, ob du mit willst, ja?«

»Geht klar, klasse Mann.«

Irgendwie war ich wieder ruhig und erfreut. Ich hatte, das musste ich zugeben, nicht mit ansehen können, wie er dablieb. Es war sein Wunsch und ich erfülle gerne Wünsche von lieben friedlichen Menschen. Jose sass unruhig da und schaute sich alles genau an.

»Segodan, lass das Schiff um einige Tausend Meter senken, irgendwo muss die Insel gleich kommen.«

Alle schauten auf den riesigen Ozean. Nichts war zu sehen.

»Aritos, ich dachte, es wäre hier irgendwo gewesen, ich habe es so in Erinnerung.«

»Ja, ich auch, seltsam.«

»Sagt mal«, meinte Dario, »habt ihr uns nur irgendetwas erzählt?«

»Nein«, herrschte ich ihn an.

Dario schrak zusammen.

»Bestimmt nicht, treibe es nicht auf die Spitze, ja?«

Dario bemerkte, ich wurde langsam wütend, sehr sogar. Er blieb still.

»Siriano«, meinte Jose und legte eine Hand auf meinen Oberarm, »was ist das dort unten?«

Wir sahen hin.

»Ha, das ist sie, Mann, danke Jose. Freunde, wir haben sie gefunden.«

»Sosmes, lass ein grösseres Raumschiff starten, wir steigen um, Freunde, kommt mit.«

Segodan steuerte das Mutterschiff.

»Falls wir in sechs Stunden nicht wieder hier sind, lasse 100 Männer landen, zur Sicherheit.«

»Na gut, das tue ich, Siriano.«

Wir stiegen also um, Dario war der Schnellste. Sandrino schüttelte den Kopf.

»Kommt dieser Tag nicht bald, wo er endlich vernünftig wird?«

»Oh, da kannst du lange warten«, meinte Arco, »der ändert sich doch nie.«

Aritos steuerte das kleine Raumschiff, meine Freunde waren alle anwesend. Jose durfte natürlich mit. Wir landeten sanft auf einem Hügel.

»Sieht ja seltsam aus, sieh nur, Vulkane und dort hinten Berge«, bemerkte Dario.

»Ja, glaubst du, es gibt hier keine Berge?«

»Weiss ich doch nicht, bin ja kein Hellseher.«

Ja, Dario wurde immer frecher. Es genügte nicht mehr, ihn in den Senkel zu stellen, nein, er gab Sachen von sich, da hatten wir manchmal dran zu knabbern. Ja, wir liefen los, jeder hatte seinen Kristall bei sich. Sirano sah sich stets um.

»Merkwürdig, anscheinend gibt es hier kein Leben.«

»Sollst du gleich selbst sehen«, meinte Aritos, sah mich an und grinste.

»Was soll das heissen, Daddy?«

»Ich mache jede Wette, gleich wird ein riesiger Saurier kommen und sich auf Dario stürzen, ihn mitnehmen und zum Nachtessen auf seinen Menü-Plan setzen.«

»Haha, komisch, echt«, meinte Dario.

Wir lachten nur, er setzte sich auf einen grossen Stein und sah uns böse an.

»Hm, was lacht ihr alle so dumm, könnt ihr nicht einmal aufhören, Mann?«

Irgendwie bewegte sich der Stein, der gewaltig war.

»He, was ist denn das?« Da wurde er schon hochgehoben. Wir starrten hin, sogar ich.

»Oh Mann, was ist denn los? Hilfe, Hilfe.«

Ja, es war eine gigantische Echse.

»Scheint eine Riesenschildkröte zu sein.«

»Ja, sieht ganz so aus, Aritos.«

»Mann, ich will hier runter, los!« Dario schrie.

Wir lachten herzhaft. Es sah zu komisch aus.

»Du wolltest schliesslich hierher, springe ab, die sind harmlos.«

»Ach nein, erzählt mir keinen Unsinn. Halt an, du Monster, oder ich drehe dir den Hals um, los.«

»Spring endlich ab«, meinte Sandrino, »oder willst du auf dem Rücken dieser Echse übernachten?«

Tabor rollte sich auf dem Boden vor Lachen. Dann gab Dario sich einen Ruck, das Brüllen des Tiers liess ihn zusammenzucken.

»So ein Mist.« Dario zitterte, er kam uns eiligst entgegen. »Warum, hat mir niemand etwas gesagt?«

»Wir konnten es doch nicht ahnen, es sah aus wie ein Felsen, ja?«

»Haha, dass ich nicht lache!«

Dario sah einfach nicht wohin er lief, dann fiel er in ein Loch.

»Holt mich sofort hier raus, ja? Das ist doch bestimmt wieder alles abgemacht, ihr wollt mich nur fertig machen.«

Dario sah in der Grube so süss aus, er rang und schrie. Ich hielt mir die Ohren zu. »Ist er bald fertig, Freunde?« Wir setzen uns rundherum.

»Na wie geht's denn da unten?«

»Los, helft mir.«

»Oh, du hast doch deinen Stab bei dir, oder?«

»Ja, stimmt, hab nicht daran gedacht – oh, wo ist er nur?«

»Siriano, ich habe ihn ... verloren!«

»Verloren?«

»Ja, bitte, es tut mir Leid.«

»Du hast ihn nicht verloren, ich habe ihn dir entwendet, wir wollen doch einmal sehen, wie du hier herauskommst.«

»Na gut«, meinte Dario und setzte sich, »dann eben nicht, geht doch, haut ab, los.«

Wir taten es auch.

»Nein, bleibt bitte hier.«

Er hörte uns nicht mehr.

»Siriano, Tabor, Aritos! Wo seid ihr nur? Kommt her, ich bin sehr wütend auf euch. Dann eben nicht.«

Dario kletterte nun an einigen Wurzeln hoch, immer wieder hörten wir ihn schreien, das mussten wir ihm dringend abgewöhnen. Dann hielt er sich am Rande fest und schwang sich wieder hinaus.

»Puh, das wäre geschafft. Haha, ich kann es doch allein«, sagte er.

Er strich seine Kleider zurecht und sah sich um. Dann zuckte er zusammen. Vor ihm stand ein mächtiger Saurier.

»Oh, hallo«, meinte er, »na, wie geht's? Wer bist du denn?«

Das Monster fauchte.

»Nein, ich tue dir doch nichts, dann tust du mir bitte auch nichts, ja, sei schön brav mein Tierchen, ja?«

Es war ein Brachosaurus, einer der gewaltigen.

»Sag mal, willst du feine Blätter? Fressi, fressi?«

In einem grossen Gebüsch versteckt sahen wir zu, wir bogen uns vor Lachen. Aritos lachte: »Wir sollten ihm endlich helfen, Siriano, okay?«

»Wartet einen Moment, ich möchte wissen, wie er sich aus der Lage befreit!«

»Und wenn der Bracho ihn angreift?«

»Unmöglich.«

»Wie kannst du das bloss wissen, Siriano?«

»Oh, ganz einfach, das sind Tiere, die von Pflanzen leben, Dario sollte einfach still stehen bleiben.«

»Tut er aber nicht.«

Jose sagte bittend zu mir: »Siriano hilf ihm doch.«

Ich sah ihn an, sagte jedoch nichts.

»Na gut.«

Ich nahm meinen Kristall und flog Richtung Dario, schnappte ihn und nahm ihn so der hungrigen Echse weg.

»Oh Siriano, du bist einmalig, ja, ich liebe dich.«

»Halt den Mund, ja? Ab sofort bleiben wir zusammen, es gibt keine Erkundigungswege alleine, ist das klar?«

»Ja, sonnenklar. Sternenklar! Ich bessere mich, wenn ich es diesmal nicht tue, kannst du mich hier lassen.«

»Dario, ein Mann, ein Wort.«

Wir waren wieder bei unseren Freunden, Dario war noch wie gelähmt.

»Ja«, meinte er zu Jose und Sirano, »ich sage euch, ich sah ihn böse an, er bekam Angst, ja.«

»Der übertreibt aber ziemlich«, lachte Sadmos.

»Lass ihn, er wird merken, dass sie es ihm nicht abnehmen, kommt weiter.«

Wir liefen durch eine Art Dschungel.

»Also gibt es hier keinen besseren Weg?«, fragte Tircano.

»Nein.«

Dabei konnten wir ja alle fliegen, aber das wollte ich nicht.

»Bald müssten wir an einem See sein.«

Ja, es war so und meine Freunde wichen zurück. In dem See tummelten sich Brontosaurier, die grössten Saurier, die es je gab.

»Oh Mann, die sind ja gewaltig«, meinte Sandrino.

»Hört mal«, meinte Menos, »solche Monster kenne ich, die hatten wir im Meer rund um Atlantis.«

»Wie bitte?«

»Ja, ich sah einmal einige, eine Gruppe vielleicht.«

»Dachte ich es mir.«

»Wie bitte?«

»Oh nichts«, lächelte ich, »aber sie sind ebenfalls friedlich.«

Wir sahen zu, wie die riesigen Monster sich bewegten, sie waren gewaltig. Assen von den hohen Bäumen Blätter. Flugsaurier flogen herum, kleinere Saurier tummelten sich überall.

»Sehr vegetarisch hier«, grinste Tabor.

Dann hörten wir hinter uns gewaltige stampfende Schritte. Wir dachten zuerst, die Erde bebe.

»Schleunigst weg hier!«, rief ich meinen Freunden zu.

Wir rannten weg. Sirano stolperte. Und blieb liegen.

Dann sahen wir was es war, ein Tyrannosaurus Rex, das gefährlichste Lebewesen, das es je gab auf der Erde! Es ist gefrässig und fällt manchmal auch Brontosaurier an.

»Oh nein, Daddy!«

Das Ungeheuer kam schnell her.

»Sirano!!!« Ich sah die Gefahr.

»Siriano nicht, bleibe hier!« Tabor löste sich von uns, blitzschnell hechtete er vor, schnappte sich Sirano. Doch der Saurus stand schon da, fauchend und brüllend. Dann sahen wir etwas, was wir zuerst nicht glaubten. Tabor zog etwas aus seinem Gürtel, eine Art kleiner Speer, dieser vergrösserte sich sehr und glühte. Er schwang ihn Richtung Saurier. Brüllend wurde dieser getroffen, der Speer bohrte sich hinein in den schweren Panzer. Die Riesenechse brüllte laut.

Tabor half Sirano auf und schleppte ihn mit.

»Hier, habt ihr ihn wieder.«

»Oh, danke Tabor«, meinte Sirano. Er zitterte noch.

»Lasst uns hier weggehen«, sagte er, »bitte!«

»Nein«, grinste Dario, »bestimmt nicht, ich werde meinen Mut beweisen.«

»He, wohin gehst du?«

»Dario, bleibe hier.«

Doch er hörte nicht auf uns, er folgte dem Rex.

»Der spinnt, Mann.«

Der Saurus wendete sich und sah Dario.

»He, du Mistvieh, komm her, hier bin ich.«

Er reagierte brüllend, bereit zum Angriff.

»Huhu, hier bin ich«, zappelte Dario herum, wir glaubten es nicht.

»Der ist ja noch verrückter, als ich dachte«, meinte Sadmos.

»Holt ihn!«

»Nein, wie denn?«

Dario hob sich hoch mit dem Stab.

»Hier bin ich, du scheussliche Echse, na komm schon.« Er lief rückwärts. Der Saurier stets vor ihm. Er lockte ihn. Dann schaute Dario über die Schulter – hinter ihm gähnte ein tiefer Abgrund.

»Hui beinahe«, meinte er. »Los, komm schon, hirnloses dummes Vieh.«

Der Saurier lief nun schnell. Wir alle verfolgten die Szene mit. Dann donnerte er los. Im letzten Augenblick sprang Dario zur Seite. Brüllend fiel der Saurier den Abhang hinab und schlug unten auf.

»Ha, du tust niemandem mehr was.« Dario rieb sich seine Hände. »Freunde, ihr braucht keine Angst mehr zu haben, der stört uns nicht mehr.«

Dario wurde hoch gehoben.

»Dario super, du bist klasse!«

»Ja«, meinte Jose und stellte sich neben ihn. Ich grinste nur. Dario hatte etwas getan, das mir zeigte, dass er wirklich ein ganzer Sirianer war.

»Hätte ich nie gedacht von dir, Dario«, meinte ich später zu ihm. »Einfach klasse.«

»Siriano, stets war ich eine Memme, jetzt weisst du, ich kann auch anders.«

»Ja, du bist einmalig, ich bin stolz auf dich, mein Bester, muss ich ganz ehrlich sagen. Du hast dich gemacht, nur an einem Problem solltest du mehr arbeiten, du weisst, was ich meine oder?«

»Gewiss Siriano, versprechen kann ich nichts, es hat auch keinen Sinn, wenn ich etwas verspreche, was ich nicht halten kann, ich muss mit mir selbst arbeiten und irgendwann bin ich der, den du eigentlich möchtest.«

»Sehr weise geredet, mein Bester, sehen wir wie du dich machst, ja?«

»Ja, okay.«

»Also, ich sage, falls du es schaffst, Dario, bekommst du von mir etwas, was sonst von mir niemand kriegt.«

»Oh!«

»He, einen Moment, bevor du irgendetwas sagst, Hirn einschalten, vergesse das nie.«

»Ja«, lachte er, »ich bin neugierig, was kann es nur sein?«

»Nun, ich glaube, irgendwie haben wir alle genug von der Insel oder?«

»Die sechs Stunden sind bald vorbei, Siriano, Segodan wird sich Sorgen machen.«

»Ja, aber ich verständige mich mit ihm, geh zu den anderen.«

»Prima, mach ich.«

Ich blickte ihm nach, irgendwie hatte ich den Eindruck, dass er endlich mit sich auskommen und sein Problem lösen könnte – davon war ich irgendwie überzeugt. Sollte es diesmal klappen? Ich würde mich daran halten, ihm zu geben, was ich versprochen hatte. Wir fanden zu unserem Erstaunen bald Bäume, an denen Bananen wuchsen, Orangen, ja sogar Äpfel. Es war eben eine geheimnisvolle Insel und zum ersten Mal wusste ich nichts mehr von dieser Insel, ja, es gab auch Dinge, von denen ich nichts ahnte.

»Haha«, kicherte Tabor, »hast du unseren Kleinen im Griff?«

Ich sah ihn ernst an.

»Tabor, kümmere dich um dich selbst, ja?«

Verdutzt blieb er stehen.

»Mann, nicht mal was sagen darf man, aber das ist bekannt, dass die Sirianer empfindlich sind.«

»Wie bitte?«, meinte ich und drehte mich zu ihm um.

»Oh, ich sagte nichts, nur dass es hier so wunderbar ist.«

»Ich glaube dir zum ersten Mal nicht, Tabor, aber wie dem auch sei, ich glaube, ihr solltet Dario einfach mal in Ruhe lassen.«

»Ja, finde ich auch«, grinste er.

»Nein Tabor, ohne Scherz, ich möchte ihm helfen und dabei solltet ihr nicht stören, ich meine das sehr ernst.«

»Ist in Ordnung, Siriano.«

Wir liefen also zurück. Unterwegs machte Dario schlapp mit seinen Proviantsäcken.

»Pause, ich kann nicht mehr«, schnaufte er.

Sirano ging auf ihn zu.

»Kann ich dir helfen?«

»Oh, danke, Sirano sehr nett von dir.«

Ich beobachtete die beiden aufmerksam. Aritos glaubte es nicht.

Irgendwann meinte Sandrino: »Ich kann nicht mehr, hilft mir mal jemand?«

Ich wollte gerade zu ihm, um ihm meine Meinung zu sagen, aber Dario kam hinzu.

»Sandrino, wenn du den Willen hast, es selbst schleppen zu können, kannst du es auch. Ich kann es, jeder kann es, also kannst du es auch, ja?«

Sandrino war völlig verdutzt. Ja, wir kannten Dario nicht mehr. Er war so vernünftig. Als wir zu unserem Raumschiff kamen, legten wir uns ins Gras, um uns auszuruhen.

»Freunde, ich denke, wir sind geschafft, es war ein kurzer Aufenthalt, ich hoffe ihr habt viel gelernt.«

»Ja, bestimmt«, gab man mir zur Antwort.

An Bord des Mutterschiffes nahm man uns den Proviant ab.

»So, meine Freunde, auf geht es.«

»Und wohin fahren wir nun?«

»Oh, nach Mexiko, wir sollten Jose wieder nachhause bringen.«

Jose sah mich komisch an.

»Ach ja«, begann er, »meine Geschwister vermissen mich bestimmt, ist wahr.«

»Wohin gehst du, Jose?«

»Oh, mich frisch machen.«

Ich hielt ihn auf.

»Warte doch einen Moment, Jose. Du bist mir zu merkwürdig, sag mir warum?«

»Oh, ich …, ich sollte wirklich mich frisch machen.«

Aritos sah mich an. Meine Freunde waren ruhig, verhielten sich zu ruhig.

»Jose, bleibe doch noch einen Moment, ja?«

»Wozu?«

»Weil ich es so will.«

»Na gut.«

»Los, erzähle Jose, irgendetwas hast du, was wir nicht wissen, ist es nicht so?«

»Ja, das stimmt. Wisst ihr, ich habe mich von meinen Geschwistern schon verabschiedet. Ja, für immer.«

»Für immer? Warum, wohin willst du denn?«

Jose schwieg, dann sagte er zögernd: »Weil … weil ich nach Sirius will.«

Wir schauten uns an.

»Das geht nicht, Jose«, meinte ich zu ihm, »das geht nicht.«

»Einen Moment«, unterbrach mich Aritos, »so kenne ich meinen Bruder gar nicht, ich kenne ihn als einen, der guten Menschen von Herzen gern einen Gefallen tut. Und ich glaube, irgendwie sollten wir Sirianer mit einigen Menschen von der Erde zusammenleben, sie lernen von uns, wir von ihnen. Ist es nicht so, Siriano?«

Ich war echt perplex, dies sagte Aritos, mein Bruder?

»Aber so, Jose«, meinte er, »kannst du nicht auf Sirius erscheinen, komm mit du kriegst ein Gewand, das dich als Sirianer auch richtig zur Geltung bringt.«

Er nahm ihn, drehte sich um, sah mich an und drückte ein Auge zu.

Ich lachte und sagte leise: »Also Aritos, du bist es immer noch Wert, mein liebster Bruder zu sein.«

Dann gab ich die Befehle. Schon wieder hatten wir einiges erlebt, aber ob es wirklich nachhause ging?

»Siriano«, so schrieb Sirano in sein Tagebuch, »also mein Daddy, hatte etwas vor. Er wollte uns irgendwie noch etwas Wunderbares zeigen. Natürlich waren wir sehr gespannt, sagten jedoch nichts, nein, wir liessen uns einfach überraschen, von dem lichtvollsten Wesen im Universum, meinem geliebten Vater.«

Es war Stille im Mutterschiff, aber als Aritos mit Jose daher kam, gab es ein Staunen. Die sirianische Kleidung stand dem braun gebrannten Kerl sehr gut und es gefiel ihm auch sehr.

»Ich möchte mich bedanken«, meinte er zu mir und reichte mir seine Hand.

»Oh, nichts zu danken, da musst du dich eher bei meinem Bruder Aritos bedanken, obwohl ich eigentlich wollte, dass du mitkommst. Nun, meine Freunde, möchte ich euch über etwas unterrichten, bitte hört mir zu, während wir Richtung Sirius reisen, ja?«

Alle lauschten mir.

»Nun, wie ihr wisst, haben wir jetzt bereits drei Erdenbewohner unter uns, nämlich Martin, meinen Sohn Sirano und nun Jose. Doch ich möchte euch sagen, ich hatte einmal einen Wunsch: und zwar aus jedem Land der Erde zwei Menschen mitzunehmen, versteht ihr mich?«

Sie nickten.

»Ich möchte Menschen auf Sirius mitnehmen, die Licht, ein reines Herz und eine grosse Liebe in sich besitzen. Ich möchte, dass wir mit ihnen gemeinsam leben und geniessen. Sie sollen die Ersten sein, die Sirius sehen, denn sie sind Auserwählte.«

Aritos sah mich an, er lächelte.

»Ein wunderbarer Einfall«, meinte Sandrino. »Und mich hast du von Atlantis mitgenommen, und Menos Geschwister sowie er selbst, wir gehören doch auch zu den Erdenmenschen.«

»Nein, Sandrino, es ist nicht so.«

Er sah mich verdutzt an.

»Lasst euch erzählen. Du, Sandrino – du ahnst es vielleicht bereits –, du bist in Wahrheit auch ein Sirianer und du, Menos, und deine Geschwister, ihr habt ebenfalls sirianisches Blut in euch, denn die Atlanter und die Griechen verbindet etwas. Schade, dass diese beiden Kontinente sich zerstritten haben, aber sie werden es eines Tages einsehen. Seht doch nur, die gewaltigen Tempel in Griechenland, sie gleichen denen von Atlantis, und warum? Weil atlantische Architekten den Griechen bei ihren Bauten halfen. Genauso war es auf dem Mars, wie ihr wisst, das heisst nicht alle von euch wissen dies. Es befinden sich jetzt noch Atlanter dort, versteckt und isoliert, und möchten mit keinem Volke Kontakt haben. Nein, und warum? Dies kann ich euch nur zu gegebener Zeit berichten, es sei also nun so, dass ihr – du, Menos und deine Geschwister – irgendwie auch zu Sirius gehört. Und nun zurück zu meinem Traum, den ich verwirklichen will, nämlich aus jedem Land der Erde zwei Menschen mitzunehmen.«

»Oh«, meinte Dario, »und welches Land wirst du zuerst besuchen, Siriano?«

»Dario danke, ich werde dir die Frage beantworten, nun, es ist die Schweiz, dann Amerika, Österreich, Deutschland, Schweden, Irland, Schottland, dann begeben wir uns zuerst einmal zurück. Griechenland wird ebenfalls in das Programm genommen, 16 Menschen werden wir kontaktieren, wir werden sie mitnehmen, ich denke ihr seid einverstanden, wenn ihr alle mir helft?«

»Oh, bestimmt«, meinte Sirano sofort.

Alle waren begeistert.

»Siriano, eine Frage, in all diesen Ländern gibt es Sternentore. Du bist sehr gescheit, ich merke nun, was in dir vorgeht.«

Ich lächelte. Dario hatte es gemerkt.

»Die Menschen in diesen Ländern sind anders, nicht alle, doch die, die ich mitnehmen will, sind einmalig, wie eben Sirano, Martin und Jose. Diese Menschen, wie gesagt, sollen auf Sirius unter uns leben, das schwebt mir schon lange vor. Der Rat der Weisen begrüsst meine Idee, heisst sie gut, also kommt es auf euch an, ob ihr mir alle helfen wollt, dies zu erreichen?«

»Natürlich Bruder«, meinte Sadmos.

Auch Tabor war restlos begeistert.

»Siriano«, stöhnte Sandrino, »wenn wir zurück auf Sirius sind, dann bitte, lass uns nicht wieder nur eine Weile dort bleiben – und dann schon wieder aufbrechen. Wir brauchen alle viel Zeit, um uns zu sammeln. Gewiss, bis jetzt war alles sehr lichtvoll und toll, aber ...«

»Jaja«, wehrte ich ab. »Aber ich habe euch noch etwas Neues zu berichten. Stets entschied ich, wo es hingeht. Ich möchte, dass ihr alle ab jetzt Ideen bringt, mitreden könnt. Wenn nun Dario zum Beispiel einmal nach Italien will, so wird ihm der Wunsch erfüllt, denn wir reden darüber, falls nicht alle begeistert sind, was meint ihr?«

»Sehr gut«, grinste Aritos. »Sehr gut, dann kann ich also auch eine Idee bringen?«

»Ja, bestimmt, du sowieso, mein Bruder.«

»Na gut, dann würde ich vorschlagen, wir reisen nochmals auf die Insel der Saurier.«

»Oh nein«, meinte Dario entsetzt. »Bestimmt nicht, ohne mich, Siriano, da komme ich nicht mehr mit.«

Man lachte, denn Aritos spasste nur. Dario merkte es erst jetzt.

»Aritos, du bist einfach umwerfend, irgendwann werde ich dir das heimzahlen, denke daran.«

»Oho, willst du mir drohen?«

»Nein, ich drohe dir doch nicht, ich liebe dich, Aritos, aber sei auf der Hut, stets hast du mich im Visier, drehen wir den Spiess doch mal um, ja?«

»Ich sehe, du wirst allmählich erwachsen, Dario, toll. Informiere mich doch bitte einige Tage, bevor du damit beginnst, damit ich mich besser vorbereiten kann, ja?«

»Echt nicht«, entgegnete Dario. Die beiden lieferten sich ein hartes Wortgefecht, ich hörte zu und wartete darauf, dass sie bald fertig würden, aber es war kein Ende abzusehen.

Ich stand auf und meinte: »Na gut, ich gehe mich hinlegen, macht ohne mich weiter, ja?«

»He, wohin gehst du?«

»Na, mich hinlegen, ich höre mir so einen Unsinn nicht länger an. Ich komme bald wieder, bitte unterhaltet Jose und zeigt ihm ein Zimmer. Eines für ihn alleine, das sage ich ausdrücklich, ich werde kontrollieren, ob er alleine ist, er muss sich an vieles gewöhnen, wenn er schon mit uns nach Sirius kommt, ja?«

»Ja, bestimmt, versicherte mir Aritos, »ich nehme mich seiner an.«

»Ja, gut.«

Ich begab mich nun also in mein Gemach, legte mich hin und versuchte zu entspannen. Es ging auch. Dann spürte ich, jemand war hier. Aber wer? Dario konnte es nicht sein, nein. Jemand war trotzdem da. Nie konnte ich richtig Ruhe geniessen.

»Sandrino, was willst du? Wie hast du das geschafft?«

»Oh, ein Zaubertrick von Atlantis, den ich einst gelernt habe, aber den verrate ich dir nicht, okay?«

»Dann behalte ihn für dich, will ich nicht unbedingt wissen, ja?«

»Bist du mir jetzt böse, mein Bester?«

»Nein, gewiss nicht. Sandrino, ich habe da noch einige Fragen an dich.«

»Oh, frage nur, darf ich mich zu dir setzen?«

»Ja, bitte.«

»Fahre fort, ich höre gespannt zu.«

»Na gut, ich habe eine Frage, was dich und Atlantis anbelangt.«

»Oho, du willst mich daran erinnern?«

»Nicht böse gemeint.«

»Na okay. Ich versuche es zu beantworten.«

»Du hast doch Schätze mitgenommen, Truhen oder?«

»Ja, ist was damit?«

»Warum willst du ausgerechnet diese behalten?«

»Höre mir zu, Siriano, du weisst ja, ein gewisser Teil von Atlantis hat überlebt, nicht wahr?«

»Ja, so ist es.«

»Also, ich möchte mit einem Teil dieser Schätze den übrig gebliebenen Kontinent unterstützen, damit sie irgendwann wieder Bauten errichten können, verstehst du? Ich hatte nie im Sinne, dies alles für mich zu behalten. Gewiss, es gibt Sachen, die sind einfach zu wertvoll – und auf der Erde sind Goldbarren heutzutage sehr wertvoll ...«

»Wie meinst du das, Sandrino?«

»Ich habe eben auch Pläne, Siriano, Geheimnisse von denen du nichts weisst. Und in mich kannst du dich nicht hineinversetzen und ergründen, was dies ist, nein, dafür habe ich gesorgt. Ich muss auch meine Geheimnisse für mich haben, Bruder.«

»Ich verstehe dich, aber es war nur eine Frage, ja?«

»Aber Siriano, jetzt frage ich dich etwas.«

»Ja, ich wusste es, so was kommt.«

»Könntest du dir ein Leben vorstellen auf der Erde?«

»Oh, das kommt jedoch unerwartet, damit habe ich nicht gerechnet, mein lieber Bruder. Irgendwann werde ich für eine Weile auf der Erde sein und dort alles in Ordnung bringen, verstehst du?«

»Du verlässt uns?«

»Nein, mit euch allen, Sandrino!«

»Du hast mich erschreckt, ich dachte ich habe dich dann ...! Weisst du, ich liebe dich sehr, mein Bruder Siriano, zu sehr.«

»Hör mal, wir werden noch viele Abenteuer bestehen, okay? Zuerst gehen wir nun zurück nach Sirius. Dort wird man uns bestimmt wieder gebührend empfangen.«

»Ja, gewiss, aber, Siriano, es wird bald Zeit, dass du einmal ans Heiraten denkst.«

»He, spinnst du? Ich habe für so etwas keine Zeit, mein Lieber Bruder.«

»Warum wehrst du dich so energisch dagegen, Siriano? Ich wollte doch nur mal fragen. Ich wusste ja nicht, dass du gleich fast an die Decke springst, bitte, halte dich im Griff, zwar hat es oben noch ein Stockwerk, aber trotzdem.«

»Haha, du bist lustig, Sandrino«, und ich erzählte. Erzählte lange, starrte dabei zur Decke, nun gab Sandrino keine Antwort mehr. Ich wunderte mich darüber und sah nach ihm, Sandrino schlummerte friedlich und lächelte im Schlaf.

»Das glaube ich nicht«, lachte ich und schlief ebenfalls ein, es wurde Zeit, wieder nach Sirius zu kommen. Ich hatte einen wunderschönen Traum. Ich sah Sirius in einem hellen wunderbaren Licht. Sirius strahlte und wurde zum grössten Planeten im ganzen Universum.

Jemand rüttelte an mir herum.

»He, Siriano.«

Ich öffnete meine Augen.

»Sandrino, was ist denn?«

»Du hast geredet, im Traume.«

»Ich habe geredet? Was denn?«

Sandrino sah mich an und meinte nur: »Siriano, es ist wunderbar, ich wusste es schon immer, aber ich behalte alles für mich!«

»Sandrino, kannst du mir bitte berichten, was ich erzählt habe?«

»Oh, wegen Sirano und Dario!«

»Sandrino bitte schweige und rede mit niemandem darüber, bitte! Es ist ein grosses Geheimnis, das ich jetzt noch nicht offenbaren kann!«

Dann ging der Lautsprecher an.

»Siriano, wir sind bald in unserer Heimatgalaxie, ich wollte es nur durchsagen.«

Segodan war sehr liebenswert.

»Ich freue mich, Sandrino.«

»Ja, ich mich ebenfalls, bald sind wir wieder zuhause.«

Sirano, das Licht des Friedens

Ja, wir waren längst durch das Sternentor nach Sirius geflogen, Jose war sehr aufgeregt. Diesmal hatten wir für die Art unserer Ankunft etwas anderes vor: Als wir etwa in einer Höhe von 300 Meter waren, unter uns Sirius, liessen wir uns aus dem Raumschiff gleiten und flogen mit unseren Kristallstäben hinab. Segodan war begeistert, so konnte er direkt die unterirdischen Garagen der Raumschiffe ansteuern. So schwebten wir alle nun herum. Unter uns winkten bereits Ariana und Sarina. Jose kam sich komisch vor. Viele unserer Freunde waren dort unten versammelt. Natürlich wurden wir freudig empfangen. Sarina freute sich sehr, sie hielt mich später umklammert.

»Siriano bitte, jetzt bleibt ihr eine Weile hier. Bitte!«

»Oh ja, Sarina. Schau nur wir haben einen weiteren Erdenbewohner mitgebracht.«

»Ja, ich habe bemerkt, wie unsicher er flog.«

»Haha«, lachte Aritos.

»Ich werde es ihm noch besser beibringen, hallo geliebte Ariana«, und er nahm seine Frau herzlichst in die Arme. Sie umarmten sich und dann sprach Aritos zu ihr: »Sieh nur, das ist Jose, er wird bei uns wohnen, ja?«

»Oh, das freut mich sehr.«

Jose sah erstaunt aus.

»Siriano, ich dachte, ich sei bei dir, Sirano und Sandrino?«

»Anfangs wirst du bei Aritos wohnen, Aritos ist unser König hier auf Sirius, also das heisst, er und ich regieren zusammen die Planeten von Sirius.«

»Die Planeten?«

»Es gibt fünf Planeten, aber du wirst mit der Zeit schon mehr erfahren.«

»Ich habe bestimmt viele Fragen.«

»Ja, die wirst du haben, das weiss ich jetzt schon.«

»He, wo ist Dario?«

»Na wo schon«, grinste Sirano. »Sitzt bestimmt wieder vor seiner Anlage und träumt.«

»Okay Freunde, ich denke, wir finden uns gegen Abend bei Aritos zusammen, okay?«

Wir reichten uns die Hände, ein jeder ging zu sich nachhause. Wir waren nicht weit voneinander entfernt, aber trotzdem wollte nun jeder lieber für sich sein. Sirano, Sandrino und Tabor sowie sein Bruder und ich begaben uns auf meine Insel. Dort legten wir zuerst unsere Kleider ab und reinigten uns. Es war erquickend, in dem warmen Bad zu liegen und entspannt zu merken, wie der Duft von Kräutern uns in die Nase stieg, wir atmeten tief aus und ein, es war wirklich schön. Ruhig meditierten wir im Bade. Alsbald erschraken wir sehr, denn Aritos, mein Bruder schlich sich an uns heran und überraschte uns, ich war echt sauer auf ihn, so etwas hatte er doch noch nie getan. Bei ihm war natürlich Jose.

»Sag, was du willst, Bruder, und entferne dich dann, kaum ist man zu Hause angelangt, wird man wieder gereizt und das nun auch noch von dir, es ist wirklich nicht gerade schön.«

»Verzeih mir, das wollte ich nicht. Bitte entschuldigt, meine Freunde, wird nicht mehr vorkommen, nein, ich habe nur ein kleines Problem, Siriano.«

»Und das wäre?«

»Ich habe keine passende Kleidung für Jose und auch nichts zum Schlafen.«

»Ich schon, aber wenn ich ihn einkleide, bleibt er hier.«

»Oh, warum?«

»Nun lass uns in Ruhe, damit wir noch ein bisschen entspannen können.«

Jose sah uns an.

»Sagt mal, muss ich das auch machen?«

»Oh, bestimmt«, meinte Sirano und forderte ihn auf, sich zu uns zu begeben. Zuerst hatte er irgendwie Hemmungen, als er dann schliesslich drinnen war, gefiel es ihm aber so gut, dass er am liebsten immer drinnen bleiben wollte. Aber wir hatten ja vor, uns alle bei Aritos zu treffen. Dies wurde nun jedoch in meine Halle versetzt. Sesan, mein treuer Diener, machte wieder mal alles bestens. Ich musste mich um nichts kümmern, nein, er war einmalig. Sirano war als Erster fertig, er sah wirklich toll aus und bewegte sich gekonnt als Sohn des Hausherrn durch den Palast. Ich beobachtete ihn sehr viel. Irgendwie war er stolz auf sich. Er zeigte Jose alles, was er wissen musste.

»Ich staune, Sirano, so was Wunderbares habe ich noch nie gesehen, viel schöner als auf der Erde. Hier wirkt alles so harmonisch, friedlich, nichts, das negativ scheint, absolut positiv alles, ich bin begeistert.«

Sirano lächelte.

»Weisst du Jose, ich bin stolz, hier zu sein bei meinem Vater, aber ich erzähle dir später vieles, was du wissen solltest.«

»Oh, du willst mich also aufklären?«

»Ja.«

»Irgendwie habe ich eine Ahnung. Da ich vernommen habe, dass du ebenfalls von der Erde kommst, muss ich daraus schliessen, dass du entweder deine Eltern verloren hast, oder sonst was Besonderes mit dir ist. Siriano hat dich bestimmt adoptiert, ist es nicht so?«

»Ja, es ist so«, antwortete ihm Sirano. »Aber weisst du, ich liebe meinen Vater, also Siriano sehr. Er strömt so viel Wärme aus, so viel Positives, Licht und Frieden, es ist einfach toll, das zu spüren.«

»Ja, kann ich mir denken, Sirano. Aber eines will ich dir sagen, Sirano, du bist sein Sohn, du kannst stolz sein auf ihn, er ist etwas sehr Wertvolles. Er hätte keinen anderen nehmen sollen als dich, ihr seid für mich richtig wie Vater und Sohn, als ob ihr stets zusammen wart. Du bist ein ganz treuer lieber Kerl, Sirano, eine Freundschaft zu dir muss wunderbar sein. Ich hatte in Mexiko fast keine Freunde, nur meine Brüder und meine Schwester, das hat mich jahrelang sehr belastet, ich litt darunter, das kannst du mir glauben. Ich war viel alleine, sei es unterwegs oder zuhause. Ich will nicht mehr zurück, ich hoffe du hilfst mir dabei. Wenn ich daran denke, dass du wieder einen Vater hast, könnte ich weinen, denn meine Eltern sind ebenfalls nicht mehr hier. Es war ein harter Schlag, uns alleine durchbringen zu müssen. Aber sage mir, warum hat Siriano ausgerechnet mich ausgewählt?«

»Kann ich dir schon sagen, aber das überlasse ich meinem Vater selbst, er wird bestimmt heute noch mit dir reden. Ich weiss, dass er dich sehr mag, Jose, er ist eben mit der Liebe zu stark verbunden, er liebt alle, ja – alle, die ihm mit Liebe und Licht entgegenkommen. So liebt er auch sie, sei es jetzt eine hübsche Frau, ein Kind, ein Freund, ein Tier, er liebt alles. Er schätzt alles so sehr und man kann mit ihm herrlich reden, du wirst davon sehr profitieren, glaube mir. Wenn Siriano jemanden in sein Herz geschlossen hat, lässt er ihn nicht mehr los, das ist mit allen hier auf Sirius so, schliesslich ist Siriano der eigentliche König von Sirius. Doch er hat die Stelle an seinen Bruder Aritos abgegeben, da er keine Zeit hat zu regieren. Das überlässt er besser Aritos, der hat da auch mehr Erfahrung. Doch auch Aritos holt sich Hilfe von ihm, denn alle hier wissen, Siriano ist nicht zu ersetzen. Er wird unendlich lange regieren über den ganzen Kosmos, sein Licht strömt in alle Richtungen, in alle Galaxien, er vermittelt so unendliche Liebe zu allem. Manchmal ist diese Energie sehr stark zu spüren, du wirst es merken, wenn es so weit ist, Jose, und wirst du damit nicht fertig, dann sage es mir, ich bin stets für dich da, ja?«

Jose umarmte ihn und sagte zu ihm: »Mein lieber Sirano, ich mag dich sehr, ich will nicht mehr zurück, ich wünschte nur, meine Geschwister wären hier.«

»Übrigens, mein lieber Jose, mein Vater wird dich vieles lehren, habe keine Angst, denn alles kommt, wie es kommen muss. Wir alle sind hier bei dir, sorge dich nicht. Doch nun lass uns gehen, man wartet bestimmt schon auf uns, ja?«

»Ja, prima«, lächelte Jose und die beiden kamen friedlich nebeneinander in den Gesellschaftsraum.

Jetzt waren wir vollzählig. Sanfte Musik ertönte, man tischte unglaublich leckere Sachen auf, Martin konnte nicht widerstehen. Ich lächelte ihn an. Er hatte natürlich eingekauft in England, gebratene Hühnchen, die für uns normalerweise verboten sind, doch ich machte heute Abend eine Ausnahme, weil es ein besonderer Tag war, der noch nicht beendet war. Ich hatte etwas Spezielles vor, besonders mit meinem Sohn Sirano. Niemand ahnte etwas, nein, deshalb schwieg ich auch und hörte mir still die Geschichten an, die meine Freunde erzählten. Wir lachten und freuten uns, wieder hier zu sein. Sandrino war in seinem Element. Sehr sogar, ja, ich sah meine Freunde an, keine ernste Miene war darunter. Nein, alle waren sehr entspannt, Sarina und Ariana lachten herzhaft. Ich sah Moriana, sie kam als Gast zu uns, alle waren fasziniert von ihr. Sie sah himmlisch aus, in ihrem bodenlangen wallenden glänzenden Kleid, sehr fein war es gearbeitet, Blumen schmückten sie von oben bis unten, ihr langes goldenes Haar schimmerte. Ihre treuen blauen Augen mit dem bestimmten Glanz darin waren so lieblich. Sie schaute mich manchmal an, extra für uns hatte sie sich verwandelt mit einem festem Körper wie wir ihn hatten. Sie konnte eben einfach alles.

Sie fragte Jose nach seinem Land, er wurde dermassen mit Fragen überschüttet, er genoss es sehr. Ja, oder Sirano und Dario, die beiden hatten wieder einmal einen Humor, der so manchen Sirianer heute Abend zum Lachen brachte. Oder Sandrino, Tabor und sein Bruder Tircano, einmalig. Ich war so stolz auf meine Freunde, sie machten mich richtig glücklich. Es ging sehr lange so, dann erhob ich mich und bat meine Freunde, sich für einen Moment ruhig zu verhalten, da ich ihnen etwas zu sagen hatte. Sie schauten mich neugierig an. Die Obersten der beiden anderen Planeten waren zu Gast, auch sie waren still und so begann ich.

»Meine lieben Freunde, wir sind zurück, endlich, ja, wir waren wieder einmal auf der lieben guten alten Erde, langsam wird dies zur Gewohnheit. Doch ich muss sagen, es gefällt mir auf der Erde, absolut super. Ich habe euch ja bereits von meinem Plan erzählt, den ich ausführen werde. Es werden also Menschen mit reinem Herzen, reiner Seele und mit Licht bei uns sein und mit uns leben. Dies wisst ihr bereits, ich danke meinen Freunden, dass sie mich stets überall hin begleitet haben, ich bin sehr stolz darauf. Ich bedanke mich bei Segodan, bis heute hat er das Mutterschiff wunderbar durch die Universen gleiten lassen. Stets neben mir, mein treuer Bruder Aritos und mein Bruder Sandrino. Und welche Freude, dich, Sadmos, endlich auch wieder neben mir zu haben, dank euch allen. Auch euch Sanos und Menos danke ich und allen anderen auch. Besonderen Dank natürlich an unseren Raumschiffclown Dario, der sich so manchen üblen Scherz erlaubt hat.«

Dario grinste natürlich.

»Ja, und ich heisse auch einen neuen Erdenbürger hier willkommen, Jose. Er soll richtig aufgenommen werden von uns allen, ja. In unseren Herzen ist er bereits einer von uns. Doch nun zu einer sehr wichtigen Person, ich will es nicht lange verschweigen, gemeint ist mein Sohn Sirano. Ich bin stolz darauf, einen Sohn zu haben, der mich so würdig vertritt. Er ist alles für mich, wie ihr wisst, wirklich alles.«

Tränen des Glückes rannen mir über die Wangen. Sirano sah es und lächelte.

»Ja, meine Freunde, ich werde ihm eine Ehre erteilen, die noch niemand erhalten hat, ich bin so stolz auf dich mein Sohn Sirano, mein Licht verbindet sich mit deinem Licht, das wisst ihr alle. Doch nun!«

Mit diesen Worten nahm ich eine Schatulle aus reinem Gold in die Hand. Sie strahlte in einem wunderbaren Glanz. Meine Freunde erstarrten, noch nie hatten sie so etwas Schönes gesehen.

»Ja, ich bekam es einst von unserer geliebten Moriana, unserer schützenden Fee, die uns alle liebt. Sie gab es mir einst, doch nun ist der Moment gekommen, wo ich es weitergeben darf in ihrem Namen und in meinem Namen an dich, mein Sohn Sirano. Öffne es nicht, ich werde es dir erklären. Hier drinnen befindet sich ein Licht, ein Licht so wertvoll wie das Universum. Hier drinnen befindet sich das unendliche Licht des Friedens, nur ich hatte es bei mir, stets hatte ich es bei mir und sendete durch dieses kleine Ding Frieden auf die Erde. Es ist das Licht, das über den ganzen Planeten strahlt, diesen Planeten schützt und nur Frieden bringen wird. Sirano, nimm es an dich und führe es bei dir, wir beide haben dieses Licht, mit dem wir nur Liebe und Frieden senden können. Moriana hatte mich einst bestimmt für diese Mission, Aritos ist eingeweiht als Einziger, weil er mich bei meiner Kindheit damit segnete. Aber nun befindet es sich in meiner Hand und in deiner, mein geliebter Sohn.«

Sirano sah mich an, er weinte sehr, noch nie hatte er so bewegende Worte gehört. Niemand verurteilte ihn, denn wir Sirianer weinen eigentlich nicht, weil wir eben so glücklich sind, wir bestehen aus Licht, Liebe, Frieden und sind voll reinem Herzen. Manchmal weinen wir ein wenig, wenn wir uns von Herzen lieben, doch nicht so wie die Menschen. Sirano fand keine Worte, nein. Er sass da und staunte mich an. Es war ihm zu bewegend.

»Nun«, meinte ich, »so nimm es.«

Er nahm es in seine Hände, schaute darauf, gab es Jose in die Hände, kam mir entgegen und warf sich in meine Arme.

»Daddy, ich liebe dich so sehr, warum ich?«

»Weil du bestimmt bist dazu, ja du bist alles für mich, verstehst du?«

»Vater ich danke dir, ich danke dir von ganzem Herzen, bestimmt werde ich dich gut vertreten. Denn mein Herz ist dein Herz, mein Licht ist dein Licht, meine Seele gehört zu deiner Seele, mein Frieden vereint sich mit deinem Frieden. Wir sind zusammen stark und eins.«

Seine Freude war meine Freude, sie stieg in mir hoch, sie wärmte mich sehr, zu sehr sogar. Lange blieben wir so.

Dann ging Sirano auf Moriana zu, kniete nieder und sagte zu ihr: »Geliebte Moriana, ich liebe dich, ich danke dir für diese Auszeichnung, ich werde mich bemühen, egal wo ich bin, wo ich auch hinreise mit meinem geliebten Vater, Frieden zu bringen mit diesem geweihten Licht, das von Gott kommt, dem Allmächtigen, hab Dank. Meine Liebe zu dir, sie erblüht wahrhaftig, ich spüre diese unendliche Liebe, das Licht, den Frieden. Ich schwöre dir bei meinem Worte, nie werde ich es brechen, niemals nein, denn ich bin ein Teil meines Vaters und ein Teil von Sirius. Gesegnet sei der Planet Sirius mit all seinen Bewohnern, denn sie sind es würdig, die wahren Lichtmeister zu sein, mit ihren Meistern den Grossen Engeln, wie Michael, oder Samuel. Ich danke dir, Moriana.«

Sie war bewegt und half ihm auf.

»Du brauchst nicht niederzuknien Sirano, du bist jetzt ein stolzer Sirianer, aufgenommen durch das Licht des Friedens, du bist ein Meister, ja, du wirst diesen Titel stolz tragen, neben deinem Vater – Sirano, das Licht des Friedens. Möge Gott stets an deiner Seite sein und in dir. Du göttlicher Junge vom Planeten Erde, wir alle lieben dich unendlich.«

Sirano war sehr stolz. Und immer wieder war er bei mir, er konnte so viel Herzlichkeit vertragen, ja, er konnte richtig damit umgehen. Wahrhaftig umgehen.

»Damit beschliesse ich nun dies«, meinte ich, »und bitte, meine Freunde, vergesst nicht, ihr seid die besten, die es gibt. Ich freue mich bereits auf unsere nächste Reise, Stationen werden bekannt gegeben, die Erde, wie ich bereits erwähnt habe, werden wir abermals besuchen, danach begeben wir uns in ferne, fremde Universen, seid ihr einverstanden damit?«

Alle richteten sich auf, hoben ihre Becher, dann meinte Aritos: »Mein lieber Bruder, was wir soeben miterleben durften, ist einmalig, es beweist uns, wie lichtvoll dein Fühlen und dein Handeln sind. Wir lieben dich alle sehr, natürlich kommen wir alle wieder mit, oder?«

Ja, und nun ging es erst richtig los – ungewohnt für Sirius, doch alle wollten feiern, wie man auf der Erde zu sagen pflegt. Wir feierten sehr lange noch, einige gingen zu Bette. Dario, Sirano, Jose, Sandrino, Tabor, wir sassen noch zusammen und lachten, bis ich langsam müde wurde. Ich gähnte bereits. Jose wollte noch einmal baden gehen nachts.

»Ihr wisst gar nicht, wie toll das ist«, meinte er und schaute uns an.

»Na gut, wenn ihr unbedingt möchtet«, lenkte ich ein, »ich habe nichts dagegen.«

Dario, Jose und Sirano sprangen sofort los.

»Man kann sie eben nicht halten, Freunde. So sind sie, ungeduldig. Aber ich muss sagen, Dario hat sich irgendwie geändert, findet ihr nicht auch?«

»Oh«, meinte Sandrino, »ich frage mich dauernd, wie lange das anhalten wird, mal sehen, riskierst du eine Wette, mein lieber Bruder?«

»Wenn es sein muss, was möchtest du denn von mir?«

»Oh, Liebe, Licht und Frieden!«

Ja, besser hätte es mein Bruder Sandrino nicht sagen können!

»Höret, unsere jungen Freunde rufen uns, also beeilen wir uns.«

Tabor, Sandrino und ich gingen mit. Ja, die drei tummelten sich ausgiebig im Wasser, sie lachten und spritzen sich gegenseitig an.

»Hört bloss auf damit jetzt, denn wir begeben uns zu euch ins Wasser«, rief ich ihnen zu.

Doch sie hörten einfach nicht zu, nein, sie waren so übermütig. Sandrino hechtete schnell hinein, Tabor tat es ihm gleich, sie schwammen weit hinaus.

»Die beiden sind einfach zu schnell«, meinte ich. Doch ich hätte sie längst einholen können. Neben mir kam nun Dario hoch.

»Hallo Siriano, auch hier?«

»Ja, bestimmt, was dagegen?«

»Oh nein, mein lieber Freund.«

»Es ist herrlich, er hat Recht gehabt, unser Jose.«

»Ja, das sollten wir öfters tun.«

»Na bitte, tut euch keinen Zwang an, ja?«

»Und du drückst dich wohl dauernd, was Siriano?«

»Mein Lieber, ich habe Bessres zu tun, ich sollte eigentlich schon die nächste Reise planen.«

Dario hielt mich fest an den Schultern, stiess sich ab und schwang sich wieder in die Fluten. Jose war nirgends zu sehen.

»Hast du Jose gesehen, Sirano?«

»Nein Daddy, vorhin war er noch hier und jetzt ist er nirgends.«

»Das kann nicht sein, ich habe ihn auch noch gesehen«, meinte Dario.

Ich verständigte per Zeichen Sandrino und Tabor. Sie schwammen sofort wieder zu uns heran.

»Was ist denn?«, fragte Tabor.

»Jose ist verschwunden, habt ihr ihn nicht gesehen?«

»Nein!«

»Es ist dort hinten sehr tief, ich hoffe es ist ihm nichts passiert, mein lieber Bruder.«

»Ja, suchen wir ihn, okay?«

Wir tauchten, sahen uns überall um, doch er blieb verschwunden.

»Das gibt es nicht, meine Freunde, was sollen wir nur tun?«

Ich nahm an Land meinen Stab zu mir und verständigte Aritos. Dieser kam bald her, zusammen mit Menos, Sanos und einigen anderen.

»Und ihr habt ihn noch gesehen?«

»Ja!«

Jose war nirgends zu finden. Wir bekamen Angst.

»Was ist zu tun, Aritos?«

»Es gibt noch eine Erklärung, Siriano, dass er von einem Sog hinunter gezogen wurde.«

»Oh nein«, meinte Dario, »nein, bitte nicht!«

»Kann er denn gut schwimmen?«

»Weisst du noch, Siriano«, erinnerte sich nun Aritos, »dort hinten hast du einmal dein Zeichen von Sirius verloren, ein sehr wertvolles Ding.«

»Ja, gewiss, das ist aber jetzt nicht wichtig, ich habe Angst, dass ihm etwas passiert ist.«

Wir standen ruhig da und blickten hinaus auf unser Meer. Ruhig, es war ruhig, das Meer, man hörte nichts. Ja, und dann, plötzlich, kam aus dem Meer Baji, der weisse Delphin, der schnellste Delphin auf Sirius. Er japste und piepste.

Und da sahen wir ihn: Jose hielt sich an der Rückenflosse fest. Er winkte.

»Er ist dort«, strahlten wir, »er ist da, endlich!«

Ja, Glück gehabt. Baji brachte ihn fast bis an Land.

»Freunde bitte, seid nicht böse mit mir, aber ich tauchte sehr tief, dieser Delphin machte mich auf etwas aufmerksam, ich konnte ihn irgendwie verstehen, ja. Seht nur, es muss jemandem von euch gehören.«

Er hatte die Kette mit dem Sirius-Zeichen von mir in der Hand.

»Oh nein!« Ich weinte Tränen, Tränen der Freude. Aritos und alle meine Freunde staunten.

»So weit tauche ich nicht«, meinte Aritos.

»Du warst sehr tief, du hast dich selbst in Gefahr gebracht, Jose«, meinte Aritos.

»Oh, wenn ich es nicht gesehen hätte, ich wäre wieder nach oben gekommen, glaubt es mir, aber dieser kluge Freund dort«, und er zeigte auf unseren weissen Delphin, »er zog mich hinab.«

Ich staunte nicht schlecht, eine grosse Freude kam in mir hoch, er hatte meine Kette wiedergefunden.

»Ich danke dir, Jose.«

Zufrieden gingen alle wieder zurück zu mir.

»Jose, du hast sie gefunden, also behalte sie, es ist ein Geschenk von mir an dich!«

»Oh, das glaube ich nicht«, lachte er. »Ein wunderbares Geschenk, ich freue mich sehr, Siriano, wie soll ich mich nur bedanken?«

»Brauchst du nicht, du hast dein Leben aufs Spiel gesetzt und du sollst dafür belohnt werden. Gewiss, Baji ist sehr mutig, er stellt es stets unter Beweis. Weisst du, hier gibt es sehr weit draussen riesige Fische, sie sind gewissermassen verfeindet mit den Delphinen. Wir versuchen dauernd, sie zu fangen, doch sie sind sehr schlau und geschickt. Sie befinden sich in unsagbaren Tiefen. Doch wir wissen, wie sie aussehen.«

»Aber wie kommen sie hierher?«, fragte Dario.

»Oh«, dabei sah ich meinen Bruder Aritos an, »eine lange Geschichte.«

»Willst du sie uns nicht erzählen?«, fragte Sirano, »niemand kennt sie.«

»Doch, einer schon, Aritos kennt die Geschichte. Er und ich, wir sind manchmal gewissen Sachen auf den Grund gegangen, haben nachgeforscht, aber Freunde, wenn ihr es unbedingt wissen wollt, so erzählen wir euch davon.«

Inzwischen befanden wir uns alle in der grossen Wohnhalle. Überall lagen sie herum. Ich sah in ein Licht und begann mit der Geschichte.

»Es ist also wahr das Ganze, was ich euch nun berichte. Ich darf zwar nicht sehr viel verraten, das müsst ihr verstehen, aber einiges kann ich euch sagen. Nun, wie ihr wisst, gibt es in unserem Meer einen Zeitstrudel, eine Verbindung, zwischen der Erde und uns. Wer hinein gerät, ist sehr schnell auf der Erde!

Seit Atlantis war er geschlossen worden. Bestimmt, er wurde stets bewacht. Doch auf der Erde sah man nachts des Öfteren Seeschlangen – Monster, die Schiffe in die Tiefe rissen, angeblich hatten sie sich verirrt. Es ist nicht ihre Heimat, ihre Heimat ist die Sargasso-See. Ein unheimliches Wasser, das viele Geheimnisse birgt. Diese werden wir auch noch lösen, wenn die Zeit da ist. Nun, irgendwann gerieten solche Monster in diesen Zeitwirbel. Sie gelangten dadurch in unser Meer, wir jedoch verspüren keine Angst, denn hier zeigen sie sich nie, sie haben auch noch nie Schiffe von uns mitgerissen, wir wissen nicht warum, aber wahrscheinlich fürchten sie sich, denn hier ist die Energie besonders stark, also positiv, wahrscheinlich können sie es nicht ertragen, sodass sie nicht hochkommen.«

»Ja, meinte Jose, »dann habe ich irgendwie Glück gehabt, mit anderen Worten?«

»Oh ja«, meinte ich. »Es hätte anders kommen können, doch Baji hätte uns gewarnt, er ist sehr intelligent. Ja, so ist das passiert. Also, ich kann euch nicht sagen, wie diese Zeitmonster aussehen, will es auch gar nicht wissen, solange sie uns in Ruhe lassen. Wir werden uns, solange wir hier sind, jedoch irgendwann diesem Problem widmen. Einige Sirianer haben sie einst gesehen, sie fürchten sich vor ihnen und es hat keinen Sinn, weiter so zu leben.«

»Ha«, meinte Dario, »aber warum können wir trotzdem baden?«

»Oh, es gibt unter Wasser eine Absperrung, mein Lieber, da kommt nichts durch, gar nichts. Jedes Wesen, das es versucht, bekommt einen Schlag.«

»Ach so ist das«, meinte Dario, »jetzt begreife ich langsam, warum die Delphine sie nie geortet haben.«

»Delphine sind eigentlich gute Schwimmer und Taucher, doch sie wagen sich nicht in gewisse Tiefen. Aritos, dieses Problem sollten wir dringend lösen.«

»Ja, sehe ich auch so«, meinte er und sah mich sorgenvoll an.

Jose meinte: »Und wenn ich in diese Wirbel gerate?«

»Sehr gefährlich, schwimme nie zu weit hinaus so wie Tabor und Sandrino«, warnte ich Jose.

Die beiden sahen sich an.

»Ja, Freunde, ich habe mir grosse Sorgen gemacht.«

»Siriano, was ist das?«

»Hört ihr das nicht?«

»Ja, bestimmt.«

»Kommt lasst uns hinausgehen, es wird doch nicht möglich sein, dass diese Monster hochgekommen sind?«

Ja, wir konnten Jose nicht halten, er sprang hinaus.

»Seht nur, seht nur!«

Wir blickten auf das Meer – ein riesiges Wesen starrte uns an. Es sah aus wie eine Seeschlange.

Ich stand da, unbewegt, und starrte hinaus.

»Ja, es ist also so. Kaum zu glauben.«

Ich begab mich an den Rand des Ufers. Das Ungeheuer brüllte.

Ich hob die Arme und sprach: »Wer bist du fremdes Wesen, das uns so in Angst versetzt? Gehe hinweg. Wir sind in Frieden und Licht, gehe hin und lasse dich nie wieder sehen.« Ich nahm meinen Stab, gleissendes Licht kam heraus, direkt auf das Monster zu, der Blitz traf es. Es brüllte noch mehr.

Aritos warnte mich: »Siriano, lass es, du machst es wütend, bitte, sonst kommt es noch an Land.«

Doch meine Strahlungen zeigten Wirkung. Das Ungeheuer tauchte unter.

»Also, es fürchtet sich vor den Strahlen«, meinte ich.

»Ja, und wie«, lachte Dario, »ha, du hast es ihm sehr gegeben, toll, Siriano.«

Jose sah immer noch aufs Meer hinaus.

»Lass uns hingehen«, meinte er.

»Oh nein, du bist zwar sehr mutig, doch dies wirst du nicht tun. Du wirst von nun an bewacht, mein Lieber, ich will nicht, dass du dich so gefährdest. Lasst uns schlafen gehen, wir denken nicht mehr daran, es ist zu gefährlich.«

Ja, wir gingen alle ins Bett. Jose lag da und überlegte.

»Na, was studierst du herum, mein Lieber«, meinte ich.

»Es ist nicht angenehm, Siriano, so ein Ungeheuer auf diesem so friedvollen Planeten.«

»Du hast Recht, aber versuche doch zu schlafen, es hat keinen Sinn, jetzt darüber nachzudenken.«

»Es sah so furchterregend aus, Siriano.«

»Ja, ich weiss, aber wir werden es in Kauf nehmen müssen, eines Tages werden wir sie erwischen, verlasse dich darauf. Da gibt es ein Problem, wir leben ja von den Fischen und diese dummen Monster schnappen sie uns weg, fressen sie, seit Jahren, hat man mir gemeldet, wird der Fischbestand immer weniger.«

»Oh, also da muss man was tun, Siriano.«

Sirano wachte auf.

»Über was sprecht ihr denn?«

Ich hatte zwei Zuhörer, die nicht schlafen wollten, ja, bis morgens plauderten wir, als die anderen aufwachten, schliefen wir ein. Man wunderte sich schon.

»Lasst sie schlafen, ich hörte sie manchmal«, bestimmte Aritos lächelnd.

Sie gingen hinaus, sie wollten in den Gärten Ordnung machen, neu anpflanzen, und das taten sie auch. Ich wurde gegen Mittag wach, streckte mich. Dabei erwischte ich mit dem Ellbogen leider Jose.

»Autsch«, meinte er. »Das hat gesessen.«

»Entschuldige, das wollte ich nicht, guten Morgen.«

»Ja, guten Morgen, Siriano, es tut mir Leid.«

Sirano wachte auf und kitzelte Jose.

»Lass das, du bist eine Nervensäge.«

Wir richteten uns auf und begaben uns zur Morgen-Reinigung. Jose plantschte herum. Sandrino kam zu uns.

»Ihr seid wach? Siriano, was gedenkst du heute zu tun?«

»Es ist herrlich wie ich sehe. Ich glaube, wir begeben uns einmal in die blühenden Felder. Oder wir lassen uns ganz einfach von der Sonne verwöhnen, was meint ihr?«

Ja, wir unternahmen eigentlich nicht viel, da wir noch müde waren von der Reise. Ich zeigte Jose viele Sachen. Dann kamen wir auf den Zauberwald zu sprechen.

»Er ist gross und schön, möchtest du ihn sehen?«

»Oh, gerne. So was Herrliches habe ich noch nie gesehen, Siriano.«

Ja, ich lief mit ihm hin, niemand kam mit, sie wollten, dass ich mit ihm alleine ging. Sirano schaute uns lange nach. Er war nachdenklich und meinte zu Dario:

»Daddy arbeitet dauernd, er achtet nicht darauf, dass es ihm selbst einmal gut geht, warum hat niemand anders Jose den Wald gezeigt?«

»Vergiss nicht, Sirano«, meinte Dario, »Siriano ist hier der grosse Meister, vergiss das nie, ja?«

»Du hast Recht, ich mache mir auch keine Gedanken nein, aber ich finde eben, dass Daddy sich wenigstens einmal einen Tag Ruhe gönnen könnte.«

»Wenn du das erreichst, dann lobe ich dich sehr.«

Ja, Jose war an meiner Seite.

»Siriano, sage mir, seit wann gibt es Sirius?«

»Oh«, lachte ich, »es gibt Sirius schon sehr lange. Millionen von Jahren, warum fragst du?«

»Einfach so, es ist ein toller wunderschöner Planet, ich geniesse es richtig hier, ja.«

»Danke, ich bin stolz, dass du so etwas sagst, du bist einfach ein netter Kerl, Jose. Vermisst du deine Geschwister nicht?«

»Manchmal schon, am liebsten hätte ich sie hier. Oh schau nur, Siriano, dort, die Rehe.«

»Ja, sie sind zahm, man kann sie berühren und sich mit ihnen unterhalten, wie auch mit den anderen Tieren hier.«

»Oh toll, und wie macht man das?«

»Na ich werde es dich lehren, bestimmt.«

»Heute noch?«

Ich lachte, irgendwie hatte ich Freude an ihm, er hatte Interesse an sehr vielem und zeigte es auch. Wir kamen in den Wald hinein, auffallend war, dass Qunata nicht zum Vorschein kam, und auch Moriana nicht, warum bloss? Ich wunderte mich sehr. Qunata war doch stets sofort hier. Der kleine Wichtenkönig versteckte sich irgendwo. Es kam mir seltsam vor. Sehr seltsam, trieb er wieder mal seine neckischen Spiele? Ich rief und dann kamen sie doch noch hervor. Jose lachte.

»Wer seid ihr denn?«

Ich setzte mich auf einen grossen Stein und sah ihm zu, die Wichte tanzten um ihn herum.

»Haha, das ist lustig, Siriano, wer sind sie?«

»Setze dich auf den Boden, dann kommen sie zu dir, mein Freund.«

Er tat es. Mein Wicht kam hervor.

»Siriano ich sehe, du hast wieder einmal einen Gast von dem blauen Planeten, nicht wahr?«

»Ja, so ist es Qunata.«

»Sag, wer bist du?«, fragte Qunata.

»Ich heisse Jose, ich bin Mexikaner.«

»Mexikaner? Was ist das denn?«

»Wir sind ein Volk, wie du schon sagtest, von der Erde, mein kleiner Wicht.«

»Oh, Wicht? Nenne mich nicht so«, lachte Qunata. »Ich bin der grösste Zwergen-, Gnomen- und Wichtenkönig im ganzen Universum, ja?«

»Haha, bestimmt, Qunata gib mir deine Hand, wollen wir Freunde sein?«

»Hm«, meinte er zuerst skeptisch. »Siriano, ein mutiger Kerl, er gibt mir spontan die Hand, kann man ihm trauen?«

»Ganz bestimmt Qunata, oder siehst du irgendwo Probleme?«

»Nein grosser Siriano, gewiss nicht, jetzt traue ich ihm auch.« Die beiden gaben sich die Hand. »Du hast einen leichten Händedruck, Jose«, meinte er, »nicht so rüpelhaft wie die der anderen. Sirano ist ein protziger Kerl, wenn er mir die Hand reicht, flüchte ich lieber.«

Ja, Jose hatte Freude an den Zwergen. Sie erzählten sich Sachen. Ich wusste, wir wurden von Moriana beobachtet. Es dauerte nicht lange und sie sass neben mir.

»Ich wusste, du erscheinst noch, Moriana.«

Sie lächelte. Sah mich an.

»Er ist sehr nett, Siriano, sehr nett, doch gib Acht, es könnte Dinge geben, auf die du nicht vorbereitet bist.«

»Oh, du redest in Rätseln, Moriana, sprich, tue ich etwas Falsches?«

»Nein bestimmt nicht, aber das Wort Eifersucht wird bald gross herausgeschrieen werden, von deinem Sohn.«

»Von Sirano, weswegen denn?«

»Frage ihn selbst, wenn er kommt.«

»Ich werde es tun. Aber jetzt will ich Jose rufen, er war gestern sehr beeindruckt von dir. Hallo Jose, komm doch mal her.«

Jose sprang herbei, streckte seine Hand aus und ging in die Knie.

»Es freut mich, dich wieder zu sehen, Moriana, noch nie sah ich ein weibliches Wesen von solcher Schönheit.«

»Oh, richte dich auf, du bist galant, solche Männer braucht es noch mehr auf Sirius.«

Ich lachte herzhaft.

»Wenn ich an Dario denke, geliebter Siriano …«, dabei sah sie mich sehr erfreut an, wie es sonst eine Frau nicht tut. Wir beide tauschten Blicke aus, Jose merkte es nicht.

Wir ahnten nicht, dass wir beobachtet wurden, nicht einmal ich merkte es, so tief waren wir in unserem Gespräch. Moriana sah den Beobachter, sie machte mich auf ihn aufmerksam. Ich wusste, jemand war hinter uns. Doch dieser fühlte sich nun entdeckt, sprang auf und hetzte davon.

»Siriano«, sprach Moriana, »gehe ihm nach, er ist traurig.« Dabei hatte sie Tränen in den Augen.

»Ja, ich ahne es, Moriana.«

»Möchtest du noch hier bleiben, Jose?«

»Oh ja, ich komme später nach.«

Ich ging also hinterher. Ich rief dauernd. Dann fand ich ihn auf einer Lichtung. Einsam sass er auf einem Baumstamm und weinte, er rieb sich seine Augen.

»Sirano, was ist nur?« Ich ging zu ihm hin und nahm ihn in meine Arme. »Was ist denn mit meinem Sohn los? Ich sehe nicht gerne, wenn du weinst, was bedrückt dich?«

Er sah mich an und wieder weg.

»So was nennt man auf der Erde Eifersucht, Vater«, gab er zur Antwort.

»Eifersucht? Warum denn?«

»Oh, du kümmerst dich so viel um Jose, ich habe Angst, dass du dich nur noch mit ihm abgibst, und ich fühle mich so abseits.«

»He, bestimmt nicht, mein geliebter Sohn, ich liebe dich genauso wie Jose, okay? Sirano, bitte mache mir keinen Kummer, sonst bin ich auch traurig, du brauchst keine Bedenken zu haben, ich habe dich als meinen eigenen Sohn angenommen, ich werde dich nie im Stich lassen! Es ist eigenartig für mich, aber so etwas kennen wir eben nicht hier auf Sirius, verstehst du? Hörst du mir denn zu?«

»Ja, bestimmt«, gab er zur Antwort.

»Hm, ich bin nicht so sicher, was soll ich nur tun, um dir zu beweisen, dass du für immer zu mir gehörst?«

»Ich glaube dir, aber irgendwie bin ich eifersüchtig auf Jose, ich weiss, er sieht besser aus und …!«

»Hör mal«, unterbrach ich ihn, »mach bitte keine Witze, man muss doch nicht gut aussehen, um jemandem zu imponieren, das weisst du doch. Wem habe ich die grösste Ehre gegeben, hier auf Sirius? Dir und sonst niemandem, du machst mich bald kribbelig, ja?«

Sirano verstand allmählich. Jose, der mir gefolgt war, kam nun hervor. Er lachte.

»Sagt mal, könnt ihr nicht über etwas anderes reden als nur über so was? Hier auf Sirius sollte man friedlich sein, von reinen Gedanken. Sirano, haben wir uns nicht Freundschaft geschworen?«

Er setzte sich zu uns.

»Weisst du, Sirano, auf der Erde hatte ich keine Freunde, ausser meinen Geschwistern und den Ziegen und Schafen, kannst du dir vorstellen, dass man mit einer Ziege oder einem Schaf über seine Probleme reden kann?«

Sirano grinste ein bisschen. Ja, Jose verstand es, ihn wieder zu richten.

»Ich bin hierher gekommen, Sirano, um von euch zu lernen, ihr seid so wissend, ich möchte vom Universum und seinen Bewohnern noch mehr lernen – nichts anderes will ich. Bitte. Ich habe doch nicht im Sinn, hier irgendjemandem etwas wegzunehmen, nein, vergiss es, das ist alles Blödsinn. Auf der Erde gibt es genug Probleme, denen möchte ich nun aus dem Wege gehen. Ich möchte ein Leben hier auf Sirius geniessen, mit euch gemeinsam, also glaube mir, das ist doch ein verrückter Gedanke von dir. Ich lache ja nur, sieh dich an, du bist ein hübscher Kerl, ganz der Vater! Glaube mir, Sirano, ich suche nur ein wenig Glück, Licht und Frieden und nichts mehr, glaubst du mir, Sirano?«

»Na, ich weiss nicht«, meinte dieser.

Ich wurde ärgerlich.

»Sirano, reicht euch die Hände, seid friedlich, werdet Freunde. Es gibt keinen Grund zur Eifersucht, niemals, ich bitte dich.«

Jose streckte seine Hand aus. Sirano sah ihn an, dann mich, er zögerte noch.

»Mein lieber Sirano, ich wäre stolz, der Freund zu sein von dir, der einen stolzen Vater hat, der Sirius regiert. Bitte, mein lieber Freund.«

Sirano wischte sich die Tränen aus dem Gesicht und streckte seine Hand aus. »Siehst du«, lachte Jose, »es geht, wenn du nur willst.«

»Und jetzt?«

»Schwören wir uns etwas. Ich rede vor: Ich Jose, Erdenmensch aus Mexiko, schwöre hiermit, dass ich meinen Freund Sirano vom Planeten Sirius nie im Stich lassen werde, er ist mein Lichtbruder und Freund. So sage dies auch, Sirano.«

»Bitte?«

»Ja, los.«

»Na gut«, grinste er und sah mich an.

»Ich Sirano, Sohn des grossen Meisters von Sirius, genannt Siriano, schwöre hiermit, dich Jose zu meinem Begleiter und …, ach Unsinn ich kann das nicht«, meinte er. »Es geht nicht.«

Jose lachte heraus.

»Nochmals bitte.«

»Okay, ich Sirano, Sohn des grossen Siriano, schwöre hiermit, eine Freundschaft zu beginnen mit dir, Jose, Erdenbewohner von Mexiko. Ich mag dich und dieses Band soll uns zusammen halten.«

Er hielt ein goldenes Band in der Hand.

Das Leben auf Sirius wurde immer herrlicher. Wieder hatten wir Reisen erfolgreich abgeschlossen und bald würde es mit unseren Reisen weitergehen. Doch nun legten wir eine grosse Pause ein. Sirius hatte mich wieder und es sollte noch mehr Positives geben.

Noch ahnte niemand, was es mit Sirano auf sich hatte, denn er selbst kann sich zu diesem Zeitpunkt an etwas sehr Lichtvolles noch nicht erinnern, das bis jetzt nur ich alleine wusste. Ich schwor mir, dies noch niemandem zu sagen, oh nein, nicht einmal meinem geliebten Bruder Aritos, der sonst alles von mir wusste.

Es gab da also ein grosses Geheimnis um Sirano, der von der Erde zu uns hierher gekommen war, ich hatte ihn aus besonderen Gründen mitgenommen, es war kein Zufall, dass wir ihn trafen, nein! Ich wusste genau, ich musste ihn hierher mitnehmen. Er sollte Sirius sehen, vielleicht würde ihm eines Tages die Erinnerung wieder kommen, damit musste ich jederzeit rechnen. Und ich war immer vorbereitet darauf. So beschloss ich, mit meinen Brüdern und Freunden auf Sirius zu bleiben, um uns zu erholen, bereit für neue Abenteuer, die uns abermals zur Erde führten und später auch in andere Universen. Ja, das Universum lockte so sehr, obwohl mir alles sehr vertraut war und ich sehr vieles schon wusste in mir. Dieses Wissen wollte ich später meinen Söhnen weitergeben! Doch ich studierte an etwas herum – Sirano, oh ja, sollte ich ihm bereits sagen, dass er Brüder hatte …? Mir schoss durch den Kopf, dass ich meinen Sohn Sirian auf der Erde sehen musste. Niemand wusste etwas von ihm, geschweige denn, dass er und Sirano Brüder waren. Ich dachte nach. Sollte ich mich nochmals zur Erde begeben? Dann war da noch die Sache mit Dario! Wohl umgab Dario ein sehr grosses Geheimnis des Universums! Ja, ich träumte, ich wollte viele Söhne haben, und eine Zahl schwirrte dauernd in mir herum!

Zurück nach Avalon

Als ich mich etwas hinlegte, bekam ich Botschaften von Moriana und den Weisen von Sirius übermittelt, ich solle nach Avalon zurückkehren. Dies kam mir irgendwie wie gerufen, Avalon, England und dann meinen Sohn Sirian holen! Zu gegebener Zeit würde ich allen erklären, was es mit Sirano und Sirian auf sich hatte. Ich studierte und träumte vor mich hin. Oh ja, wir kehren nach Avalon zurück und ich werde meinen Sohn Sirian wieder haben, die Sehnsucht nach ihm brannte in mir so sehr. Vorerst aber wollte ich mein Geheimnis für mich behalten und mich hier auf Sirius ausruhen, um dann bald mit meinen geliebten Lichtfreunden und Brüdern zurückkehren zur Erde, genauer nach Avalon. Ich gab es telepathisch bereits meinem Bruder Aritos durch, der jedoch meinte, wir sollten zuerst einmal richtig entspannen und dann darüber reden! Also liessen wir uns in unsere Träume gleiten! Noch einmal sah ich alles in Avalon vor meinen Augen und ich ertappte mich dabei, dieses Avalon zu lieben, diese Schönheit. Ja, ich musste unbedingt zurück. Ich wollte es so, doch eine gewisse Zeit würden wir hier bleiben und uns verschiedenen Dingen widmen. Endlich wieder hier sein und alles geniessen, aufs Meer hinausblicken, sich gehen lassen, tiefe Meditationen verrichten. Dies alles schwirrte mir durch den Kopf. Schliesslich fand ich meinen wohlverdienten Schlaf. Irgendjemand deckte mich zu, ich wusste, wer es war, blieb jedoch ruhig. Es gab nur eine Person, die mir stets so vertraut war, mein geliebter Bruder Aritos! Wenn ich ihn nicht hätte! Ja, so verging die Zeit und als ich wieder erwachte, streckte ich mich, gähnte und sah hinaus, es war so ruhig. Es tat gut, ich lächelte. Man hörte Dario gar nicht. Jedes Mal ertappte ich mich dabei, leicht zu zucken, wenn ich nur den Namen Dario aussprach und ich hatte auch meine Gründe. Manchmal überkam mich vieles. Doch ich schwieg. Ein Sirianer schweigt über Geheimnisse. Irgendwie fehlte mir Dario in diesem Moment, er, der so viel Humor in sich hatte!

Wie er wohl reagieren würde, wenn ich ihm offenbaren würde, dass wir nach Avalon zurückgingen? Ich liess mich von den warmen angenehmen Sonnenstrahlen wärmen. Es tat sehr gut. Dass ich Söhne hatte, die jedoch auf der Erde waren, das kam mir jetzt wieder in den

Sinn. Trotzdem stammen sie von Sirius ab! Sie sind Sirianer, jedoch auf der Erde geboren! Auch sie hatten die Energie, das Licht und die heilenden Kräfte in sich! In diesem Moment kam mir so viel in den Sinn und ich wurde innerlich unruhig, weinte Tränen, weil die Sehnsucht kam nach meinen geliebten Söhnen, die ich sehr vermisste. Aber wenn wir nach Avalon zurückkehren, dann hole ich Sirian, sagte ich mir! Ich muss es tun, er gehört zu mir und zu seinen Brüdern. Irgendwie beruhigte ich mich wieder, Aritos war bei mir!

Die Tage vergingen auf Sirius und manchmal sassen wir an unserem Meer und sahen hinaus, wie unsere weissen Delphine aus dem Wasser hervorschossen und die herrlichsten Pirouetten drehten. Man sah es ihnen deutlich an, dass sie eine Freude hatten, dass wir wieder hier waren!

»Baji«, rief ich, »mein Kleiner, wie geht es dir denn?«

Er piepste los und ich begab mich ins Wasser zu ihm, hielt mich an seiner Rückenflosse fest und tauchte mit ihm unter Wasser. Immer wieder war es herrlich anzusehen, diese Unterwasserwelt. Wie friedlich alles war! Auf dem Meeresboden sah ich viele goldene und schneeweisse Perlen funkeln, die aus Muscheln herausgefallen waren! Baji öffnete eine mit seiner Schnauze und darinnen funkelte eine grosse, schneeweisse Perle. Ich gab Baji zu verstehen, das ich ihm dafür danke! Ich nahm sie zu mir und schwamm zurück an die Oberfläche!

Kaum war ich oben, hielt mich jemand an den Schultern fest!

»Siriano, wo warst du nur?«

»Ach, Sandrino! Nur keine Panik, du musst dich an vieles gewöhnen, wir Sirianer sind ausgezeichnete Taucher!«

»Ja, trotzdem, Siriano, ich habe mir solche Gedanken gemacht, okay?«

»Ja«, beruhigte ich ihn, »kommt nicht mehr vor.«

»Sieh mal«, und mit diesen Worten öffnete ich meine Hand und er sah die Perle leuchten.

»Sie ist wunderschön!«, lächelte Sandrino. »Und wer bekommt sie?« Er sah mich fragend an.

»Weisst du, eigentlich schenkt man Perlen unseren Sirianerinnen! Doch ausnahmsweise darfst du sie haben!«

»Das ist nicht dein Ernst, Siriano!«

»Doch, bestimmt!«

Er nahm sie zu sich.

»Sie ist so wundervoll, Siriano. Ich sehe keinen Unterschied zwischen ihr und dir!«

»Ach, du Schmeichler, hör bloss auf, sieh nur Sirano winkt uns!«

Sirano, mein Sohn, war am Ufer und winkte aufgeregt. Also schwammen wir wieder zurück. Er gab uns ein Tuch und wir trockneten uns ab.

»Daddy, wo wart ihr nur so lange?«

»Sirano, ich tauche gerne nach Perlen!«

»Perlen?«

»Ja!«

»Da!«, lachte Sandrino, »Die liegen am Meeresboden zu Tausenden nur so herum!«

»Daddy«, sagte Sirano, »weisst du, was die Menschen daraus machen würden?«

Ich sah ihn an, umarmte ihn und wir liefen dabei zurück!

»Genau das Gleiche wie wir, nehme ich an, Ketten! Aber hier ist es etwas Lichtvolles, wenn man jemandem eine Kette umlegt!«

»Daddy?«, fragte er mich da, »ist es wahr, wir kehren nach Avalon zurück?«

Ich sah Sandrino an.

»Dario! Er kann einfach nichts für sich behalten, ich glaube, ich sollte mal einige Wörtchen mit ihm reden!«

»Er muss lernen, was für sich zu behalten, kommt mit«, lachte ich und bald kamen wir zurück.

Sarina winkte uns bereits! Sie hatte dafür gesorgt, dass wir endlich etwas zu essen bekamen! Hungrig assen wir unsere Sachen. Dario, wenn man ihm zusah, oh nein! »Dario«, sagte ich, »nicht so hastig, niemand nimmt dir etwas weg! Okay?«

»Ach Siriano, es schmeckt mir einfach, was kann ich tun, dass ich mal ruhig esse?«

»Na, zuerst mal den Mund halten! Mit vollem Munde spricht man eben nicht!«

»Du hast vielleicht Tischsitten«, meinte Tabor zu ihm gewandt.

Dario liess sich nicht aus der Fassung bringen und machte einfach weiter.

»Ich habe mit dir geredet«, bemerkte Tabor.

»Sieh mal einer an, wusste gar nicht, dass Plejadier so gesprächig sind!«

Ich sah die beiden an.
»Tabor, Dario bitte nicht bei Tisch.«
Aritos sah sie stets an, liess sie nicht aus den Augen!
»Sagt mal«, begann Aritos, »wer hat denn bereits in Umlauf gegeben, dass wir wieder nach Avalon zurückkehren?«
Eine Stille herrschte jetzt am Tisch, und wie!
»Dario?«
Der sah mich jetzt schweigend an und Salat hing ihm an den Mundwinkeln.
»Dario, sieh dich doch nur an!«
»Hm, wozu?«
»Bitte!«
Er grinste wieder, Aritos ärgerte sich irgendwie. Ich lachte nur!
»Aritos, lass ihn, irgendwann lernt auch er, wie man richtig isst! Er ist noch ein halbes Kind!«
»Was bin ich?« Er sah mich gross an!
»Siriano, ich bin nach Erdenalter bereits 16, okay?«
»Ja, eben noch unreif!«
»Hoho, ich dachte immer, in so einem Alter ist man auf Sirius bereits ein Mann«, lachte Tabor los. »Dario und ein Mann?«
Dario wurde rot vor Wut.
»Ach du Plejadier, sei du ruhig, dich hat niemand gefragt!«
Sirano und Jose lachten nur.
»Ich möchte doch gerne einmal erleben, dass ihr beide bei Tisch friedlich seid!«
»Siriano, er hat angefangen, und nicht ich!«
»Dario, auf der Erde sagt man, zum Streiten braucht es zwei! Aber da wir hier auf Sirius so etwas nicht kennen, hört ihr sofort auf, okay?«
Beide sahen sich an, lachten und umarmten sie sich über den Tisch! So was sah ich doch so gerne! Nach einer Weile kam Sarina daher.
»Freunde, Brüder habt ihr genug?«
»Oh«, lachte Dario, »ist noch etwas für mich da?«
»Dario«, lachte Sarina, »du solltest mehr an deine Linie denken!«
»An meine Linie? Sagt mal, führt ihr was Neues ein, hier auf Sirius? Dann eben nicht! Aber ich nehme an, es gibt noch ein Dessert?«
»Ja, gewiss«, meinte Aritos abermals, »aber nur für solche, die etwas geleistet haben heute!«

»Ach«, meinte Dario und liess seine Faust zu Tische krachen!
»Dario!« Ich sah ihn ernst an. »So was will ich nicht wieder hören und sehen, okay?«
»Ja, Siriano, tut mir Leid, ich war in diesem Moment nicht gerade lichtvoll, aber irgendwie habe ich das Gefühl, mich mag niemand hier!«
Sirano tröstete ihn mit den Worten: »Mein armer Dario, was tun wir denn dagegen?«
»Oh Sirano, du bist noch der Einzige, der an mich glaubt!«
Ich wurde irgendwie nervös.
»Dario, reize mich nicht, wir sind es nicht gewöhnt, solche Worte zu hören! Du weisst, jeder liebt jeden hier auf Sirius – und warum? Weil wir in Licht und Liebe sind und von reinem Herzen!«
»Ach ja, kann man denn das sagen, von diesem Plejadier da?«
Tabor verschluckte sich.
»Dario, ich habe einen Namen, falls du dich erinnerst!«
»Ach ja«, lachte Dario weiter, »Tabor. Was heisst denn das wörtlich übersetzt? ›Rüpel‹? Oder gar ›Ausnahmefall‹?«
»Jetzt reicht es!«, empörte sich Tabor.
»Oh, ich merke die Lage spitzt sich langsam zu, und das bei Tisch. Dario und Tabor, niemand benimmt sich so wie ihr beiden! Das ist doch unmöglich! Also!«
Meine Worte wirkten Wunder! Die beiden vertrugen sich wieder. Fragte sich nur, wie lange! Manchmal belauerten sie sich wie Katze und Maus! Schliesslich standen wir auf. Aritos und ich begaben uns in den Blumengarten und legten uns hin.
»Aritos, es ist doch herrlich, wieder hier zu sein oder nicht?«
»Ja, da hast du Recht, aber, Siriano, wann gedenken wir denn nach Avalon zurückzukehren?«
»Aritos, vorerst nicht! Ich bin müde und ich bin froh, bald schlafen zu gehen.«
Es wurde langsam dunkel und die Sterne funkelten bereits über uns.
»Siriano?«
»Ja, Aritos?«
»Welchen Stern möchtest du?«
»Oh, sie sind alle wunderschön, Aritos! Also, ich möchte alle!«
»Na gut«, lächelte mein Bruder, »dann schenke ich sie dir alle!«
»Hui, du bist aber sehr grosszügig, ehrlich!«

»Danke!«

Wir genossen es, da zu liegen und uns diese Pracht über uns anzusehen.

»Hallo«, hörten wir da jemanden sagen.

»Komme hervor, du kannst doch niemanden in Ruhe lassen, Dario!«

Ja, er war es.

»Darf ich mich zu euch legen?«

»Ja«, entgegnete Aritos, »aber nur wenn du einen Moment ruhig bist und geniesst!«

»Hm, und was bitte?«

»Na, die Sterne über uns.«

»Oh, wie oft habe ich sie mir angesehen und nichts passierte!«

»Dario, was sollte denn deiner Meinung nach dabei passieren?«

»Ach, ein Wunsch soll in Erfüllung gehen!«

»Ein Wunsch?«

»Ja, Siriano!«

»Und der wäre?«

»Immer an deiner Seite, durch die Universen düsen!«

»Ach ja, da musst du dich aber bessern, klar?«

»Ich weiss!«

Dario lag zwischen uns und starrte zum Sternenhimmel.

»Wisst ihr was?«, sagte er dann.

»Ja?«

»Eigentlich ist das schon etwas Tolles, so ein Sternenhimmel, wer hat denn den eigentlich erfunden?«

Aritos wurde nervös.

»Dario bitte, wenn du nicht still geniessen kannst, dann verdrück dich bitte lichtvoll!«

»Ach ich frage doch nur und darf doch wohl eine Antwort erhalten, von einem von euch beiden? Ihr seid doch Lichtmeister, da solltet ihr das doch wissen, oder?«

Ich lächelte.

»Dario, es gibt vieles, was auch wir Sirianer nicht wissen.«

»Ach, ihr wollt mich nur stoppen, mit meiner Fragerei. Ich geh lieber ins Bett, bevor ich noch mehr dumme Antworten bekomme. Und nicht mal der lichtvolle Aritos weiss das, das ist vielleicht eine Schande für Sirius!«

»Wie bitte?«

Dario sprang auf und rannte weg, hinter ihm mein Bruder Aritos.

»Wenn ich dich erwische, Dario!«

»Haha, fang mich doch!«

Dario war zu flink und schwang sich dann von Baum zu Baum wie ein Affe. Aritos hinter ihm her! Ich sah ihnen zu. Sirano kam zu mir und grinste.

»Daddy, die beiden sind echt spitze! Ich muss sagen, hier ist immer was los!«

»Ja, bei den beiden schon.«

»Aritos gibt sich auch viel mit ihm ab.«

»Sag mal Daddy, woher kommt Dario eigentlich?«

Für einen Moment war ich ruhig.

»Daddy?«

»Oh ja?«

»Ich fragte dich etwas.«

»Oh, entschuldige, Sirano.«

»Woher kommt Dario?!«

»Er ist ein Freund, Sirano.«

»Ein Freund?«

»Also, ich meine, da ist so viel unklar!«

»Ein Freund?« Irgendwie konnte Sirano in mich hinein schauen.

»Da ist wohl irgendetwas Besonderes an Dario, nicht wahr?«

»Sirano, frage nicht mehr, er ist ein Freund, okay?«

»Hm, irgendwie glaubte ich zuerst, gewisse Ähnlichkeiten zu sehen zwischen dir und ihm.«

»So«, raffte ich mich auf, »Sirano, ich begebe mich ins Bett. Kommst du auch?«

Sirano sah mich irgendwie seltsam an.

»Ja, gut, Daddy. Tut mir Leid, aber so vieles ist mir noch unklar. Und ich denke, irgendwie fühle ich mich als dein Sohn. Aber als richtiger Sohn von dir, Daddy!«

»Sirano bitte, ich bin heute zu müde, um Fragen zu beantworten.«

Ich lief in meinen Palast.

»Daddy, habe ich dich irgendwie verletzt?«

»Nein, bestimmt nicht, aber komm jetzt.«

Ich nahm ihn in meine Arme und dann begaben wir uns hinauf zu den Gemächern. Wir zogen uns aus und legten uns hin. Draussen tobten Aritos und Dario immer noch herum.

»Die haben echt noch nicht genug, Daddy!«, lachte Sirano. »Daddy?«

»Ja?«

»Wie ist das, besteht auf Sirius eigentlich wirklich alles nur aus Liebe, Licht und reinem Herzen?«

»Oh ja, es ist doch schön so, oder?«

»Ja, gewiss, ich habe zu viel anderes gesehen auf der Erde, Daddy! Da tut das gut, so was wie hier oben, oh, ich liebe Sirius!« Er lehnte seinen Kopf an mich. »Daddy?«

»Nein«, meinte ich, »du kommst mir vor wie Dario, er kann fragen und fragen und gibt keine Ruhe.«

»Ich gebe Ruhe.«

»Ja, hoffentlich.«

Wir drehten uns um.

»Jose! Was tust du denn hier?«

»Oh, schlafen.«

»Nein, komme ich heute Nacht wohl noch zu meinem gesunden Schlaf?«

Nach einiger Zeit kamen Aritos und Dario daher, sie gesellten sich zu uns. Dario lachte noch lange, bis es Aritos langsam zu bunt wurde und er ihm sagte, er soll endlich schlafen, sonst wäre er bei der nächsten Reise nicht dabei! Da war es sofort still. So schliefen wir also ein und die Nacht war lang. Sehr lang.

Der nächste Tag brach an, in seinem schönsten Glanze. Und die ersten Sonnenstrahlen weckten so manchen Sirianer. Nur uns nicht. Irgendwann spürte ich dann etwas an meinem Rücken. Ich erwachte. Dario hatte eine Hand an meinen Rücken gestützt. Was sollte denn das bedeuten? Ich wandte mich ab und seine Hand sauste herunter. Jetzt waren wir beide wach.

»Mann, ich habe das Morgenessen verpasst«, sagte er laut.

Sirano, Jose und Aritos wurden wach dabei.

»Dario, hau ab«, sagte Jose ärgerlich zu ihm.

»Ach, Erdenmensch, halt die Klappe!«

»Dario! War das eben lichtvoll???«

»Oh, nein, Siriano, du hast Recht!«

»Na siehst du! Also, Dario, dann steh auf und sieh zu, dass wir bald etwas bekommen.«

»Ja, Daddy.«

»Bitte?«

Dario war unmöglich! Er ging los. Und auch wir waren bald unten.

An diesem Morgen kam Moriana in einem ihrer wunderschönsten Kleider zu uns.

»Ich grüsse euch, Freunde.«

»Oh Moriana!«, schwärmte Dario. »Du wirst immer hübscher, du bringst mein Blut in Wallung!«

Sie lächelte und sah mich kurz an.

»Dario«, sprach sie, »du bist ein charmanter gut aussehender Sirianer, doch sei auf der Hut, es gibt jemanden, der hat ein Auge auf mich geworfen, und seine Liebe zu mir ist wunderschön.«

»Oh, dachte ich es mir doch. Und wer ist der Nebenbuhler?«

»Dario bitte«, meinte Sandrino, zu ihm. »Benimm dich!«

Dario wusste, er musste sich zusammennehmen – und wie!

»Siriano, Aritos«, sprach sie zu uns gewandt, »ich habe einen Auftrag für euch.«

»Ach, sieh mal einer an, jetzt weiss ich woher die Aufträge kommen, allesamt. Sie ist es, die wunderschöne Moriana!«, bohrte Dario weiter.

»Dario, wenn du nicht gleich ruhig bist, dann …!«

»Ist gut, Siriano, ist gut.« Er wehrte ab.

Moriana sprach dann zu uns: »Freunde, Siriano, Aritos, ich sprach einst davon, dass ihr bald wieder eine Reise unternehmt.«

»Ja, so ist es, Moriana.«

»Ihr werdet euch nochmals nach Avalon begeben, Artus ist nicht mehr gewillt, Avalon zu regieren. Und niemand will seine Stelle annehmen. Siriano, sprich mit ihnen! Avalon muss unbedingt erhalten bleiben! Und Artus ist ein weiser König.«

»Manchmal ist er allerdings völlig weggetreten«, säuselte Dario.

»Ihr müsst ihm helfen. Als ihr Avalon verlassen habt, war er sehr traurig. Er liebt euch alle sehr, weil ihr alle im Lichte seid. Begebt euch bald zu ihm.« Moriana sah mich bittend an und ihren Augen konnte ich mich nicht entziehen. Diese Augen waren wie Magie!

Ruhig, eher sanft sprach ich dann zu ihr: »Geliebte Moriana, du weisst, wir erfüllen alle deine Wünsche und es ist sicher, dass wir nach Avalon zurückkehren, doch brauchen wir noch einige Tage, um zu entspannen, dann wird Segodan das Raumschiff starten und wir begeben uns nach Avalon, so sei es!«

Ich wusste, ich musste zu unserem Volke sprechen. Und dies wollte ich noch heute tun. So liess ich einige meiner treuen Bewohner zu mir kommen, sie sollten die Kunde durchgeben, dass ich, Siriano, zu unserem geliebten Volke sprechen wollte. Sie gingen in alle Richtungen und gaben es kund. Wir alle zogen uns um und trugen nun unsere blaue Kleidung mit Goldrändern an den Seiten. Unsere Kleidung schimmerte sehr. So warteten wir auf unsere Völker! Und es wurden immer mehr, und immer mehr, die herbeiströmten. Sie verhielten sich sehr ruhig.

Aritos trat vor, und sprach: »Geliebte Sirianer, mein Bruder hat den Wunsch euch etwas mitzuteilen, deshalb haben wir euch alle kommen lassen! Also spricht mein Bruder Siriano zu euch.«

Der Jubel war grenzenlos.

Jose flüsterte Dario zu: »Siriano scheint hier sehr beliebt zu sein, oder?«

»Oh ja«, lachte Dario, »er ist für alle sozusagen der wahrhaftige Lichtmeister, man sagt, er wurde von den höchsten Lichtwesen des Universums gelehrt. Von Sananda, Ashtar und vielen anderen noch. Es gibt im Universum einen sehr geheimnisvollen Planeten, dort werden Sirianer ausgebildet, die etwas Besonderes sind. Siriano, er ist etwas Besonderes, er hat Kräfte und Energien in sich, die gewaltig sind. Und manches Volk, das im Schatten lebt, hat einen grossen Respekt vor ihm, sogar die gefürchteten Mordonen! Ausserdem hat er so viel Liebe in sich, das ist etwas Erstaunliches! Etwas Wunderbares! Aber jetzt hören wir zu, okay?«

»Ja.«

Ich trat also vor und sprach: »Geliebte Sirianer, ich liebe euch alle, das Licht sei stets mit euch, die Liebe bleibt bestehen, in Frieden leben wir hier, von reinem Herzen. Abermals werden wir reisen. Wir werden die Reise fortsetzen nach Avalon, um dort noch mehr Licht zu verankern, noch mehr Frieden zu bringen und alles zu verändern. Wir werden Avalon anheben und es in eine noch höhere Dimension bringen! Ich bin auf jeden meiner Freunde angewiesen. Wir sind bei euch, vergesst das nicht und wir werden auch bald zurückkehren. Meine Freunde werden mich begleiten und ich habe noch mehr zu erledigen, auf der guten alten Erde. Und in dieser Zeit wird Sirimon Sirius regieren, bis wir wieder zurück sind.«

Sirimon war eine starke Persönlichkeit und er strahlte, als er dies hörte.

»Ich danke euch allen für euer lichtvolles Kommen! Und wir werden euch alle spüren, in dem Moment, wo wir Avalon anheben! Ich danke euch von ganzem Herzen, geliebt sei jeder von euch. Unsere Frauen werden hier bleiben. Sarina wird euch ebenfalls alle unterstützen. Ein jeder wird dabei sein, der mich vorher schon begleitete: meine Brüder Sadmos, Aritos, Sandrino, auch unsere Plejadier, Tircano und Tabor, mein Sohn Sirano, Dario, Arco, Martin, Menos, Jose, Sanos, mein Freund, sowie Menos' Brüder.

Ich nehme auch noch 100 meiner Sirianer mit, so starten wir also bald, in wenigen Tagen. Ich danke euch, geliebt seid ihr, mein Volk!«

Sie verneigten sich und das blaue, goldene Licht von Sirius umhüllte uns in diesem Moment. Dann stieg es auf und wir teilten uns in alle Richtungen.

Ich wusste, meine Freunde hielten es nicht mehr aus, sie wollten wieder reisen. Also gab ich ihnen noch einige Tage, um zu entspannen. Sie lagen herum, gingen schwimmen und eines Tages kam dann Dario zu mir.

»Siriano, ich glaube, ich fühle mich gestärkt, können wir reisen?«

Ich lachte.

»Dario, du treuer Freund, danke.«

Er sah nicht einmal die Tränen, die ich weinte. Mit der Zeit versammelten wir uns, in einem Kreis, meditierten miteinander und beschlossen, abzureisen.

Sirano sagte noch zu mir, bevor wir ins Raumschiff stiegen: »Daddy, holen wir jetzt meinen Bruder?«

Ich sah ihn seltsam an, antwortete nicht und sagte nur: »Sichere dir doch einen Fensterplatz.«

Er lachte und ging hinein. Segodan, mein treuer Kommandant, war bereit. Jeder wusste, an welchen Platz er musste.

»So starte voll durch, Segodan«, lachte ich. Aritos und ich sassen auf unseren Drehstühlen. »Segodan, Monitor an, Stufe zwei und dann wechseln auf Stufe vier!«

Er tat es. So bewegte sich unser gigantisches Raumschiff durch den breiten Lichtkanal Richtung Sternentor! Wir fuhren durch und sahen uns im freien All! Sirano sah hinaus.

»Daddy, das ist etwas Wunderschönes!«

Ich kam zu ihm und fragte ihn: »Sirano, möchtest du später auch einmal Kommandant werden?«

»Oh nein, noch viel mehr Daddy, auch ein Lichtmeister wie du! Ich möchte auch allen Völkern in diesem Universum die Liebe bringen, das Licht, von reinem Herzen! Dass eines Tages das ganze Universum von Siriano spricht, dem edlen Lichtmeister, und von seinem Sohn Sirano, dem Prinz des Universums!«

»Haha«, lachte ich, »du hast eine Menge vor, Sirano.«

»Daddy?«

»Ja?«

»Könnte es doch sein, dass ich in Wahrheit dein Sohn bin?«

In diesem Moment rief Aritos. Welches Glück für mich!

»Hier bin ich, geliebter Bruder.«

Er kam zu uns.

»Siriano, wir passieren gleich die Magellanschen Wolken!«

»Oh ja, ich komme!«

»Daddy, was für Wolken?«

»Ach, komm mit!«

Wir beeilten uns, dann sahen wir diese wunderbaren Wolken. Wir sahen hinaus. Ich lächelte.

»Siriano sieh nur dort, mitten in den Wolken ein Planet!«

»Ja, so ist es Freunde. Es leben sehr friedvolle, lichtvolle Wesen auf diesem Planeten, sie sind sehr feinfühlig und besitzen viel Liebe in sich.«

»Ich denke, das sollte ich auch noch werden, was Siriano?«

»Ja, Dario.«

»Nun, begebt euch in eure Gemächer, es dauert lange, bis wir uns der Erde nähern, oder begebt euch in den künstlichen See an Bord.«

»Au ja«, lachte Dario, »kommt mit.«

Sie sprangen weg.

»Oh, diese Burschen«, lachte Arco, »aber sie sind trotzdem so lichtvoll.«

»Du sagst es Arco, aber ein jeder von ihnen muss noch sehr viel lernen.«

Gedankenvoll begab ich mich in die Raumzentrale. Aritos sah hinaus, ins Weltall. Er träumte wohl.

»Aritos?«

»Oh Siriano, schön dich zusehen, komm leiste mir Gesellschaft, deine Nähe tut mir so gut.«

»Ja, bestimmt!«
Gemeinsam sahen wir hinaus.
»Siriano?«
»Ja, Bruder?«
Ich sah in seine Augen, er weinte.
»Ariana ist schwanger.«
»Bitte??«
»Ja.«
Er fiel mir in die Arme und weinte, es freute ihn dermassen!
»Oh nein, das ist doch wunderbar, ich freue mich so für dich!«
»Ja, ich mich auch. Ich habe schon einen Namen für den Kleinen!«
»Lass es mich wissen, Aritos!«
»Siran soll er heissen!«
»Oh, ein wunderbarer Name. Ich beneide dich sehr, Aritos. Ich denke, wenn wir zurückkommen, wird er wohl schon ins Licht getreten sein, oder?«
»Ja, das ist anzunehmen.«
Bald lösten uns zwei Kommandanten ab und wir konnten in unsere Gemächer gehen. Wir legten uns hin, das hatten wir dringend nötig. So begaben wir uns in einen gesunden Schlaf. Sehr lange konnten wir uns ausspannen. Es tat so gut, und niemand war laut. Wir alle schliefen, bis mich jemand sanft weckte.
»Siriano!«
Ich sah auf.
»Segodan?«
»Siriano, wir sind bald da!«
»Ja, ich komme!«
Ich liess Aritos schlafen. Als ich in die Kommandozentrale kam, lächelte man dort, die Jungs waren schon da, sie zeigten auf etwas.
»Daddy«, meinte Sirano, »die Erde!«
Ja, vor uns war der blaue Planet, genannt Erde. Als der Jubel losbrach, konnte sogar Aritos das hören, denn ich hatte vergessen, die Lausssprecher auszuschalten. Der kam vielleicht daher.
»Wer weckt mich denn so sanft?«
Dario war so übermütig.
»Ach mein Aritos, geliebter Sirianer sieh nur die Erde, in ihrem schönsten Gewand!«
Aritos lachte ihn an: »Du Knallkopf!« Er gab ihm einen Schubs und Dario flog in einen der Drehstühle.

»Also Freunde, bereitet euch langsam vor, wir steigen bald um in einen Raumgleiter, Und nehmt eure Sachen mit.«

»Siriano?«

»Ja, was ist denn?«

»Wie lange bleiben wir denn auf der Erde?«

»Ach, bis wir unseren Auftrag erledigt haben.«

Dario war unruhig und zappelig, er konnte es kaum erwarten. Die Erde kam immer näher und näher heran und Segodan drosselte die Geschwindigkeit.

»Jungs«, rief ich, »auf geht es.«

Wir begaben uns durch das riesige Raumschiff und mit einem Aufzug in die unterste Etage, dort wartete bereits der Raumgleiter.

»Siriano«, meinte Dario zu mir gewandt, »wer fliegt den Gleiter?«

»Ach«, grinste Sandrino, »du bestimmt nicht, Kleiner.«

»Hör mal«, empörte sich Dario, »ich bin kein Kleiner mehr, ich bin immerhin …«

Er kam nicht weiter.

»Bitte, steigt ein.«

Die Lichttüren öffneten sich und wir gingen hinein. Unsere Freunde, die seinerzeit mit uns von Atlantis gekommen waren, waren natürlich auch bei uns. Wir waren eine Gruppe von 20 Freunden. Aritos liess das Raumschiff nun aus dem Bauch des Mutterschiffes gleiten. So waren wir also der Erde schon sehr nahe. Dario wirbelte herum.

»Dario«, meinte Arco, »das ist ja nicht auszuhalten mit dir, was soll das nur?«

»Ach beruhigt euch, ich bin halt so.«

»Seht nur, die vielen Raumschiffe um die Erde herum!«

»Ja«, sagte ich »das ist Ashtars Sternenflotte, die vereinigte Sternenflotte.«

»Oh Mann, das sind so viele«, staunte nun auch Jose.

Ich begab mich zu dem riesigen Monitor.

»Ich rufe die Sternenflotte des lichtvollen Ashtar!«

Dann war er zu sehen, dieser lichtvolle, charmante, gut aussehende Kommandant, Ashtar! Sein langes, fast weisses Haar fiel ihm über die Schultern, seine Augen blitzten.

»Mein Herz ist sehr erfreut«, begann er, »Siriano, mein Freund, Aritos, Sandrino … seid willkommen im Photonengürtel! Was bewegt euch denn hierher?«

Meine Augen blitzten ebenfalls.

»Ashtar, es ist immer so lichtvoll und rein in meinem Herzen, wenn ich dich sehe. Sei gegrüsst, Lichtbruder! Wir haben eine Aufgabe, eine spezielle.«

»Ach ja?«

»Oh ja, wir liefern Dario auf der Erde ab.«

Wir lachten dabei. Dario sah mich sehr gross an!

»Also war das alles nur Gerede, oder wollt ihr mich wirklich abliefern?«

Er sah aus, als ob er fast anfangen wollte, zu weinen.

»Nein«, stammelte er, »nein, das kannst du nicht tun, Siriano, ich will doch bei dir bleiben! Sag, dass es nicht wahr ist!«

Ashtar lachte: »Siriano, er hängt wohl sehr an dir, was?«

»Oh ja, zu sehr«, antwortete ich.

»Siriano, wir werden euch durchlassen. Seid herzlich willkommen und grüsse mir Artus.«

»Mache ich, mein Lichtbruder.«

»Siriano?«

»Ja, Ashtar?«

»Wenn ihr euren Auftrag erledigt habt, treffen wir uns dann? Ich möchte gerne einmal wieder mit euch zum Lichtplaneten gehen.«

»Eine gute Idee.«

»Also, macht's gut Freunde, wir lieben euch von reinem Herzen, mit Licht und Frieden.«

Ashtar war ein wirklich toller Freund, er liess ein Spalier aus Raumschiffen für uns bilden. Was niemand wusste, ausser Aritos und mir: Unser Raumgleiter war aus echtem Gold gemacht! Und es war das Göttliche Raumschiff der Liebe! Dies erkannten die vielen Wesenheiten rund um die Erde.

»Daddy«, meinte Sirano, »was soll das nur? Das ist ja gewaltig, eine richtige Armee von Raumschiffen und sie begleiten uns, was ist nur los?«

»Ach nichts«, sagte ich, »ein Scherz von Ashtar.«

Der Monitor ging wieder an und man sah ein liebevolles Wesen.

»Ich grüsse den Lichtmeister Aritos von Sirius und neben ihm den Prinzen des Universums, Siriano sei gegrüsst.«

Ja, das wollte ich nicht, aber jetzt wussten es alle.

»Bitte«, sagte ich, »erhebt euch wieder in euren Raumschiffen, ich bin ein normaler Sirianer, okay? Sei gegrüsst, Avaca, Lichtmeister von Aconien! Ich bedanke mich für das Geleit! Geht in Frieden, Licht und Liebe! Und bald, meine Freunde, werden wir uns alle auf dem Lichtplaneten wiedersehen.«

»Daddy!!«

Ich zuckte zusammen.

»Sirano bitte, ich spreche gerade!«

»Oh, verzeih mir, Vater.«

»Siriano«, meinte Avaca, »ich sehe noch sehr junge Sirianer, sie sind mir nicht vertraut, woher kommen sie?«

»Na, von Sirius, woher denn sonst«, meinte Dario keck.

Sandrino kniff ihn in die Seite.

»Aua!«

»Psst!«

»Es sind lichtvolle Jungs«, meinte ich nur.

Avaca wusste natürlich viel mehr.

»So geht in Frieden, ihr habt einen wichtigen Auftrag.«

Langsam kamen wir zur Erde. Es war Nacht und wir sahen hinab.

»Mann, wir sehen gar nichts«, das war schon wieder Dario.

»Dario, gedulde dich.«

»Siriano, übernachten wir irgendwo?«

»Oh ja, bestimmt«, meinte Aritos, »im besten Pub natürlich. Nein, bist du verrückt, Dario? Das geht doch nicht, aber wir werden etwas finden.« Er steuerte unser Raumschiff in die Berge, in ein abgelegenes Tal. Dort öffnete sich dann eine gigantische Wand.

»Siriano, ich werde verrückt«, staunte Arco. Ihr habt doch an alles gedacht!«

»Freunde, wir haben aufgesetzt, gehen wir hinaus.«

Wir nahmen wichtige Sachen mit, wie unsere Kristallstäbe, unsere Laser und noch vieles mehr.

»Kommt mit!«

Es war hell im Berginneren. Ich lief voraus und sah mich um. Da kamen auch schon von den Seiten her weiss gekleidete Sirianer mit kurzen, fast goldenen Haaren.

»Sei gegrüsst, lichtvoller Herr!«

»Hallo, da sind wir wieder.«

Ich umarmte den einen von ihnen, es war einer meiner treusten Kommandanten, mit Namen Sija! Ich stellte ihm meine Freunde vor.

»Bitte«, wies er uns, »kommt mit!«

Wir liefen einen Gang entlang und kamen dann wieder hinaus an die frische Luft. »Neiiin!« Jose schrie beinahe.

Vor uns in einem kleinen Tal waren Kristallpaläste zu sehen, die leuchteten!

»Was ist denn das?«, fragte Sirano staunend.

»Oh, hier leben wir, solange wir hier sind, es ist eine geheime Basis von uns. Deshalb sage ich auch nicht, wo wir genau sind.«

Wir liefen hinunter. Es sah wunderbar aus! Aber es war Nacht.

»Junge, Junge«, lachte Dario, »was erwartet uns denn noch alles? Kommen uns jetzt gleich noch die schönsten Frauen entgegen, um uns zu empfangen?«

Sandrino lachte. Tabor jedoch sah Dario an.

»Die warten bestimmt nicht auf dich, wenn welche kommen.«

»Ach Siriano, hast du jetzt bemerkt, wer dauernd anfängt? Ich nicht!«

In einem der Paläste gab man uns reichlich zu essen und zu trinken.

»Ich denke, wir brechen gleich auf, bevor es hell wird hier auf der Erde«, sagte ich. »Sija, begleitest du uns?«

»Ja, warum nicht, es ist mir eine grosse Ehre, mit dir kommen zu dürfen.«

Ich lachte nur. Wir machten uns jedoch vorher noch frisch und begaben uns dann, neu gekleidet, ins Freie. Es war ruhig. Man hörte irgendwo einen Hund bellen, Grillen zirpten unaufhörlich.

»Es ist so gespenstisch hier, Daddy«, flüsterte Sirano zu mir gewandt.

»Ach, du brauchst dich nicht zu fürchten, hier ist alles lichtvoll.«

Wir liefen gemütlich, sahen uns jedoch stets aufmerksam um – es wäre nicht gerade von Vorteil, wenn uns plötzlich Menschen entgegen kommen würden. Deshalb bogen wir von der Strasse ab und liefen querfeldein durch die Wiesen.

»Mich laust der Affe!«, brüllte Dario herum.

Aritos hatte bald genug.

»Dario, jetzt bist du endlich mal ruhig, okay? Wenn du so weitermachst, ist bald ganz England hinter uns her! Und das ist nicht der Zweck unserer Reise!«

»Ha die sollen nur kommen«, prahlte er, »ich bin bereit!«

Wir kamen in einen kleinen Wald. Es leuchtete überall, Elfen schwirrten herum, Gnome, Wichte kamen hervor.

»Siriano«, rief man von überall her.

»Es ist unser lichtvoller König Siriano, kommt herbei.«

Im Nu wimmelte es nur so von Elfen. Sogar die Tiere der Nacht kamen hervor. »Daddy?«

»Ja, mein Sohn?«

»Was bist du nur für ein Mann?«

»Warum?«

»Ach, man... ich weiss gar nicht, wie ich das sagen soll, aber man verehrt dich so sehr, du musst etwas Besonderes sein, nicht wahr?«

»Sirano, ich gebe mir nur Mühe und gebe alles, was ich geben kann, das gehört zum Leben eines lichtvollen Sirianers.«

»Oh Daddy«, Sirano drückte meine Hand, »es ist so wunderbar, neben dir zu gehen, ich fühle mich wie ein richtiger Sohn und ich freue mich auf den Moment, wenn ich die vier Lichtstufen der Lichtlehre absolvieren darf und man mich dann auch als Lichtmeister im ganzen Universum begrüsst! Ich werde deinem Namen alle Ehre machen, du sollst stolz sein auf deinen Sohn Sirano.«

Ja, Sirano war wundervoll, er war ganz anders als Dario, der auch jetzt wieder in seinem Element war und den Elfen nachjagte.

Dann geschah es, er fiel hin und knallte mit einem Bein an einen Stein.

»So eine Scheisse!!«

»Dario«, sagte ich streng, »so was will ich nie mehr hören, nicht in solch einem Zauberwald, hast du mich verstanden?«

Er sah mich schmerzerfüllt an.

»Siriano, mein Bein!«

»Du bist selbst schuld, Dario, niemand hat gesagt, dass du diesen reizenden Elfen nachjagen musst, du kannst doch einfach nicht hören! Setz dich hier auf diesen Baumstamm.«

Er tat es. Ich legte meine Hände auf die schlimme Stelle, die aufgerissen war. Dann strömte das blaue Licht aus meinen Händen auf die grosse Wunde. Diese schloss sich sofort. Dario sah hin und kippte um. Das gab ein Gelache. Sirano wunderte sich nur.

»Daddy, was ist denn das?«

»Ach«, lachte ich, »Familiengeheimnis.«

»Daddy, du kannst heilen, mit einem blauen Licht?«

»Das ist so, wir kommen so zur Welt, wie man hier auf der Erde sagt, bei uns sagt man, wir treten so ins Licht.«

»Kann ich das auch lernen?«

»Ja, mit der Zeit«, sagte ich und hielt Dario eine Essenz an die Nase, sofort erwachte er.

»Wo bin ich? Oh, was für ein liebliches Wesen mich doch so umgarnt«, lächelte er.

Tabor sah ihn an.

»Dummerchen, das ist Siriano.«

»Ja? Du hast dich so verändert, Siriano, so...!«

»Steh jetzt auf«, lachte ich, »du bist geheilt und was du gesehen hast, wirst du für dich behalten und es keinem Menschen sagen, schwörst du mir das?«

»Oh ja, bestimmt.« Er war immer noch etwas geschockt.

Wir liefen weiter. Dann endlich sah man Häuser und es hellte langsam ein bisschen auf.

»Mann, wo sind wir hier?«, fragte Arco.

Tircano sah sich um.

»Niemand zu sehen, Siriano!«

»Ja, es ist auch so wunderbar, kommt! Dies hier ist Avebury.«

»Ja, ich erinnere mich«, meinte Sirano. »Ich war sehr oft hier.«

»Daddy?«

»Ja, Sirano?«

»Warum hab ich denn solche Kräfte in mir?«

»Wie meinst du das?«, sagte ich zu ihm und sah Aritos dabei an.

»Ach schon als Kind hatte ich solche komischen Kräfte. Ich konnte so vieles, was andere nicht konnten, deshalb habe ich sie auch nicht mehr angewendet.«

»Ja, das ist klug von dir gewesen, Sirano. Nun setzt euch in einen Kreis, Freunde.«

Sie taten es.

»Ja, ich will euch kurz informieren. Hier in Avebury gibt es ebenfalls ein Sternentor, und hier gibt es auch einen Eingang, der versteckt ist, er führt in das Reich Avalon, wir werden uns gleich hineinbegeben, verhaltet euch ruhig und lauft normal weiter. Ich werde vorne gehen, Sandrino hinten!«

»Ja, das ist gut so«, meinte Dario, »man weiss ja nie, wenn zum Beispiel jemand mich kidnappen würde, wenn ich hinten wäre, da braucht es schon einen starken Sirianer wie Sandrino, der solche gewaltigen Muckies besitzt!«

Ich sah Dario an.

»Dario, kannst du bitte mal lichtvoll deinen Mund halten? Langsam geht mir dein Geplapper auf den Geist.«

Jetzt war er ruhig, und wie! Er hielt sich die Hände vor den Mund. Er sah so komisch aus.

»Oh Dario, wenn wir dich nicht hätten, du mit deinem aussergewöhnlichen Humor!«

In diesem Moment hörten wir lautes Gebell!

»Was ist das?« Arco und viele meiner Freunde schreckten zusammen.

»Ha«, meinte Dario, »das ist ein Hundchen!«

Bellend und mit dem Schwanz wedelnd kam ein Hund daher.

»Ist der süss, Siriano! Kann ich ihn behalten?«

»Nein«, sagte ich ernst.

Der Hund setzte sich zu Dario.

»Ja, bist ein braves Hundchen, kriegst gleich was zu fressen, ja?«

»Bitte??« Ich sah Dario an. »Was soll das heissen, Dario?«

Der Hund hatte eine Wurst in der Schnauze und kaute daran herum.

»Woher hast du das?«

»Oh, gefunden!«

»Geht das schon wieder los, Dario? Ich habe gleich keine Geduld mehr, ja? Also, du läufst voran, Dario!«

»Und der Hund?«

»Wir können ihn nicht mitnehmen, klar?«

»Jaja, hab schon verstanden. Na los«, verscheuchte er den Hund, »verzieh dich, mein Herr und Gebieter mag keine Hunde.«

Ich drehte mich um. Dario verstand und lief voran. Er achtete aber nicht auf den Weg und lief im Dunkeln direkt in einen grossen Stein!

»Nanu? Wie passiert denn das nur?« Er drehte sich zu uns um, grinste und meinte: »Gut, dass es dem Stein nichts gemacht hat, was?«

Es war herrlich zu lachen, Dario verstand es immer wieder, uns zu unterhalten. Dann kamen wir zu einem kleinen Berg, dessen Kuppe mit dichten Büschen bewachsen war.

»Halt, meine Freunde«, sagte Dario, »hier ist der Weg zu Ende, ich denke, Siriano weiss, wie es weitergeht.«

»Einfach weiter, Dario!«

Er bog die Gebüsche auseinander und wir standen vor dem Eingang zu einer grossen Höhle!

»Macht eure Kristalllichter an.«

Sie taten es. Ich lief voran, hinter mir Dario und Sirano. Es war breit genug, dass wir zu dritt nebeneinander gehen konnten. Hinter uns ertönte Hundegebell.

»Oh nein, Dario, siehst du, was du angerichtet hast?«

»Ja, ist mir voll bewusst, der mag mich!«

»Bitte!«

Wir liefen also einen langen Gang entlang. Niemand sprach ein Wort, auch Dario nicht. Aber er verlor einen Schuh, hielt an und fand ihn schliesslich wieder.

»Also, ich komme Freunde…!« Weg war er!

Ich fragte: »Wo ist Dario?«

Niemand wusste es. Tircano grinste. Sija ebenfalls.

»Oh nein.« Ich lief mit einigen zurück. »Dario, wo bist du?«

»Hallo?«

Dann sah Sirano eine Grube.

»Passt auf«, warnte er uns, »sonst fällt einer von uns hinein!«

»Ja, gut danke!«

Wir umgingen das Loch und sahen hinab. Oh nein! Da kauerte unten jemand und sah zu uns hinauf.

»Kann mir jemand von euch helfen, wieder hochzukommen??«

»Dario! Ich bin gleich bei dir!« Ich streckte meine Hände, goldenes Licht strahlte heraus, ich senkte sie in die Grube und das goldene Licht hob Dario an und höher zu uns hinauf.

»Daddy«, meinte Sirano, »gleich bist du mir echt eine Erklärung schuldig!«

»Sirano, fass mit an!«

Wir bekamen ihn zu fassen, unseren guten lieben Dario. So ging es weiter.

Bald kamen wir aus der Höhle heraus und fanden uns in Avalon wieder. Wie es blühte, in seinen bunten Farben, mit dieser Natur und ihren grossen Schmetterlingen! Aber niemand war zu sehen.

»Seltsam«, sagte ich zu Aritos. »Sonst begrüsst man uns, wo sind sie nur alle?«

Dann sahen wir die Bewohner, sie trugen rote Kleider mit Kapuzen.

»Oh, seht nur Wichtelmänner!«

»Dario!!«

»Siriano, ich sage nur, was ich sehe.«
»Das sind die Bewohner, du…!«
Sie kamen uns näher. Der Vorderste nahm die Kapuze herunter.
»Lancelot!«
»Siriano!«
In seinen blauen Augen zeigten sich Tränen. Er kam in meine Umarmung.
»Lancelot, was ist geschehen?«
»Siriano, Artus…!«
»Was ist mit ihm?«, fragte Aritos bedrückt.
»Oh Freunde von Sirius, Artus ist gegangen, er ist in die Sphären des Himmels hinaufgegangen, er wollte es so.«
»Lancelot, er ist jedoch immer noch bei uns, er ist zurückgekehrt, in sein Reich. Auf einem wundersamen Planeten. Seid nicht betrübt, wir sind hier.«
»Kommt mit«, meinte Lancelot und ging voraus. Wir gingen auf den Palast zu.
»Ja, alles noch beim Alten«, bemerkte Dario.
»Halt deinen Mund«, sagte ich leise zu ihm. »Noch ein Wort und du fliegst sofort zurück nach Sirius, ja?«
»Ja, Siriano.«
Bald setzten wir uns auf die flauschigen Teppiche. Man reichte uns Obst und Wein und reines Quellwasser.
»Was gedenkt ihr zu tun, Siriano?«
»Oh Lancelot, mein Freund, jemand sollte Avalon weiterregieren, es darf nicht untergehen, verstehst du?«
»Ja, zu gut.«
»Dieses wunderschöne Reich muss erhalten bleiben! Auf alle Fälle!«
»Wählt einen neuen König von Avalon!«, meinte Sirano.
»Oh, das ist gar nicht so einfach, Sirano«, sprach Lancelot zu ihm.
»Ein König von Avalon muss rein in seinem Herzen sein und mit Licht und Liebe regieren!«
»Oh, das bist du doch, tapferer Lancelot«, meinte Jose.
Dario, der an einem Apfel kaute, sah mich nur an, er wusste, es lag jetzt an ihm, bloss nichts Falsches zu sagen.
»Also, ich denke, Siriano, lasst einen von euch hier, der Avalon regiert, ihr seid die Herren und nicht wir!«
»Ja«, meinte Tabor, »ich wüsste auch wen.«

»Plejadier spreche«, meinte Lancelot.

»Na den hier«, sagte er und zeigte auf Dario. Dem blieb der Apfel im Hals stecken.

»Was? Kommt gar nicht in Frage. Auf so eine Idee kann ja nur ein dummer Plejadier kommen!«

»He, sag das nochmal, kleiner Sirianer!«

»Bitte, bitte, meine Herren«, bat ich sie. »Jetzt ist es genug! Seid im Licht und in Frieden, ja, ich bitte euch darum!«

Dario sah mich vorwurfsvoll an.

»Er hat angefangen, Siriano!«

»Kein Wort mehr Dario! Nun Lancelot, ich denke du bist ein würdiger König von Avalon. Und ich selbst werde dich dazu auserwählen.«

»Nein, Siriano, ich kann das nicht!«

»Ach Lancy«, schaltete sich Dario schon wieder ein, »wenn man will, kann man alles!!«

»Dario«, sprach ich leise, »du weisst, ich habe viel Geduld, erstens bist du taktlos und zweitens, danke für diesen lichtvollen Spruch. Doch Lancelot hat einen lichtvollen Namen, wir nennen dich ja auch nicht Darili!«

»Siriano, ich überlege es mir, doch bitte seid jetzt unsere Gäste.«

Einige Bewohner kamen heran und bewirteten uns liebevoll. Und wir durften auch wieder in dieselben Gemächer wie einst. Dario knallte sich auf die weichen Betten. »Ha, ich schlafe bestimmt gut diese Nacht! Tabor hast du Lust, bei mir zu schlafen?«

»Bin ich denn lebensmüde, bei dir kriegt man ja kein Auge zu. Wenn man nicht aufpasst, erzählst du einem in einer Nacht deinen ganzen Lebenslauf.«

Endlich zeigte sich wieder ein Lachen in Lancelots Gesicht!

»Ich lasse euch jetzt ruhen, Siriano, morgen sehen wir uns wieder.«

»Nanu gibt's denn kein Nachtessen?«, fragte Dario, der an Tabor hing wie eine Klette.

»Ihr werdet stets bedient, vorlauter Sirianer«, meinte Lancelot.

Ja, so bescherte Lancelot uns eine ruhige Nacht. Das war wohl zu viel für Dario. Wir legten uns hin, müde vom Laufen. Dario starrte zur Decke, sprach jedoch keinen Ton. Es dunkelte langsam, wir deckten uns zu und lauschten noch dem Vogelzwitschern, das von draussen hereindrang.

»Gedenkt ihr schon zu schlafen?«, fragte Jose.

»Ja, du etwa nicht?«

»Oh, ich kann nicht. Ich fühle mich so alleine, kein Dario der mit mir redet.«

»Dario, bist du auf mich auch sauer?«, fragte ich ihn.

»Nein«, gab er zur Antwort.

»Tja«, meinte ich, »Freunde, es ist eben so, dass er jetzt tief beleidigt ist.«

»Ja, so ist es, niemand wagt es, den tapferen Dario zu beleidigen!«

»Also?«

Jose schmiss ihm ein Kissen entgegen und dann gab's zwischen den beiden die wildeste Kissenschlacht in Avalon!

»Sehr lichtvoll«, bemerkte ich.

Wir ahnten ja noch gar nicht, dass sich Jose bald ändern und mit Dario die grössten Abenteuer bestehen sollte. Da konnte man nur sagen, wehe wenn sie losgelassen wurden! Wir fanden schliesslich unseren wohlverdienten Schlaf. Ich dachte nach, lange. Schlief aber auch bald ein. Wir lagen einfach überall herum und es war so gemütlich. Ich bemerkte wohl, dass jemand mich liebevoll zudeckte. Dario war es!

»Schlafe gut, Siriano, du bist das Beste, was es gibt.«

Dann kehrte Ruhe ein, tiefe lange Ruhe, bis der Morgen bald anbrach und sich im schönsten Kleide zeigte! Zuerst ging's mal in reines Wasser zum Baden. Es war herrlich!

Bald danach ging ich mit Aritos zu Lancelot.

»Lancelot«, sprach ich, »ich bitte dich, nimm an, regiere über Avalon – in unserem lichtvollen Auftrag.«

Er sah uns lange schweigend an, schliesslich gab er nach.

Das Volk von Avalon war sehr erfreut, diese Nachricht zu hören und es feierte seinen König, Lancelot vom See, als neuen Gebieter von Avalon.

Wir hielten uns etwas entfernt von den Feierlichkeiten, da wir lieber für uns sein wollten.

»Aritos, ich denke, Lancelot schafft das. Was meinst du? Artus, gewiss – solch einen König gibt es kein zweites Mal. Aber Lancelot hat die Chance, alles wieder so herzurichten, wie es sein sollte: ein lichtvolles Avalon, das zu uns gehört, zu unserem Universum! Ich denke, wir haben unsere Aufgabe erfüllt. Aber bleiben wir ruhig noch einige Tage hier und geniessen die Gastfreundschaft.«

Wir sassen alle in einer blühenden Wiese, etwas abseits kicherten junge Mädchen und sahen uns zu. Doch keines wagte es, zu uns zu kommen. Jose und Dario sahen sie unentwegt an.

Aritos meinte noch: »Jungs, warum geht ihr nicht zu ihnen?«

»Oh nein, lieber nicht, mit Mädchen kann man keinen Unsinn machen, ich streiche lieber mit Dario herum«, lachte Jose.

Ich sah ihnen zu, wie sie herumtollten.

Wir genossen Avalon in diesen Tagen nochmals sehr. Es war ein herrliches Land, das nun so richtig erblühte in seiner Pracht, mit seinem Volke, seinem neuen König, der lichtvoll über dieses Land regierte! Ich ging mit Aritos durch die herrliche Landschaft. Wir genossen es und es gefiel uns sehr, es hatte viel von unserer Heimat Sirius.

»Bruder«, sagte er zu mir: »Könntest du hier für immer leben?«

»Aritos gewiss, doch unsere Heimat ist dort oben, okay? Und wir haben noch eine Menge Abenteuer zu bestehen, mit unseren beiden lichtvollen Freunden dort, Dario und Jose, meinst du nicht auch?«

»Haha, weisst du was, Siriano, ich freue mich auf den Moment, wo sie erwachsen werden!«

»Ach, da freue dich nicht zu früh, die beiden sind schlau, sehr sogar! Ich weiss langsam, was sie damit bezwecken. Sie brauchen Abenteuer, damit sie sich bewähren und zeigen können, was in ihnen steckt!«

Aritos sah mich an.

»Du meinst, wir sollten einmal die Mordonen aufsuchen?«

»Aritos, die Mordonen wissen, dass wir so etwas nicht tun, aber es könnte doch sein, dass ein Raumschiff sich uns nähert und…!«

»Sprich nicht weiter, Siriano, manchmal denke ich, du bist wirklich mit allen Wassern gewaschen, mein lichtvoller Bruder. Mal ein Spass, warum nicht?«

»Aber geniessen wir erst noch die wenigen Tage hier in Avalon, wir werden lange nicht mehr herkommen.«

»Ja, du hast Recht, Siriano, legen wir uns hin und dösen etwas in der Sonne.«

»Falls nicht wieder jemand kommt und uns stört …«

Wir hatten Glück, man liess uns in Ruhe. Aritos begann dann mit etwas, was ich gar nicht erwartet hatte.

»Siriano, wann gedenkst du eigentlich, das Geheimnis um Dario zu lösen? Wie lange willst du es uns noch verschweigen?«

»Aritos«, sagte ich ernst, »das hat seine Gründe. Er würde es nicht verstehen, nein jetzt noch nicht. Zuerst bringen wir Sirano mit seinem Bruder Sirian wieder zusammen, meine beiden leibhaftigen Söhne, sie ahnen ja noch gar nichts. Und jetzt wird nicht mehr darüber gesprochen, Aritos, ich bitte dich lichtvoll!«

Lancelot war glücklich in diesen Tagen! Aus der Trauer wurde wieder Sonne!

An dem Morgen, als wir uns verabschieden wollten, hörten die Mädchen irgendetwas. Hundegebell! Angstvoll schrieen sie herum, wichen aus und rannten weg. Darios Hundchen kam daher! Anscheinend hatte es sich durch die Höhle gewagt und kam jetzt bellend heran.

»He, da bist du ja, mein Kumpel!«

Der Hund war nervös, jaulte und sprang dauernd an Dario hoch.

»Siriano, er mag mich!«

»Ja, ich sehe es, doch vergiss es, wir können ihn nicht mit nach Sirius nehmen! Du verstehst das doch, oder?«

»Ja, halb und halb. Aber der kleine Kerl hat doch niemand.«

»Lancelot«, sprach ich, »wir bedanken uns sehr bei dir und deinem Volk für die lichtvolle Gastfreundschaft und wir hoffen, dass Avalon zu neuem Leben erblüht. Alles erdenklich Gute für euch. Geniesst diesen Augenblick und seid stets in reinem Herzen!«

Abermals zeigten sich Tränen in Lancelots Gesicht.

»Siriano, kehrt gut zurück in eure Heimat! Wir sind stets bei euch!«

»Ja, ich weiss das!«

Wir umarmten uns alle. Lancelot umarmte auch Dario.

»Junge, du musst noch sehr viel lernen, okay?«

»Man, kannst du mich wieder loslassen? Männer umarmen sich nicht so lange, fehlt gerade noch, dass du mich küsst!«

Lancelot lachte und drückte ihm einen auf die Backe. Schreiend flüchtete Dario auf einen Baum! Da gab's aber was zu lachen!

Bald jedoch kehrten wir zurück, Darios Hundchen natürlich dabei. Sofern man es Hundchen nennen konnte, es war nämlich ein ausgewachsener Schäferhund. Bellend sprang er vor.

»Was meinst du Aritos, sollten wir Dario einen Gefallen tun?«

»Oh nein, mit einem Schäferhund beginnt es, mein Bruder. Wer weiss, was er uns sonst noch so alles bringt.«

»Du hast Recht«, lachte ich und glücklich kamen wir bald wieder am anderen Ende hinaus, Dario fiel es sehr schwer sich von seinem Hund zu trennen, aber wir blieben noch einige Tage hier in England, wir wollten uns die Gegend anschauen. Es war eine besondere Gegend hier. Oh, wie liebte ich England nur! England, dieses mystische Land, von dem ich sehr viel wusste, was kein Mensch auch nur ahnte. Doch es gibt Sachen, die behält ein Sirianer für sich! Wir campten in einer verlassenen Gegend, von der wir wussten, dass kein Mensch hier hinkam. Das war für uns ideal. So liessen wir uns von der Natur verwöhnen. Doch jeder von uns hatte stets Avalon in sich. Dieses herrliche lichtvolle, friedvolle Avalon. Dario lag für sich irgendwo, liess sich von niemandem stören und sah in den Sternenhimmel hinauf. Ich beobachtete ihn eine Zeit lang.

»Dario«, rief ich, »was ist denn nur mit dir?«

Er drehte sich halb zu mir, lächelte und meinte: »Du darfst mich stören, aber nur du!«

Lachend erhob ich mich und gesellte mich zu ihm.

»He, ist was mit dir?«

»Nichts«, sagte er. »Ich geniesse.«

»Haha, du und geniessen, ich erlebe dich so ruhig wie nie. Ist das die Ruhe vor dem Sturm?«

Er kniff mich, lachte und meinte: »Siriano, ich denke nach. Über so vieles! Weisst du, an was ich denke? Daran, ob ich wohl auch eine Familie habe.«

»Wie kommst du denn darauf?«, fragte ich ruhig.

»Ach weisst du, manchmal studiere ich eben ... Siriano, kannst du mich nicht auch adoptieren?«

»Warum?«

»Ich folge ja nur dir, ich höre immer auf dich, immer öfters!«

»Dario, weisst du was, du bist echt ein lieber, lichtvoller Freund!«

»Oh, das höre ich sehr gerne«, entgegnete er. »Solche Momente wie jetzt liebe ich geradezu! Schöner könnte es nicht sein, ich erlebe eben wenig solche Abende, Siriano, und ich merke, langsam werde ich erwachsen.«

»Haha«, amüsierte ich mich, »willst du mich verulken? Dario und erwachsen?«

»Ach Siriano, gib mir eine kleine Chance! Hier nimmt mich niemand für voll, nicht mal dein lichtvoller Bruder, Aritos. Obwohl ich mit ihm den grössten Spass habe! Ich mag ihn einfach. Sag mal, Siriano, wie kamst du eigentlich auf mich? Warum habt ihr mich geholt?«

Ja, jetzt musste ich innerlich sehr kämpfen, doch ich wusste, ich durfte ihm nichts sagen, oh nein, es war eine lichtvolle Bitte von jemandem!

»Dario«, sagte ich, »schaue in den Himmel und geniesse.«

»He, du weichst mir aus, Siriano, ich gebe eher nicht Ruhe, bis du mir die Frage beantwortet hast!«

»Dario, du kannst einem gehörig auf die Nerven gehen, es gibt Sachen, denen wir uns eher zuwenden sollten.«

»Ach ja?« Er sah mich vielleicht mit einem Blick an! »Ich habe ein Anrecht darauf zu wissen, warum ich bei euch bin!«

»Du hübscher Dario, na gut, du siehst immer so drollig aus, wenn du so ernst bist. Ich habe dich mitgenommen, weil wir eben zwischendurch mal was Humorvolles brauchen. Und auf Antero, wo wir dich geholt haben, hast du zu viele Raumschiffe demoliert!«

»Haha, ich weiss, früh übt sich, wer ein Meister werden will!«

»Dario, du kannst von mir alles haben, wenn du nur einen Moment ruhig bist, deine Fragerei grenzt langsam ans Unmögliche!«

»Na gut, Dario schweigt«, meinte er und war ruhig. Doch es hielt nicht lange an.

»Siriano«, fragte er, »wohin reisen wir denn eigentlich noch?«

Ich drehte mich um und deckte mich zu.

»Nein, bitte jetzt nicht schlafen, nur noch diese eine Frage, Siriano!« Er versuchte mich umzudrehen. »Schläfst du?«

»Nein, aber gleich!«

Aritos kam daher, sofort schlüpfte Dario unter seine Decke.

»Na, schlaft ihr noch nicht?«

»Bruder«, lächelte ich, »wo warst du nur?«

»Ach, ich sah dort oben auf dem Hügel übers Land, es ist einfach herrlich!«

»Oh ja«, meinte Dario und streckte seinen Kopf hervor. »Warum lassen wir uns nicht hier nieder?«

Aritos sah ihn an: »Das würde dir wohl so passen, was?«

»Oh ja, kann ich mir gut vorstellen.«

»Na gut«, lachte Aritos, »dann stellen wir dir hier eine grosse Hütte auf und du kannst darin leben, gefällt dir das?«

»Ach«, brauste Dario auf, »alleine?«

»Ja«, fuhr Aritos fort, »dachtest du, jemand teilt mit dir die Hütte? Wo du dauernd redest? Woher hast du das nur?«

»Geliebter Bruder meines Freundes Siriano«, begann Dario, »eines sollst du wissen, ich weiche nie von der Seite unseres göttlichen, lichtvollen Siriano, er ist der Einzige, der mich versteht und mit dem ich mich lichtvoll unterhalten kann, was man von dir nicht behaupten kann!«

»Ach, noch frech werden zu später Stunde, was?«

»Oh nein, das sind Tatsachen, mit denen du dich einfach abfinden musst, bester Aritos!«

Ich grinste, stets liebte ich die Wortspiele der beiden – bis es irgendwann genug war, wie jetzt.

»Hört, ich möchte meine Ruhe und nicht zwei hysterische Sirianer neben mir haben, okay?«

»Siriano«, empörte sich mein Bruder Aritos, »ich bin dein lichtvoller Bruder!«

»Hahaha!«, lachte Dario los. Schon war es passiert, die beiden balgten herum und so mancher bekam es mit. Ich richtete mich auf und begab mich in unser Hauszelt, direkt in die weichen Betten. Bald bemerkten es die beiden.

»Ich gehe zu ihm!«

»Nein Dario, du bleibst draussen!«

»Was?«

»Ja, du hast nichts zu suchen in den Gemächern der edlen Sirianer!«

Doch Dario konnte eben leider nicht folgen und war bald neben mir und Sirano. Er schlief jedoch bald ein.

Später in der Nacht wurde es draussen kalt. Dario wachte auf und kuschelte sich noch tiefer in seine flauschigen Decken.

»Oh Siriano, ich vermisse so mein weiches Bett auf Sirius und was erleben wir hier? Sibirien pur!«

Lachend hörte ich ihm zu. Aritos wachte dann ebenfalls auf.

»Es ist doch jedes Mal, das Gleiche, Bruder, Dario sollte mal erzogen werden!«

»Ja, richtig«, bemerkte der. »Ich habe noch Chancen dazu, aber du?«

»Oh nein!« Dario kam zu mir. »Siriano, beschütze mich vor dem drohenden Unheil, das gleich über mich hereinbricht, dein Bruder scheint wohl nicht gut gelaunt zu sein!«

Durch unser Gelächter weckten wir schliesslich unsere Freunde. Also setzten wir uns zusammen, tranken genüsslich Tee und nahmen etwas zu uns. Martin hatte mal wieder alles mögliche Herrliche zusammengezaubert.

Später wollten wir uns die Gegend ansehen. War es wohl nicht zu riskant, mit Dario? Mussten wir abermals damit rechnen, dass er irgendwo etwas fand, das nach Sirius sollte?

Gegen Morgen gingen wir in drei Gruppen los. In meiner Gruppe war Dario. Er lief voraus, kam dann unerwartet zurück, er sah nicht gerade erheitert aus.

»Was hast du zu melden, Dario?«

Er sah mich an, schwieg und zeigte auf ein Objekt, das mitten in einer blühenden Wiese, stand. Wir sahen es uns an. Ja, es war ein Auto, so nannte man ja diese Blechbüchsen auf der Erde.

»Ist was damit, Dario?«

»Oh ja, niemand drinnen!«

»Na und?«

»Du meinst wohl, du könntest es für dich beanspruchen? Kommt gar nicht in Frage, okay?«

Plötzlich kam unerwartet ein Mann daher, er war dreckig im Gesicht. Als er uns sah, bekam er zuerst einen ordentlichen Schrecken.

»Oh Mann«, entglitt es seinen Lippen, »schon wieder so eine Sekte?«

Wir lachten.

»Nein«, sagte ich, denn ich wusste gleich, ihm konnten wir uns offenbaren, ich spürte sein Licht, sein reines Herz. Er liess etwas Metallenes fallen.

»Sie haben was verloren«, sagte Sandrino zu ihm gewandt.

»Oh ja, natürlich«, stotterte er und sagte leise, »ich denke, ihr werdet mir in wenigen Minuten offenbaren, dass ihr von einem anderen Planeten kommt und mich entführen wollt?«

»Nein«, lachte Jose, »bestimmt nicht, sieh her, ich bin auch ein Mensch von der Erde hier, aber ich lebe schon eine Weile bei den Sirianern, du glaubst nicht, wie lichtvoll es auf Sirius ist!«

»Oh ja, kann ich mir vorstellen, vorhin traf ich auf eine Gruppe, die erzählten mir ebenfalls von Sirius! Ich dachte zuerst, ich spinne, aber ihr habt Glück, denn ich glaube daran! Ich hatte«, fuhr er fort, »vor Jahren einmal Kontakt mit Wesen von einem anderen Stern.

Ob ihr es glaubt oder nicht, sie kamen – Moment, oh ja, ich erinnere mich wieder – von Aldebaran! So hiess der Planet.«

Sirano lächelte, seine Augen funkelten.

»Aldebaran, gewiss, es sind sehr gute Freunde von uns, setzen wir uns?« Wir bildeten einen Kreis, setzten uns und erzählten einfach los.

Nach einer Weile meinte der Fremde: »Oh, wenn es nur auch so lichtvoll wäre hier auf der Erde, dann ginge alles viel leichter, aber ich denke, das dauert noch eine Weile.«

»Ja, so ist es«, sagte ich und sah ihn an. Das wettergebräunte Gesicht des Mannes zeigte ein Lächeln.

»Ich denke, Sie sind Siriano oder?«

»Ja! Aber woher wissen Sie das?«

»Oh, so sieht nur einer aus, der so viel Licht ausstrahlt, so viel Liebe in sich hat. Jedes Wort von Ihnen vibriert in meinem Herzen!«

Dario sah ihn an, dann mich.

»He«, meinte er, »ist das eine abgemachte Sache?«

»Dario, bitte, du kennst wohl keinen Anstand, was? Geh, suche Kräuter mit unseren Freunden, ja?«

»Tja«, ärgerte sich Dario in diesem Moment, »jedes Mal, wenn es spannend wird, muss ich Kräuter suchen gehen! Dir kommt wohl nicht was Bessres in den Sinn, Siriano, was?«

»Dario, keine Widerrede!«

»Ja, ist okay, wir sind dann gegen Abend wieder hier.« Sie hatten meinen Wunsch verstanden und machten sich gemeinsam auf den Weg.

Der Fremde und ich waren alleine.

»Der macht's nicht mehr, hab ne Panne«, meinte er und wies auf sein Auto. »Gibt's das bei einem Ufo auch?«

Ich lachte sehr.

»Höre, Erdenmensch, du gefällst mir, du hast Witz und Charme, so was wie dich könnten wir gebrauchen auf Sirius!«

»Also bitte, wie stellen Sie sich das nur vor, Siriano? Einfach so schnell mal in ein Ufo klettern und nach Sirius brausen, das sind ja tolle Aussichten! Ich müsste mich nur schnell beim Einwohnermeldeamt abmelden. Wenn ich denen offenbare, dass ich meinen Wohnort nach Sirius wechsle, sperren die mich gleich ein!«

Ich lachte laut, der Kerl war humorvoll.

»Haben Sie einen Namen?«

»Oh ja, den habe ich, hätten Sie wohl nicht erwartet, was?«

Ich klopfte mir lachend auf meine Oberschenkel.
»Also?«
»Na, es ist ein englischer Name!«
»Ja, denke ich auch, wenn man hier in England lebt, oder?«
Er brachte so viel Sicherheit und vor allem Humor aus reinem Herzen zur Geltung! Erstaunlich!
»Also, ich bin Siriano und du?«
»Oh, so schnell, so unförmlich? Du?«
»Aber sicher, ein Sie kennen wir eigentlich nicht!«
»Na gut, ich bin Harry!«

Nach einer Zeit kamen die anderen beiden Gruppen und schlossen sich uns an. Aritos staunte nicht schlecht. Er fand Gefallen an Harry. Wir redeten dauernd mit ihm. Und wir schafften es auch, ihn zu überreden, sich uns anzuschliessen. Er wurde sofort hell begeistert bei uns aufgenommen! Dario und Sirano, sie freuten sich sehr! So hatten wir wieder mal einen Freund gewonnen, auf der Erde hier. Ich hatte viel mit ihm vor auf Sirius, er wollte in meine Dienste treten, als mein treuer Diener. Zuerst wollte ich das nicht, doch er fand, es wäre bestimmt lustig. Dario hatte bereits einen sirianischen Namen für ihn gefunden: Sirohan!
»Na ja«, schmunzelte Harry, »aus Harry wird Sirohan! Klingt nicht übel, Abwechslung tut gut!«

Gesagt getan, Harry gesellte sich also zu uns. Er wurde vertraut gemacht mit vielen Dingen, die er bis jetzt nicht kannte und sich nicht hätte träumen lassen. Er zog unsere Kleidung an und bewegte sich dann mit uns zurück in unsere Station. Dort sah er sich zunächst mit grossen Augen alles an.
»Und wann fliegen wir nach Sirius, Siriano?«
»Mal sehen, ich denke wir bleiben noch eine Weile hier, wir treffen hier noch auf eine Lichtgruppe. Und wir haben etwas zu erfüllen. Danach, denke ich, dass du deine neue Heimat kennen lernst, Sirohan!«
Er sah mich an, spontan umarmte er mich und sagte: »Komm an meine Brust, lichtvoller Sirianer, ihr seid nicht nur lichtvoll, sondern auch tolle Freunde! Ich bin sehr stolz, euer Freund zu sein, also ein Familienmitglied! Ich bin sehr gespannt auf meine neue Heimat. Ich denke, ich habe eine neue Aufgabe gefunden: auf

Sirius dem göttlichen, lichtvollen Siriano zu dienen, wie es sich gehört.«

»Oh«, lachte ich, »vergiss eines nicht, Sirohan, wir haben nichts Erdliches bei uns.« Dabei sah ich Dario an, der wusste sofort, er musste alles verschwinden lassen – wenigstens, bis Sirohan sich bei uns eingelebt hatte.

»Muss ich noch einen Vertrag unterschreiben?«

Aritos lachte von Herzen.

»Nein bestimmt nicht, wir sind Sirianer und keine Erdlinge! Bei uns geht alles einfach nur lichtvoll zu, du wirst staunen!«

Ja, ein jeder erzählte ihm, gab ihm vieles durch! Mit Freude sah ich es und dachte nach: Diener? Oh nein! Aber er sollte auf meinen Palast aufpassen, wenn wir auf Reisen waren. Ihm traute ich es sofort zu. Seine Spontaneität begeisterte mich immer wieder aufs Neue! Er gliederte sich sofort bei uns ein und gewöhnte sich auch rasch an vieles. Meditationen wirkten bei ihm Wunder – so wie bis jetzt noch bei keinem anderen Menschen der Erde, der zu uns gekommen war.

Irgendwann wollte ich noch die besagte Lichtgruppe treffen und begab mich deshalb mit Aritos und Sirano dorthin. Wir trafen uns an einem Waldrand. Sie warteten schon und richteten sich auf, als wir kamen.

»Siriano, edler Sirianer, sei gegrüsst!«

»Ich grüsse auch euch, wie immer seid ihr sehr pünktlich!«

Wir umarmten uns und setzten uns dann in einen Kreis.

»Siriano«, fragte mich eine junge Frau mit langem blonden Haar, »wann seid ihr auf Kreta?«

»Geliebte Lichtschwester der Erde«, strahlte ich, »zuerst reisen wir zurück nach Sirius und bleiben sehr lange dort. Kreta kann warten. Aber ich gebe euch ein Zeichen mit. Ein Zeichen der Verbundenheit!«

Ich nahm meine Kette vom Hals und wollte sie ihr überziehen. In dem Moment kam ein kleiner Junge von etwa drei Jahren daher. Mein Gesicht veränderte sich. Es war ein kleiner hübscher Kerl, der mich mit rehbraunen Augen ansah!

»Das ist mein Sohn«, meinte die junge Frau.

Er kam mir direkt in die Arme und wollte mich gar nicht mehr loslassen!

»Er ist so niedlich, so anhänglich, wie heisst er denn?«

»Das ist Micky.«

»Micky? Ein süsser Name!« Ich legte dem Kleinen die Kette um. »Das Zeichen soll ihm gehören, wisst ihr, ich liebe Kinder über alles.«

»Ja, das merkt man sofort, Siriano, du bist wirklich etwas Wundervolles, Lichtvolles! Einmalig, in deiner Art und Weise. Man spürt dich schon Tausend Kilometer weiter!«

Aritos lächelte.

»Kleiner«, sprach ich, »irgendwann sehen wir uns wieder, das weiss ich, ich habe mir geschworen, irgendwann viele Kinder zu haben und alle so süss und klein wie du!«

Der Kleine sprach nicht, er war scheu. Sandrino wunderte sich.

»Spricht er nicht mit uns?«, fragte er die Mutter.

»Oh nein, er ist stumm! Er kann nicht reden!«

»Bitte?«

Ich sah die Tränen in den Augen meines Bruders Sandrino. Er konnte es einfach nicht fassen, dieser kleine Kerl, stumm?

»Er hat noch nie ein einziges Wort gesprochen«, meinte nun ein junger Kerl, höchstens 19 Jahre alt. »Doch man spürt sein Licht und seine Energie, so intensiv, seine Liebe ist einmalig!«

»Siriano …!«

»Ja?«

»Er ist so …!«

Ich verstand den Blick der Gruppe.

»Komm mal zu mir, Kleiner«, sagte ich.

Er kam auch zu mir, setzte sich einfach auf meinen Schoss. Als wir dann weiter mit der Gruppe sprachen, legte ich meine Hand auf die Stirn des kleinen Jungen. Mein blaues, goldenes Licht strömte in ihn hinein. Lange hielt ich meine Hand auf der Stirn, niemand achtete darauf. Der Kleine merkte sofort meine Liebesenergie, die ihn heilte. Für einen Moment hielt ich inne. Dann rührte sich der Kleine, sah mich an und lächelte. Er umarmte mich stürmisch.

Dario war es, der nun daher kam.

»Hier seid ihr also!«

»Ja, Dario?«

Wir sahen ihn alle an. Dario hatte einen gewissen Blick, der umwerfend war. Jetzt sah er den Kleinen bei mir.

»Siriano, wer ist denn der kleine süsse Junge bei dir in den Armen?«

Micky drehte sich um, sah Dario lachend an und dann geschah das Wundersame: Der Kleine sprach.

»Hallo Dario, ich heisse Micky!«, sagte er unbefangen

Die junge Frau sah mich so gross an, ihr Blick blieb an mir haften. Ihre rehbraunen Augen waren ruhig und Tränen kullerten daraus hervor. Tränen der Freude! Sie lächelte! Und auch ich benutzte diese Geste! Sie wussten, dass wir Heilkräfte in uns hatten. Aber so mächtige?

»Geht in Frieden, Erdenfreunde, wir sehen uns irgendwann wieder!«

Ich gab dem Kleinen das sirianische Licht, die Heilkräfte und alles zusammen! Und von diesem Moment an gehörte er zu uns. Doch ich schwieg. Ich gab ihm einen Namen, der später mit den Jahren so lichtvoll sein würde, dass schon alleine, wenn man den Namen aussprach, die Liebe, das wahre Wunder, an Ort und Stelle geschah! Siragos, so sollte er heissen! Ich sah für einige Momente in die Zukunft. Ich sah ihn! Ich lächelte. Ja, eines Tages, in einigen Jahren würde er nach Sirius kommen. Er war von jetzt an lichtvoll und er wusste es.

Als die Gruppe aufbrach, drehte sich der kleine Kerl um, sah mich fasziniert an und sprach noch: »Siriano, bald sehen wir uns wieder und wenn ich so weit bin, dann komme ich zu euch! Vorher habe ich noch sehr viel zu bewältigen, auch meine Aufgaben, die ich bekomme!«

Tränen huschten mir über das Gesicht und noch einmal sprang er in meine weit ausgebreiteten Arme, ich hielt ihn fest an mich gedrückt und flüsterte ihm leise ins Ohr: »Ich verbinde mich immer mit dir, mein Kleiner, Siriano vergisst dich niemals! Denke daran! Sprich meinen Namen aus, wenn du es möchtest, egal wo du bist, und ich bin bei dir!«

»Ja, Siriano«, flüsterte er zurück, »das tue ich auch! Es gibt keinen Lichtvolleren als dich im ganzen Universum! Eines Tages bin ich wieder an deiner Seite bei deinen Sternenreisen!«

Dann rannte er der kleinen Gruppe hinterher. Aritos stand hinter mir, während ich noch kniete.

»Bruder«, begann er und legte von hinten seine Hände auf meine Schulter, »er ist sehr lichtvoll und er kommt wieder.«

»Ja, ich weiss, Aritos.«

Dario war betroffen.

»Schade, der Kleine ist so süss.«

»Dario, bald ist er wieder bei uns, du musst dich nur ein wenig gedulden.«

»Ja, okay, aber Siriano, ich denke wir sollten zurück, unsere Freunde machen sich bestimmt schon Sorgen!«

Wir gingen also wieder los. Ich dachte immer an den Kleinen und den Moment, wo er mir wieder gegenüberstehen würde, aber als junger Mann, der dann den Lichtweg zu uns gefunden hatte. Doch Prüfungen sollten ihn bis dahin in seinem Leben begleiten.

Während wir zurückliefen, übermittelte er mir: »Siriano, Lichtmeister des Universums, meine Liebe zu dir wächst und wächst! Ich freue mich sehr, dich bald wieder zu sehen!«

Ich sah es direkt vor mir, die Begegnung. Aritos spürte es ebenfalls sehr stark! Wir kamen endlich zurück.

Wir begaben uns zur Ruhe und dann sprachen wir wieder von Avalon!

»Siriano«, meinte Jose, »ich denke, bald besuchen wir Avalon wieder, ist es so?«

»Jose, du treuer, liebenswerter Mexikaner, vielleicht! Doch es wird uns auch in andere Dimensionen ziehen, in andere Länder auf dieser Erde, überall hin! Ich sehe es förmlich vor mir.«

»Siriano«, strahlte nun ein jeder, »sag uns, was siehst du denn alles?«

Ich verhielt mich ruhig und mein Licht wärmte mich innerlich, ich hatte die Augen geschlossen und dann sah ich sehr viel.

»Bitte«, flehte Dario mich an, »bitte sage mir, wie sieht meine Zukunft aus?«

Ich lächelte.

»Dario, du wirst eines Tages Vater sein von drei lichtvollen Söhnen, und zwar schon mit jungen Jahren!«

Tabor fing an zu lachen.

»Siriano«, meinte er zu mir, »Dario und Vater, da lachen ja die Mondhühner!«

Dario reagierte gar nicht darauf.

»Nun ich dachte, ihr wollt noch mehr hören?«

»Oh ja!« Sie hörten mir zu.

»Ja, ich werde unter anderem sehr viele Söhne haben, alles stolze reine Sirianer!«

Aritos sah mich eher ungläubig an, mit einem Blick, als wollte er sagen: Siriano, der erste Sirianer, mit den verrücktesten Ideen und Gedanken! Doch er wusste, was wir für Fähigkeiten hatten, und sagte lieber nichts. Ich fuhr fort.

»Na, ich möchte euch nichts vorenthalten, jedoch auch nicht zu viel verraten. Aber, irgendwann werden wir uns in Kanada ansiedeln, dort sehr lange bleiben und wir werden zu einer grossen Familie heranwachsen, Lichtfreunde der Erde werden mit uns gemeinsam leben! Es ist wunderbar, was ich alles sehe!«

Sirano sah mich an.

»Daddy, das heisst, ich werde viele Brüder haben?«

»Oh ja, Sirano!«

»Ach, nenne doch nur einen Namen, bitte!«

»Natürlich, Seban wird der Erste sein.Und der lichtvollste wird Lucas. Sie werden uns alle erheitern, lichtvoll und auch anders, aber ich möchte für heute nicht mehr erwähnen. Ich denke, es ist besser so. Leben wir jetzt, in der Gegenwart, okay?«

Sirano gab keine Ruhe.

»Daddy, ist es so, dass ein reiner Sirianer in diese Zeiten reisen kann, also, dass du deine Kleinen, ich meine, meine kleinen Brüder wirklich siehst?«

»Ja, es ist möglich Sirano, aber ich tue es nicht, denn dann ist die ganze Freude dahin, ich warte und sehne mich auf diese lichtvollen Augenblicke, wenn sie im Licht geboren werden. Ihr alle werdet es erleben! Es wird nicht so leicht werden mit ihnen. Doch fragt nicht mehr und lasst alles so, wie es jetzt ist.«

Ja, sie verstanden mich und wir schliefen endlich ein. Ich träumte von neuen Reisen, die uns irgendwo hinbrachten. Ich hatte meine Ziele bereits, ja. Kreta, Irland, Amerika, Italien, in das lichtvolle Südtirol, wo es ein galaktisches Zusammenkommen geben würde von vielen Lichtbrüdern aus dem Universum, begleitet von den höchsten Engeln, den Lichtmeistern. Es würde ein sehr lichtvoller Moment werden. Ich sah es so rein vor mir. Ich sah aber noch mehr, denn in mir war sehr viel Geheimes verborgen, das ich niemandem sagen wollte, auch meinem Bruder Aritos nicht. Und so befreite ich mich von diesen geheimen Gedanken, die nur ich wusste, in meinem Inneren. Die Zeit war einfach noch nicht da für dieses. Es musste zuerst vieles andere geschehen, Lichtvolles! Ich sah meine Brüder an, meine Freunde und lächelte. Ich senkte mich in die Kissen zurück und so ging ich in meine Träume. Wieder sah ich sie, meine lichtvollen Söhne, wie sie lachten, von reinem Herzen, voller Licht und mit einer Freude, die alles sprengte. Ich sprach in meinen Träumen, bis ich davon aufwachte. Sirano sah mich an.

»Daddy, was ist mit dir?«

»Es ist nichts, mein Junge, schlafe wieder, mache dir keine Gedanken, okay?«

»Ja, ich weiss, du hast alles im Griff!«

Zufrieden schlief er wieder ein.

Als dann der neue Tag anbrach, erlebten wir einen wundervollen Morgen. Die Sonne lachte hoch am Himmel! Ihre sanften, warmen Strahlen weckten uns. Dario war unruhig.

»Siriano, ich denke, es ist schön draussen, nicht wahr?«

»Ja, das ist es. Einige sind schon auf, aber ich bitte dich darum, ruhig hinauszugehen, oder sagen wir, ich empfehle es dir nur.«

Er folgte mir und war bald draussen. Nichts war zu hören, nein. Anscheinend verhielten sich meine Freunde ruhig, zu ruhig. Aritos und ich schliefen aus. Bald verliessen wir aber die Station und begaben uns zu unserem Gleiter und stiegen ein, wir wollten wieder nach Sirius zurückkehren. Es wurde Zeit, wieder an unsere Lichtbrüder zu denken. Wir hoben also ab.

»Siriano!«

»Ja, Dario?«

»Hör mal, sollten wir hier in England nicht noch Zeichen in die Kornfelder setzen?«

»Ach nein, ich sagte doch zu gegebener Zeit. Manchmal bist du einfach zu stürmisch, Dario! Also?«

»Ja, okay.«

Wir waren bereits in einer Höhe von 30.000 Metern!

»Sirano, was ist denn?«

Sirano weinte.

»Daddy, ich sehne mich zurück.«

»Hm, du meinst Micky?«

»Ja, wir mussten ihn zurücklassen!«

»Sirano bitte, irgendwann wird er zu uns stossen, ja? Freue dich auf diesen Moment. Junge, wir kehren heim, nach Sirius! Sirohan wird begeistert sein.«

»Ach ja, wo ist denn der eigentlich? Ich sah ihn nicht einsteigen!«

Ich lächelte.

»Sirano, er ist unten. Er hilft Martin, etwas herzurichten, damit wir nicht verhungern.«

»Oh nein, Daddy, nicht schon wieder erdliche Kost, das hängt mir langsam zum Halse heraus, wenn ich nur daran denke! Pfui!«

»Na, da habe ich endlich noch einen auf meiner Seite«, lachte ich zufrieden.

Unterwegs sahen wir plötzlich ein riesiges leuchtendes Objekt! Es flog eher sanft. Alle starrten durch die bodenlangen Fenster nach draussen.

»Siriano, was ist das?«, fragte Sirohan.

Aritos sah mich lachend an.

»Nun, ich werde euch informieren, Freunde, es ist das Lichtschiff des mächtigen Engels Michael!«

»He, ich dachte Engel fliegen immer selbst!«, meinte Jose.

»Oh, nicht immer, aber immer öfters!«

Aritos legte eine Hand auf meine Schulter.

»Siriano, du bist immer wieder so humorvoll!«

»Danke!«

»Fliegen wir näher heran?«

»Oh nein, wir stören sie nicht, Dario.«

»Warum nicht?«

»Weil wir es nicht tun, gib endlich Ruhe!«

»Siriano, habe ich auch einen speziellen Engel? Also meinen, den ich um vieles bitten kann?«

»Ja, bestimmt Dario, aber erdliche Bitten erfüllt er dir nicht. Er weiss, dass du ein reiner Sirianer bist und dass du dich langsam damit beschäftigen solltest, mit dem Licht richtig umzugehen, lichtvoll zu denken und nicht an solchen anderen Unsinn, ja?«

Dario sah mich an. Er wusste, irgendwann musste er sich bessern! Aber das würde noch lange dauern. Vorher sollte er uns noch richtig nerven! Wir flogen rasch an dem Engelsobjekt vorbei. Sirano sah es noch.

»Es ist eine merkwürdige Form. Es hat die Form eines Schwertes!«

»So ist es, Sirano«, sagte ich. »Doch komm, legen wir uns hin, damit wir auf Sirius ausgeruht sind.«

»Daddy!«

»Ja?«

»Kehren wir zur Erde zurück?«

»Weshalb?«

»Ich möchte Micky holen!«

»Nein Sirano, du solltest nicht alles ändern wollen, es ist so bestimmt, wie es bestimmt ist. Ich bitte dich. Auch ich denke oft an ihn. Aber er muss sein Erdenleben nun meistern. Ich werde ihm lichtvolle Aufgaben senden, die er zu bewältigen hat. Okay?«

»Ja, geht klar, ich dachte doch nur so.«

»Und ausserdem, Sirano, wer sollte auf ihn aufpassen?«

»Du Daddy.«

»Ich?«

»Ja. Du möchtest doch lichtvolle kleine Söhne, ach da kommt noch eine Frage, Daddy, aber nur noch die eine.«

»Dann stelle sie!«, lachte ich.

»Werden die Kleinen auf Sirius sein?«

»Bestimmt nicht, wir werden sie mitnehmen, Sirano!«

»Solche Kleinen?«

»Ja, warum nicht? Sirano, ich vertraue dir ein sehr grosses Geheimnis an, das nur wir beide teilen, ich hoffe, ich kann mich auf dich verlassen, oder?«

»Aber ja, Daddy, bestimmt!«

»Nun, ich habe ja viel gesehen, ich habe Söhne gesehen in deinem Alter, ich werde sehr viel Söhne haben, die Kleinen, das ist die Zukunft und vorher gibt's noch eine Menge Überraschungen, aber mehr kann ich auch dir nicht sagen.«

Es war eine lichtvolle Reise zurück nachhause. Nach langer Zeit war die Heimat zu sehen und auch das goldene Tor zu Sirius. Endlich wieder zuhause! Und hinter uns Avalon, das wir abermals besucht hatten.

Als wir endlich ankamen, war die Freude zu gross. Sirohan freute sich besonders auf den Moment. Und er kam regelrecht ins Schwärmen, weinte sogar, als er unsere lichtvolle Heimat Sirius zum ersten Mal sah.

»Siriano, das ist unfassbar!«

»Komm mit«, sagte ich und wir gingen hinaus.

Sarina kam uns entgegen. Wir lagen uns in den Armen!

»Freunde«, rief ich, »da sind wir wieder!«

Und die Lichtfarben strahlten um uns herum! Sirohan hatte viele Fragen, das wusste ich, aber wir waren ja alle für ihn hier, um ihm zu helfen, ein lichtvolles Leben auf Sirius zu beginnen. Und dann war da noch die Sache mit Sirian, Siranos Bruder, nein, ich vergass es nicht ...!

So endet dieser lichtvolle zweite Band. Ich grüsse alle Lichtfreunde der Erde und bedanke mich bei jenen, die meine Lebensgeschichte liebevoll verfolgen. Lichtfreunde, Erdenfreunde, seid geliebt von euren Brüdern aus dem Universum, den Sirianern! Ich sende mein sirianisches Licht in eure Herzen, damit es euch wärmt, und denkt daran, wir sind für euch alle da in jedem Moment, im Moment des Friedens, des Lichtes und des reinen Herzens!

Siriano, Oberlichtmeister von Sirius und Antares

Licht zu Licht, Herzen zu Herzen, Friede im Universum allen Sternenvölkern!

Selamat-Ja *PAO*

Sirianos Reise nach Atlantis

Das erste Buch erzählt die wundersamen Reisen und Abenteuer von Siriano, dem sirianischen Kommandanten und Lichtmeister, seinen Brüdern und Söhnen sowie Freunden, wie sie andere Universen und die Erde besuchen. Es schildert die Begegnung zwischen lichtvollen Wesen von Sirius und Atlantis bis zu den heutigen Erdenbewohnern. Fast mühelos dringt man hier in eine Welt voller Geheimnisse und Wunder ein. Die abenteuerlichen Reisen führen unter anderem nach Atlantis, bis zu dessen Untergang, nach England zu den Kornkreisen, zu den Sternentoren von Machu Picchu, der Osterinsel und zu den Pyramiden in Ägypten.

Zwei Dimensionen verbinden sich hier zu einer. Sirianos Erzählungen beruhen auf wahren Tatsachen, denn der Autor ist Siriano selbst, der dies alles erlebt und erlebte. Er und seine Freunde schützen, lehren die Welt, stehen für die reine Liebe, den Frieden und das Licht.

In diesem Buch liegt der Schlüssel verborgen zu einem lichtvollen Leben zwischen den Völkern im Universum.

Der Autor führt auch Seminare durch und gibt Readings.
Informieren Sie sich bitte auf der Homepage *www.blueplanets.ch*
oder mailen Sie an: *siriano@bluewin.ch*

Weitere Bände in Vorbereitung:
- Band 3 – Licht und Frieden im Universum
- Band 4 – Moriana
- Band 5 – Der Prinz des Universums
- Band 6 – Sternenreisen
- Band 7 – Der Sohn des Lichtes